KB013315

이견지夷堅志 갑지甲志

【二】

이견지夷堅志 갑지甲志【二】

1판 1쇄 인쇄 2019년 7월 1일
1판 1쇄 발행 2019년 7월 10일
저 자 | 洪 邁
역주자 | 유원준 · 최해별
발행인 | 이방원
발행처 | 세창출판사
신고번호 | 제300-1990-63호
주소 | 서울 서대문구 경기대로 88 (냉천빌딩 4층)
전화 | (02) 723-8660 팩스 | (02) 720-4579
http://www.sechangpub.co.kr
e-mail: edit@sechangpub.co.kr
ISBN 978-89-8411-822-5 94820
ISBN 978-89-8411-820-1 (세트)

이 번역도서는 2014년 정부(교육부)의 재원으로 한국연구재단의 지원을 받아 수행된 연구임 (NRF-2014S1A5A7038165).

이 도서의 국립중앙도서관 출판시도서목록(CIP)은 서지정보유통지원시스템 홈페이지(http://seoji.nl.go.kr)와 국가자료공동목록시스템(http://www.nl.go.kr/kolisnet)에서 이용하실 수 있습니다.(CIP제어번호: CIP2019025368)

이견지 夷堅志 갑지 甲志

An Annotated Translation of

Yijianzhi (Jiazhi)

【二】

[송宋] 홍 매 洪邁 저

유원준 · 최해별 역주

세창출판사

해 제

이 책은 송대宋代(960~1279)의 홍매洪邁(1123~1202)가 편찬한 『이견지夷堅志』 가운데 초지初志의 갑지甲志와 을지乙志 각 20권을 번역하고 독자들의 이해를 돕기 위해 상세한 주해를 더한 것이다. 『이견지』는 송대 명문 사대부 가문에서 태어나 고위관료를 지낸 홍매가 중앙과 지방에서 재직하며 수집한 각종 일화를 모은 책으로서 대략 12세기 말경 편찬된 것으로 추정한다. '이견夷堅'이라는 제목은 『열자列子·탕문湯問』에서 『산해경山海經』을 가리켜 "우禹가 다니다 그것을 보고, 백익伯益이 확인한 후 이름 붙였으며, 이견夷堅이 이를 듣고 기록하였다"라고 한 데서 유래한 것으로, 홍매 스스로 박문다식博聞多識한 '이견'이라는 인물을 자처하며 지은 것이다. 『이견지』는 편찬 당시 총 420권에 달하였지만 현재 전해지는 것은 그 절반에 불과하다.

저자 홍매는 자가 경로景盧, 호는 용재容齋·야처野處이며, 강남동로江南東路 요주饒州 파양현鄱陽縣(지금의 강서성 上饒市 鄱陽縣) 사람이다. 아버지 홍호洪皓는 금조金朝에 사신으로 파견되었다가 15년이나 억류되었음에도 불구하고 시종 충절을 지켰던 인물로 유명하다. 홍호는 금조에 대한 강경책을 주장하며 주화파인 진회秦檜와 대립하였기에 사회적 명망에 비해 정치적으로는 불우하였다. 이런 정치적 입지로 인해 홍매를 비롯한 그의 자식들도 한때 어려움에 처하였다. 홍매는 소흥紹興 15년(1145)에 진사가 되어 여러 관직에 올랐고, 부친에 이어 금조에 사신으로 다녀왔으며, 길주吉州지사, 감주贛州지사, 무주婺州지사 등을 역임하면서 지역 발전에 힘썼다. 순희淳熙 13년(1186) 한림학사翰林學士가 되었으며 그 후 영종寧宗 시기 단명전학사端明殿學士에 오른 후 관직에서 물러났다. 만년에는 향리에 머물면서 저술에만 전념했으며, 그가 남긴 저술로는 『이견지』 외에 『용재수필容齋隨筆』과 『야처유고野處類稿』 및 『사기법어史記法語』 등이 있다.

『이견지』는 홍매가 관리로서 도성을 비롯해 각 지방에 재직하며 전해 들은 민간의 이야기를 집록한 것이다. 그런 만큼 그 내용은 매우 다양하고 풍부하다. 정치와 행정, 전쟁과 군사, 범죄와 사법, 상업과 교통, 문학과 교육, 과거 응시와 당락, 음식과 술, 혼인과 애정, 질병과 의약, 죽음과 저승, 점복占卜과 민간신앙, 불교와 도교 등 당시 사람들의 삶을 총체적으로 보여 주는 다양한 주제들이 포함되어 있으며, 정사에서 보기 힘든 황제와 고위관료의 일화를 비롯해 금과의 외교관계까지 총망라되어 있다.

물론 수록된 일화 가운데 현재 우리의 상식으로는 이해하기 힘든 기이하고 괴상한 이야기奇談怪事가 상당수 포함되어 있다. 그래서 그동안 『이견지』는 당시 사회상을 잘 반영하는 기록이라기보다는 지괴소설의 하나로 더욱 주목받아 왔다. 하지만 『이견지』 속의 기이한 일화가 홍매 자신이 지어낸 것이 아니라 각지에서 사실로 인식되고 있었던 이야기를 집록했다는 점이 중요하다. 이는 당시 계층에 상관없이 대다수 사람들이 그러한 정신적·정서적 형태를 지니고 있었음을 말해 준다. 또한 어떤 일화이건 그것이 인구에 회자되기 위해서는 당시 현실을 반영한 측면이 있어야 한다. 이런 점에서 홍매의 『이견지』는 당시 사람들의 집체적인 심성을 우리에게 그대로 전해 주는 매우 귀중한 자료이다.

최근 송대 연구자들이 『이견지』의 가치에 대해 높이 평가하고 주목하는 것도 바로 이 때문이다. 기존 사서와 달리 필기소설이라는 문학적 특성에 힘입어 『이견지』는 일반 사료에서는 찾아볼 수 없는 그 시대의 호흡과 감정을 고스란히 담고 있다. 특히 성과 사랑, 질투와 욕망, 금기와 기복, 사후세계에 대한 상상 등 기존의 관찬사서나 사대부들의 문집에는 수록되지 않은 당시 사람들의 생생한 삶의 모습이 소설의 형태로 가감 없이 드러나 있다. 따라서 『이견지』는 일반 사료로는 접근하기 어려웠던 일상사·미시사·심성사 등에 대한 연구를 가능하게 해 준다는 점에서 각별한 의미를 지닌다.

또 그동안 『이견지』의 한계로 지적되어 온 '객관성' 문제 역시 새로운 이해와 접근이 필요하다. 저자 홍매는 그의 글에서 『이견지』의 사실성과 객관성을 확보하기 위해 매우 고심하였음을 밝힌 바 있다. 홍매는 『이견을지夷堅乙志』 서문에서 이전의 대표적인 지괴문학인 간보干寶의 『수신기搜神記』와 서현徐鉉의 『계신록稽神錄』 등을 거론하며 그 내용이 허무환망虛無幻茫한 데 반해 자신의 기록은 분명한 사실에 근거하고 있음을 강조한 바 있다. 또 일화를 전한 사람의 이름을 명기함으로써 자신의 주장을 객관적으로 입증하고자 하였다. 또 홍매는 『이견지』에 기괴한 일화가 포함되어 있음을 인정하면서도 이는 『춘추』나 『사기』 같은 정통사서에도 포함된 것이라며 그 가치를 당당히 주장했다. 동시대를 살았던 육유陸游도 『이견지』를 '역사서의 보완史補' 이상의 것으로 평가하였다.

사실 객관성이라는 것 역시 시대적 한계를 지닌다는 점에서 현재의 관점으로 송대 사유방식의 객관성을 판단하는 것이 과연 타당한 일인지 다시 생각해 보게 된다. 무엇보다도 『이견지』의 일화를 덮고 있는 운명론적 · 신비주의적 베일을 걷어 내면 오히려 우리가 찾고 있던 송대의 사회상을 더욱 가까이 마주할 수 있게 될 것이다.

그럼에도 불구하고 『이견지』의 활용에는 적지 않은 제약이 따른다. 우선 그 내용이 매우 방대하고 편찬 체례가 체계적이지 않다. 주제별 · 인물별 · 지역별 범주 없이 2,600여 개의 짤막한 일화가 뒤섞여 있기 때문에 그 활용이 쉽지 않다. 문체도 상당히 난해한 편인데, 고위관료인 저자의 문어체와 설화의 특성인 구어체가 뒤섞여 있어 해석의 어려움이 크다. 더구나 수천 개의 짧은 일화 속에 당시의 정치 · 제도 · 법률 · 문물 · 지명 · 관습 등과 관련된 용어가 전후 맥락 없이 대거 등장한다.

따라서 『이견지』의 번역과 주석은 매우 필요한 작업이다. 그러나 『이견지』에 대한 전면적 번역 및 주석 작업은 아직 이루어지지 못했다. 중국학계에서도 부분적인 백화白話 번역만이 진행되어 현재 중주고적출판사본(中州古籍出版社, 1994)이 전해진다. 그러나 중주고적출판사본에는 적지 않은 문제점이 있다. 첫째, 원문을 간체자로 수록해서 판본에 대한 엄밀한 대조 작업이 어렵다. 둘째, 여러 사람이 나누어 표점과 번역을 진행하여 표점의 기준이 각기 다르고 번역의 질에서도 상당한 차이가 눈에 띈다. 셋째, 번역에 있어서 상당한 오역이 발견되고, 일부 난해한 부분은 전후 문맥만 살린 채 모호하게 해석하였으며, 시詩와 사詞는 번역하지 않은 채 원문을 그대로 수록하였다. 넷째, 독자를 위한 각주나 색인 작업이 되어 있지 않다.

『이견지』는 원래 초지初志, 지지支志, 삼지三志, 사지四志의 순서로 발행되었고, 모두 합해 420권으로 이루어져 있었다. 하지만 합본合本은 원대元代에 이미 산일되었던 것으로 추정된다. 지금까지 전하는 판본은 여러 종류가 있다. 우선 광서光緖 5년(1879)에 육심원陸心源이 송본宋本을 중각重刻한 육심원본陸心源本 80권(甲, 乙, 丙, 丁 각 20권)이 있다. 두 번째로는 완위별장본宛委別藏本 79권이 전하며, 세 번째로는 필기소설대관본筆記小說大觀本 50권이 있다. 네 번째로 현재 가장 많은 내용을 수록하고 있는 것으로, 함분루涵芬樓에서 인쇄한 『신교집보이견지新校輯補夷堅志』가 있는데, 초지 · 지지 · 삼지 중 남아 있는 부분에다 보유補遺를 더해 총 206권으로 편찬했다. 1981년 중화서국中華書局에서는 함분루본을 저본底本으로 삼아 표점을 찍고 교감한 뒤 『영락대전永樂大典』 등에서 집록해 낸 일문佚文 26개를 「삼보三補」 편으로 추가해 207권에 달하는 고체소설총간古體小說叢刊 『이견지』를 편찬해 냈다. 중화서국본은 현존하는 『이견지』 가운데 가장 완정한 내용을 담고 있다고 할 수 있다.

본 역주는 중화서국본 등 여러 판본을 참고하여 진행하였으며 또한 번역을 할 때는 중주고적출판사본도 참고하였다.

한편 전체 분량 가운데 상당한 부분을 차지하는 기담奇談이나 괴사怪事 등을 서사자료로 활용하기 위해서는 당시 사회에 대한 정보가 충분히 제공되어야 한다는 점을 고려하여 각주에서 관련 인물, 지명, 관직, 사건 등에 대한 배경지식을 가급적 상세히 담고자 하였다. 또한 중국사 연구자가 아닌 일반 독자들을 위해 중국의 역사 · 지리 · 문화와 관련된 다양한 정보를 제공하고자 하였다. 필기소설이기에 풍부하게 표현된 상상력과 송대인의 감정을 최대한 생동감 있는 문체로 재현해 내는 것도 번역자에게 주어진 과제였지만 번역의 정확성과 가독성 사이에서 만족스러운 해답을 찾기란 쉽지 않았다. 어찌되었든 이러한 작업이 독자들이 『이견지』를 좀 더 쉽게 이해하는 데 도움이 되기를 바라며 오류가 있는 부분에 대해서는 독자들의 거침 없는 질정도 부탁드린다.

본 번역은 『이견지』의 사료적 가치에 주목한 송원사학회 연구자들의 윤독회를 계기로 시작되었으며 당시 김상범 · 김영관 · 김영제 · 나영남 · 박지훈 · 육정임 · 이근명 · 이석현 · 정일교 · 조복현 · 홍승태 선생님 등이 함께하였다. 이후 한국연구재단 2014년도 명저번역지원사업의 지원을 받아 번역을 진행하였고, 초벌 번역이 끝난 뒤 박지훈 · 김영제 선생님의 정성 어린 교감이 이루어졌다. 출판을 앞두고 송원사학회 모든 연구자들의 격려와 질정에 다시 한 번 깊이 감사드린다.

본서는 초지 가운데 갑지와 을지 각 20권을 번역한 것이니 분량으로는 현존 『이견지』의 1/5을 조금 넘는다. 이후 부분에 대해서도 역주 작업을 계속 추진할 예정이다. 아무쪼록 이번 역주 작업을 통해 『이견지』가 지괴소설을 넘어 송대 사회의 여러 복합적인 모습을 담고 있는 귀중한 사료로 자리매김하고, 『이견지』의 활용을 촉진시켜 송대 사회 더 나아가 전통시대 중국에 대한 우리의 이해가 더욱 깊어지길 고대한다.

2019년 6월 역주자 드림

범 례

❶ 본 문

- 한문 원문을 먼저 수록하고 번역문을 뒤에 수록한다.
- 한문 원문에서 [ ]로 표기된 것은 함분루본의 교감 내용으로 독자의 편의를 위해 꼭 필요한 부분만 선별하여 중화서국본을 참고해 해당 부분에 보충하였다.
- 가독성을 높이기 위해 필요한 내용은 별도의 ( ) 처리 없이 의역한다.
- 지명은 송대 행정명을 기준으로 주와 현을 명기하되 낙양 · 장안 · 하남 등 당시 관례로 사용되어 온 곳은 예외로 한다.
- 대화체 문장은 가급적 본래의 뉘앙스를 살려 번역하며, 신분제의 특성을 반영하기 위해 존칭과 비칭을 수용하였다.
- 직접 대화체 문장은 '말하길, 대답하길, 묻길' 등으로 표기한 뒤 줄을 바꿔서 " "로 처리하고, 간접 대화체 문장은 ' ' 로 표기한 뒤 줄을 바꾸지 않고 처리함을 원칙으로 한다.
- 기원전 · 후는 (전38~후10)으로 표기한다.

❷ 각 주

- 표제어는 검색의 편의성을 고려하여 설정하되 관명은 되도록 정식명칭을, 이름은 본명을 기준으로 한다.
- 관직과 행정명은 북송 말을 기준으로 하되 남송대 사건은 臨安 · 建康 등 당시 지명을 따른다.
- 지명은 각 권당 1회 표기하며, 현 지명은 치소보다 관할지역을 우선 고려한다.

❸ 이체자

- 이체자는 아래와 같이 통용자로 바꾸어 표기한다.

  擧→擧, 教→敎, 宫→宮, 玘→玘, 曁→暨, 赧→赧, 甯→寧, 凭→憑, 令→令

  吴→吳, 污→汚, 卧→臥, 衞→衛, 飲→飮, 益→益, 剌→刺, 巔→巓, 癲→癲

  顛→顚, 蹰→躕, 直→直, 真→眞, 鎮→鎭, 厨→廚, 值→値, 鬭→鬪, 卹→卹

❹ 국호 및 호칭

- 漢文 사료에는 거란의 국호가 여러 차례 바뀌었지만 거란문자로 된 사료에는 시종 '하라치딴(哈喇契丹)'으로 표기하고 있기에 통상 거란으로, 특별한 경우에는 원문에 따라 번역한다.
- 遼·宋·金 등 국호가 모두 외자이므로 '거란·송조·금조'로 번역한다. 연호를 표시할 경우에는 거란·송·금 등으로 표기한다.
- 金에 대한 『이견지』 내의 국호 용례는 '金·金國·女眞' 등 다양하고, 문맥에 따라 어의가 다른 경우도 있다. 가급적 원문대로 번역하되 문맥에 무리가 없으면 '금조'로 번역한다.
- 金朝를 나타내는 蔑稱으로 쓴 '虜'는 문맥에 따라 단순한 호칭이기도 하다. 명확한 멸칭일 경우 직역을 하고 그렇지 않을 경우 전후 관계에 따라 '金朝·女眞·金軍' 등으로 번역한다.
- 오늘날의 漢族에 해당하는 송대 용어는 漢人·漢民·漢兒·漢家 등이며 뚜렷한 구분 없이 함께 사용되고 있다. 본서에서는 '한족'이라는 용어보다는 '한인'으로 번역하고, 거란족과 여진족은 가급적 '거란인'과 '여진인'으로 번역한다.

❺ 용 어

- 인물이 소개될 때는 字와 출신지역, 관직, 이름 순 표기를 원칙으로 한다.
- 생몰연도 모두가 불명확하거나 확인할 수 없는 경우 별도로 표기하지 않는다.
- '紹興 원년'은 '소흥 1년'으로, '소흥 무인년(1158)'은 '소흥 28년(1158)'으로 표기한다.
- 縣令: 知縣과 縣令을 구분하지 않고 모두 '현지사'로 번역한다.
- 陰府·冥府·幽府·地府·冥司·陰典·陰君·府·司·典·君 등의 관명이 있을 경우 '명계의 관부·관아·왕'으로 번역한다. 반면, 陰·西·地下는 '저승'으로 번역하되 앞뒤 관계를 보아 '명계'로도 번역한다.

이견지夷堅志 갑지甲志

【二】

| 차 례 |

권 12

권 13

권 14

권 14

권 15

권 16

이견지夷堅志 갑지甲志

【一】

권 1

권 2

권 10

이견갑지 夷堅甲志 卷11

매선이 만난 도인梅先遇人

予宗人慶善郎中興祖, 紹興十二年爲江東提刑, 治所在鄱陽. 王元量尙書鼎從, 假二卒往夔峽, 旣回, 拜于廷. 其一梅先者, 獨着道服, 拜至十數不已. 慶善訝之, 答曰: "伺郎中治事退, 當請間以白." 少頃, 慶善坐書室, 梅復至, 曰: "初至夔州數日, 有道者歷問所從來, 令某隨之去. 某應曰: '諾.' 道者曰: '汝當有妻孥, 安能捨而從我?' 某曰: '惟一妻一子, 今得從先生, 視彼如涕唾耳.'

道者甚喜, 曰: '汝能若此, 良可教. 吾將試汝.' 卽於糞壤中拾人所棄敗履令食. 初極臭穢, 強齧, 不能進. 道者笑, 自取啖之, 曰: '如我法以食.' 歷數日, 覺不復臭, 而味益甘軟. 又問: '所以來此爲何事?' 答曰: '奉主公命, 爲王尙書取租入.' 曰: '如是, 當歸畢之. 此公家錢, 如未了, 不可從我, 他日未晩也.' 某曰: '家在江東, 相距數千里, 豈能再來?' 曰: '汝思我, 我卽至矣.'

又授藥方三道, 曰: '若乏用時, 可合此藥貨, 視一日所用留之, 有餘, 棄諸道上, 以惠貧窶. 或無食, 則茹草履. 人與酒食, 但享之, 特不可作意, 大抵無心乃得道耳.' 某拜之數十. 又與某道服, 曰: '汝歸見主公時, 拜之如拜我, 但著此衣, 勿易也.'"

慶善曰: "果如此, 勿復爲走卒." 命直書閣以自近. 嘗召使坐, 取草履試之, 梅展足據地坐, 淨滌履而食. 每數口, 卽飮水少許, 久之, 吐其滓, 瑩滑如碧玉, 以示慶善, 慶善復還之. 梅徑取投口中, 食履盡乃已.

時方二十四歲, 卽與妻異榻, 曰: "人世只爾, 殊可厭惡, 汝盍同我學道, 不然, 隨汝所之." 妻始猶勉從, 不一年, 竟改嫁. 慶善後予告, 令往丹陽茅山預三月鶴會. 山有洞, 常人欲入須秉燭, 然極不過數十步卽止. 梅索手而入, 無所礙, 聞石壁中若人叩齒行持者. 至最深處, 得一澗, 澗中水數尺, 細視有書數軸, 取得之, 才霑漬其半, 乃元祐中劉法師所受法籙也.

後送慶善還丹陽. 慶善有外兄病, 每食輒吐. 梅曰: "瓢中藥正爾治此." 取數粒與服, 一日卽思食, 旬時, 病盡失去. 慶善寓訊代者, 爲除兵籍, 旣得文書, 遂辭去. 後數年, 曾一歸鄕里, 今不知所之.

필자의 집안사람인 낭중[1] 홍흥조[2]는 소흥 12년(1142)에 강동로 제점형옥사직에 제수되었는데 관아는 요주 파양현[3]에 있었다. 그때 자가 원량인 상서 왕정종이 두 명의 병졸을 구당협[4]으로 보내 달라고 하였다. 병졸들이 구당협에서 돌아와 관아의 뜰에서 절을 하는데, 그 가운데 매선이라는 자 혼자서 도사 옷을 입은 채 십여 차례나 절을 하고도 멈추질 않았다. 홍흥조가 의아하게 여기자 매선이 말하길,

"낭중께서 공무를 다 마칠 때를 기다려 짬을 청해 드릴 말씀이 있

1 郎中: 尙書省 소속 24司의 책임자를 뜻한다. 원풍개혁 후 28司로 늘었지만 수·당대 이래의 오랜 관습으로 여전히 24사 낭중이라고 칭하였다. 6부의 장관인 尙書와 차관인 侍郎 바로 아래의 직급으로 국정 실무를 처리하는 중요 직책이다. 주지사 경력이 있으면 郎中을, 없으면 員外郎을 임명하였다. 원풍개혁 이후 종6품이었다. 郎·郎官·尙書郎 등 별칭이 대단히 많다.

2 洪興祖(1090~1155): 자는 慶善이며 兩浙路 潤州 丹陽縣(현 강소성 鎭江市 丹陽市) 사람이다. 政和 8년(1118)에 上舍及第하였다. 紹興 4년(1134)에 廣德軍지사로서 극심한 가뭄에 600여 개의 저수지를 축조하였고, 眞州지사로 7만 畝를 개간하는 등 치적이 돋보였다. 하지만 秦檜와 사이가 나빠 65세에 廣南西路 昭州(현 광서자치구 桂林市 平樂縣)로 유배를 가서 이듬해 사망하였다.

3 鄱陽縣: 江南東路 饒州 鄱陽縣(현 강서성 上饒市 鄱陽縣).

4 瞿塘峽: 長江三峽 가운데 서쪽으로 重慶市 奉節縣 白帝城부터 동쪽으로 巫山縣 大溪鎭까지 8㎞에 달하는 구간이다. 三峽 가운데 가장 짧지만 강폭이 제일 좁고 양옆의 단애가 발달해 삼협 가운데서도 최고 험준하고 웅장한 지세를 자랑한다. 夔門은 구당협의 서쪽 입구인데, 양안의 깎아지른 절벽과 100m도 안 되는 폭 때문에 마치 좁은 문처럼 생겼다고 하여 붙여진 이름이다. 별칭은 夔峽이다.

습니다."

잠시 후 홍홍조가 서실에 앉자 매선이 다시 와서 다음과 같이 말하였다.

"처음 기주에 도착한 지 며칠 안 되었을 때, 한 도인이 저에게 어디서 왔는지 내력을 두루 묻고 저보고 자신을 따라가자고 하였습니다. 제가 '알겠습니다'라고 하자 도인이 다시 묻길,

'너는 응당 처자식이 있을 터인데 어떻게 그들을 버리고 나를 따를 수 있겠느냐?'

제가 대답하기를,

'아내와 아들 하나가 있을 뿐입니다. 제가 지금 선생을 따라갈 수 있다면, 그들은 아무것도 아닙니다.'[5]

그러자 도인은 매우 기뻐하며,

'네가 정말로 그렇게 할 수 있다면 충분히 가르칠 만하구나. 나는 너를 시험해 보련다.'

그리고는 곧 똥이 쌓인 곳에서 사람이 버린 신발을 주워 먹으라고 하였습니다. 처음에는 심하게 냄새가 나고 더럽게 느껴졌지만 참고 억지로 씹었는데, 도저히 넘어가지 않았습니다. 도인이 웃으면서 스스로 집어 먹으며 이르기를,

'내가 먹는 방식대로 먹어 보거라.'

며칠이 지나자 다시는 냄새가 나지 않았고 맛이 더욱 달고 부드러워졌습니다. 도인이 다시 묻기를,

5 涕唾: 본래 콧물과 침이란 뜻이지만 한편으로는 무시한다는 말이기도 하다.

'여기에 무슨 일로 왔느냐?'

제가 대답하길,

'상사의 명을 받들어 왕 상서를 위해 조세를 받으러 왔습니다.'

그러자 도인이 다시 이르길,

'그렇다면 너는 돌아가서 이 일을 마무리하여라. 이것은 나랏돈이니 만약 마무리하지 못한다면 나를 따라서는 안 될 것이야. 그 일을 마치고 난 다음에 와도 늦지 않을 것이다.'

그래서 제가 묻길,

'저의 집은 강동이어서 여기서 수천 리나 떨어져 있는데, 어찌 다시 올 수 있겠습니까?'

그러자 이르길,

'네가 나를 생각한다면 나는 곧 그곳에 이를 것이다.'

라며 약 처방 세 개를 주면서 이르기를,

'만약 쓸 돈이 떨어지면 이 약재를 합해서 약을 만들어 팔아 쓰거라. 하루 쓸 것만 남기고, 나머지는 길에 던져두어 가난한 사람들을 구제하는 데 쓰도록 해라. 만약 먹을 것이 없다면 짚신을 먹어라. 다른 사람이 너에게 술과 음식을 주거든 그것을 즐기되 특별히 다른 생각은 하지 말거라. 대저 무심해야 곧 도를 얻을 수 있는 것이니라.'

제가 수십 차례 절을 하자 또 저에게 도사 옷을 주며 이르길,

'네가 상사에게 돌아가면 나에게 절하는 것과 똑같이 절하되 꼭 이 옷을 입어야 한다. 다른 옷으로 바꿔 입지 말거라.'"

홍홍조가 말하길,

"과연 그랬구나! 이제 앞으로는 전령[6] 일은 맡지 말거라."

홍홍조는 매선에게 서재에서 당직을 서게 하여 자기 가까이에 두

었다. 한번은 그를 불러 옆에 앉게 한 후 짚신을 가져와 시험 삼아 먹어 보라고 하자 매선이 다리를 펴고 땅에 앉은 후 신발을 깨끗이 씻은 뒤 먹었다. 매번 몇 입 먹을 때마다 물을 조금씩 마셨다. 한참 지나 찌꺼기를 뱉어 냈는데, 찌꺼기가 마치 푸른 옥처럼 영롱하고 매끄러웠다. 매선이 이를 홍홍조에게 보여 주자 홍홍조는 보고 난 뒤 다시 그에게 돌려주었다. 매선이 바로 집어 다시 입에 넣었고, 신발을 다 먹을 때까지 그렇게 하였다.

당시 매선의 나이가 딱 24세였는데, 아내와 각기 침대를 달리 썼다. 매선은 아내에게 말하길,

"세상사란 것이 그저 그렇지 별거 없잖아. 나는 정말로 지겨워. 그러니 당신도 나와 함께 도를 배우는 것이 낫지 않겠어? 하지만 정 원하지 않는다면 당신 마음대로 해도 좋아."

그 아내는 처음에는 억지로 따르는 듯하였으나 1년이 못 되어 결국 개가하고 말았다. 홍홍조가 후에 필자에게 와서 윤주 단양현[7]의 모산[8]에 가서 3월에 있을 생신잔치[9]에 참가해야 한다고 알려 왔다.

6 走卒: 달리기를 잘하는 하급군졸을 선발해 공문 · 서신 · 소식을 전하는 심부름을 맡겼는데, 힘들고 천한 일로 간주되어 경시되었다. 주졸 외에도 駛卒 · 駛步 · 走吏라고도 하였으며 속칭은 急足이다.

7 丹陽縣: 兩浙路 潤州 丹陽縣(현 강소성 鎭江市 丹陽市).

8 茅山: 江蘇省 鎭江市 句容市에 위치한 높이 372m의 산으로 句容 · 金壇 · 溧水 · 丹徒 · 丹陽市 사이에 위치해 있다. 茅씨 3형제가 도를 닦아 신선이 되었다 하여 三茅山이라고 했다가 후에 모산으로 바뀌었다. 도교 茅山宗派의 본산이며, 도교의 10대 洞天 가운데 제8동천이며, 72福地 가운데 제1복지에 해당한다. 강소성 8대 명승지로도 선정되었다.

9 鶴會: 생일을 축하하기 위해 모인 모임이다. 학처럼 오래 살라는 뜻에서 생긴 말이다.

모산에는 동굴이 있었는데, 일반 사람들이 들어가려면 반드시 촛불을 들고 가야 했다. 그러나 잘해야 수십 보밖에 갈 수 없었다. 매선은 빈손으로 들어갔는데도 행동에 구애받는 것이 없었다. 그런데 돌벽에서 사람이 이를 부딪치며 무엇인가 하는 소리가 들렸다. 가장 깊은 곳에 이르자 한 줄기 계곡이 보였고, 물의 깊이는 몇 척이나 되었다. 자세히 살펴보니 여러 개의 두루마리가 있었다. 그것을 가져다 보니 그 반은 젖어 있었는데, 바로 원우연간(1086~1094)에 유 법사가 받았다던 부록이었다.

그 후 매선은 홍홍조가 단양현으로 돌아갈 때 호위하였다. 홍홍조의 사촌 형이 병들어 무엇이든 먹기만 하면 그때마다 토하였다. 매선이 말하길,

"이 표주박에 있는 약이 바로 이 병을 고칠 수 있는 것입니다."

몇 알을 가져다 먹이니 하루 만에 음식 생각이 났고, 열흘이 지나자 병이 모두 다 나았다. 홍홍조는 후임 제점형옥공사에게 당부하여 매선의 병적을 삭제해 주었고, 매선은 관련 증빙 문서를 받은 후 곧 사직하고 떠났다. 그 뒤로 여러 해 지난 후 한 번 고향에 돌아온 적이 있지만 지금은 그 간 곳을 알 수 없다.

02 게를 먹은 응보食蟹報

洪慶善從叔母好食蟹, 率以糟治之. 一日正食, 見机上生蟹散走, 大恐, 呼婢撤去. 婢無知, 復取食, 爲一螯鈐其頰, 盡力不可取, 頰爲之穿, 自是不敢食蟹.

홍홍조의 당숙모는 게 요리를 좋아하여 술지게미를 가미하여 요리하곤 하였다. 하루는 막 게 요리를 먹고 있는데, 게가 살아나서 식탁 위를 어지러이 움직이는 것을 보고는 깜짝 놀라 여종을 불러 음식을 치우라고 하였다. 여종은 아무것도 모르고 그 게를 다시 먹었는데, 게 한 마리가 집게발로 여종의 뺨을 물었고, 아무리 떼어 내려고 하여도 떼어지지 않았다. 결국 뺨이 뚫리고 말았다. 이때부터 당숙모는 게라면 감히 먹을 생각조차 하지 못하였다.

03 피조개의 현몽瓦隴夢

洪慶善妻丁氏, 溫州人. 雖居海濱, 而性不嗜殺. 後至江陰, 有惠瓦隴百餘枚, 不忍食, 置之盆中, 將以明日放諸江. 夜夢丐者甚衆, 裸體臞瘠, 前後各以一瓦自蔽, 皆有喜色. 別有十餘人愀然曰: "爾輩甚樂, 我一何苦也." 丁氏寤而思之, 以瓦蔽形, 必瓦隴也. 夢中能密記其數, 取視之, 已爲一妾竊食十餘枚, 乃愀然者也. 得活者與夢中數同.

홍흥조의 아내 정씨는 온주[10] 사람이라서 바닷가에서 살았지만 성품이 살생을 좋아하지 않았다. 후에 상주 강음현[11]으로 와서 살았는데, 어떤 사람이 피조개[12] 백여 개를 주었지만 차마 먹을 수 없어서 대야에 넣어 두고 다음 날 강에 방생해 주려고 하였다. 밤에 꿈을 꾸었는데 몹시 많은 거지들이 무리지어 왔는데, 다 발가벗었고 삐쩍 말랐다. 각자 기와로 몸의 앞뒤만 가리고 있었는데, 그래도 모두 희색이 만면하였다. 하지만 따로 십여 명의 사람들은 우울해 하며 말하길,

"너희들은 그렇게 기뻐하는데 왜 우리만 이렇게 고통스럽단 말이냐!"

정씨가 꿈에서 깨어나 곰곰이 생각해 보니 기와로 몸을 가린 것은

10 溫州: 兩浙路 溫州(현 절강성 溫州市).

11 江陰縣: 兩浙路 常州 江陰縣(현 강소성 無錫市 江陰市).

12 瓦隴: 본래 지붕의 기와가 요철을 이루며 늘어선 모습을 뜻하나 새고막(蚶), 즉 피조개의 별칭이기도 하다. 瓦壟으로도 쓴다.

분명히 조개를 뜻하는 것 같았다. 꿈에서 몰래 그 거지들의 수를 헤아렸기 때문이다. 나가서 대야를 살펴보니 집안의 첩 한 사람이 몰래 십여 개를 이미 먹었다고 하였다. 우울해 했던 자들이 바로 그 10개의 조개였을 것이다. 살아 있는 조개를 세어 보니 꿈에서의 숫자와 꼭 같았다.

04 기이한 귀뚜라미促織怪

洪慶善爲湖州教授日, 當秋晩, 宴坐堂上, 聞庭下促織聲極清, 詣其所聽之, 則聲如在房外, 復往房外, 則又在庭下, 甚怪之. 別令一人往聽, 則移在床下. 又詣床下, 則乃在其女床側, 竟不能測. 是年, 妻丁氏捐館. 次年, 女亡.

홍홍조가 호주[13]에서 교수로 있을 때의 일이다. 어느 가을 저녁에 당상에 앉아 식사를 하는데, 대청 아래 귀뚜라미 소리가 매우 맑아 가까이 다가가서 들으려고 하였다. 그런데 마치 방 밖에서 소리가 나는 것 같아 다시 방 밖으로 나가니 또다시 대청 아래서 들리는 듯해서 매우 기이하다고 생각했다. 따로 사람을 불러서 들어 보게 하니 소리가 다시 침상 아래로 옮겨졌다. 침상 아래로 다가가니 다시 소리가 딸아이의 침상 옆으로 옮겨갔고, 결국 소리가 어디서 나는지 알 수 없었다. 그해에 아내 정씨가 세상을 떴고 이듬해에는 딸이 그 뒤를 이었다.

13 湖州: 兩浙路 湖州(현 절강성 湖州市).

05 개로 환생한 녹사 진생陳大錄爲犬

秀州華亭縣吏陳生者爲錄事, 冒賄稔惡, 常帶一便袋, 凡所謀事, 皆書納其中. 旣死, 夢于家人曰: "我已在湖州顯山寺爲犬矣." 家人驚慘, 奔詣寺省問. 一犬聞客至, 急避伏衆寮僧榻下, 連呼不出, 意若羞赧, 其家人不得已遂還. 旣去, 僧語之曰: "陳大錄宅中人去矣." 方振尾而出. 此犬腹下垂一物, 正方, 宛如便袋狀, 皮帶周匝繫其腹, 猶隱隱可辨. 洪慶善嘗與葛常之侍郎至寺見之, 詢諸僧云然.

수주 화정현[14]의 서리 진생이라는 자는 녹사[15]로 있을 때 뇌물을 탐하고 갖은 악행을 저질렀다. 항상 작은 자루 하나를 차고 다니며 모사를 꾸미는 일마다 모두 글로 써서 그 안에 넣어 두었다. 그가 죽은 후에 가족들의 꿈에 나타나 말하길,

"나는 이미 호주 현산사에서 개로 환생했다."

가족들은 놀랍기도 하고 참담하기도 해서 절로 달려가 살펴보고 물어보았다. 개 한 마리가 손님이 왔다는 말을 듣고는 급히 승려들이 기거하는 요사채의 침상 아래로 도망가 몸을 숨겼고, 여러 차례 불렀

14 華亭縣: 兩浙路 秀州 華亭縣(현 상해시 松江區). 송대에 두 개의 華亭縣이 있었다. 수주 화정현 외에도 鳳翔府 渭州 華亭縣(현 감숙성 平涼市 華亭縣)이 있었다. 두 화정현은 1914년에 수주 화정현을 松江縣으로 바뀌면서 비로소 오랜 공존이 끝났다. 송강현은 1958년에 상해시에 편입되었다.

15 錄事: 관아에서 문서의 접수와 등기, 전달 등을 전담한 서리이다. 錄事는 太學錄과 지방 州軍의 錄事參軍事의 약칭이기도 해서 유의할 필요가 있다.

지만 나오지 않았다. 그 모습이 마치 부끄럽고 창피하여 만나기를 꺼리는 것 같았다. 가족들은 할 수 없이 그냥 돌아갈 수밖에 없었다. 가족들이 돌아가자 한 승려가 개에게 말하길,

"진 녹사 집안사람들이 돌아갔다."

그러자 개가 꼬리를 흔들며 나왔다. 개는 배 아랫부분에 어떤 물건을 매달고 있었는데, 정방형의 모양이 꼭 자루처럼 보였다. 가죽 끈으로 배를 한 바퀴 돌려서 매었는데, 숨긴 듯했지만 알아볼 수 있을 정도였다. 홍홍조는 예전에 시랑 갈상지와 함께 현산사에 들러 그 개를 본 적이 있는데, 이 이야기는 승려에게서 들은 것이다.

06 회를 먹은 채형의 응보蔡衡食鱠

蔡攸之子衡, 爲保和殿學士. 將入朝, 家人呼之不醒, 意其熟睡, 乃爲謁告. 至辰巳之交方覺, 謂家人曰: "我非睡, 乃入冥耳. 初寢時, 有人云: '某官召.' 隨以行. 至官府, 其人入報曰: '追蔡衡至.' 旣入獄, 吏問曰: '近日殺生何也?" 答曰: '某擧家戒殺, 無有是事.' 吏曰: '此間不容抵諱.' 吾徐思之, '近往池上得鮮鯉, 因鱠食之, 但此一罪耳.' 吏曰: '是也.' 卽取鐵鉤貫頰挂樹間, 數武士臠肉, 頃刻而盡.

約食頃, 體已復故. 主者延升廳事, 抗禮拱手問曰: '保和相識否? 吾乃太師門人沈某也. 太師今安否?' 答曰: '適方受刑, 痛楚未定, 少憩當言之.' 主者命飮以湯, 卽不痛. 徐問諸兄弟及它事甚詳. 將退, 吾禱之曰: '衡作惡如許, 不知何以自贖?' 曰: '盡捨平生服用, 庶可救.' 可悉取所衣朝服金帶鞍馬之屬, 施慧林寺. 且飯僧數百, 爲吾謝過."

是日, 洪慶善適遊寺, 見主僧言之, 云: "可以爲戒." 未幾時, 復以六百千贖所施物去, 竟以是年死.(六事皆慶善說.)

채유의 아들 채형이 보화전 학사[16]가 되었다. 입조를 해야 하는데, 가족들이 아무리 깨워도 일어나지 않자 그가 깊이 잠든 것으로 알고 그를 대신해 휴가를 청하였다. 막 진시(7~9시)에서 사시(9~11시)로 넘어갈 무렵 채형이 겨우 깨어났는데, 가족들에게 다음과 같이 말하

16 保和殿學士: 政和 5년(1115)에 宣和殿學士를 두었고, 宣和 1년(1119)에 보화전 학사로 개칭하였다. 위계는 한림학사와 資政殿학사의 중간이며, 정3품 고위관료에 제수되는 명예직이다.

였다.

"나는 깊이 잠든 것이 아니라 명계의 관부에 다녀온 것이다. 잠들었을 때 어떤 사람이 와서 말하길,

'한 관원이 너를 부른다.'

그래서 그를 따라 나섰는데, 관청에 도착하자 그 사람이 안에 들어가 보고하길,

'채형을 잡아 왔습니다.'

그리고는 곧 나를 투옥시킨 뒤 서리가 묻길,

'근래 살생을 하였는데 무엇 때문인가?'

내가 대답하길,

'우리 집안 모두 살생을 금지하여 그런 일이 없습니다.'

그러자 서리가 이르길,

'여기서는 거짓말로 잘못을 부인하거나 감출 경우[17] 용서하지 않는다.'

내가 곰곰이 생각해 보고 난 뒤 다시 말하길,

'근래 연못에 가서 신선한 잉어를 잡아 회로 먹은 일이 있었는데, 그저 죄라면 그것 하나밖에 없는 것 같습니다.'

서리는 '바로 그때문이다'라고 하더니 쇠로 된 갈고리로 나의 아래턱을 조여 나무에 매달아 놓고 여러 명의 무사에게 내 살을 저미게 하였다. 그랬더니 순식간에 다 잘려 버리더구나.

한 식경쯤 지나자 몸은 다시 원래대로 돌아왔다. 일을 주관하던 한

17 抵諱: 황당무계한 언사와 교활한 언변으로 저지른 잘못이나 죄를 부인한다는 말이다. 抵賴라고도 한다.

사람이 나를 이끌고 청사로 올라가더니 두 손을 모으고 대등한 예로 인사하더니 묻길,

'보화전 학사께서는 저를 알아보시겠습니까? 저는 태사의 문하생인 심 아무개입니다. 태사께서는 지금 잘 지내고 계시지요?'

나는 대답하길,

'지금 막 형벌을 받아 통증이 아직 가라앉지 않았으니 조금 쉬었다가 말하리다.'

그는 나에게 탕을 주어 마시게 하였는데, 마시고 나니 비로소 아프지 않게 되었다. 그는 천천히 여러 형제들과 그 밖의 다른 일에 관해 상세히 물어보았다. 그곳을 떠나려고 할 때 나는 그에게 간절하게 부탁하길,

'내가 약간의 죄를 지었는데, 어떻게 스스로 속죄할 수 있는지 모르겠소?'

그가 알려 주길,

'평생 쓰던 것을 다 버리고 나면 구원을 받을 수 있을 것입니다.'

그러니 내가 입던 조복이며 금대, 말안장 등을 모두 가져가 혜림사에 시주하고 스님들 수백 분을 공양하여 나의 죄과를 씻어 주기 바란다."

이날 자가 경선인 홍홍조가 마침 혜림사를 유람하고 있었는데, 주지가 이야기하는 것을 듣고 말하길,

"이 일은 참으로 귀감으로 삼을 만하다!"

오래지 않아 채형은 다시 600관을 들여 자신이 시주한 물건을 도로 찾아왔는데 마침내 그해에 죽었다.(이 여섯 가지 일화 모두 홍홍조가 한 이야기다.)

07 이방직의 꿈李邦直夢

孫巨源·李邦直少時同習制科. 熙寧中, 孫守海州, 李爲通判. 倅廳與郡圃接, 孫季女常遊圃中, 李望見, 目送之. 後每出, 聞其聲, 輒下車便旋. 邦直妻韓夫人, 於牖中窺見屢矣, 詰其故, 李以實告. 一夕, 夢至圃, 見孫女, 踵之不可及, 亟追之, 躡其鞋, 且以花插其首, 不覺驚寤, 以語韓夫人.

韓大慟曰: "簪花者, 言定約之象. 鞋者, 諧也. 君將娶孫氏, 吾死無日矣." 李曰: "思慮之極, 故入於夢, 寧有是." 未幾, 韓果卒. 李徐令媒者請於孫公, 孫怒曰: "吾與李同硯席交, 年相若, 豈吾季女偶邪!" 李不敢復言.

已而孫還朝, 爲翰林學士, 得疾將死. 客見之, 孫以女未出適爲言, 客曰: "今日士大夫之賢無出李邦直, 何不以歸之 ?" 曰: "柰年不相匹." 客曰: "但得所歸, 安暇它問." 未及綢繆而孫亡. 其家竟以女嫁之, 後封魯郡夫人. 邦直作巨源墓誌曰: "三女, 長適李公彥, 二在室." 蓋作誌時未爲壻也. 邦直行狀, 晁無咎所作, 實再娶孫氏云.(強行父幼安說.)

손수와 이방직[18]은 젊어서 제과[19]시험에 함께 응시하였다. 희녕연

18 李邦直: 본명은 확인하지 못하였으며 邦直은 자이다. 史官과 開封府 提點刑獄公事를 지냈고, 蘇軾이 쓴 시 「贈李邦直探梅」에 "三爲郡太守"란 구절로 볼 때 주지사를 세 차례 역임하였음을 알 수 있다. 당시 소식은 신법개혁의 와중에 정치적으로 밀려나 지방관을 전전할 때였지만 密州로 소식을 찾아가 만났던 것을 보면 이방직의 정치적 입장도 크게 다르지 않았을 것으로 보인다.

19 制擧: 일반 과거와 달리 특별한 인재를 선발하기 위한 특별시험의 성격을 지니고 있어 大科·特科·賢良科라고도 칭한다. 황제의 별도 조칙에 의해 시험이 치러지며, 방식과 정원, 응시자격은 일정하지 않았다. 합격자 대부분이 중용되었다.

간(1068~1077) 손수는 해주[20]지사가 되었고, 이방직은 통판을 맡았다.

통판청[21]은 주지사의 정원과 붙어 있었는데, 손수의 작은딸이 자주 이 정원에서 놀았다. 이방직은 멀리서 보고는 떠날 때까지 눈을 떼지 못하였다. 그 뒤로 매번 외출할 때마다 정원에서 소리가 나면 곧 수레에서 내려 두리번거렸다. 이방직의 아내 한씨 부인이 창문으로 여러 차례 이를 보고는 그 까닭을 캐물으니 이방직이 사실대로 말하였다. 어느 날 저녁 꿈에서 정원을 거닐었는데 손수의 딸을 보고 따라갔지만 쫓아갈 수가 없었다. 급히 가서 잡으려 하다가 그 신발을 밟았고, 또 꽃을 머리에 꽂아 주고는 자기도 모르게 놀라서 깨어났다는 것이다. 이렇게 한씨 부인에게 말하자 그녀가 통곡하며 말하길,

"꽃을 꽂아 주는 것은 언약의 표시이고, 신발의 발음 '혜(鞋, xié)'는 화합의 '해(諧, xié)'와 같아요. 당신은 장차 손씨를 처로 맞을 것이니 나는 곧 죽게 될 것입니다."

이방직이 다시 말하길,

"생각이 너무 간절하여 그런 꿈을 꾼 것일 뿐 어찌 그런 일이 있겠소?"

오래지 않아 과연 한씨가 죽고 말았다. 이방직은 손수에게 청을 넣어 달라고 중매쟁이에게 은근히 부탁하였다. 하지만 손수는 화를 내며 말하길,

"나와 이방직은 함께 공부했던 동학이고 나이도 비슷한데 어찌 내 작은딸을 아내로 삼는다는 말인가!"

이방직은 감히 다시 말을 꺼낼 수가 없었다. 오래지 않아 손수는

20 海州: 淮南東路 海州(현 강소성 連雲港市).

21 通判廳: 通判의 관아를 말한다. 별칭은 倅廳이다.

조정으로 돌아가 한림학사에 제수되었는데, 병을 얻어 곧 죽게 되었다. 한 손님이 그를 보러 왔을 때 손수는 딸이 아직 시집을 가지 않았다고 말을 꺼냈다. 그 손님은,

"근래 사대부들 중 그 현명함이 이방직을 따를 자가 없는데 왜 그에게 시집보내지 않소?"

손수가 대답하길,

"나이가 맞지 않는데 어찌하오?"

손님이 말하길,

"다만 의지할 곳이 있다면 다른 것을 따질 겨를이 있겠소?"

그러나 일이 성사되기 전에 손수가 죽었다. 손수의 집안에서는 결국 그 딸을 이방직에게 시집보냈고, 그녀는 후에 노군부인에 봉해졌다. 이방직은 손수의 묘지명에 쓰길,

"딸이 셋인데, 큰딸은 이공언에게 시집갔고, 둘째는 가지 않았다."

대략 묘지명을 쓸 때는 아직 사위가 되지 않은 것이다. 이방직의 행장은 조보지[22]가 썼는데 실제로 손씨를 후처로 맞았다고 한다.

(신강행의 부친인 신기질[23]이 한 이야기다.)

22 晁補之(1053~1110): 자는 無咎이며 京東東路 濟州 巨野縣(현 산동성 菏澤市 巨野縣) 사람이다. 약관이 되기 전에 蘇軾에 의해 문재를 인정받은 수재로서 과거에 급제한 뒤 館閣에서 근무하였다. 禮部郎中·國史編修實錄檢討官을 거쳐 河中府·湖州·密州지사 등을 역임하였다. 뛰어난 문장력과 호학으로 유명하였다. 黃庭堅·張耒·秦觀과 함께 소식 문하의 '四學士'로 일컬어졌다.

23 辛棄疾(1140~1207): 자는 幼安이며 京東西路 齊州 曆城縣(현 산동성 濟南市 曆城區) 사람으로 蘇軾·柳永·李清照와 함께 宋詞 4대가로 꼽힌다. 금의 영역에서 태어나 남송으로 귀순한 신기질은 애국주의 정서가 짙게 반영된 글을 썼으며, 주화파와 대립하여 정치적 부침을 겪었다. 江西·福建 安撫使 등을 지냈다.

08 조돈임의 꿈趙敦臨夢

明州趙敦臨爲太學生, 政和戊戌年, 詣二相公廟乞夢. 夢云: "狀元今歲方生." 紹興乙卯, 敦臨始登第. 狀元乃汪聖錫, 生於戊戌, 時年十八矣. 果符昨夢.

명주[24] 사람 조돈임[25]은 태학의 학생이었는데, 정화 8년(1118) 이상공묘에 가서 현몽해 달라고 간구하였다. 꿈에서 누군가 말하길,

"장원급제자는 올해 비로소 태어난다."

소흥 5년(1135)에 조돈임은 비로소 진사에 합격하였다. 이번 과거의 장원급제자는 자가 성석인 왕응진으로 정화 8년(1118)에 태어났으니 그해 겨우 18세였다. 과연 예전에 꾼 꿈이 딱 들어맞았던 것이다.

24 明州: 兩浙路 明州(현 절강성 寧波市).
25 趙敦臨: 자는 庇民이고 兩浙路 明州 鄞縣(현 절강성 寧波市 鄞州區) 사람이다.

09 장지사의 딸張太守女

南安軍城東嘉祐寺，紹興初，有太守張朝議女，因其夫往嶺外不還，怏怏而夭，稾葬于方丈，遇夜卽出，人多見之．既久，寺僧亦不以爲怪．過客至，必與之合，有所得錢若絹，反遺僧．嘗有二武弁，自廣東解官歸，議投宿是寺．一人知之，不欲往．一人性頗木強，不謂然，獨抵寺．方弛擔，女子已出，曰：“尊官遠來不易．”客大恐，誘之使去，卽馳入城．

解潛謫居而卒，有孫營葬憩寺中，爲所荏苒，得疾幾死．紹興二十年，郡守都聖與潔率大庾令遷之於五里外山間，今猶時出，與村落居人接．予嘗至寺，老僧言之，猶及見其死時事云．

남안군[26] 성곽 동쪽에 가우사[27]라는 절이 있다.

소흥연간(1131~1162) 초, 조의대부 장지사의 딸은 남편이 영외로 떠난 뒤 돌아오지 않자 우울하고 답답해 하더니 그만 요절하고 말았다. 그 시신을 초빈[28]하여 방장[29] 스님 처소 옆에 두었는데, 밤마다 나

26 南安軍: 江南西路 南安軍(현 강서성 贛州市 大餘縣).

27 嘉祐寺: 嘉祐(1056~1063)는 인종 때의 연호다. 황제는 자신의 연호가 들어간 사액을 내림으로써 사찰에서 자신의 공덕을 기리도록 하고, 사찰은 황제의 정치적 권위를 이용할 수 있어 상호 이익에 부합하였다. 이에 岳州·池州 등 여러 곳에 가우사가 세워졌다. 唐代의 開元寺도 마찬가지다. 남안군 가우사는 현성 동쪽의 獅嶺山에 자리 잡고 있다.

28 稾葬: 사정상 장례를 치르지도 시신을 방 안에 둘 수도 없을 때 관 위에 이엉 등을 덮어 눈비를 가리는 것을 뜻한다. 草殯 방식의 하나이며 稾殯이라고도 한다.

29 方丈: 인도의 승방 제도에서 유래한 것으로서 본래는 사방 1丈 크기의 방을 뜻한다. 그 뒤 주지의 거처라는 뜻으로 확대되어 方丈室·丈室·函丈·正堂·堂頭라

와 돌아다녀 사람들이 여러 차례 그녀를 보았다. 시간이 흘러 절의 승려들도 이를 괴이하게 여기지 않았다. 과객이 절에 들리면 반드시 과객에게 합방하기를 청하고 그렇게 해서 얻은 돈과 약간의 비단을 스님들에게 주곤 하였다.

한번은 두 명의 무관이 관직에서 물러나 광동에서 집으로 돌아가던 차에 가우사에 투숙할지를 서로 상의하였다. 한 사람은 장지사 딸의 이야기를 듣고는 묵기를 원치 않았고, 한 사람은 성격이 제법 강하여 별일 없을 것이라 여기고 홀로 절에 왔다. 그가 막 짐을 풀자마자 장지사 딸이 벌써 나타나서 말을 건네길,

"무관께서 멀리서 오셨으니 고생하셨습니다."

그 무관은 크게 겁을 먹고는 그녀에게 돌아가라고 달랜 뒤 바로 남안군성으로 도망쳤다.

해잠[30]은 남안군으로 폄적되어 살다가 죽었는데, 그의 손자가 장례를 치르기 위해 와서 절에서 쉬고 있었다. 그는 점차 자기도 모르는 사이에[31] 그녀에게 넘어가 병을 얻어 거의 죽을 뻔하였다.

소흥 20년(1150)에 자가 성여인 주지사 도결이 남안군 대유현[32]지사를 데리고 와서 그 시신을 5리 밖의 산간으로 옮기게 하였는데, 지

고 하였고, 다시 사찰 내 모든 거주시설에 대한 통칭으로 쓰였다. 한편 방장은 禪刹에서 가장 높은 스승을 일컫는 존칭이기도 하다. 우리나라에는 海印 · 曹溪 · 靈鷲 · 德崇 등 모두 4개의 叢林에만 방장이 있다.

30 解潛: 禁軍 장교 출신으로 한세충과 함께 용맹함으로 유명하였다. 金軍과의 전투에서 공을 세웠으며 荊南鎮撫使로 둔전 개간에 성공하였다. 그러나 진회와 사이가 나빠 결국 남안군으로 유배되어 사망하였다.

31 荏苒: 세월이 빠르게 흐른다는 말이지만 점차 옮겨 간다는 뜻도 있다.

32 大庾縣: 江南西路 南安軍 大庾縣(현 강서성 贛州市 大餘縣). 南安軍의 관할 현은 大庾縣 · 南康縣 · 上猶縣 등 3개 현이고, 남안군 치소는 大庾縣에 있었다.

금도 여전히 나타나 촌락의 백성들과 교합한다고 한다. 내가 일찍이 이 절에 갔을 때 한 노승이 그녀에 관한 이야기를 해 주면서 그녀가 죽었을 때 보았던 일도 말해 주었다.

10 벼락 맞은 대유현의 서리들大庾震吏

紹興二十一年二月晦, 大庾令連潛, 正午治事, 書吏抱文書環立. 忽黑氣自庭入, 須臾, 一廳盡暗, 雷電大震, 吏悉仆地. 令悸甚, 手足俱弱, 亦仆于案下. 少頃卽散, 衆掖令起, 吏死者四人, 二錄事, 二治獄者. 蓋昔皆爲經界吏云.(連令說.)

소흥 21년(1151) 2월 그믐날 남안군 대유현의 지사 연잠은 정오에 일을 보고 있었는데, 서리들이 문서를 가지고 주위에 둘러서 있었다. 갑자기 검은 기운이 뜰에서부터 들어오더니 순식간에 대청 전체가 어두워졌고, 천둥과 번개가 크게 울리며 큰 벼락이 치니 서리들이 모두 땅에 엎드렸다. 연잠도 심장이 몹시 두근거렸고 손발에 힘이 쭉 빠져서 책상 아래 함께 엎어졌다. 조금 시간이 흐르자 검은 기운이 곧 사라졌다. 서리들이 지사를 부축하여 일으켰는데, 서리 가운데 죽은 자가 네 명이었다. 두 명은 녹사였고 두 명은 감옥을 관리하는 자였다. 다들 예전에 경계법을 담당했던 서리들이었다.(현지사 연잠이 한 이야기이다.)

11 장단각의 죽은 친구張端愨亡友

張端愨, 處州人, 嘗爲道士, 平生好丹竈爐火. 初與一鄉友同泛海, 如泉州. 舟人意欲逃征稅, 乘風絕海, 至番禺乃泊舟, 二人不得已少留. 鄉友者得疾死, 張爲殯殮, 寄柩僧寺. 一夕, 寢未熟, 而友至, 呼其字曰: "正父, 公酷好爐鼎, 何爲也?" 張悟其死, 應曰: "吾自好之, 何預君事!" 卽閉目默誦大悲呪. 纔數句, 友已知, 曰: "偶來相過, 何爲爾也!" 卽去.

久之, 復夢曰: "我與君相從久, 今當遠別, 不復再見, 幸偕我行數步相送." 張諾之. 與俱行數步, 至一紅橋, 友先行, 語張曰: "君且止, 此非君所宜過." 揮淚而別. 旣覺, 不能曉. 後數日, 廣帥王承可侍郎令諸刹, 凡寄殯悉出焚. 張念其故人, 命僧具威儀, 火之城下, 收其骨. 至一橋, 擲水中, 乃夢中所至處也. 時紹興十八年.(張生說.)

처주[33] 사람 장단각은 일찍이 도사가 되어 평생 단약 제조하기를 좋아하였다. 당초에 한 고향 친구와 함께 바다를 건너 천주[34]에 간 적이 있었는데, 배 주인이 세금을 피해 바람을 따라 먼 바다로 나갔다가[35] 광주[36]에 이르러서야 비로소 정박하였다.

두 사람은 부득이 그곳에서 잠시 머무를 수밖에 없었는데, 고향 친

33 處州: 兩浙路 處州(현 절강성 麗水市).

34 泉州: 福建路 泉州(현 복건성 泉州市).

35 연해로 항해하다가 항구에 들리면 그때마다 관에서 세금을 부과하므로 먼바다로 나가 중간에 기항하지 않고 곧장 광주에 도착하였다는 말이다.

36 番禺: 廣南東路 廣州(현 광동성 廣州市).

구가 그만 병을 얻어 죽었고, 장단각은 시신을 초빈하여 관을 절에 잠시 기탁하였다. 어느 날 저녁, 장단각이 막 잠들려던 참에 그 친구가 와서 장단각의 자를 부르며 말하길,

"이봐 정보, 자네는 연단을 몹시도 좋아하였는데 무엇 때문이었나?"

장단각은 그가 이미 죽었다는 것을 깨닫고 대답하길,

"내 스스로 좋아한 일이고, 자네 일도 아닌데 왜 상관하는가!"

그리고 즉시 눈을 감고 속으로 「대비주」를 암송하였다. 겨우 몇 구절을 암송하자 그 친구가 이를 알아차리고 말하길,

"오랜만에 와서 서로 만났는데, 어찌 이렇게 대한단 말인가!"

그는 곧 가버렸다.

한참을 지난 뒤 친구는 다시 꿈에 나타나 말하길,

"내가 자네와 서로 함께한 시간이 짧지 않은데 오늘 긴 이별을 하면 다시는 보지 못할 것이야. 나와 함께 몇 걸음 걸으며 배웅해 줄 수 있으면 좋겠어."

장단각이 허락하고, 함께 몇 발짝을 걸었더니 붉은 다리가 나왔다. 친구가 먼저 발걸음을 재촉하며 장단각에게 말하길,

"자네는 여기서 멈추게. 여기는 자네가 지나가서는 안 되는 곳이야."

두 사람은 눈물을 훔치며 이별하였다. 장단각은 잠에서 깨어난 후 그 꿈이 무슨 뜻인지 영문을 알 수 없었다. 며칠 후에 광남의 경략사이며 자가 승가인 시랑 왕부[37]가 모든 사찰에서 보관하고 있는 관을 꺼내서 태우라고 명하였다.

장단각은 그 오랜 친구를 생각하여 승려에게 위엄을 갖춘 제의를

부탁하였다. 광주성 아래서 관을 불사르고 그 유골을 거두었다. 그리고 어느 한 다리에 이르러 강물에 뿌리니, 그곳이 바로 꿈속에서 친구와 함께 갔던 그 다리였다. 그때가 소흥 18년(1148)이었다.(장단각이 한 이야기다.)

37 王鈇(?~1149): 자는 承可이며 강남서로 洪州(현 강서성 南昌市) 사람으로 권신 秦檜의 외가 사촌이다. 진회의 추천으로 관직을 시작해 兩浙西路提點刑獄과 轉運副使를 거쳐 戶部侍郎이 되어 兩浙路의 經界法을 추진하였다. 敷文閣直學士로 湖州지사를 거쳐 廣東經略使 및 廣州지사를 역임하였다.

12 목숨을 구해 달라고 한 여섯 마리 잉어六鯉乞命

汪丞相廷俊, 宣和中爲將作少監. 鄭深道資之爲同寮. 一日, 坐局, 汪得六鮮鯉, 將鱠之, 鄭不知也, 方假寐, 夢六人立階下, 自贊云: "李秀才乞公一言, 于少監乞命." 鄭曰: "不知君等何罪?" 俱曰: "只在公一言." 鄭許諾. 旣寤, 達之汪公. 汪曰: "適得六鯉, 將設鱠, 豈爲是邪?" 遂放之, 鄭自是不食魚.(深道說.)

자가 정준이며 훗날 재상을 지낸 왕백언[38]은 선화연간(1119~1125)에 장작감 소감[39]이었는데, 자가 심도인 정자지[40]가 그의 동료였다. 하루는 왕백언이 관아에서 근무하던 중 여섯 마리의 살아 있는 잉어를 얻었다. 왕백언은 잉어를 회치려고 하였는데, 당시 정자지는 이를 모르고 잠깐 낮잠을 자다가 꿈을 꾸었는데, 여섯 사람이 계단 아래 서서 스스로를 소개하며 말하길,

"이 수재가 공께 한 말씀만 드리겠습니다. 장작감 소감 왕백언께

38 汪伯彦(1069~1141): 자는 廷俊이며 江南東路 徽州 祁門縣(현 안휘성 黃山市 祁門縣) 사람이다. 남북송 교체기의 혼란 속에서 고종을 보필한 공으로 黃潛善과 함께 재상이 되었다. 고종의 제위를 지키기 위해 철저하게 타협책으로 일관하여 영토 회복의 기회조차 포기하였기에 후대 간신으로 비판받았다. 주화파 진회는 그의 조카이다.

39 將作監少監: 元豐 3년(1080) 관제개혁 후 일체의 토목건설 공사를 책임진 부서인 將作監의 부책임자로서 종6품관이다. 약칭은 將作少監이다.

40 鄭資之: 자는 深道이며 建炎 2년(1128)에 吏部員外郎을, 紹興 5년(1135)에 廣南西路轉運判官을 역임하였다.

가셔서 저희 목숨을 구해 달라고 좀 해 주십시오."

정자지가 말하길,

"그대들이 무슨 죄를 지었는지 알지 못하지 않소?"

이에 모두 대답하길,

"그저 공의 한 마디에 저희 목숨이 달려 있습니다."

정자지가 허락하였다. 그는 잠에서 깨어난 후 곧 왕백언에게 가서 말을 전하였다. 왕백인이 말하길,

"마침 여섯 마리의 잉어를 얻어 회를 치려고 하였는데 설마 이를 말함인가?"

왕백언은 곧 잉어를 방생하였다. 정자지는 이때부터 물고기를 먹지 않았다.(정자지가 한 이야기다.)

13 귀신 오랑五郎鬼

錢塘有女巫曰四娘者, 鬼憑之, 目爲五郎. 有問休咎者, 鬼作人語酬之. 或問先世, 驗其眞僞, 雖千里外, 酬對如響, 莫不諧合. 故咸安王韓公兄世良尤信暱, 導王令召之. 巫至韓府, 而五郎者不至. 巫踧踖不自安, 乃出. 後數日, 偶至靈隱寺, 鬼輒呼之. 巫詰其曩日不應命, 曰: "門神禦我于外, 不能達也."

항주 전당현[41]에 사낭이라는 무녀가 있는데, 귀신이 그녀에게 빙의하면 그녀를 오랑이라고 불렀다. 사람들이 길흉을 점치러 오면 귀신이 사람의 말을 하며 응대하였다.

어떤 사람이 자신의 내력에 대해 물으면서 그가 한 말의 진위를 시험하면 비록 천리 밖의 일일지라도 메아리처럼 빨리 대답했고, 맞지 않는 것이 없었다.

죽은 함안군왕[42] 한공의 형 한세량은 특별히 그녀를 믿었고 또 돈독하게 지내어 한공으로 하여금 그녀를 부르게 하였다.

무녀가 한공의 집에 이르렀을 때 오랑은 오지 않았다. 무녀는 어찌할 바를 몰라 불안해 하며[43] 물러날 수밖에 없었다.

41 錢塘縣: 兩浙路 杭州 錢塘縣(현 절강성 杭州市).

42 咸安郡王: 한세충은 紹興 13년(1143)에 咸安郡王에 봉해졌고, 紹興 21년(1151)에 太師 및 通義郡王으로 추증되었으며 孝宗 때 다시 蘄王으로 추증되었다.

43 踧踖: 공손하나 불안해 보이는 모습 또는 배회하면서 망설이는 모습을 뜻한다.

며칠 후에 사낭이 우연히 영은사에 들렀는데 그 귀신이 갑자기 그녀를 불렀다. 무녀가 그가 일전에 명에 응하지 않을 것을 꾸짖자 해명하길,

"대문을 지키는 신이 나를 밖에서 가로막아 들어갈 수 없었소!"

14 소동파의 금강경 사경 東坡書金剛經

東坡先生居黃州時, 手抄『金剛經』, 筆力最爲得意, 然止第十五分, 遂移臨汝. 已而入玉堂, 不能終卷, 旋亦散逸. 其後謫惠州, 思前經不可復尋. 卽取十六分以後續書之, 置於李氏潛珍閣. 李少愚參政得其前經, 惜不能全, 所在輒訪之, 冀復合.

紹興初, 避地羅浮, 見李氏子輝, 輝以家所有坡書悉示之, 而祕金剛殘帙, 少愚不知也. 異日, 偶及之, 遂兩出相視. 其字畫大小高下, 黑色深淺, 不差毫髮, 如成於一旦, 相顧驚異. 輝以歸少愚, 遂爲全經云.(黃文譽說.)

동파 선생이 황주에 있었을 때[44] 직접 손으로 『금강경』을 베껴 썼다. 그때 필력이 한참 절정에 이르러서 기운이 생동했는데, 제15분[45]까지 썼을 때 곧 무주 임녀현[46]으로 옮겨 갔다. 그리고 얼마 되지 않

44 元豐 2년(1079), 蘇軾이 湖州지사를 마치면서 의례적으로 써 올린 「湖州謝表」가 유명한 필화사건인 '烏臺詩案'으로 확대되어 소식은 투옥 생활을 거쳐 결국 淮南西路 黃州(현 호북성 黃岡市)로 유배를 가게 되었다. 소식은 황주 東坡에 초막을 짓고 농사를 지으며 '동파거사'를 자칭하였으며, 울적한 심정을 달래기 위해 주변의 赤壁에 가서 유명한 「赤壁賦」를 남겼다.

45 15分: 『금강경』은 원래 목차 구분이 없었는데, 남조 梁의 昭明太子가 鳩摩羅什의 역본 내용을 32개 分으로 나누고 각 분에 소제목을 단 것이 하나의 표준처럼 되었다.

46 臨汝: 송대에 두 개의 臨汝가 있었다. 하나는 江南西路 撫州 臨汝縣(현 강서성 撫州市 臨川區)이고, 또 하나는 京西北路 汝州 臨汝鎭(현 하남성 平頂山市 汝州市 臨汝鎭)이다. 京西北路의 臨汝縣은 712년 설치되어 956년에 臨汝鎭으로 강등되었다. 蘇軾의 「石鍾山記」 등에 '배를 타고 임녀로 갔다'는 기록이 있어 본문의 임녀

아 한림원에 들어가게 되자 사경을 끝낼 수가 없었고 돌아다니다 보니 이미 써 놓은 것도 흩어지고 말았다. 그 후 다시 혜주[47]로 폄적되었을 때 그전에 썼던 부분을 다시 찾을 수 없을 거라 생각하고 바로 제16분 이후부터 계속 쓴 뒤 혜주 이씨 잠진각에 두었다. 자가 소우인 참지정사 이회는 소식이 앞에 썼던 경전을 손에 넣게 되자 완전하지 않은 것을 안타깝게 생각하고 가는 곳마다 찾아 온전하게 갖추기를 희망하였다.

소흥연간(1131~1162) 초, 이회가 병난을 피하여 혜주 나부산에 갔다가 이씨의 아들 이휘를 만났다. 이휘가 집안에서 갖고 있던 동파가 쓴 글들을 모두 그에게 보여 주었지만『금강경』잔질에 대해서는 숨기고 말하지 않아 이회는 알지 못했다. 그 뒤로 하루는 둘이서 우연히『금강경』에 대해 언급하다가 마침내 가지고 있던 것을 꺼내어 함께 보니 그 자획의 크기와 높낮이, 먹의 농담까지 털끝만한 차이도 없어서 마치 하루 만에 완성한 것 같았다. 서로 마주 보며 경탄을 금치 못하였다. 이휘는 뒷부분을 이회에게 주어 마침내 완전한『금강경』이 만들어졌다.(황문모가 한 이야기다.)

는 무주 임녀현임을 알 수 있다.

47 惠州: 廣南東路 惠州(현 광동성 惠州市 · 汕尾市).

15 승상 하집중何丞相

縉雲何丞相執中在布衣時貧甚, 預鄉貢, 將入京師, 無以爲資, 往謁大姓假貸, 閽人不爲通, 捧刺危坐俟命. 主人晝寢, 夢黑龍蟠戶外, 驚寤出視, 則何公在焉. 問之曰: "五秀何爲至此?" 以所欲告, 主人擧萬錢贈之, 且曰: "君異日言歸, 無問得失, 必過我." 何試竟, 復造其家, 館于外廡. 迨日暮, 執卷徙倚楹間, 主人髣髴又見黑龍蜿蜒而下, 攀繞庭柱. 就視之, 則又何公也. 心異之, 密告何曰: "君且大貴, 毋相忘." 已而何擢第, 調台州判官.

有術者能聽物聲知吉凶, 聞譙門鼓角聲曰: "是中有貴人, 誰其當之!" 或意郡守貳, 視之不然. 凡閱數日, 不可意. 一日, 何乘轎出, 術者見之曰: "此眞貴人. 角聲之祥, 不吾欺也." 何後以徽宗皇帝藩邸恩至宰相, 終于太傅, 贈清源郡王.

처주 진운현[48] 사람인 재상 하집중[49]은 관직에 오르기 전에 집이 몹시 가난하였다. 향시에 합격하여 장차 개봉부에 가서 성시에 응시해야 하는데 여비가 없었다. 돈을 빌리기 위해 부잣집에 갔지만 문지기

48 縉雲縣: 兩浙路 處州 縉雲縣(현 절강성 麗水市 縉雲縣).

49 何執中(1044~1118): 자는 伯通이며 兩浙路 處州 龍泉縣(현 절강성 麗水市 龍泉市) 사람이다. 工部 · 吏部尙書를 거쳐 尙書右丞으로 4년을 지낸 뒤 蔡京의 후임으로 尙書左丞이 되었으나 태학생들의 반발에 부딪칠 정도로 명망이 없었다. 政和 1년(1111), 채경과 함께 재상이 되어 5년을 역임하면서 아부와 거짓으로 북송 멸망에 일조하였다. 어려서 가난했던 경험을 잊지 않고 많은 재산을 들여 義莊을 만들어 宗族 가운데 가난하나 재능 있는 이를 후원하였다.

가 대꾸도 않고 까칠하게 굴어 할 수 없이 무릎을 꿇고 단정히 앉아[50] 처분만 기다렸다. 그때 집주인은 낮잠을 자고 있었는데, 꿈에 흑룡 한 마리가 대문 밖에서 서리고 있었다. 이에 깜짝 놀라 잠에서 깬 뒤 밖으로 나와 보니 하집중이 거기에 있었다. 하집중에게 묻기를,

"오수재[51]가 어쩐 일로 여기에 있는가?"

하집중이 하고 싶은 말을 다 하고 나니 주인이 많은 돈을 아무런 조건 없이 그냥 주면서 이르기를,

"자네가 훗날 고향으로 돌아오면 과거에 급제를 하건 못하건 따지지 말고 꼭 나를 찾아오시게."

하집중은 과거를 마치고 나서 다시 그 집에 들려 바깥채에 머물렀다. 그날 저물녘에 하집중은 책을 들고 기둥 사이에 기대어 서 있었다. 그때 주인은 마치 흑룡이 꿈틀대며 아래로 내려가더니 다시 대청의 기둥을 붙잡고 둘둘 감아 올라가는 것을 또다시 본 것 같았다. 주인이 가서 보니 역시 하집중이었다. 마음속으로 기이하게 여겨 조용히 말하길,

"그대는 장차 크게 될 터이니 우리 서로 잊지 말고 지냅시다."

얼마 지나 하집중은 과거에 급제하였고, 태주 판관으로 부임하였다.

물건의 소리만 듣고도 길흉을 예측할 줄 아는 자가 있었는데, 성문 누각의 북소리와 나팔 소리를 듣고 이르기를,

50 危坐: 두 무릎을 꿇고 앉되 몸을 반듯이 함으로써 공경하는 태도를 유지한다는 말이다.

51 五秀: 하집중은 다섯째 아들이고, 향시에 합격하였기에 '五秀'라고 불렀다. 향리에서 秀才를 부를 때 썼던 말이다.

"이 중에 귀한 사람이 있다. 과연 누가 그 사람일까?"

어떤 이는 주지사나 통판이라고 생각하였지만 그들을 보더니 아니라고 하였다. 그렇게 며칠 동안 살펴보았지만 누구인지 알 수 없었다. 하루는 하집중이 가마를 타고 문을 나서는데, 그 사람이 하집중을 보더니 말하길,

"이 사람이야말로 진짜 귀한 사람이다. 나팔 소리의 상서로움은 나를 속인 일이 없다."

후에 하집중은 휘종이 번저[52]에 있을 때의 은혜를 입어 재상에 올랐으며, 태부의 신분으로 사직하였고 후에 청원군왕으로 추증되었다.

52 藩邸恩: 藩邸는 번왕의 저택, 즉 황제가 즉위하기 전에 거처하던 집을 뜻한다. 藩邸恩이란 번저에 있을 때 맺은 인연으로 황제에 즉위한 뒤 측근으로서 각별한 신임과 대우를 받는다는 뜻이다.

16 반씨에게 나타난 용의 상서로움 潘君龍異

縉雲富人潘君少貧, 嘗貿易城中. 天且暮, 值大雨, 急避止道傍人家, 不能歸, 因丐宿焉, 不知其倡居也. 倡夜夢黑龍繞門左, 旦起視之, 正見潘臥簷下, 心以爲異, 延入, 厚禮之. 欲與之寢, 潘自顧貧甚, 力辭至再三, 強之不可.

一日, 醉以酒, 合焉. 自是傾家貲濟之, 不問其出入. 潘藉以爲商, 所至大獲, 積財踰數十百萬, 因娉倡以歸. 生子擢進士第, 至郡守, 其家至今爲富室云.

처주 진운현의 부자 반씨는 어렸을 때 매우 가난하여 일찍이 성 안에서 물건을 사고파는 일에 종사하였다. 하루는 날이 점점 저물려고 할 때 큰비를 맞아 길옆의 인가로 급히 피하였다. 집으로 갈 수가 없어서 하룻밤 묵게 해 달라고 부탁하였는데, 그곳이 기녀가 사는 집인지 몰랐다. 기녀는 꿈속에서 흑룡이 대문의 왼편을 감싸고 있는 것을 보고 아침 일찍 나가 보니 바로 반씨가 처마 밑에 누워 있었다. 마음속으로 기이하게 여겨서 그를 안으로 들이고 후하게 대접하였다. 그와 함께 침상에 들고자 하였으나 반씨 스스로 자신이 너무 가난한 것에 마음이 쓰여 애써 거듭 사양하였다. 억지로라도 동침하려 하였으나 방법이 없었다.

하루는 술에 취하게 하여 그와 동침하였다. 이때부터 기녀는 집안의 재산을 다 털어 그를 도왔고, 반씨가 어디에 돈을 쓰는지 묻지 않았다. 반씨는 그 돈을 밑천 삼아 장사를 하여 큰돈을 벌었다. 재산이 수천만 전을 넘자 그 기녀와 혼인을 하고 아내로 삼았다. 아들을 낳았는데 진사에 급제하였고 관직이 주지사에 이르렀으며 그 집안은 지금까지도 부자로 일컬어진다.

17 횡산관의 요리사橫山火頭

常州橫山觀火頭, 暑月汲井, 得冰一片, 有蛙立其上. 方以手執冰, 蛙躍去, 乃食其冰, 遂絕穀不食. 初不知書, 自此曉然. 後不知所之. 宣和中也.(李彌正似表說.)

상주[53] 횡산관의 요리사[54]가 어느 여름날 우물에서 물을 긷다가 얼음 한 조각을 얻었는데, 그 위에 개구리 한 마리가 서 있었다. 그가 막 손으로 얼음을 집으려고 하자 개구리가 뛰어 도망갔고 그는 그 얼음을 먹었다. 그때부터 곡기를 끊고 아무것도 먹지 않았다. 이 요리사는 원래 글을 몰랐는데 이때부터 갑자기 잘 이해하게 되었다. 후에는 어디로 갔는지 모른다. 선화연간(1119~1125)의 일이다.(자가 미정인 이사표가 한 이야기다.)

53 常州: 兩浙路 常州(현 강소성 常州市).
54 火頭: 본래 宋軍의 취사병을 지칭하는 말이다.

18 송강의 잉어松江鯉

平江王子簡, 以四月八日至松江, 市魚蝦放生, 得巨鯉以爲鱠. 庖人取魚, 斷尾去鱗, 惟頭腹未殊, 忽躍入江中. 頃之索鱠, 庖人以告. 子簡不加責, 然意其魚死矣. 明年, 復以是日遊松江, 如前市魚, 一鯉鱗尾殲焉. 庖人視之, 蓋昨歲魚也, 竟食之.

평강부[55]의 왕자간은 4월 8일 송강[56]에 가서 물고기와 새우를 사서 방생하다가 마침 큰 잉어를 얻어 회를 쳐서 먹으려고 하였다. 요리사가 잉어를 잡아 꼬리를 자르고 비늘을 벗겼다. 머리와 배를 가르기 직전인데, 잉어가 갑자기 뛰어올라 강으로 들어가 버렸다. 조금 후에 왕자간이 회를 달라고 하자 요리사가 사정을 말해 주었다. 왕자간은 요리사를 책망하지는 않았지만 그 잉어가 죽었을 거라고 생각했다. 이듬해 다시 같은 날 송강을 유람하면서 작년과 마찬가지로 고기를 사서 방생하려는데 비늘과 꼬리가 없는 잉어 한 마리를 보았다. 요리사가 이를 보더니 꼭 작년의 그 잉어라고 하였다. 왕자간은 마침내 그 잉어를 먹고 말았다.

55 平江府: 兩浙路 平江府(현 강소성 蘇州市).

56 松江: 蘇州市에서 발원하여 동쪽으로 흘러 상해에서 黃浦江과 만나 장강으로 유입되는 125km의 강이다. 본래 이름은 松江·吳江이었지만 지금은 吳淞江이라고 부르고 상해 관할 내에서는 蘇州河라고 부른다. 본래 黃浦江이 지류였으나 지금은 상황이 역전되었다.

이견갑지 夷堅甲志 卷12

임적이 쌓은 음덕林積陰德

林積, 南劍人. 少時入京師, 至蔡州, 息旅邸. 覺牀第間物逆其背, 揭席視之, 見一布囊, 中有錦囊, 又其中則綿囊, 實以北珠數百顆. 明日, 詢主人曰: "前夕何人宿此?" 主人以告, 乃巨商也. 林語之曰: "此吾故人, 脫復至, 幸令來上庠相訪." 又揭其名于室曰: "某年某月日劍浦林積假館." 遂行.

商人至京師, 取珠欲貨, 則無有. 急沿故道處處物色之. 至蔡邸, 見榜卽還, 訪林於上庠. 林具以告曰: "元珠具在, 然不可但取, 可投牒府中, 當悉以歸." 商如教. 林詣府, 盡以珠授商. 府尹使中分之, 商曰: "固所願." 林不受, 曰: "使積欲之, 前日已爲己有矣." 秋毫無所取. 商不能強, 以數百千就佛寺作大齋, 爲林君祈福. 林後登科, 至中大夫. 生子又, 字德新, 爲吏部侍郎.

남검주[1] 사람 임적은 젊었을 때 개봉부로 가던 도중 채주[2]에 이르러 여관에 묵었다. 침상과 대자리[3] 사이에 어떤 물건이 있어 등이 배겨서 대자리를 들어 보니 삼베로 된 주머니가 있었고 그 안에는 다시 비단 주머니가 있었다. 또 그 안에는 면으로 된 주머니가 있었는데, 그 안에 북방 진주[4] 수백 알이 들어 있었다. 이튿날 그는 여관 주인에

1 南劍州: 福建路 南劍州(현 복건성 南平市 · 三明市).

2 蔡州: 京西北路 蔡州(현 하남성 駐馬店市 汝南縣).

3 牀笫: 침상과 자리를 가리킨다. 본문의 '第'는 '笫'의 이체자이다. 笫는 대나무로 짠 자리를 뜻한다.

4 北珠: 松花江 하류와 그 지류에서 채취되는 진주로서 재질이 균일하고 맑으며 광

게 물어보길,

"어젯밤 어떤 사람이 이 방에 묵었소?"

주인은 누구누구라고 말해 주었는데 그는 거상이었다. 임적은 주인에게 다시 말하길,

"그는 내 오랜 친구요. 만약 다시 오면 그에게 개봉부의 태학[5]에 와서 나를 찾으라고 전해 주시오."

또 자기의 이름을 다음과 같이 방 안에 적었다.

"모년 모월일, 남검주 검포현[6]의 임적이 묵고 가다."

그는 가던 길을 계속 갔다.

상인은 개봉부에 이르러 진주를 내다 팔려고 보니 그제야 진주가 없어진 것을 알았다. 급하게 지나온 길을 되돌아가면서 가는 곳마다 진주를 찾았다. 채주의 여관에 도착했을 때 임적이 쓴 글을 보고 개봉부로 다시 돌아와 태학에 가서 임적을 찾았다. 임적은 자초지종을 설명한 뒤 말하길,

"당신의 진주는 모두 그대로 있소. 그러나 지금 이대로 돌려줄 수는 없소. 개봉부 관아에 가서 모두 진술을 한 뒤에 전부 당신에게 돌려주겠소."

상인은 임적이 시킨 대로 하였고, 이에 임적은 개봉부 관아로 가서 진주를 모두 상인에게 돌려주었다. 개봉부지사[7]는 그들에게 진주를

택이 좋은 극상품으로서 거란·여진에 의해 알려지기 시작하여 공납품이 되었다. 큰 것은 반치 정도이고 작은 것은 콩만하다. 東珠라고도 한다.

5 上庠: 『禮記』에 기록된 학교의 명칭으로 태학에 해당한다. 향학은 庠序라고 하였다.

6 劍浦縣: 福建路 南劍州 劍浦縣(현 복건성 南平市).

반으로 나눠 가지라고 하였다. 상인도 말하길,

"저도 진실로 그러기를 바라는 바입니다."

그러나 임적은 받지 않았다.

"제가 그것을 가지려고 했다면 그날 이미 제 것으로 했을 것입니다."

그는 조금도 탐내지 않았다. 상인은 더 이상 어떻게 할 수 없어 수백 관을 들여 절에서 재를 올리고 임적을 위해 복을 빌어 주었다. 임적은 후에 과거에 급제하였고 중대부[8]까지 올랐다. 자가 덕신인 아들 임우는 이부시랑까지 올랐다.

7 府尹: 개봉부지사로서 종3품이며, 서열은 6부 상서와 시랑의 중간이다. 도성의 지사답게 漢代의 명칭인 京兆를 비롯해 尹京 · 尹臣 · 南衙 등 다양한 별칭이 있다.

8 中大夫: 문관 寄祿官 29개 품계 중 9위이며 종4품상이었으나 元豐 3년(1080) 관제 개혁 후 문관 寄祿官 30개 품계 중 12위이며 정5품에 해당한다.

02 임씨가 부자가 된 경위林氏富證

姑蘇人殿中丞吳感, 初造宅, 圬墁卽畢, 明日, 牆壁間遍印鶴爪, 髣髴若'林'字. 居數月, 頗有怪異, 往往至夜分, 則白衣數人泣而出. 吳君卒, 其家他徙, 同郡林茂先大卿售得之. 卜居才一日, 見庭前小兒數十, 皆白衣, 行至屋角不見, 卽命斸其地, 未數尺, 得銀孩兒數十枚, 下皆刻'林'字. 悉貨之, 自此巨富.

소주[9] 사람으로 전중성승[10]인 오감이 당초 집을 지을 때 흙손질[11]을 다 마무리하고 난 다음 날 담 벽에 학의 발자국이 새겨졌는데 마치 '임林'자와 모양이 같았다. 그런데 집에 사는 몇 달 동안 집안에 이상한 일들이 적지 않게 벌어졌다. 종종 한밤이 되면 흰옷을 입은 몇몇 사람들이 울면서 나타나기도 했다. 오감이 죽고 그 가족들은 다른 곳으로 이사를 갔고, 자가 무선인 소주 사람 임대경이 그 집을 샀다. 이사[12]한 첫날 뜰 앞에서 어린아이 수십 명이 나타났는데 모두 흰옷

9 姑蘇: 兩浙路 蘇州(현 강소성 蘇州市). 소주를 지칭하는 가장 오래된 지명이자 별칭이다. 춘추전국 이후 오랫동안 吳縣 · 吳郡으로 불렸고, 소주라는 지명은 開皇 9년(589)에 비로소 출현하였다. 소주는 州城의 옆에 있는 姑蘇山에서 유래하였다.

10 殿中省丞: 殿中省에서 郊祠와 太廟 제사 등에 관한 물품 조달 및 관리 업무를 맡았으며 문관 寄祿官 30개 품계 중 24위이며 정8품에 해당한다. 약칭은 殿中丞이다.

11 圬墁: 담장이나 벽에 고운 흙 · 석회 · 도료 등을 칠해서 장식하는 것을 말하며 圬鏝이라고도 한다.

12 卜居: 본래 자신이 어떻게 처신하는 것이 좋은지를 점친다는 말인데 살 곳을 고른다는 뜻으로도 쓴다.

을 입고 있었다. 그들은 집 모퉁이 쪽으로 가더니 이내 사라졌다. 임대경은 사람들에게 명하여 그 땅을 파 보라고 하였다. 몇 척 파지도 않았는데 은으로 된 아이 모양 인형 수십 개를 발견하였고, 인형의 아랫부분에는 모두 '임林'자가 새겨져 있었다. 임대경은 이를 모두 내다 팔았고 이때부터 큰 부자가 되었다.

03 석보의에 대한 천둥 벼락의 징벌雷震石保義

紹興十六年夏, 鎭江大雨, 雷電發屋撤木, 火毬數十袞于地. 長人不可數, 皆丈餘, 朱衣青袖, 持巨斧, 入一屠家, 屠者死之. 又入數家, 詢巡轄遞鋪石保義所在, 至軍營中, 得其居. 石生正抱子, 長人揮去之, 死斧下.(焦山湛老說.)

소흥 16년(1146) 여름 진강부[13]에 큰비가 내렸다. 천둥과 번개가 쳐서 집이 무너지고 나무가 쓰러졌다. 수십 개의 불덩이가 땅에 굴러다녔다. 몇 사람인지 헤아릴 수 없는, 키가 한 장은 족히 넘어 보이는 거인들이 푸른 소매를 한 붉은 옷을 입고 커다란 도끼를 들고 다녔다. 이들은 한 도살업자의 집에 들어가더니 도살업자를 죽였다. 또 여러 집에 들어가 역참을 순찰 관리[14]하는 석보의가 있는 곳을 물었다. 그들은 군영에 가서 석보의가 사는 집을 찾아냈다. 석보의는 그때 아들을 안고 있었는데, 거인들은 도끼를 휘둘러 대었고 그는 도끼에 맞아 죽었다.(초산[15] 사람 잠로가 한 이야기다.)

13 鎭江府: 兩浙路 鎭江府(현 강소성 鎭江市). 政和 3년(1113)에 潤州를 鎭江府로 승격시켰다.

14 巡轄: 관할지역을 순찰한다는 말이다.

15 焦山: 金山・北固山과 함께 '鎭江三山'이라고 불리는 명승지다. 장강 삼각주의 하나로 높이는 71m에 불과하지만 사면이 강으로 둘러싸여 많은 유적과 아름다운 풍광을 자랑한다.

04 선어를 먹을 때 주의할 점食鱔戒

紹興戊辰三月, 平江小民醉中食鱔魚, 誤呑其鉤, 線猶在口旁, 急以手牽之. 線中斷, 鉤不可出, 痛楚之甚, 幾不救. 旬日始能食.

소흥 18년(1148) 3월 평강부[16]의 한 서민이 취중에 선어[17]를 먹었는데 잘못하여 낚싯바늘을 삼켰다. 낚싯줄이 아직 입에 걸려 있어서 급히 손으로 그것을 잡아당겼다. 그러자 줄이 곧 끊어져서 바늘을 빼낼 수가 없게 되었다. 통증이 매우 심하였는데 치료할 방법이 없었다. 열흘 정도 지나서야 비로소 음식을 먹을 수 있게 되었다.

16 平江府: 兩浙路 平江府(현 강소성 蘇州市).

17 鱔魚: 뱀장어와 비슷하게 생긴 물고기로 드렁허리라고도 한다.

05 진운현의 귀선縉雲鬼仙

處州縉雲鬼仙, 名英華, 姿色絕豔, 肌膚綽約如神仙中人, 居主簿廨中. 建炎間, 主簿王傳表弟齊生者與之相好, 交歡如夫婦. 簿家亦時見之, 以詰齊, 齊笑不答. 一日, 與英偶坐, 而簿至, 英急入帳中, 簿求見甚力. 英曰: "吾容色迥出世人, 若見我, 必有惑志. 子有室家, 恐嫌隙遂成, 非令弟比, 決不可得見也."

居無何, 簿妻病心痛, 瀕死, 更數醫, 莫能療. 英以藥一劑授齊生云: "以飲爾嫂, 當有瘳. 世間百藥不能起其疾, 若不吾信, 則死矣." 齊先以白簿, 簿曰: "人有疾而服鬼藥, 何邪?" 妻雖病困, 然微聞其言, 亟攘藥服之, 少頃卽甦, 明日而履地. 擧室大感異之.

踰年, 齊辭歸, 英送至臨安城外, 曰: "帝城多神明, 不可入, 將告別." 英泣曰: "相從之久, 不忍語離. 觀子異日必死於兵, 吾授子一炷香, 願謹藏去. 脫有難, 焚之, 吾聞香煙卽來救子. 但天數已定, 恐不可免爾." 卽別, 而齊生從張王俊軍淮上, 與李成戰, 竟死.

久之, 他盜犯縉雲, 吏民奔竄. 及盜去, 堂吏某中奉者, 據主簿官舍, 簿乃居山間. 英至山間, 問簿妻何以未反邑, 具以告. 英曰: "吾能去之." 盛飾造中奉宅, 因稱主簿侍兒, 厲聲誚責, 忽不見. 中奉大恐, 急徙出.

嘗有部使者至邑, 威嚴凜然, 官吏重足, 正坐廳事, 一婦人緩行廡下, 歷階阤而升. 訝之, 以詢從吏, 皆不敢對. 會邑官白事, 語之曰: "諸君婢媵, 不爲隄防, 乃令得至此." 衆以英爲解, 懼甚, 卽日治行.

後轉之丞廳, 丞爲所染, 沿檄桉行經界, 英亦同塗. 丞未幾死. 邑令趙道之欲去其害, 齋戒數日, 將奏章上帝. 英已知之, 語令曰: "吾非下鬼比也, 若我何!" 俄齋室振動, 令家大小皆病, 遂不敢奏. 至今猶存. (閭丘寧孫叔永說.)

이름이 영화인 처주 진운현[18]의 귀선[19]은 자태가 곱고 용모가 빼어났다. 몸이 가냘프고 아리따운 것이 마치 선녀와 같았다. 그녀는 진운현 주부 관아에서 살고 있었다. 건염연간(1127~1130) 그녀는 주부 왕전의 사촌 동생 제씨와 서로 잘 지냈는데, 함께 지내는 것이 마치 부부 같았다. 왕전 가족들도 자주 그녀와 잠자리를 함께하는 것을 보고 제씨를 나무랐지만 그는 미소만 지을 뿐 아무 말도 하지 않았다. 하루는 제씨가 영화와 함께 나란히 앉아 있는데 왕전이 왔다. 영화가 급히 장막 안으로 숨자 왕전은 한 번 보기를 간곡하게 청하였다. 영화가 말하길,

"저의 자태와 용모는 여느 사람들보다 훨씬 뛰어나 만약 저를 보시게 되면 반드시 미혹될 것입니다. 공께서는 가정이 있으니 미움과 다툼이 생길까 두렵습니다. 공의 사촌 동생과는 상황이 다르니 절대로 저를 보셔서는 안 됩니다."

얼마 후에 왕전의 아내가 심장병을 얻어 곧 빈사지경에 빠지자 여러 명의 의사를 바꿔 봤지만 모두 고치지 못하였다. 영화가 약 한 제를 가져와 제씨에게 주면서 이르기를,

"이 약을 당신 형수님께 드시게 하면 병이 반드시 나을 것입니다. 세간에 있는 그 어떤 약도 그 병을 고칠 수 없습니다. 만약 제 말을 못 믿는다면 곧 죽게 될 것입니다."

제씨는 먼저 왕전에게 이를 말하였다. 왕전이 대답하길,

18 縉雲縣: 兩浙路 處州 縉雲縣(현 절강성 麗水市 縉雲縣).

19 鬼仙: 도교에서 말하는 五仙 가운데 하나로 가장 낮은 경지의 신선이다. 오선은 신선을 경지에 따라 鬼仙·人仙·地仙·神仙·天仙으로 나눈 것이다. 靈鬼라고도 한다.

"사람이 병에 걸렸는데, 귀신의 약을 복용하는 것이 무슨 소용이 있겠는가?"

왕전의 아내는 비록 병으로 정신이 혼미했지만 그들의 대화를 언뜻 듣고는 약을 잽싸게 가져다 몰래 먹었는데, 병세가 바로 좋아졌다. 그다음 날부터 걸을 수 있게 되자 온 집안사람들이 크게 감탄하며 기이하게 여겼다.

이듬해 제씨는 영화에게 이별을 고하며 돌아가게 되었고, 영화는 그를 임안부[20] 성 밖까지 배웅해 주며 말하길,

"황제가 계신 도성은 신령들이 많은 곳이니 저는 들어갈 수 없습니다. 여기서 이별을 고해야겠습니다."

영화는 눈물을 흘리며 또 말하길,

"서로 함께한 지가 오래되었는데 차마 이별을 말하기가 어렵군요. 제가 보기에 당신은 훗날 반드시 병란으로 죽게 될 것입니다. 제가 당신에게 향을 하나 줄 터이니, 바라건대 삼가 잘 갖고 계세요. 만약 어려움이 생기면 그 향을 피우세요. 그러면 제가 향 냄새를 맡고 곧 당신을 구하러 가겠습니다. 다만 하늘의 뜻이 이미 정해져 있으니 아마도 죽음을 피하기는 어려울 것 같습니다."

이별을 한 후 제씨는 청하군왕 장준[21]의 군인이 되어 회하 부근에

20 臨安府: 남송 兩浙路 臨安府(현 절강성 杭州市).

21 張俊(1086~1154): 자는 伯英이며 秦鳳路 鳳翔府(현 감숙성 天水市) 사람이다. 어려서부터 군에 들어가 많은 공을 세웠으며 특히 남송 건국기에 岳飛·韓世忠·劉光世와 함께 中興四將으로 손꼽힌다. 海陵王의 공격을 차단하였고 李成과 大齊의 공세를 격파하였다. 금에 대한 강경론을 주장하다 살해되고 실각된 岳飛·韓世忠과 달리 장준은 적극적으로 고종의 뜻에 부합하여 부귀영화를 누렸다. 정치적 노선과 지나친 축재 등으로 그에 대한 비난 여론도 적지 않았다.

서 벌어진 이성 군대와의 전투에서 결국 전사하고 말았다.

한참 지나 다른 도적떼가 진운현을 쳐들어 왔는데, 관리들과 주민들이 달아나서 몸을 숨겼다. 도적떼가 물러날 즈음 제칙원 오방당후관[22]인 중봉대부[23] 모씨가 주부의 관사를 차지하여, 주부 왕전은 산간에 머물렀다. 영화가 산간으로 가서 왕전의 아내에게 왜 읍내로 돌아오지 않느냐고 물으니 그녀가 전후 사정을 모두 말해 주었다. 이에 영화가 말하길,

"제가 그를 내쫓을 수 있습니다."

영화는 한껏 치장을 한 후 중봉대부의 집에 가서 주부 왕전의 시녀라 칭하고 엄한 목소리로 꾸짖고는 홀연히 사라졌다. 중봉대부는 두려워 떨며 급히 그 집에서 이사 나갔다.

일찍이 양절로의 어느 감사가 진운현에 왔는데 위엄이 있고 늠름했다. 현의 관원과 서리들이 몹시 두려워하며 전전긍긍[24]하였다. 그가 청사에 앉아 업무를 보고 있는데, 한 여자가 대청 아래를 천천히 지나더니 경사진 계단 보호석을 밟고 대청 위로 올라왔다. 감사는 이를 보고 놀라서 누구냐고 서리에게 물었으나 모두 감히 대답하지 못

22 制敕院五房堂後官: 황제의 조칙을 작성하는 제칙원 뒤에 위치한 5개 관서(孔目房 · 吏房 · 戶房 · 兵禮房 · 刑房)의 책임자를 말한다. 각 房마다 3명이며, 1명은 황제의 구두 지시 및 초안 작성, 1명은 문서 점검 및 제출, 1명은 인장 관리 및 문서 하달을 책임졌다. 권한이 너무 커서 폐단이 발생하자 淳化 1년(990) 이후 각 房마다 책임자를 1명으로 축소하고 都提點五房公事 1명을 두었다. 품계도 5품에서 종8품으로 내렸다. 약칭은 堂吏 · 堂後官 · 中書堂後官 등이다.

23 中奉大夫: 大觀 2년(1112)에 신설하였으며 문관 寄祿官 30개 품계 중 13위이며 종5품이다.

24 重足: 감히 두 발로 반듯이 서지 못하고 한쪽 발로 선다는 말로서 매우 두려워한다는 뜻이다.

했다. 마침 현의 한 관원이 공무를 보고하고 있었기에 감사가 그에게 말하길,

"너희들이 집안 시녀와 첩들을 통제하지 않으니 저것이 감히 여기까지 올라오는구나!"

모두 그 여자가 영화라며 설명해 주자 그는 겁을 먹고 그날로 진운현을 떠났다.

후에 영화는 다시 거처를 현승의 관청으로 옮겼고, 현승이 그녀와 관계를 맺게 되었다. 경계법을 시행하라는 지시에 따라 현승이 토지를 측량할 때 영화가 그와 동행하였다. 현승은 오래잖아 죽었다. 이에 진운현지사 조도지는 영화로 인한 위해를 없애기 위해 며칠 동안 재를 올렸고, 상제에게 고하려고 하던 찰나에 영화가 이미 이를 알고 지사에게 이르기를,

"나를 다른 잡귀들과 비교하지 마라. 네가 나를 어찌할 수 있겠느냐!"

잠시 뒤 재실이 진동하며 조도지 집안의 어른과 아이가 모두 병이 났다. 이에 조도지는 상제에게 감히 상주하지 못하였다. 영화는 지금도 진운현에 살고 있다.(여구녕의 손자 여숙영이 한 이야기다.)

06 선화연간의 어느 궁녀宣和宮人

宣和中, 有宮人得病, 譫語, 持刃縱横, 不可制. 詔寶籙宮法師治之, 不効. 盡訪京城道術者, 皆莫能措手, 於是閉之空室, 不給食, 如是數年.

有程道士者, 從龍虎山來, 或以其名聞, 命召之. 上曰: "切未可啟戶, 彼挾刃將傷人." 道士請以禁衛數百, 執兵仗圍其室三匝, 隔門與之語, 且投符使服. 宮人笑曰: "吾服符多矣, 其如予何!" 遂呑之. 已而稍定, 曰: "此符也得." 道士遂啟門. 宮人譊譊不已, 然卽爲符所制, 不能出. 道士以刀劃地爲獄, 四角書'火'字, 叱之曰: "汝爲何鬼所憑, 盡以告我. 不然, 擧輪火焚汝矣." 不肯言.

取火就四角延燒, 始大叫曰: "幸少寬, 我將吐實." 道士爲滅去兩角火. 乃言曰: "吾亦龍虎山道士, 死而爲鬼. 凡丹呪法籙, 皆素所習, 故能解之. 不意仙師有眞符, 今不敢留, 願假數日而去." 道士怒曰: "宮禁中豈宜久, 此必速去." 卽入奏曰: "此鬼若不誅殛, 必貽禍他處, 非臣不可治." 遂縛草爲人, 書牒奏天詑, 斬之. 宮人卽蘇.

선화연간(1119~1125)에 한 궁녀[25]가 병이 나서 헛소리를 하며 칼을 들고 이리저리 돌아다니는데 제지할 방법이 없었다. 조칙을 내려 보록궁의 법사로 하여금 와서 궁녀를 치료하게 하였으나 효과가 없었다. 개봉부의 도술을 하는 자들을 다 찾았으나 모두 손을 쓸 수 없다

25 宮人: 妃嬪이나 宮女의 총칭이며, 황제의 일상생활에 필요한 일을 전담하는 관리를 뜻하기도 한다.

고 하였다. 이에 그녀를 빈방에 가두고 음식을 주지 않았다. 이렇게 여러 해가 지났다.

정 도사라는 자는 용호산에서 왔는데 어떤 사람이 그 이름을 아뢰자 휘종이 그를 데려오라고 했다. 휘종이 말하길,

"절대 그 문을 열어서는 안 된다. 그녀는 칼을 지니고 있어 사람을 다치게 할 수 있다."

도사는 금위군 수백 명을 요청하였고, 병사들에게 무기를 들고 그 방을 세 겹으로 에워싸게 하였다. 문 너머로 그녀에게 말을 걸면서 부적을 넣어 주어 그녀에게 먹게 하였다. 궁녀가 웃으며 말하기를,

"내가 부적을 수없이 많이 먹었다. 부적으로 나를 어떻게 할 수 있을 것 같으냐!"

그러면서 부적을 삼켰는데 오래지 않아 조금씩 안정을 찾았다. 이어서 말하길,

"이 부적은 그런대로 쓸 만하구나!"

이에 도사가 방문을 열었다. 궁녀는 누군가와 따지듯이 쉬지 않고 지껄여 댔다. 그러나 이미 부적으로 제어되어 있어서 문밖으로 나올 수는 없었다. 도사는 칼로 땅에 금을 그어 감옥을 만들었고, 네 모서리마다 '불 화火'자를 썼다. 그 후 그녀를 꾸짖으며 말하길,

"너는 어떤 귀신이 빙의한 것인지 나에게 모두 다 고하거라. 그렇지 않으면 나는 윤화[26]로 너를 태워 죽일 것이다."

하지만 그녀는 말하려 들지 않았다. 도사가 불씨를 가져다 사방에

26 輪火: 전설상의 둥근 불덩어리를 말하는데, 마치 바퀴처럼 생긴 둥근 것에 불이 붙어 도는 모습을 가리킨다.

불을 피웠다. 그제야 비로소 궁녀가 크게 외치길,

"잠깐만 기다려 주세요. 내가 실토하겠습니다."

도사는 두 모서리의 불을 꺼 주었다. 이에 그녀가 말하길,

"나 역시 용호산의 도사였으나 죽고 나서 귀신이 되었소. 무릇 모든 단약과 주술, 부록을 평소 익혀 두었기에 능히 모든 부적을 풀어버릴 수도 있었다오. 그런데 선사께서 진짜 부적을 가지고 계실 줄 몰랐소. 이제 감히 더 머무를 수가 없게 되었으니 며칠 말미를 주면 내가 떠나겠소이다."

도사가 화를 내며 말하길,

"궁중에 어찌 말미란 말이 있을 수 있단 말인가. 반드시 지금 당장 떠나거라."

도사는 다시 궁중에 들어가 휘종에게 상주하기를,

"이 귀신을 만약 지금 죽이지 못하면 반드시 다른 곳에 화가 미칠 것입니다. 제가 아니면 이자를 다스릴 수 없을 것입니다."

곧 풀을 묶어 허수아비를 만든 뒤 공문을 써서 하늘에 고한 후 허수아비의 목을 베었다. 궁인은 곧 깨어났다.

07 개봉부의 한 도사京師道流

京師有道流, 居城外, 夢一神將告之曰: "帝遣我等五百輩, 日侍左右, 從師行持." 自是法大振. 嘗騎驢入城, 見一村民, 急下驢語之曰: "有妖鬼隨汝, 不可不除." 命俱至茶肆. 市人千百聚觀, 道流遣神將杖之, 民號呼不已. 杖畢, 飮之以符, 卽如平常.

有惡少年語衆曰: "第能杖有鬼者, 不能杖我." 道士大怒, 又叱神將杖之二百. 惡少年受杖, 號呼如前人, 且謝罪, 乃釋之. 未幾, 復夢神人來告曰: "帝以師妄笞平民, 令吾持牒盡索神將." 卽寤, 法不復行. 得大病, 幾死.(二事強幼安說.)

개봉부[27]의 한 도사는 성 밖에 거주하였는데, 어느 날 밤 꿈에 한 신장이 나타나 그에게 말하길,

"상제께서 우리 오백 명을 보내어 매일 도사의 좌우를 지키며 도사께서 하시는 일을 따라 실행하라고 하였습니다."

이때부터 그의 법술이 크게 영험해졌다. 하루는 나귀를 타고 개봉성에 들어가는데, 한 촌민을 보고 서둘러 나귀에서 내려 그에게 말하길,

"한 요괴가 너를 따르고 있으니 쫓아내지 않을 수 없다."

그리고는 그에게 함께 다관에 가자고 하였다. 천 명이 넘는 시장

27 開封府: 東京 開封府(현 하남성 開封市).

사람들이 몰려들어 구경하였고, 도사는 신장에게 명하여 몽둥이로 치라고 하였다. 그 촌민은 계속 비명을 질러 댔다. 매질이 끝나자 그에게 부적을 마시게 하였고 촌민은 곧 평상시와 같아졌다.

이때 불량한 소년 하나가 구경하던 사람들에게 말하길,

"저 도사는 귀신 들린 사람만 때릴 수 있지, 나를 때릴 수는 없을 걸!"

도사가 크게 노하여 다시 그 신장에게 당장 몽둥이로 200대를 치라며 질책하였다. 그 소년은 몽둥이로 맞으면서 앞의 촌민처럼 비명을 지르며 아파했고, 또 잘못했다고 빌기에 비로소 풀어주었다. 오래지 않아 도사는 다시 꿈을 꾸었는데, 한 신이 나타나서 말하길,

"상제께서는 도사가 제멋대로 백성을 때렸다며 나로 하여금 공문을 갖고 가서 신장들을 모두 데려오라고 하셨습니다."

잠에서 깨어나자 도사의 법술은 다시 통하지 않았다. 도사는 큰 병을 앓았고 거의 죽을 뻔했다.(이 두 가지 일화는 강유안이 한 이야기다.)

08 위급한 순간에 나온 지혜倉卒有智

秀州士大夫家一小兒, 纔五歲, 因戲劇, 以首入擣藥鐵臼中, 不能出, 擧室無計. 或教之使執兒兩足, 以新汲水急澆之. 兒驚啼體縮, 遂得出. 又有一兒, 觀打稻, 取穀芒置口中, 黏著喉舌間, 不可脫. 或令以鵝涎灌之, 卽下, 蓋鵝涎能化穀也. 二者皆一時甚急, 非倉卒有智, 未易脫也.(聞人茂德說.)

수주[28]의 사대부 집안에 한 어린아이가 있었는데 겨우 다섯 살이었다. 심하게 장난을 치다가 머리가 약을 찧는 쇠 절구통에 들어가서 빠지지를 않았다. 온 집안 식구들이 방법을 찾지 못하여 쩔쩔매고 있는데, 어떤 사람이 알려 주길 아이의 두 다리를 잡고 새로 길러 온 찬물을 아이에게 확 끼얹어 버리라고 하였다. 시키는 대로 하자 아이가 놀라서 울며 몸이 오그라들어서 겨우 빠져 나올 수 있었다.

또 한 아이가 타작하는 것을 보다가 곡식의 까끄라기를 입에 넣었는데 인후와 혀 사이에 붙어서 빼낼 수가 없었다. 어떤 사람이 거위의 침을 아이의 입에 넣어 주라고 하여 그렇게 하였더니 곧 목으로 넘어갔다. 아마 거위의 침이 곡식의 까끄라기를 녹일 수 있기 때문인 듯하다. 이 두 가지 경우 모두 매우 위급한 상황으로 창졸간에 나온 지혜가 아니면 해결될 수 없는 일이었다.(이 일화를 들은 무덕이 한 이야기다.)

28 秀州: 兩浙路 秀州(현 절강성 嘉興市).

09 왕언장 편지의 발문汪彦章跋啟

錢塘關景仁子開爲稅官, 爲其下告訐, 郡守械之獄. 子開弟子東注往會稽, 告急於兵部侍郎汪彦章. 汪爲馳書屬杭守, 事遂釋. 子開具啟謝汪, 未達而死. 子東爲致之, 汪書其後曰: "解晏子之驂, 昔曾伸於賢者, 挂徐君之劍, 今有感於斯文."

자가 경인인 항주 전당현[29]의 세무관원 관자개는 아랫사람에게 고발을 당하였다. 항주지사는 관자개에게 형구를 채워 하옥시켰다. 관자개의 동생인 관자동은 월주[30]로 가서 병부시랑 왕언장[31]에게 급한 상황을 알렸다. 왕언장은 급히 편지를 써서 항주지사에게 전했고 일이 마침내 해결되었다. 관자개는 편지를 써서 왕언장에게 감사의 뜻을 전했는데 편지가 도착하기도 전에 관자개가 죽었다. 관자동이 형을 대신하여 그 편지를 전하자 왕언장은 그 편지 뒤에 다음과 같이 썼다.

"예전에 제나라의 안자가 참마[32]를 풀어 주고 월석보의 죄를 용서해 달라고 하였는데, 그것은 현인을 돕기 위해 그렇게 한 것이다.[33]

29 錢塘縣: 兩浙路 杭州 錢塘縣(현 절강성 杭州市).

30 會稽: 兩浙路 越州(현 절강성 紹興市).

31 汪彦章: 권신 王黼와 태학 同舍生이고 吳興縣지사 · 撫州지사 · 翰林學士 · 병부시랑을 역임하였다.

32 驂馬: 춘추전국 시대 마차를 끄는 4마리 말 가운데 중간에서 마차의 끌채를 끄는 두 마리를 가리켜 服馬, 그 양옆에서 힘만 보태는 말을 참마라고 한다.

또 오나라의 계찰은 서군의 묘 앞에 옥검을 걸어 두었는데, 이것은 죽은 친구의 바람을 들어준 것이다.[34] 이 편지는 이렇듯 천고에 전해지는 두 아름다운 일화를 생각나게 하는구나!"

33 춘추전국시대 齊의 晏子는 越石父라는 인자한 이가 어쩌다가 죄인의 몸이 되어 끌려가는 것을 보았다. 그는 이를 안타깝게 여겨 자기 수레의 驂馬를 보석금으로 내주고 그를 풀어 주었다.

34 춘추전국시대 吳의 季札이 上國으로 사신 가는 길에 徐國을 들렀는데, 임금이 계찰의 칼을 매우 부러워하였다. 계찰은 칼을 주기로 마음속으로 작정하고 귀국하는 길에 서국을 들렀으나 임금이 이미 죽은 뒤였다. 계찰은 마음속 약속을 지키기 위해 임금의 묘에 칼을 걸어 놓고 왔다.

10 육합현의 학교六合縣學

眞州六合縣, 自兵戈後, 學舍焚燎無遺, 諸生相與築茅屋十數間以居. 久之, 議欲遷徙. 初, 邑有廢寺, 當羣盜卽息, 一僧出力丐錢經營之. 嘗取石郊外, 得兩大石, 頗平, 移置諸殿前之溝上, 若橋然. 凡累年, 寺略成而主僧死, 無有繼者, 縣因卽其宮爲學. 方聚工葺治, 揭溝石去之, 其陰大刻'縣學'兩字, 莫知何歲月也. 則此寺當爲學校, 疑若冥數云.(縣人崔嵩叔詹說.)

진주 육합현[35]은 전란이 있은 뒤로 현학의 교사가 불태워져 남은 것이 없었는데, 여러 학생들이 서로 도와 초가집 십여 칸을 지어 기거하고 있었다. 시간이 흘러 이사를 하자는 논의가 있었다.

당초에 현성에 폐사가 있었는데, 군도들이 평정되고 난 후 한 승려가 힘껏 모금하며 중건에 착수하였다.

그는 일찍이 교외로 가서 돌을 구하다가 큰 바위 두 개를 구해서 편전 앞 도랑 위에 옮겨 놓았는데 매우 평평하여 마치 다리 같았다.

몇 년이 흘러 절이 대략 완성될 무렵 주지승이 죽었고, 그를 이을 자가 없었다. 그래서 현에서는 그 건물을 학교로 쓰려고 하였다.

바야흐로 공인들을 모아 공사를 하려고 도랑 위의 돌을 치우려는데 돌의 뒷부분에 '현학'이라는 두 글자가 크게 새겨져 있었다.

35 六合縣: 淮南東路 眞州 六合縣(현 남경시 六合區).

누가 언제 이것을 새겼는지 아무도 몰랐다. 이때부터 그 사찰이 육합현의 현학이 되었고, 사람들은 이를 하늘의 뜻이라 말하였다.

(자가 숙첨인 육합현 사람 최암이 한 이야기다.)

11 명계를 다녀온 고준高俊入冥

昔東坡先生居儋耳, 有處女病死, 已而復蘇云: "追至地獄, 其繫者率儋耳人也." 近夔州戍兵高俊事大類此, 豈非所謂地獄者, 一方各有之, 時託人以傳, 用爲世戒歟!

俊家睢陽, 世爲卒, 隸雄威軍. 紹興二十二年正月辛亥, 登夔之高山, 逢一人, 披髮執杖, 出符示俊曰: "受命追汝." 俊恐怖, 亟歸. 彼人隨之不置. 俊至家, 擧食器擲之, 彼人怒扼其喉, 俊立仆地, 卽覺從而西. 且行且出其符, 凡大書數行, 後有'押'字, 俊不識也.

行久之, 路正黑, 俄, 豁然明, 見城郭嚴峻, 四隅鐵扉甚高, 四顧廛市列肆, 如一郡邑, 其中若大府, 兩廡囚繫幾滿, 一女子懸足於桁. 吏曰: "前生妄費膏油以塗髮, 故懸以瀝之." 又一女反縛, 以鉗鉗其舌. 吏曰: "生前好搖唇鼓舌者." 後所識寧江都將, 荷鐵校, 曳鐵鎖, 獄卒割剔其股文, 血肉淋漓, 形容枯瘠不類人.

左右破腦者・折脛者・折肱者・穴胸者, 百十人環守之. 吏曰: "生前賊殺無辜者也." 一部將亦同繫, 箠掠無全膚. 次則市之鬻麵者曰冉二, 死已數年矣, 前列一大甕, 畜腐水敗泔, 其七已空. 吏曰: "是嘗棄麵與水漿, 今積于此, 日使盡三杯." 又有鬻餳者黃小二, 爲獄卒, 勞問俊曰: "汝何時來耶?" 與俊同曹追者凡三百餘人, 奉節令趙洪先一夕死, 亦彷徨庭下.

堂上黃綬主者呼俊曰: "汝以何年月日時生乎?" 俊曰: "俊年二十五歲, 六月二十四日辰時生." 主者披籍曰: "吾所追, 乃生于巳時者." 使俊止以俟命. 其它一一問如前. 有卽荷校驅而東去者, 亦有閉諸廡者. 庭中壯士金甲持斧立, 俊進揖曰: "主者留俊而未有以命, 奈何?" 曰: "吾爲汝入白." 頃之, 出曰: "可去也." 戒一童曰: "速與偕行, 或埋瘞, 則無及矣."

童導俊由始來之路, 其正黑者卽窮, 卽失此童, 惟望西而行. 殆數里,登山, 下有河流, 溺者不可計. 官曹坐岸上, 使卒徒擁行人入于河. 入者爲魚龍所噉食, 能涉而得岸者, 百不一二也. 益大恐, 奔及重嶺, 乃東行. 至平川, 二徑交午, 不知所適. 憩川上, 伺過者將問津, 有犬來牽俊衣, 趨左徑, 凡七里許, 復失犬, 獨進. 踰前岡, 抵大溪, 甫過橋而橋壞. 後一騎來, 追壞橋呼曰: "急治橋." 尋有四五人, 負大木橫其溪, 騎者不克度, 俊愈益疾步, 踰時達夔之東津. 視其體則裸也. 或訴之, 歐其背, 遂驚寤. 蓋死二日, 家方謀瘞之云.(晁公遡作說.)

예전에 동파 선생이 담현[36]으로 폄적됐을 때 한 처녀가 병으로 죽었는데 곧 다시 깨어나 말하길,

"지옥에 잡혀갔는데 그곳에 잡혀 있는 사람들 대부분이 담현 사람이더라."

이는 근래 기주[37]에서 수자리 서던 고준의 일과 상당히 비슷하다. 이른바 지옥이라는 것이 각지에 다 있는 것은 자주 사람들 사이에 지옥에 관한 일이 전해져 세상 사람들로 하여금 경계 삼도록 하기 위해서가 아니겠는가!

고준은 귀덕부 휴양현[38] 사람인데 집안 대대로 병졸이었고, 웅위군[39]

36 儋耳: 廣南西路 昌化軍 儋縣(현 해남성 儋州市). 담이는 西漢 元鼎 6년(전111)에 해남도에 설치된 행정 지명 儋耳郡에서 유래한 별칭이다. 熙寧 6년(1173)에 儋州를 昌化軍으로 변경시켰으므로 儋耳를 담현으로 번역하였다.

37 夔州: 夔州路 夔州(현 중경시 奉節縣).

38 睢陽縣: 금 南京路 歸德府 睢陽縣(현 하남성 商邱市 睢陽區). 북송 京東西路 南京應天府 宋城縣이었다.

39 雄威軍: 금군 부대의 한 명칭이다. 금군의 최정예인 捧日 · 天武 · 龍衛 · 神衛軍을 통상 上四軍이라고 하고 그 밖의 中軍 · 下軍과는 입대 조건 및 대우가 각기 달랐

에 예속되어 있었다. 소흥 22년(1152) 1월 신해일에 기주의 높은 산에 올라갔다가 거기서 한 사람을 만났다. 그는 머리를 풀어헤친 채 감옥에나 있는 형구를 갖고 있었으며, 한 공문[40]을 꺼내서 고준에게 보여 주며 말하길,

"명을 받들어 너를 체포한다."

고준은 두려워 떨며 급히 집으로 돌아갔지만 그 사람이 뒤따라오며 놓아주지 않았다. 고준이 집에 도착해서 밥그릇을 들어 던지자 그 사람은 화가 나서 고준의 목을 잡으니 고준이 바로 땅에 나자빠졌다. 고준은 그를 따라 저승으로 가야 하는 것을 깨달았다. 그 사람은 가면서 또 공문을 꺼내 보여 주었는데 모두 큰 글자로 여러 줄 쓰여 있었고, 끝에 '압' 자가 있었는데, 공문에 무엇이 적혀 있는지 고준은 알 수 없었다.

한참을 걸어가다가 길이 막 어두워지고 있었는데 갑자기 환하게 밝아지더니 삼엄한 성곽이 보이고 네 모서리마다 대단히 높은 철문이 있었다. 사방을 둘러보니 도처가 시장이고 점포가 즐비한 것이 마치 주의 관아가 있는 커다란 성 같았다. 성 안에 큰 관아가 있었으며, 양쪽 방에는 죄수들로 꽉 차 있었다. 한 여자는 발이 차꼬에 매달려 있었다. 옥리가 말하길,

"이 여자는 전생에 기름을 함부로 머리에 발라 헤프게 썼다. 이에 거꾸로 매달아 기름이 다 흘러나오도록 하는 것이다."

다. 웅위군은 殿前司 소속 보병부대로서 태조 때부터 있던 전통 있는 부대지만 편제 개편이 많았기 때문에 紹興연간(1131~1162)의 상황에 대해서는 파악하기 힘들다.

40 符書: 상부 기관의 관인이 찍힌 명령 집행 공문을 뜻한다.

또 한 여자는 뒤집혀져 묶여 있었고 집게로 그 혀를 물어 두고 있었다. 옥리가 말하길,

"이 여자는 생전에 입을 함부로 놀려 쓸데없이 시비를 조장하고 분란을 일으키길[41] 좋아했다."

그 뒤에는 그가 알던 사람으로 영강도장[42]이었다. 쇠로 된 형구를 찬 채 쇠사슬을 끌고 가는데, 옥졸이 그 다리 부분을 칼로 베고 발라내어서 피와 살점이 뚝뚝 떨어지고 있고, 바짝 마른 수척한 몰골이 차마 사람의 모양이라고 하기 힘들 정도였다. 또 양옆에는 뇌가 부서지고, 종아리가 잘리고, 팔뚝이 잘리고, 가슴에 구멍 난 자들이 있었다. 110명의 옥졸이 그들을 둘러싼 채 지키고 있었다. 옥리가 말하길,

"이들은 생전에 무고한 사람을 죽인 자들이다."

또 한 장수도 마찬가지로 묶여 있었는데 하도 많이 맞아서 전신에 성한 곳이 없었다. 그 다음으로 시장에서 국수를 팔던 염이라는 자가 있었다. 죽은 지 이미 여러 해가 지났는데, 염이 앞에는 큰 옹기가 놓여 있었고, 그 안에는 썩은 쌀뜨물이 가득 했다. 옹기 7개는 이미 비워져 있었다. 옥리가 말하길,

"이것은 예전에 염이가 국수와 함께 버린 탕국물인데 지금 여기에

41 搖唇鼓舌: 입을 함부로 놀려 쓸데없이 분규를 일으키거나 선동한다는 말이다. 궤변을 뜻하는 鼓舌은 『莊子』「盜蹠」에서 유래하였다.

42 寧江都將: 都將은 北魏에서 처음 설치한 무관직으로서 금군 가운데 황제의 시위대 지휘관이다. 당대와 오대에도 금군 지휘관의 성격이 계속 유지되었으나 파견 나가는 경우도 많았다. 본문에서는 강을 지키는 부대의 지휘관인 것으로 보이나 직급과 업무는 확인하기 힘들다.

담아 매일 세 동이씩 마셔야 한다."

또 엿을 팔던 황소이라는 자가 있었는데, 그는 옥졸이 되어 있었다. 고준을 위로하며 묻길,

"당신은 언제 왔소?"

고준을 잡아 온 부서에서 함께 잡아 온 이는 모두 300여 명이었다. 그중 기주 봉절현[43]지사 조홍은 바로 전날 죽었는데, 그 역시 대청 아래에서 왔다 갔다 하고 있었다.

그때 대청 위에서 황색 비단띠[44]를 두른 판결 주관 관원이 고준을 불렀다.

"너는 몇 년 몇 월 며칠 몇 시에 태어났는가?"

고준이 대답하길,

"저는 25세이고, 6월 24일 진시에 태어났습니다."

그가 장부를 펼쳐 보며 말하길,

"내가 잡아 오라고 한 자는 사시에 태어난 자다."

이에 고준으로 하여금 잠시 명을 기다리라고 했다. 다른 사람에게도 이와 같이 일일이 물어보았다. 어떤 자는 바로 형틀에 매인 채 동쪽으로 쫓겨 갔고, 어떤 자들은 좀 전의 여러 방에 갇히기도 했다. 뜰에 있는 장사들은 금색 갑옷을 입고 도끼를 들고 서 있었는데, 고준

43 奉節縣: 夔州路 夔州 奉節縣(현 중경시 奉節縣).

44 黃綬: 노란색 비단으로 만든 허리띠로서 패옥이나 관인을 매달아 본인의 신분을 드러낸다. 비단의 색도 관리의 등급을 나타낸다. 漢代의 규정에 따르면 황제는 黃赤綬, 諸侯王은 赤綬, 相國은 綠綬, 公·侯·將軍은 紫綬, 九卿과 2,000石은 青綬, 1,000~600石은 黑綬, 400石 이하는 黃綬로 규정하였다. 후대에는 통상 紫·黃·青 순이다.

이 다가가서 읍을 하며 묻길,

"주관 관원께서 저에게 잠시 기다리라고 하시고 아직 명이 없으니 어찌하면 좋겠소?"

그들이 말하길,

"내가 너 대신 들어가서 말씀드려 주겠다."

잠시 후 나와서 말하길,

"너는 이제 가도 좋다."

그리고 한 동자에게 이르길,

"속히 함께 가거라. 행여 땅에 묻히게 되면 돌아갈 길이 없게 된다."

동자가 고준을 안내했는데 처음 왔던 그 길이었다. 길이 어두워지며 끝나려 하자 동자가 사라졌고, 고준은 오직 서쪽을 향해 계속 걸어갔다. 몇 리를 가서 산에 올라가 아래를 보니 강물이 흐르고 있는데, 빠져 죽은 자가 헤아릴 수 없이 많았다. 한 관원이 언덕 위에 앉아 있었고 그는 수하 사졸을 시켜 행인을 부축하여 강으로 들어가게 하였다. 강에 들어가는 자들은 물고기에 잡아먹혔고, 물을 건너 강 저쪽 언덕까지 무사히 간 자는 백 명 중 한두 명에 불과하였다.

고준은 더욱 두려워서 첩첩산중으로 달아난 뒤 방향을 바꾸어 동쪽으로 갔다. 잠시 후 한 넓고 평탄한 곳에 도착하였는데, 두 갈래 길이 교차하여 어디로 가야 할지 몰랐다. 냇가에서 쉬면서 지나가는 자를 기다려 길을 묻고자 하였다. 이때 개 한 마리가 와서 고준의 옷을 끌더니 왼쪽 길로 가라고 하여 7리 쯤 가니 그 개 역시 홀연히 사라져 혼자 걷게 되었다. 앞에 있는 언덕을 넘고 큰 계곡을 만나서 막 다리를 건너자마자 다리가 무너졌다. 바로 뒤에 한 사람이 말을 타고 달

려와 무너진 다리 옆에 이르러 사람들에게 호통치길,

"빨리 다리를 수리해라!"

잠시 후 너댓 명이 큰 나무를 매고 오더니 계곡을 가로질러 걸쳐 놓았다. 말을 타고 온 사람이 미처 건너기 전에 고준은 더욱 발걸음을 재촉해 달렸고, 두 시간 뒤에 기협의 동쪽 나루터에 다다를 수 있었다. 그때 비로소 자신의 몸을 돌아보니 나체로 있었다. 사람들 가운데 일부가 그를 욕하며 등을 때리는 바람에 마침내 놀라서 깨어났다. 이때가 고준이 죽은 지 대략 이틀이 지난 뒤였고, 집안사람들은 마침 그를 장사 지내는 일에 대해 논의하고 있었다.(조소작이 한 이야기다.)

12 경전을 찢은 쥐에 대한 응보鼠壞經報

邵武泰寧瑞雲院僧有貴, 持律甚嚴. 嘗坐方丈, 有新生鼠三四, 繼墮於前. 諦視, 悉無足, 命取梯探其穴, 迺鼠母用『金剛經』碎以爲窠, 是以獲此報.(黃文譽說.)

소무군 태령현[45]의 절 서운원에 있는 승려 유귀는 계율을 엄격하게 준수하였다. 일찍이 법당에서 좌선을 하고 있는데, 서너 마리의 갓 태어난 쥐들이 그 앞으로 계속 굴러떨어졌다. 유심히 보니 모두 발이 없었다. 사다리를 가지고 오게 하여 쥐구멍을 찾아보니 어미 쥐가 『금강경』을 찢어서 집을 만들었다. 이런 이유로 새끼 쥐들이 응보를 받은 것이다.(황문모가 한 이야기다.)

45 泰寧縣: 福建路 昭武軍 泰寧縣(현 복건성 三明市 泰寧縣).

13 악몽을 물리친 천존 존호誦天尊止怖

陳季若言: “平生多夢怖, 不能獨寢. 每寢熟, 必驚魘, 甚患之. 夢有教者曰: ‘但持元始天尊靈寶護命天尊號, 每日晨興, 焚香誦二號各三十過, 久當有益.’ 如其言, 不一歲, 怖心不萌. 或夜獨臥古驛中, 亦無苦, 至今不少懈.”

진계약이 한 말이다.

“평생 자주 악몽을 꾸어 밤마다 무서워서 혼자 잠을 잘 수가 없었다. 매번 깊이 잠들 때마다 항상 놀라거나 가위에 눌렸는데 실로 큰 걱정거리였다. 어느 날 꿈에 어떤 사람이 나에게 가르쳐 주기를,

‘원시천존[46]과 영보호명천존[47]의 존호를 마음에 두고 매일 아침 새벽에 일어나 향을 피우고 두 존호를 각각 30번씩 외우시오. 오랫동안 외우면 유익함이 분명 있을 것이오.’

시키는 대로 했더니 일 년이 안 돼 두려워하는 마음이 생기지 않았다. 어떤 때는 오래되고 낡은 여관에서 밤에 혼자 자도 고통스러운 일이 없었다. 그래서 나는 지금까지도 이를 행하는 데 조금도 소홀히 하지 않는다.”

46 元始天尊: 玉清元始天尊의 약칭이다. 天界를 주재하는 천존으로 우주의 탄생 이전부터 존재하였다고 하여 ‘원시’라고 하며 현묘한 도로 중생을 교화하는 존귀한 존재라고 하여 ‘천존’이라고 한다. 道經에서는 玉清元始天尊 · 上清靈寶天尊 · 太清道德天尊은 본래 하나이며 모두 道의 化身이라고 한다.

47 靈寶護命天尊: 上清大帝 또는 靈寶道君이라고도 하며 손에 여의를 들고 있는 모습을 하고 있다. 靈寶는 道의 별칭이다.

14 딸로 환생한 승려僧爲人女

僧善旻者, 長沙人. 住持洪州觀音院, 已而退居光孝之西堂, 紹興二十三年秋得疾. 鄱陽董逑爲司戶參軍, 攝新建尉, 居寺側, 憐其病, 日具粥餌供之. 旻每食必再三致謝, 光孝主僧祖璿誚之曰: "汝爲方外人, 而受俗人養視, 如此惓惓, 有欲報之意, 以我法觀之, 他生必爲董氏子矣." 旻雖感其言, 終不能自克. 時董妻汪氏方娠, 璿陰以爲慮, 而董旦暮供食, 情與親骨肉等. 旻病益篤, 以十月二日巳時死. 寺中方撞鍾誦佛, 外人入者云: "司戶妻免身, 得女矣." 較其生時, 旻適死云. 女數月而夭.(祖璿說.)

장사[48] 사람 승려 선민은 일찍이 홍주[49] 관음원의 주지였다. 오래지 않아 주지에서 물러나 광효사의 서당에서 기거하였는데, 소흥 23년(1153) 가을에 병을 얻었다. 그때 요주 파양현[50] 사람인 사호참군 동술은 홍주 신건현[51]의 임시 대리 현위가 되어 광효사 옆에 살았다. 그는 선민이 병든 것을 가련하게 여기어 매일 죽을 가져와 그에게 먹여 주었다. 선민은 죽을 먹을 때마다 거듭하여 고마운 뜻을 전하였다. 그런데 광효사의 주지승 조선은 그를 꾸짖으며 말하길,

48 長沙: 荊湖南路 潭州(현 호남성 長沙市).

49 洪州: 江南西路 洪州(현 강서성 南昌市).

50 鄱陽縣: 江南東路 饒州 鄱陽縣(현 강서성 上饒市 鄱陽縣).

51 新建縣: 江南西路 洪州 新建縣(현 강서성 南昌市 新建縣). 太平興國 6년(981) 南昌縣 서북쪽 16개 鄉을 분리하여 새로 縣을 만들었기에 新建縣이라 칭하였다.

"너는 속세[52]를 벗어난 사람인데 속인의 봉양과 보살핌을 받는 것에 이렇게 연연하니 그렇다면 반드시 보답하겠다는 생각이 있을 것이다. 우리 불법으로 보건대 내생에는 반드시 동씨의 자식으로 태어날 것이다."

선민은 조선의 말이 크게 와 닿았지만 그러나 그것은 그가 어찌할 수 있는 것이 아니었다. 그때 동술의 아내 왕씨가 막 임신을 하였기에 조선은 내심 걱정이 되었다. 그러나 동씨는 아침저녁으로 여전히 음식을 갖다 주었고, 그 정이 마치 혈육과 다를 바 없었다. 선민은 병이 더욱 위중해져 10월 2일 사시에 죽고 말았다. 절에서는 바야흐로 종을 치며 경을 외우려는데, 밖에서 어떤 자가 들어와 말하길,

"사호참군의 아내가 몸을 풀었는데 딸을 낳았습니다."

그 태어난 시를 보니 바로 선민이 죽던 때였다. 그 딸 역시 몇 개월 되지 않아 죽었다.(조선이 한 이야기이다.)

52 方外: 세속의 밖으로 불교 · 도교의 세계, 또는 승려 · 도사 · 은사를 뜻하나 異域이나 변방을 가리키기도 한다.

15 향씨 사당向氏家廟

欽聖憲肅皇后姪向子騫妻周氏, 賢婦人也. 初歸向氏, 自以不及舅姑之養, 乃盡孝家廟, 行定省如事生, 未嘗一日廢. 歲時節臘, 於烹飪滌濯, 必躬必親. 政和間, 隨夫居開封里第, 得疾. 於夢中了了見五六人, 若世間神廟所畫鬼物. 內一人取所佩篋櫝, 出紙小幅, 滿書其上, 字不宜識, 卽而斷裂作丸, 如所服藥狀, 取案上湯飮, 勸周曰: "服此卽安." 周取服不疑. 卽覺, 卽苦咽中介介噎塞, 飮食不能下, 疾勢且殆. 周自念此非醫所能爲, 而世間禳禬事又素所不信, 但默禱家廟求祐. 數日後, 因服藥大吐, 始能進粥, 且肉食.

卽有間, 夢仙官乘羽蓋車冉冉從空下, 儀從甚盛, 升堂坐, 取前五六鬼捶撲于廷, 如鞫問狀. 諸鬼取醫所治藥, 與所餘粥肉之屬, 各執以進曰: "所見惟此耳." 內一鬼乃書紙作丸者, 獨戰栗悚懼, 於唾壺中探取丸書, 展之復成小幅, 文字歷歷如故. 上之仙官, 坐間命行文書, 械諸鬼付獄, 徐整駕而去. 周渙然寤, 卽履地復常, 後享壽七十. 仙官蓋家廟神靈也.(周仲子汸說.)

흠성헌숙황후[53]의 조카 향자건의 아내 주씨는 매우 현숙한 부인이

53 欽聖憲肅皇后(1046~1101): 宰相 向敏中의 증손녀로 神宗의 황후가 되었고, 1085년 哲宗이 즉위한 후 皇太后로 수렴청정하면서 사마광을 재상으로 임명하여 신법을 폐지하였다. 1100년 哲宗이 세상을 뜨자 다시 수렴청정을 하면서 재상 章惇의 반대를 무릅쓰고 端王 趙佶을 후계자로 선정하였는데 그가 바로 徽宗이다. 황후의 존호는 통상 2자이며 향황후처럼 4자인 경우는 수렴청정을 한 실세 황후에 해당한다.

었다. 처음 향씨에게 시집왔을 때 스스로 미처 시부모를 공양하지 못한 것을 안타깝게 여겨 가묘를 모시는 데에 효성을 다하였다. 아침저녁으로 문안을 드리기를 살아 있는 부모님을 섬기듯 하였으며 하루도 빠지는 날이 없었다. 매년 섣달그믐에 제사를 올릴 때마다 요리와 청소 모두를 손수 챙기며 정성을 다하였다.

정화연간(1111~1117)에 남편을 따라 개봉부 안에 있는 저택에 가서 살게 되었는데, 그만 병을 얻게 되었다. 어느 날 꿈에 분명히 대여섯 사람을 보았는데, 흡사 세간에 있는 신을 모신 사묘의 그림에나 있을 법한 괴물 같았다. 그중 한 사람이 차고 있던 상자에서 작은 종이를 꺼내더니 그 위에 글자를 가득 썼다. 글자는 이해하기 어려웠다. 그런 뒤 종이를 잘게 찢어 환으로 만들었는데 마치 평소 복용하던 환약 같았다. 탁자 위의 물을 가져와 주씨에게 권하길,

"이를 복용하면 곧 나을 것이다."

주씨는 약을 받아 마시면서 아무런 의심도 하지 않았다. 잠시 후 주씨가 깨어났는데, 목구멍에 무언가가 걸려 막고 있는 것 같아 매우 고통스러워 하며 음식을 삼키지 못하면서 병세가 더욱 나빠졌다. 주씨는 자신의 병은 의사가 고칠 수 있는 것이 아니라 여겼고 세간의 푸닥거리는 원래부터 믿지 않았다. 다만 가묘에 가서 묵묵히 기도하며 조상님께 도움을 청했다. 며칠 뒤 먹었던 약을 크게 토하였고, 비로소 죽을 먹을 수 있었으며 육식도 시작했다.

오래지 않아 주씨는 꿈에서 선관이 깃털로 만든 일산을 단 마차를 타고 천천히 공중에서 내려오는 것을 보았다. 의장대와 수행원이 대단히 성대하였으며, 당상에 올라앉아 앞에 있는 대여섯 명의 귀신을 잡아서 뜰에서 매질하는데 마치 추국하는 것 같았다. 여러 귀신들은

의사가 만든 약과 또 남은 죽과 고기 등을 가지고 나왔다. 각자 그것을 가져오며 말하길,

"저희가 본 것은 이게 전부입니다."

그중에 글자를 가득 쓴 종이로 환약을 만들었던 귀신은 혼자 무서워하며 벌벌 떨고 있었다. 타호에서 글씨 쓴 종이로 만든 환약을 찾아서 펼치니 다시 자그마한 종이로 변하였다. 그 위에 쓰여 있는 글자를 보니 분명 전에 봤던 그것과 똑같았다. 이를 선관에게 올리자 선관은 앉아서 공문을 작성하도록 명하고 여러 귀신들을 형틀에 묶어 감옥으로 보냈다. 그리고 천천히 마차를 정돈하여 출발 준비를 하더니 가 버렸다. 주씨는 의심스러웠던 부분들이 말끔히 해소되면서 꿈에서 깨어났다. 곧 평소처럼 땅을 밟고 걸을 수 있게 되었다. 그녀는 향년 70세에 죽었다. 신선[54]은 아마 가묘의 신령이었던 것 같다. (주씨의 차남 향방이 한 이야기이다.)

54 仙官: 본래 존귀한 지위에 있는 신선을 뜻하는데, 후에는 도교 도사에 대한 존칭으로 쓰였다.

이견갑지
夷堅甲志
卷13

01 적칭의 괘영점狄偁卦影

狄武襄之孫偁, 得費孝先分定書, 賣卜於都市. 薌林向伯共子諲, 自致仕起貳版曹, 偁爲寫卦影, 作乘巨舟泛澄江, 舟中載歌舞婦女, 上列旗幟, 導從之屬甚盛. 岸側一長竿, 竿首幡腳獵獵從風靡. 詩云: "水畔幡竿險, 分符得異恩. 潮迴波似鏡, 聊以寄君身." 向讀之甚喜, 自以必復得謝, 浮家泛宅而歸, 但未盡曉.

一日, 上殿占對頗久, 中書舍人潘子賤良貴攝記注侍立, 前呼曰: "日晏, 恐勤聖聽." 向子諲退, 而天語未終, 向不爲止, 潘還就班. 少焉, 復出其言如前, 向乃趨下. 明日各待罪, 上兩平之, 已而各丐外. 向章再上, 以學士知平江府. 到官三月餘, 力請謝事, 優詔進秩以歸, 始盡悟卦意: "水畔幡竿", 指潘公也. 而出守輔郡, 上眷益厚, 所謂"分符得異恩"也. "潮迴"者, 言自朝廷還. "波似鏡"者, 平江也. "聊以寄君身", 謂姑寓郡齋, 終當歸休耳.(郟次南說.)

무양공 적청[1]의 손자 적칭은 비효선[2]의 분정서[3]를 얻어 개봉부의

1 狄青(1008~1057): 자는 漢臣이며 河東路 汾州 西河縣(현 산서성 呂梁市 汾陽市) 사람이다. 사병 출신으로 용맹과 지략을 갖춰 추밀부사에 발탁되었으며 儂智高의 공세를 효과적으로 막아내고 광남지방을 안정시켰다. 그 공으로 추밀사가 되었으나 말년에 탄핵을 받아 陳州로 유배되었고 자손들은 몰락하였다. 시호는 武襄公이다.

2 費孝先: 成都府路 成都府(현 사천성 成都市) 사람이며 역술가로서 명망이 높았다. 至和~嘉佑연간(1054~1063) 이래 비효선에게 괘영점을 치지 않은 사대부가 드물 정도였다고 한다.

3 分定書: 分定은 분수나 운명이 이미 정해졌다는 말이며 분정서는 점술용 서적을 가리킨다.

시장에서 돈을 받고 점을 쳐 주었다. 자가 백공인 향림의 거사 향자인은 퇴임한 후 다시 호부시랑을 맡았는데, 적칭이 그를 위해 괘영점을 쳐 주고 점괘를 그림으로 그려 주었다. 큰 배를 타고 맑은 강을 건너는 그림이었다. 배 안에는 가무를 하는 여자들을 실었고, 배 위에는 깃발이 줄지어 있었으며, 안내하고 수행하는 무리들이 매우 많았다. 강 언덕 가에 긴 대나무가 있었는데, 그 꼭대기에 매단 좁고 긴 깃발[4]은 바람에 펄럭이고 있었다. 그림에는 시 한 수가 쓰여 있었는데,

물가의 깃대 위엄 있게 서 있고,
나누어진 부절은 특별히 은혜롭다.
조수의 밀물 그 물결이 거울처럼 맑으니,
잠시 그대의 몸에 내 몸을 기대네.

향자인은 이 시를 읽고는 매우 기뻐하였다. 반드시 다시 관직을 받고 온 식구가 배를 타고 집으로 돌아갈 것이라 여겼기 때문이다. 그러나 시구의 의미를 완전히 깨닫지는 못하였다.

하루는 향자인이 대전에서 황제의 하문에 응대하는데 시간이 자못 길어졌다. 자가 자천인 중서사인 반양귀가 황제의 언행을 기록하며 옆에 서 있다가 앞으로 나와 말하길,

"날이 이미 저물었는데 폐하께서 공의 말씀을 듣느라 피로하실까 염려됩니다."

향자인이 물러나려고 하였지만 황제의 말이 끝나지 않아 그렇게

4 旙: 輓章처럼 긴 대나무에 매단 폭이 좁고 위아래로 길게 만든 깃발이다.

할 수가 없었다. 반양귀가 자기 자리로 돌아갔다가 잠시 후 다시 와서 조금 전에 한 말을 거듭하자 향자인은 즉시 뒤로 물러났다. 그다음 날 두 사람은 각각 황제에게 사죄했고, 황제는 그들을 따로 불러 위로하였다. 얼마 뒤 두 사람 모두 지방관을 자청하였다. 향자인은 학사의 신분으로 평강부[5]지사 직을 맡길 원한다고 거듭 상주하였다.

향자인은 부임 후 3개월여 만에 다시 사임을 간청했고, 황제는 특별히 조칙을 내려 향자인의 품계를 올려주고 퇴임하여 고향으로 돌아가는 것을 허락해 주었다. 그때야 비로소 괘의 뜻을 이해할 수 있었다. '물가의 깃대水畔'는 반潘양귀를 가리키는 것이었고,[6] 평강부의 지사라는 중책을 맡았으니 황제의 은혜가 두터웠다고 할 수 있다. 이것이 바로 '부절은 특별히 은혜롭다'고 한 의미다. '조수의 밀물'은 스스로 조정에 돌아온 것을 가리키며, '물결이 거울처럼 맑다'는 것은 평강부를 이름이다. '잠시 그대의 몸에 내 몸을 기대다'란 잠시 지사의 관아에 머물렀다가 결국 고향으로 돌아가 쉰다는 의미였다.(겹차남이 한 이야기다.)

5 平江府: 兩浙路 平江府(현 강소성 蘇州市).

6 '水畔幡竿險': 물가는 '氵'이고 거기에 깃발의 番을 더하면 潘이 되기 때문이다.

02 죽은 병졸이 전해 준 편지死卒致書

紹興戊午, 呂丞相居天台. 族壻李修武寓會稽虞氏館, 方與妻對食, 一走卒以丞相書至, 李接書展讀. 其人曰: "本府某提轄已在大善寺, 使邀修武." 李諾之. 須臾, 起更衣, 久不出. 妻往尋之, 乃見在圃內池水上, 身没至腹矣. 急呼童僕共拯之, 得不死.

徐問所見, 曰: "適與某提轄飮梅花酒, 樂作正歡, 而爾輩挾我出, 不能終席, 殊敗人意也." 池四面有桃梅數十本, 遣視走卒, 已失所在. 後半月, 有自天台來, 言提轄者死幾月矣. 走卒乃丞相所遣至李氏者, 道死於嵊縣. 縣人檢尸得其券帖, 獨不見丞相書. 是日, 蓋李得書日也. 死卒能致生人書, 亦異矣.(傳世修說.)

소흥 8년(1138), 승상 여이호[7]는 퇴임하여 태주 천태현[8]에 머물렀다. 집안의 사위인 이수무가 잠시 월주[9]의 우씨 집에 머무르고 있었

7 呂頤浩(1071~1139): 자는 元直이며 京東東路 齊州(현 산동성 濟南市) 사람이다. 宣和 4년(1122)에 여진으로부터 거란의 남경(현 북경시)을 인수받아 燕山府路轉運使가 되었으나 宣和 7년(1125)에 常勝軍 郭藥師가 금에 투항하자 포로가 되었다가 귀환한 뒤 河北都轉運使가 되었다. 建炎 3년(1129)에 同簽書樞密院事 · 江淮兩浙制置使의 중책을 맡았고, 苗傅 · 劉正彦의 반란을 진압하고 고종을 복위시키는 공을 세워 재상이 되었다. 紹興 1년(1131)에 다시 재상이 되어 秦檜와 함께 정국을 주도했고, 이후 권력의 중심에서는 밀려났지만 觀文殿大學士가 되었고 太師로 추증되는 등 부귀영화를 누렸다. 문무를 겸전한 능력의 소유자지만 권력을 사적으로 운영하는 문제점도 적지 않았다.

8 天台縣: 兩浙路 台州 天台縣(현 절강성 台州市 天台縣).

9 會稽: 兩浙路 越州(현 절강성 紹興市).

다. 그가 아내와 식사를 하고 있는데, 한 사졸이 승상 여이호의 편지를 가져왔다. 이수무가 편지를 받아 읽는데 그 사졸이 말하길,

“우리 소흥부[10]의 모 제할병갑[11]이 이미 대선사[12]에 와 있으며 저에게 당신을 모셔 오라고 하였습니다.”

이수무가 같이 가기로 허락하고 곧 일어나 옷을 갈아입으려 안으로 들어갔는데, 한참 있어도 나오지 않았다. 아내가 남편을 찾으러 돌아다니다 남편이 화원의 연못에 빠져 배까지 물이 차있는 것을 발견하였다. 급히 노복들을 불러 함께 건져 올려 겨우 살아날 수 있었다. 그에게 무슨 일이 있었느냐고 차분하게 물어보자 말하길,

“마침 제할병갑과 매화주를 마시고 음악도 들으며 정말 즐거웠는데 당신들이 나를 끌고 나오지 않았소! 술자리를 끝까지 할 수 없었으니 정말로 사람 기분을 잡치게 한 것이요.”

연못 사방에는 복숭아나무와 매화나무가 수십 그루 있었다. 사람을 시켜 그 사졸을 찾아보라고 하였지만 이미 사라지고 없었다. 보름 뒤 천태현에서 온 이가 말하길 그 제할병갑은 죽은 지 이미 몇 달이

10 紹興府: 남송 浙東路 紹興府(현 절강성 紹興市). 建炎 4년(1130), 이곳으로 피난온 高宗은 ‘대대로 내려온 큰 덕을 잇고 백년 국가 대업을 흥기시키다(紹奕世之宏休, 興百年之丕緖)’라는 뜻에서 이듬해 越州를 紹興으로 개명함과 동시에 府로 승격시켰다.

11 提轄兵甲: 통상 知州 · 知府 등 주지사가 겸직하는 직책이다. 提轄은 통제하다는 뜻이지만 提轄兵甲의 약칭이기도 하다. 하지만 제할의 업무 등에 대해서는 사료가 부족해 정확히 정의내리기는 쉽지 않다. 남송 때는 업무가 대폭 변하여 榷貨務 · 雜買務 · 左藏庫 · 文思院에 제할을 두어 四轄이라고 하였다.

12 大善寺: 현 소흥 시내에 있으며 慶元 3년(1197)에 화재로 폐사가 되었다가 명 永樂 1년(1403)에 중건되었으나 청말에 다시 전란으로 폐사가 되었다. 紹定 1년(1228)에 중건된 높이 40.5m의 7층 전탑만 남아 있다.

나 되었다고 하였다. 사졸도 본래 승상 여이호가 이수무에게 보낸 자였는데, 오던 도중에 월주 승현[13]에서 죽었다. 승현 사람들이 검시를 하던 중 공문은 발견하였으나 유독 승상의 편지는 찾을 수 없었다. 그날이 대략 이수무가 편지를 받은 날이다. 죽은 사졸이 산 사람에게 편지를 가져다줄 수 있었으니 또한 괴이한 일이 아닐 수 없다.(부세수가 한 이야기다.)

13 嵊縣: 양절로 越州 嵊縣(현 절강성 紹興市 嵊州市). 宣和 3년(1121), 方臘의 난을 진압한 뒤 기존의 剡縣이란 지명에 炎자가 있어 전란과 화재를 불러온다고 하여 嵊縣으로 개칭하였다.

03 부세수의 꿈傅世修夢

傅世修, 會稽人. 鄕擧不利, 夢入省闈, 試「德隆則晷星賦」. 次夜, 又夢如初. 試卷內畫巨鉤, 鉤下有鬌龍, 用爪覆李伯時馬五六紙. 傅以夢稍異, 因志之. 後三年鄕貢, 明年省試「天子以德爲車賦」, 默念車有軌, 軌者, 晷也. 當□□已而不利. 又三年, 復赴省, 試「天地之大德曰生賦」, 策問馬政, 遂中第. 乃悟昨夢, 自解曰: "德隆者, 大德也. 星者, 曰生也. 卷中畫馬, 馬政也." 而不了鬌龍之義. 旣奏名, 謁謝坐主. 見勾龍庭實校書, 言傅所試卷, 在其房中. 勾龍狀貌甚偉而富鬌須, 乃盡曉畫中意. 時紹興十二年.

월주 사람 부세수는 향시에 합격하지 못하였지만 꿈속에서 성시에 응시하여 「덕이 융성한즉 별이 그림자처럼 덕을 따라 나타남」[14]에 대해 시험을 쳤다. 그다음 날 밤 또 어제와 같은 꿈을 꾸었다. 답안지에는 커다란 갈고리가 그려져 있었고, 그 아래에는 이공린[15]이 말 대여섯 마리를 그린 종이를 긴 수염이 난 용이 발톱으로 가리고 있었다. 부세수는 꿈이 다소 기이하다 여기고 그것을 다 적어 놓았다. 3

14 晷星: 晷는 그림자로서 그림자가 몸을 따라다니듯 덕이 융성하면 별이 덕을 따라 나타난다는 뜻이다.

15 李公麟(1049~1106): 자는 伯時이며 淮南西路 舒州 舒城縣(현 안휘성 六安市 舒城縣) 사람이다. 과거에 급제한 뒤 여러 관직을 거쳐 御史檢法을 역임하였다. 산수와 불화, 서예의 대가였고 특히 순수한 선의 미와 먹의 농담을 이용한 그의 白描繪畫가 유명하다. 청동기를 비롯한 골동품 감정의 대가이기도 하다. 말년에는 불교에 귀의하였다.

년 후에 향시를 통과하고 이듬해 성시를 보았는데, 제목이 「천자는 덕으로써 전차를 삼음」[16]이었다. 그는 속으로 생각하길 수레에는 궤도가 있고 궤軌와 그림자晷는 같은 음이므로 당연히 자신에게 □□하리라고 생각하였지만 합격하지 못하였다. 3년 뒤 다시 성시에 응시하였다. 제목은 「천지의 가장 큰 덕은 생명을 아낌」[17]이었고, 책문[18]의 주제는 마정[19]이었다.

부세수는 마침내 합격하고 난 뒤 비로소 지난날의 꿈이 무슨 뜻인지를 깨달았다. 스스로 해몽하길,

"덕이 융성하다는 것은 바로 큰 덕이다. 별 성星자를 나누면 '왈생曰生'이다. 말을 그린다고 했던 것은 '마정馬政'을 뜻한다."

하지만 수염이 긴 용의 뜻은 몰랐다. 성시 합격자 명단을 황제에게 상신하는 절차[20]가 끝나자 채점관[21]을 방문하여 감사 인사를 올렸다. 이때 과거를 주관하였던 지공거 구룡여연[22]이 대청에서 실제로 답안

16 「天子以德爲車」: 천자는 덕으로 전차를 삼아 화락함으로 적을 막는다는 뜻이다.

17 「天地之大德曰生」: 천지간 가장 위대한 덕은 바로 생명을 아끼고 키우는 것이라는 뜻이다.

18 策問: 본래 정치 현안이나 경전에 관한 문제를 죽간에 써서 관리로 추천받은 사람에게 답하라고 한 漢代의 관리 선발 시험에서 유래하였으며, 책문에 대해 답한다고 하여 策試 또는 對策이라고도 한다. 殿試의 주요 시험 방식이기에 전시의 별칭으로 쓰였다.

19 馬政: 정부와 군대에서 필요한 말의 사육 · 훈련 · 구매 등 말에 관한 전반적인 관리제도를 뜻한다.

20 奏名: 성시에 합격한 수험생의 명단을 황제에게 상신하여 심의 · 재가를 받는 것을 뜻한다. 성시에 여러 차례 응시하였으나 급제하지 못한 자들의 명단을 따로 작성하여 황제의 특별 재가를 거쳐 합격시켜 주는 特奏名과 구분하기 위해 正奏名이라고도 한다.

21 坐主: 尙書省에서 주관하는 省試의 답안을 평가하는 채점관을 뜻한다.

22 勾龍如淵(1093~1154): 자는 行父며 成都府路 永康軍 導江縣(현 사천성 成都市

을 채점하고 있는 것을 보았는데, 부세수의 답안지도 그 안에 함께 있다고 말하였다. 구룡여연의 풍채는 대단히 위엄이 있었고 구레나룻이 풍성하였다. 이제야 그림의 뜻을 알았다. 이때가 소흥 12년(1142)이었다.

都江堰市) 사람이다. 高宗과 秦檜의 주화론이 趙鼎·王庶 등의 강력한 반대에 부딪쳐 곤경에 처하자 紹興 8년(1138), 給事中·中書舍人이었던 勾龍如淵은 자신을 御史中丞으로 발탁해 주면 주전파를 비판하는 데 앞장서겠다고 자청하였다. 이후 구룡여연은 어사중승으로 주화파의 선봉장이 되어 고종의 신임을 얻었으나 사회적 지탄을 면치 못하였다. 이해에 同知貢擧도 지냈다.

04 번국균의 아들 낳는 꿈樊氏生子夢

衢人樊國均說: 建炎庚戌歲, 其父察調宣州通判, 代鄕人徐昌言, 明年八月當赴官. 是歲十二月七日, 樊夜夢是月二十五日, 宣卒攜書來迎, 抱一小兒拜廷下, 訝其無儀從之物. 答曰: "途間盜梗, 不敢以器皿來, 只有青蓋及數轎耳." 問所以抱子狀, 曰: "家無妻室, 唯此一子, 愛之, 故以自隨." 次日, 以白父. 父曰: "心思之官, 故夢如是."

是時樊妻柴氏孕, 當以正月免身, 歲未盡五日, 忽苦腹痛, 將就蓐. 宣卒張德以徐通判書來, 云已得祠祿歸鄕, 就攜迓兵來. 樊視其人, 絕類所夢者, 但不抱子. 而詢所賫物, 其答與夢中言無異. 至暮, 柴誕一子, 旣閱月, 俱往宣城. 張德者來謁告, 曰: "向被差時, 一子纔六歲, 以無母, 留姑氏拊養之. 今歸, 則死矣." 問其日, 乃與柴氏誕子時同, 則夢中之祥, 蓋當爲樊氏子也.

구주[23] 사람 번국균이 말한 것이다. 건염 4년(1130)에 자신의 아버지 번찰이 선주[24] 통판으로 전보되었다. 동향 사람 서창을 시켜 이듬해 8월에 부임하였으면 좋겠다고 위에 말하였다.

그해 12월 7일, 번국균은 밤에 꿈을 꾸었는데, 그달 25일에 선주에서 공문을 들고 자신들을 맞이하기 위한 아병들이 왔는데, 그들 한 사졸이 어린아이 한 명을 안고 뜰에서 절하였다. 번찰은 하례에 따른

23 衢州: 兩浙路 衢州(현 절강성 衢州市).

24 宣州: 江南東路 宣州(현 안휘성 宣城市).

의례적인 선물이 없는 것을 의아해서 물어보자 그가 답하길,

"오는 도중에 도적이 많아 감히 예물을 가지고 올 수 없었고, 다만 청색 일산과 가마 몇 개만 가져 왔습니다."

다시 어린아이를 안고 온 이유를 묻자 그가 대답하길,

"집에 아내가 없고 오직 이 아들 하나만 있는데 너무 사랑스러워 제가 알아서 데려온 것입니다."

다음 날 번국균은 꿈을 아버지 번찰에게 말했다. 번찰은,

"마음속으로 내가 전보될 생각을 하다 보니 네가 이런 꿈을 꾸었나 보구나."

당시 번국균의 아내 시씨가 임신을 하였는데 정월이 산달이었다. 그런데 새해를 닷새 앞두고 갑자기 배가 아프기 시작하여 출산하려고 하였다. 그때 선주 사졸 장덕이 통판 서씨의 편지를 가져왔는데, '자신은 이미 사록관[25]이 되어 고향으로 가고 있으며 아병을 이끌고 가고 있다'고 하였다. 번국균이 장덕을 보니 꿈에서 본 바로 그 사람과 똑같이 생겼으나 아이만 안고 있지 않았다. 그리고 그에게 예물에 대해서 물어보니 그 대답도 꿈에서와 다르지 않았다. 저녁 무렵 시씨가 아들을 낳았다. 한 달이 지나 다 함께 선주[26]로 갔다. 장덕이 와서

25 祠祿官: 송 초부터 연로하여 실무를 담당할 수 없는 5품관 이상의 고관인 재집, 시종관, 무신으로 宮官使를 겸한 경우에 주요 국가 사원의 관리 책임자란 명예직을 부여하여 녹봉을 주는 우대정책을 실시했다. 이를 가리켜 奉祠라고 하였고, 실제 부임하지 않지만 제사 주관이란 명목상 직책 때문에 祠祿官 · 宮觀官이라고도 하였다. 사록관은 진종 · 휘종 등 도교를 숭상한 황제 때, 그리고 왕안석 신법 기간에 반대파 무마책으로 대폭 증가하였다. 사록관을 자청하는 것을 가리켜 請祠 · 乞祠 · 丐祠라고 한다.

26 宣城: 江南東路 宣州(현 안휘성 宣城市). 秦代에 처음 설치한 宛陵縣과 太康 2년

아뢰길,

"지난번 파견 갔을 때 제 아들 하나가 겨우 여섯 살이었습니다. 그런데 어미가 없어서 고모 집에 맡겨 키웠는데 지금 돌아와 보니 이미 죽었더군요."

그 날짜를 물으니 시씨가 아들을 낳은 시간과 같았다. 꿈속의 징조는 아마도 번씨의 아들로 태어나는 것과 관련 있었던 듯하다.

(281)에 설치한 宣城郡에서 유래한 宛陵과 宣城 모두 선주의 별칭이다.

05 양대동楊大同

楊大同, 懷州人. 未第時, 隨兄官下. 嘗與兄之小兒肩輿爲戲, 兒已下轎, 楊揭簾, 見婦人抱幼女坐轎中, 大驚異, 卽以兒子歸, 急出外舍, 思所以挑招之策. 旋踵間, 婦已在臥內, 笑曰: "在此待子." 遂與之狎. 問其故, 曰: "我某家婦, 夫行役不歸累年, 以子獨居, 故逸而從子. 子勿泄勿娶, 我雖久此, 外人不能知." 自是與同寢食.

歷數月, 楊顔色日枯悴, 兄家疑之. 亦嘗聞夜榻人聲, 意有淫厲, 呼道士以天心六丁符籙治之. 婦忽變形, 作可畏相, 欲殺楊. 楊哀嗚懇拜曰: "請後不敢." 遂如初. 少時, 自垂泣辭去曰: "我乃爾三生前妻. 此女, 爾女也. 爾爲商往他州, 顧戀倡女, 不知還, 我貧困不能自存, 攜此女赴井死. 訴之帝, 帝令天獄口法曰: '爾逐利忘家, 致妻子死於非命, 雖有別善業當登科, 然終不能享, 自此十年間將受報.' 我以前緣未斷, 來尋盟, 今數盡當去, 亦從此受生矣." 出門, 卽不見.

紹興五年, 楊登科, 再仕爲廣西帥屬, 以事至柳州, 過靈文廟. 廟祝請入謁, 楊不可. 祝曰: "不然, 神且譴怒." 楊叱之, 徑謁太守. 飮湯未畢, 盞落手而仆, 卽死. 皆云柳侯所怒, 不知其向來事也. 相距正十年云.(傳世修說.)

회주[27] 사람 양대동은 과거에 급제하기 전에 형이 근무하는 관아에서 함께 살았다. 일찍이 형의 어린 조카와 함께 어깨에 메는 가마에서 놀고 있었는데, 조카가 가마에서 내려온 뒤 가마의 발을 걷어 올

27 懷州: 河北西路 懷州(현 하남성 焦作市 沁陽市).

려 보니 한 부인이 어린 여자아이를 안고 그 안에 앉아 있었다. 깜짝 놀라기도 하고 이상하기도 해서 조카를 데려다 준 후 다시 급히 관아로 나와 어떻게 하면 그녀를 유혹할 수 있을지 계책을 생각하고 있었다. 그런데 발걸음을 돌리려는 찰나, 그 부인이 이미 그의 침실 안에 와 있었다. 그녀가 웃으며 말하길,

"여기에서 그대를 기다리고 있었습니다."

그리고 곧 둘은 어울렸다. 양대동이 그녀에게 어찌 된 일이냐고 물어보니 그녀가 말하길,

"저는 어느 집의 부인으로 남편이 부역을 나간 뒤 돌아오지 않은 지 여러 해가 지났습니다. 그대가 홀로 지내기에 몰래 그대를 따라왔습니다. 절대로 발설하지 말고 다른 여자와 결혼도 하지 마십시오. 제가 여기에 오래 머물렀지만 다른 사람들은 알 길이 없을 것입니다."

이때부터 둘은 동거하기 시작했다.

그렇게 몇 달이 지나자 양대동의 안색은 날로 초췌해져 갔고, 형의 식구들은 그를 의심하기 시작했다. 가족들은 일찍이 밤에 침대에서 사람 소리가 나는 것을 들었기에 혹 음귀의 꼬임에 걸려든 것은 아닌지 생각하였다. 이에 도사를 불러 '천심육정부록'으로 다스리려고 하였다. 그러자 부인은 홀연히 변신하였는데 그 모양이 매우 무서웠으며, 양대동을 죽이려 했다. 양대동은 슬피 울고 간절히 절하며 말하길,

"앞으로 다시는 그러지 않겠습니다."

그리고 다시 처음처럼 지냈다.

얼마 후 그 부인은 눈물을 흘리며 먼저 이별을 고하길,

"저는 당신의 삼생 전의 아내였고, 제 딸은 사실 당신의 딸이기도

합니다. 당신은 다른 곳에 장사를 하러 갔다가 한 창녀와 놀아나 돌아올 줄 몰랐습니다. 저는 너무 가난하여 스스로 살 수가 없어 이 딸아이를 안고 우물에 뛰어들어 자살하였습니다. 상제께 당신을 고소하니 상제께서 하늘의 법으로 다스리라고 하시면서 이르기를,

'네 남편은 자신의 이로움만 좇아 가정을 버려 처자식이 제명에 죽지 못하였으니 비록 다른 착한 일로 공덕을 쌓아 과거에 급제한다고 하여도 결국 그 복을 다 누릴 수 없을 것이며 앞으로 10년 안에 그 업보를 받을 것이다.'

저는 전생의 연이 아직 다 끝나지 않았다 여기고 당신에게 와서 맹서를 구하려 했던 것인데 지금은 수명이 다하여 떠나야 합니다. 또 여기에서 다른 생을 받았습니다."

그녀가 문을 나서자 곧 사라졌다. 소흥 5년(1135), 양대동은 과거에 급제하여 두 번째 관직으로 광서 안무사의 막직관에 임명되어 유주[28]로 가는 길에 영문묘[29] 앞을 지나갔다. 영문묘를 관리하는 도사가 그에게 안으로 들어와 신을 배알하라고 청하였지만 양대동은 거절하였다. 이에 도사가 악담하길,

"배알하지 않으면 신께서 노하시어 견책하실 것입니다."

양대동은 그를 질책하고 곧바로 안무사를 찾아가 인사하였다. 안

28 柳州: 廣南西路 柳州(현 광서자치구 柳州市).

29 靈文廟: 당송팔대가인 柳宗元(773~819)은 815~819년 柳州刺史를 지냈고, 유주에서 사망하였다. 유종원의 명망을 높이 평가한 유주 주민들은 곧 사당을 만들었고, 이 사당이 점차 영험하다고 소문이 나고 주민들의 청원이 이어지면서 송조는 元祐 7년(1093)에 靈文廟라는 편액을 하사하였다. 이어 崇寧 3년(1105)에는 유종원을 文惠侯로 봉했고, 紹興 28년(1158)에는 文惠昭靈侯로 승격시켰다.

무사와 차를 마시던 중 손에서 잔을 떨어트리면서 바닥에 쓰러졌고 곧 사망하였다. 모두 이르기를 영문묘의 신이 노하여 그리된 것이라 하였을 뿐 그 전생의 일에 대해서는 알지 못하였다. 두 사건이 꼭 10년 사이에 일어났다.(부세수가 한 이야기다.)

06 동백액董白額

饒州樂平縣白石村民董白額者，以儈牛爲業，所殺不勝紀．紹興二十三年秋，得疾．每發時，須人以繩繫其首及手足於柱間，以杖痛捶之，方欣然忘其病之在體，如是七日方死．董平生殺牛正用此法，其死也，與牛死無少異云．

요주 낙평현[30] 백석촌의 촌민 동백액은 소 매매 중개상이었다. 그가 잡은 소가 헤아릴 수 없을 정도로 많았다. 소흥 23년(1153) 가을, 동백액이 병에 걸렸다. 발작할 때마다 반드시 주위 사람들이 새끼줄로 그의 머리와 손발을 기둥 사이에 묶고 몽둥이로 심하게 때려야 비로소 자기 몸에 병이 있다는 사실을 흔연히 다 잊을 수 있었다. 이렇게 7일을 보낸 뒤 드디어 죽었다. 동백액은 평생 소를 도살하면서 바로 이런 방법을 썼던 것이다. 그가 죽을 때의 모습도 소가 죽었을 때와 다를 바가 없었다.

30 樂平縣: 江南東路 饒州 樂平縣(현 강서성 景德鎭市 樂平市).

07 무원현의 뱀 알婺源蛇卵

徽州婺源縣, 紹興二十三年七月三日大雷雨. 邑中有老樹, 蟠結數十圍, 震爲數截. 中藏蛇卵十餘斛, 或取碎之, 每殼中必一物詰曲其間, 如鱓然. 雞猪食之輒死, 小民食死猪肉者亦死. 卵大小如彈丸, 如小橘. 去縣十五里, 有巨蟒同時震裂, 皆疑其爲蛇母云. 予族人邦直, 時爲邑尉, 嘗取其卵碎之, 實然.

소흥 23년(1153) 7월 3일, 휘주 무원현[31]에 큰비가 내리고 번개가 쳤다. 현성에 있는 고목은 나무줄기가 휘감기고 뒤얽혀 수십 길이나 되었는데, 벼락을 맞고 여러 개로 나뉘어졌다. 나무에는 뱀의 알이 십여 말이나 있었는데, 어떤 사람이 들고 가서 깨어 보니 알마다 그 안에는 무엇인가 구불구불한 것이 있는데 마치 장어 같았다고 했다. 닭과 돼지가 그 알을 먹자 곧 죽었고, 그 죽은 돼지를 먹은 사람들 역시 곧 죽었다. 알은 탄환 크기만 한 것도 있고 작은 귤 크기만 한 것도 있었다. 현에서 15리 떨어진 곳에 있던 큰 이무기가 같은 시간에 벼락을 맞고 몸통이 몇 개로 나뉘었다. 다들 그 이무기가 알을 낳았을 것이라고 의심하였다. 필자 집안사람 홍방직이 당시 무원현 현위로 있었는데, 한번은 그 알을 가져다 깨 보니 진짜로 그러하였다고 한다.

31 婺源縣: 江南東路 徽州 婺源縣(현 강서성 景德鎭市 婺源縣).

08 정씨집 딸들과 번개鄭氏女震

婺州武義縣鄭亨仲資政, 族中三女, 從姊妹也, 皆未適人. 長者十八歲, 次十四歲, 次十二歲. 紹興二十四年二月六日, 族有姻會, 三女往觀之. 會罷, 親族相聚博戲, 忽大雨震電, 三女皆捨去, 自便道小戶欲還家, 未至而火滅, 共憩一小亭上. 族人遣婢明燈視之, 則皆仆地. 其一已震死, 裸臥雨中, 衣服粘着柱間. 其一體半焦, 衣皆破碎. 其一無所傷, 扶歸, 明日方甦. 問之, 曰: "方行次, 忽滿眼黑暗, 無所睹, 遂驚蹶如睡, 他皆莫知也." 身焦者數日方能言, 亦不死.(劉邦翰于宣說.)

무주 무의현[32] 사람 자정전 학사[33] 정강중[34] 집안에 세 여자아이가 있었는데, 사촌 간이었다. 모두 시집가기 전이었으며 큰아이가 18세, 둘째가 14세, 셋째가 12세였다. 소흥 24년(1154) 2월 6일, 집안에 혼인 잔치가 있어서 세 여자아이 모두 가서 잔치 구경을 하였다. 잔치가 끝나자 집안사람들은 서로 모여 도박을 하며 놀았는데, 갑자기 큰 비가 오고 천둥 번개가 쳤다. 세 여자아이는 자리에서 일어나 집으로 돌아가면서 작은 집을 가로질러 지름길로 가던 중 채 도착하기 전에

32 武義縣: 兩浙路 婺州 武義縣(현 절강성 金華市 武義縣).

33 資政殿學士: 景德 2년(1005)에 처음 설치하였고, 위계는 한림학사와 侍讀학사의 중간이며, 정3품 고위관료에 제수되는 명예직이다.

34 鄭剛中(1088~1154): 자는 亨仲이며 兩浙路 婺州 金華縣(현 절강성 金華市) 사람이다. 늦게 과거에 급제하여 紹興 15년(1145), 四川宣撫副使가 되어 사천의 관리에 큰 공을 세웠고, 특히 남송 초 전비 조달에 힘썼다. 진회의 추천으로 발탁되었으나 후에는 진회와 사이가 틀어져 廣東으로 유배되어 현지에서 사망하였다.

등롱불이 꺼져서 작은 정자에서 쉬고 있었다.

집안사람들이 노비를 보내 등불을 비추어 보니 셋 다 땅에 엎어져 있었다. 그중 한 아이는 이미 벼락을 맞고 죽어서 빗길에 나체로 누워 있었고, 옷가지들은 정자 기둥에 달라붙어 있었다. 또 한 아이는 반쯤 화상을 입었고 옷이 모두 찢어져 있었다. 나머지 한 아이만 다친 곳이 없어 부축하여 집으로 데리고 갔는데, 다음 날 비로소 깨어났다. 어찌된 일인지 물어보니 대답하기를,

"막 길을 가고 있는데 갑자기 눈앞이 깜깜해져서 아무것도 볼 수 없었고, 갑자기 놀라 쓰러져서 잠든 것처럼 되어 무슨 일이 있었는지 전혀 모르겠다."

반쯤 화상을 입은 아이도 며칠 뒤부터 말을 할 수 있게 되었고, 역시 죽지 않았다.(자가 방한인 유우선이 한 이야기다.)

09 명계에 간 정승지鄭升之入冥

衢人鄭升之, 宣和間爲樞密院醫官, 後居湖州累年. 嘗往臨安, 於轎中遇急足持文書來, 視之, 乃追牒也. 上列官爵姓名二十餘人, 鄭在其末. 讀畢, 卽恍惚如醉. 還家而病. 前使亦至, 呼之, 遂隨以行. 路半明半暗, 如月食夜. 到冥府, 使者先入. 鄭窺窗間, 見兩廊皆囚, 而以泥泥其首.

少頃, 呼入. 主者問曰: "汝當死, 有陰德否?" 曰: "無." "嘗從軍乎?" 曰: "然." 曰: "汝昔宣和中隨諸將往燕山, 有二卒得罪於將, 欲斬之, 以汝諫獲免. 又汝在京師時, 好以藥施人. 有之否?" 鄭曰: "頗憶有之." 主者曰: "有此二美, 當令汝還." 取元牒判云: "特與展年放還." 鄭拜謝.

旣出門, 詢向使者曰: "吾復活幾何年?" 應曰: "不知也." 將行, 使者曰: "汝平生好飮, 餘瀝沾几案間, 積已數斗, 須飮訖乃可去." 卽擧一甕, 甚臭, 強鄭令飮. 飮至斗許, 不能進. 失手墜甕, 乃醒. 又病一月方愈. 自以陰限不明書年數, 常恐死, 乃別所知者, 自還鄕治冢地. 明年, 其所知者邢懷正孝肅爲衢簽, 見鄭之子, 則鄭已死矣. 計其復生僅旬月云.(邢懷正說.)

구주 사람 정승지는 선화연간(1119~1125)에 추밀원의 의관이 되었고, 후에 호주[35]에서 여러 해 살았다. 한번은 임안부[36]에 간 적이 있었

35 湖州: 兩浙路 湖州(현 절강성 湖州市).

36 臨安府: 남송 兩浙路 臨安府(현 절강성 杭州市).

는데, 다리에서 우연히 공문을 가지고 급하게 뛰어온 사람을 만났는데, 가지고 온 공문을 보니 바로 체포 공문이었다. 공문에는 20여 명의 관작과 성명이 쓰여 있었고, 정승지도 그 마지막에 포함되어 있었다. 다 읽고 나니 곧 취한 것처럼 정신이 몽롱해졌고, 집으로 돌아간 뒤 곧 병이 났다.

공문을 들고 왔던 사자 역시 그의 집에 도착하여 정승지를 부르기에 마침내 그를 따라갔다. 길이 반은 밝고 반은 어두운 것이 마치 월식이 있는 밤과 같았다. 명계의 관부에 도착하자 사자가 먼저 들어갔다. 정승지가 몰래 창 사이로 바라보니 양측 복도에는 죄수들이 가득했고, 그 머리는 온통 진흙을 발라 더럽혀져 있었다.

잠시 후 정승지를 부르더니 안으로 들어오라고 하였다. 재판 주관 관원이 묻길,

"너는 죽어야 할 운명이다. 음덕을 쌓은 것이 있느냐?"

"없습니다."

"전에 종군한 적이 있느냐?"

"있습니다."

"예전 선화연간에 네가 여러 장수들을 따라 연산부로에 갔을 때의 일이다. 두 사졸이 장수에게 죄를 지어 장수가 그들을 참하고자 하였다. 그때 너의 만류로 간신히 그들이 목숨을 건진 일이 있었구나. 또 네가 개봉부에 있을 때도 다른 사람들에게 약을 나눠 주길 좋아하였구나. 이런 일들이 있었느냐?"

정승지가 대답하길,

"그런 일들이 있었던 것을 잘 기억하고 있습니다."

이에 주관 관원이 다시 이르기를,

"두 건의 선행이 있으니 마땅히 너를 돌려보내겠다."

원래 판결문을 거둬들이고 판결하길,

"특별히 더 살 수 있는 시간을 허여하며 귀환을 허락한다."

정승지는 절을 하며 감사를 드렸다.

막 명부의 대문을 나서면서 정승지가 사자에게 묻길,

"내가 다시 살아나면 몇 년을 더 살 수 있소?"

그가 대답하기를,

"모릅니다."

출발하려는데, 사자가 말하길,

"당신은 평생 술 마시기를 좋아했소. 남기고 흘려 식탁에 버려진 술이 이미 몇 말이나 되니 그것을 다 마셔야만 비로소 여기를 나갈 수 있소이다."

그리고는 곧 한 항아리를 가져왔는데, 냄새가 고약했다. 정승지에게 강제로 마시게 하였는데, 한 말 정도 마시고 나니 더는 마실 수가 없었다. 실수로 그만 항아리를 떨어뜨렸는데, 그때 깨어났다. 그 뒤로도 한 달 정도 앓다가 비로소 병석에서 일어났다. 정승지는 명계에서 몇 년이나 더 살 수 있는지 명확하게 적어 주지 않았던 것을 생각하면서 항상 언제 죽을지 몰라 두려워하였다. 이에 아는 사람들 모두에게 이별을 고한 후 고향 구주로 돌아가 자신의 무덤을 만들었다. 이듬해 정승지의 지인으로 자가 회정인 형효숙이 구주 첨서판관청공사로 와서 정승지의 아들을 만났는데, 그때 정승지는 이미 죽고 난 뒤였다. 계산해 보니 정승지는 다시 살아난 뒤 겨우 열 달을 더 살았던 것이다.(자가 회정인 형효숙이 한 이야기다.)

10 황십일낭黃十一娘

福州候官縣黃秀才女十一娘, 立簾下觀人往來. 一急足直入曰: "官追汝." 女還房, 卽苦心痛死. 經日復生, 曰: "追者與我俱行數十里, 忽有恐色, 曰: '吾所追乃王十一娘, 誤喚汝. 今見大王, 但稱是王氏, 若實言, 當捶殺汝.' 我強應之. 至官府, 見三人鼎足而坐. 中坐者乃我父也, 望我來, 卽憑軒問曰: '汝何爲來此?' 曰: '正在簾內, 爲人追至. 及中途, 則言當追王十一娘而誤追我, 戒我不得言.' 父還坐, 謂東向者曰: '所追王氏, 今誤矣.' 曰: '公何以知之?' 曰: '此吾女也.' 東向者卽命吏閱簿, 顧曰: '果誤矣.' 又笑曰: '王法無親, 今日却有親.' 皆大笑, 乃放我還."
(鄭彥和知剛說.)

복주 후관현[37]에 살고 있는 황수재의 딸 십일낭은 어느 날 주렴 아래로 사람들이 오가는 것을 서서 지켜보았다.

그런데 한 급사가 곧장 안으로 들어와 말하길,

"관명을 받들어 너를 체포한다."

십일낭은 방으로 돌아갔고 심장의 통증으로 고생하다가 사망하였다. 그런데 하루가 지나서 다시 살아나 말하길,

"저를 잡으러 온 사자와 함께 수십 리를 걸었는데 갑자기 뭔가 겁내는 기색을 드러내더니 말하길,

'내가 잡아가야 할 사람은 왕십일낭인데 잘못해서 너를 소환하였

37 候官縣: 福建路 福州 候官縣(현 복건성 福州市 閩侯縣).

다. 오늘 대왕을 만나면 그저 왕씨라고 말하거라. 만약 사실대로 말한다면 당장 너를 때려죽일 것이야.'

저는 할 수 없이 그렇게 하겠다고 억지로 대답하였지요.

관부에 도착해서 보니 세 사람이 중요한 자리에 앉아 있었는데, 가운데 앉은 사람이 바로 아버지셨어요.

아버지께서는 제가 오는 것을 보시고 곧 난간으로 나와 기대어 물어보시길,

'네가 왜 여기에 왔느냐?'

제가 대답하길,

'제가 주렴 아래에 있다가 그만 사자에게 잡혀 왔어요. 오던 도중에 왕십일낭을 잡아가야 하는데 잘못해서 저를 잡아온 것이라고 말하면서 저보고 발설해서는 안 된다고 윽박질렀어요.'

아버지께서는 자리로 돌아가신 뒤 동쪽을 향해 앉아 있는 사람에게 말하기를,

'잡아와야 하는 이는 왕씨인데 지금 잘못 잡아온 것이라 하오.'

그가 묻길,

'공께서는 그것을 어찌 아시오?'

아버지께서 대답하시길,

'저 아이는 내 딸이라오.'

그 사람은 곧 관리를 불러 장부를 점검해 보라고 하였다.

관리가 살펴보고 보고하길,

'실제로 잘못 데려왔습니다.'

그리고 다시 웃으며 말하기를,

'나라 법에는 아버지라고 해서 봐주시면 안 되는데, 오늘은 정말

아버지 덕을 봤네요.'

모두들 크게 웃더니 곧 저를 돌려보내 주었어요."

(자가 언화인 정지강이 한 이야기다.)

11 사희단謝希旦

徐人竇思永, 居洪州. 妻鄭氏方娠. 紹興二十三年閏十二月一日, 思永夢洪州監稅秉義郎謝希旦來, 拜不已. 思永不敢受, 夢中愧謝. 睡覺至亥時, 妻生一子. 旋聞寺擊鍾, 問之, 則謝生正以是時死矣. 思永名其子曰 '宜哥'. 謝氏後知之云: "希旦小字實曰'宜哥'." 則竇氏子爲希旦後身昭昭矣. 希旦, 邵武人, 亦知書. 思永登二十四年進士, 與予妻族有連, 聞其說.

홍주[38]에 살고 있던 서주[39]사람 두사영의 아내 정씨는 임신 중이었다. 소흥 23년(1153) 윤 12월 1일에 두사영이 꿈을 꾸었는데, 병의랑[40]으로 홍주 세무 감독관인 사희단이 와서 절하기를 멈추지 않았다. 두사영은 감히 절을 받을 입장이 아니어서 꿈에서나마 송구스러워 하며 사양하였다. 그가 꿈에서 깨어 보니 해시가 되었는데, 마침 아내 정씨가 아들을 낳았다. 바로 그때 절에서 종치는 소리가 들려 그 까닭을 물어보니 사희단이 바로 그 시간에 죽었다고 하였다. 두사영은 새로 얻은 아들의 이름을 '의가'라 지었다. 사씨네 집 사람들이 후에 그것을 알고 말하길,

38 洪州: 江南西路 洪州(현 강서성 南昌市).

39 徐州: 京東西路 徐州(현 강소성 徐州市).

40 秉義郞: 政和연간(1111~1118)에 신설되었으며 무관 寄祿官 52개 품계 중 46위이며 종8품에 해당한다. 紹興연간(1131~1162)에 秉節郞으로 개칭하였다.

“의가는 바로 사회단의 어릴 적 이름이었다.”

이로써 두사영의 아들이 사회단의 후신임이 명백하여졌다.

사회단은 소무군 사람으로 글을 잘 알았다. 두사영은 24세에 진사가 되었고 필자의 처족과 아는 사이라서 그 이야기를 들었다.

12 노웅 어머니의 꿈盧熊母夢

盧熊, 邵武人, 校書郎奎之子. 紹興二十一年, 赴試南宮. 母樊氏夢數人舁棺木至中堂, 曰: "此夫人母也." 號泣而寤. 以告奎曰: "人言夢棺得官. 若三郎者, 恐有登科之兆. 如君者, 或有遷官之喜. 今乃吾亡母, 此何祥也?" 奎未能遽曉. 質明, 出視事. 卽歸, 有喜色, 遙呼其室曰: "吾爲爾釋昨夢矣, 爾母何姓?" 樊氏矍然悟, 蓋其母乃熊氏也. 於是知熊必擢第, 已而果然.(熊說.)

소무군 사람 노웅은 교서랑[41] 노규의 아들이다. 소흥 21년(1151), 예부 성시[42]에 응시하는데 어머니 번씨가 꿈을 꾸었다. 몇 사람이 관을 들어 올려 가운데 방까지 옮긴 뒤 말하길,

"이 관은 부인 친정어머니의 것입니다."

번씨는 대성통곡하다가 꿈에서 깨어난 뒤 남편 노규에게 말하길,

"다른 사람들이 꿈에서 관을 보면 관직을 얻는다고 합디다. 셋째 아들[43]을 위한 꿈이라면 아마도 과거에 급제할 징조가 아닌가 싶네요. 만약 당신을 위한 꿈이라면 승진의 기쁨이 있을 수도 있겠지요.

41 校書郎: 元豊 3년(1080) 관제개혁 이후 祕書省正字와 함께 도서의 편찬 · 교정 업무를 담당하였다. 종8품이다.

42 南宮: 禮部에서 주관하는 省試를 뜻한다. 예부를 관할하고 있는 尙書省이 별자리의 南宮에 해당한다고 하여 남궁은 상서성의 별칭으로 쓰였다.

43 三郎: 삼랑은 노웅을 가리킨다. 함분루본의 '原注'에서 '노웅의 항렬은 셋째다(熊行第三)'라고 밝혔다.

그런데 지금 친정어머니가 돌아가셨다고 하는데 그것은 무슨 징조일까요?"

노규 역시 얼른 이해가 되지 않았다. 노규는 동이 틀 무렵[44] 일을 보러 나갔는데, 돌아오는 길에 희색이 만면하여 멀리서부터 아내를 부르며 말하길,

"당신이 어제 꾼 꿈이 무슨 뜻인지 내 비로소 알았소. 장모님 성이 무엇인지 당신 잘 알지요?"

번씨가 깜짝 놀라며 무슨 뜻인지 깨달았다. 원래 번씨의 친정어머니는 웅씨였던 것이다. 그래서 그들은 노웅이 반드시 과거에 급제할 줄 알았다. 얼마 되지 않아 과연 그러하였다.(노웅이 한 이야기다.)

44 質明: 식별이 가능한 동이 틀 무렵을 뜻한다.

13 범우의 아내范友妻

張淵道, 紹興五年爲右司郎官. 兵士范友居于門側, 其妻以九月二十四日死, 已殮而未蓋棺. 翌日五鼓, 張六參入朝, 方傳呼, 范妻忽自棺中擧手撼其夫. 夫驚問之, 曰: "適有數鬼來此, 一判官緑袍, 滿面皆猪毛逆生, 問我蹤跡. 答云: '夫范友, 本黃河埽岸兵士, 因張郎中入西川, 差爲水手. 後從至行在, 今爲院子.' 判官頷之. 方徘徊間, 忽聞人呼'右司來'. 諸鬼皆奔散, 獨判官歎恨曰: '收氣不盡矣.' 方出門去, 猶未遠也." 妻復起, 能飮食, 又十日竟死.

소흥 5년(1135), 장연도는 중서성의 낭관이 되었다. 문가에 살던 병사 범우의 아내가 9월 24일에 죽었다. 이미 염을 마쳤고 관 뚜껑만 덮지 않은 상태였다. 그런데 다음 날 오경[45] 무렵 장연도가 입조하겠다고 시종들에게 막 알리려는데 범우의 아내가 갑자기 관에서 손을 들어 올리고 흔들며 남편을 불렀다. 남편이 깜짝 놀라서 어찌된 일이냐고 물어보자 대답하길,

"조금 전에 귀신 몇 명이 여기 왔는데 얼굴이 온통 돼지 털로 덮여 있고, 게다가 거꾸로 털이 나 있는 녹색 도포를 입은 한 판관이 저의 내력에 대해서 묻더군요. 그래서 대답하길,

45 五鼓: 밤 시간을 5등분하여 1更~5更, 1鼓~5鼓, 甲夜~戊夜로 구분하였다. 5鼓는 밤에 시간을 알리는 북을 치는 횟수에서 유래한 것으로 동트기 직전인 새벽 3시~5시를 뜻한다.

'남편 이름은 범우이고, 본래 황하에서 제방을 관리하던 병사였는데, 낭중 장연도를 따라 서천으로 가서 수군 역을 맡았습니다. 그 뒤 다시 낭중을 따라 임안부[46]로 갔다가 지금은 문지기를 하고 있습니다.'

판관이 고개를 끄덕이며 이리저리 오가던 중 갑자기 '낭관께서 나오신다'라는 소리를 듣자 귀신들이 모두 달아나고 흩어졌습니다. 그러자 판관 혼자 남아 탄식하길,

'너의 기를 제대로 다 거둬들이지 못했구나.'

그리고 조금 전에 문밖으로 나갔는데, 그렇게 멀리 가지는 못했을 것 같아요."

범우의 아내는 다시 일어나 음식을 먹을 수 있게 되었다. 하지만 열흘 뒤 결국 다시 죽었다.

46 行在: 臨安府를 뜻한다. 넓은 의미에서 행재는 황제가 있는 곳을 뜻하나 실제로는 황제가 순행하는 곳 내지 피난지나 임시 도성을 뜻한다. 高宗은 남경 응천부에서 즉위하여 전란 과정에서 揚州 · 溫州 등 여러 곳을 전전했으며 越州와 杭州를 임시 도성으로 삼았다. 항주가 사실상 도성으로 확정된 뒤에도 북송의 영토를 회복해야 한다는 명분 때문에 계속 행재라고 불렀다.

14 삼중으로 치아가 난 부인婦人三重齒

鄭公肅右丞雍姪某, 家于拱州. 時京東饑, 流民日過門. 有婦人塵土其容, 而貌頗可取. 鄭欲留爲妾. 婦人曰: "我在此飢困不能行, 必死於是, 得爲婢子, 幸矣." 乃召女儈立券, 盡以其當得錢爲市脂澤衣服. 婦人慧而麗, 鄭嬖之, 凡數月. 一夕, 大雷雨, 聞寢門外人呼曰: "以向者婦人見還, 此是餓死數, 不當活."

鄭初猶與問答, 已而悟其怪, 拒不應. 旦而念之, 欲遣去, 又戀戀不忍, 計未決. 他夜, 扣門者復至. 鄭罵曰: "何物怪鬼敢然! 任百計爲之, 我終不遣." 相持累夕, 婦人忽苦齒痛, 通昔呻吟. 天明視之, 已生齒三重, 極聱牙可畏. 鄭氏皆懼, 卽日遣出. 形狀旣異, 無復有敢取之者, 竟死於丐中. 會稽唐閱信道, 鄭出也. 云少時聞母言云, 然而失其舅名.

상서성 우승 정옹[47]의 조카 정 모는 집이 공주[48]다. 당시 경동로에 기근이 들어 유민들이 매일 문 앞을 지났다. 얼굴에 흙먼지를 뒤집어쓴 한 여인이 있었는데 용모가 제법 괜찮아 보였다. 정씨는 그녀를 집에 두어 첩으로 삼고자 하였다. 여인이 말하길,

"저는 이곳에서 굶주림과 곤궁함으로 더 이상 걸을 수도 없어 여기서 죽을 수밖에 없는 실정입니다. 노비라도 될 수 있다면 감사할 따

47 鄭雍: 자는 公肅이며 京畿路 拱州 襄邑縣(현 하남성 商丘市 睢縣) 사람이다. 韓琦의 추천으로 秘閣校理를 맡았다. 池州지사 · 開封府 判官 · 中書侍郎 · 尙書右丞 · 尙書左丞 등을 역임하였다. 말년에는 신법당의 집권으로 어려움을 겪었다.

48 拱州: 京畿路 拱州(현 하남성 商丘市 · 周口市).

름입니다."

이에 여자 중개인을 불러 계약서를 썼고, 그녀는 이렇게 해서 생긴 돈을 모두 화장품과 옷가지를 사는 데 썼다. 여자가 지혜롭고 아름다워 정 모가 몹시 예뻐하였으며 그렇게 몇 개월이 지났다.

어느 날 저녁 큰비와 함께 번개가 쳤는데, 침실 문밖에서 누군가가 부르길,

"예전에 여기 왔던 부인을 지금 돌려주시오. 그녀는 아사하여야 할 사람 숫자에 포함되어 있어 살아서는 안 되는 사람이오."

정씨는 처음에는 그와 묻고 대답하였지만 잠시 후 무엇인가 괴이하다고 생각되어 다시는 응답하지 않았다. 아침에 일어나 곰곰이 생각해 보고 그녀를 내보내려고 하였으나 정에 연연해 차마 그렇게 할 수 없어 어떤 결심도 하지 못하였다.

다른 날 밤, 그때 문을 두드렸던 이가 다시 찾아왔다. 정씨가 욕을 하며 말하길,

"어떤 귀신이기에 감히 이렇게 한단 말인가? 네가 어떤 방법을 쓰든 나는 절대로 그녀를 보내지 않을 것이다!"

서로 이렇게 여러 날 저녁마다 맞서면서 보냈는데, 부인이 갑자기 이가 아프다고 고통을 호소하며 저녁 내내 신음하였다. 날이 밝아서 다시 보니 이미 이빨이 삼중으로 나 있었다. 심하게 들쭉날쭉한 것이 너무 무섭게 생겨서 정씨 집안사람 모두 두려워하며 그날로 그녀를 내쫓았다. 행색이 너무도 기이하여 누구도 감히 그녀를 다시 데려가려 하지 않았고, 그녀는 결국 거리에서 구걸하다 죽었다. 월주 사람 당신이 알기로는 정씨가 한 이야기이며, 어렸을 때 자기 어머니도 그렇게 말씀하셨다고 하였다. 다만 그 외삼촌의 이름은 기억하지 못한다고 하였다.

15 마간의 인과응보馬簡冤報

秦州人馬簡, 本農家子, 因刈粟田間, 有婦人竊取其遺穗, 爲所毆, 至折足而死, 里胥執赴府. 簡長六尺餘, 軀幹偉然. 府帥奇其人, 曰: "汝肯爲兵, 吾宥汝." 簡從命, 遂黥爲卒. 後童貫擇健兒好身手者爲勝捷軍, 簡隸焉. 兵罷後, 從張淵道侍郎爲僕.

張公爲桂林守, 嘗令曝畫於簷間, 簡取三足木床登之, 纔一級, 失足而墜, 旁觀者以爲無傷. 簡起坐, 大聲呻痛曰: "損我脚矣." 拔所佩小刀欲自刺. 人急視之, 則髖骨已出, 傷處流血如注. 簡曰: "方登梯時, 覺眼界昏然, 如人自空推我下, 故跌." 乃自言舊事曰: "必此寃爲之." 數日死.

진주[49] 사람 마간은 본래 농부의 아들이었다. 밭에서 조를 타작하고 있는데 한 부인이 몰래 이삭을 주웠다. 마간이 그녀를 때리다가 그만 다리를 부러트려 죽이고 말았다. 향리가 그를 잡아서 관아로 끌고 갔다. 마간은 키가 6척이 넘고 체구가 건장하였다. 진봉로[50] 안무사[51]는 마간을 마음에 들어 하며 제안하길,

49 秦州: 秦鳳路 秦州(현 감숙성 天水市 秦州區).

50 秦鳳路: 至道 3년(997)에 전국에 설치한 15개 路 가운데 하나인 陝西路를 熙寧 5년(1072) 永興軍路와 秦鳳路로 분리하였다. 현 감숙성 동부지역을 중심으로 영하자치구와 섬서성 일부 지역에 상당한다. 治所는 秦州(현 감숙성 天水市)였고, 12個州・3個軍으로 이루어졌다. 서하와 대치하던 곳이어서 관할지역의 변화가 컸고 금조에 의해 皇統 2년(1142)에 폐지되었다.

51 安撫使: 府帥는 節度使・經略使 등 지방 군정장관에 대한 唐代의 별칭으로서 송대

"너는 군인이 되겠느냐? 그리하면 내가 죄를 용서해 주겠다."

마간은 명령에 따르기로 하고 곧 얼굴에 문신한 뒤[52] 병졸이 되었다. 후에 동관[53]이 섬서의 병사들 가운데 몸이 건장하고 무예에 능한 자[54]들을 골라 승첩군[55]을 만들 때 마간도 들어갔다. 승첩군이 해체된 뒤에는 병부시랑 장연도의 시종이 되었다.

당시 장연도는 계주[56]지사였는데, 어느 날 마간에게 처마에 그림을 그리라고 하였다. 마간은 나무 상 세 개를 포개 놓고 그림을 그리려

의 安撫使나 經略安撫使에 해당한다. 경략안무사는 안무사보다 상위직이며 路의 민정과 군정을 총괄하는 직으로서 문관이 맡았으며 군법 처결권까지 부여되었다. 南宋 초에는 廣南東路 · 廣南西路에만 經略安撫使司를 설치하였다.

52 刺字: 문신은 형벌의 일종으로 고대부터 시행되었다가 唐代에 일시 중단되었으나 後晉 天福연간(936~943)에 刺配에 관한 법이 제정된 뒤부터 다시 성행하였다. 송대에는 죄질에 따라 이마 · 뺨 · 팔 등에 글자를 새겨 범죄 사실 및 유배지 등을 표기하였다. 군에서도 탈영 등을 막기 위해 사병 이마에 卒 · 兵 등을 새겼고, 장교들은 상두박에 忠 · 勇 등을 새겼다. 죄수들에게 행하던 문신을 군인에게 의무화한 것이 송대 군인에 대한 경시풍조를 낳게 한 또 하나의 요인이었다.

53 童貫(1054~1126): 자는 道夫이며, 開封府(현 하남성 開封市) 사람이다. 북송 말기 환관으로서 휘종을 위해 항주에서 서화를 모으던 중 채경의 도움을 받으며 의기투합하여 채경이 재상이 되는 데 일조하였다. 그리고 채경의 추천을 받아 西北監軍이 된 뒤 군공을 바탕으로 추밀원 지사가 되어 20년 동안 북송의 병권을 장악하였다. 휘종의 허영심과 공명심에 영합하기 위해 금과 연합하여 거란을 협공하는 정책을 주도하고 한때 연경을 점령한 공으로 환관 출신으로는 처음 왕위를 받는 등 출세 가도를 달렸다. 당시 사람들이 채경을 '公相(남자재상)', 동관을 '媼相(여자재상)'이라고 칭할 정도로 막강한 권력을 휘둘렀다. 하지만 금군의 전면 공세에 제대로 대처하지 못한 채 개봉으로 도피하였고, 다시 휘종을 따라 강남으로 도망하면서 6賊의 하나로 지탄을 받다가 欽宗 즉위 직후 처형되었다.

54 好身手: 체격이 좋고 무예에 능한 사람을 가리키는 말이며 好本領이라고도 한다.

55 勝捷軍: 童貫이 陝西에서 모집한 자신의 친위부대로서 3만 명 규모였고 대단히 위세를 떨쳤으나 실제 전투에서는 별다른 전투력을 발휘하지 못하였다. 모든 군부대에 승첩 · 웅위 등 멋진 명칭을 본격적으로 붙이기 시작한 것은 송 태종 때부터다.

56 桂林: 廣西南路 桂州(현 광서자치구 桂林市).

올라갔다. 막 하나를 올라가다가 그만 헛디뎌서 넘어졌다. 옆에서 보고 있던 사람들은 전혀 다칠 리가 없다고 생각했는데, 정작 마간은 일어나 앉더니 큰소리로 아프다며 신음하였다. 그리고 말하길,

"내 다리가 부러졌어!"

그러더니 고통을 참지 못해 자기가 가지고 있던 작은 칼을 뽑아 자살하려 하였다. 사람들이 급히 그를 살펴보니 이미 정강이뼈가 다 드러나 있고, 상처에서는 피가 줄줄 흐르고 있었다. 마간이 말하길,

"막 상을 오르려는데 갑자기 눈앞이 깜깜해지더니, 마치 누군가가 공중에서 나를 밀어 넘어트리는 것 같았다. 그래서 넘어진 것이다."

그러더니 스스로 옛일을 이야기한 뒤 말하길,

"이는 그 원귀의 소행이 틀림없다."

며칠 뒤 마간이 죽었다.

16 관직을 얻은 진승陳昇得官

邵武威果卒陳昇, 嗜酒, 嘗大醉, 感其身世微賤, 歎曰: “何日脫此厄?” 少頃, 如夢非夢, 有人告曰: “明日爲官人, 何歎也!” 昇明旦醒, 能憶其語, 曰: “鬼神戱我如此, 我何從得官!” 其日薄暮, 欲至軍校之舍, 聞一卒與軍校耳語. 卒旣出, 昇隨其後, 與俱至酒家飮, 又與之錢. 稍醉, 問之曰: “爾適告管營何事?” 卒具以語之曰: “營中某人等謀亂, 欲以夜半燒譙門, 伺太守出救火, 卽殺之爲變.” 昇亟與之同謁軍校, 三人偕列名走告于郡. 郡守亟召兵官, 密將他營兵, 如狀中人數捕之, 皆獲. 獄具, 悉斬之. 告者皆得官, 昇爲承信郞. 時紹興十三年.

소무군[57]에 주둔하던 위과군의 병졸 진승은 술을 좋아하였다. 어느 날 크게 취하여 자신의 미천한 신세를 한탄하며 말하길,

“언제쯤 이 악몽 같은 현실에서 벗어날 수 있을까!”

잠시 후 비몽사몽간에 누군가가 알려 주길,

“내일 너는 관원이 될 텐데 무슨 한숨이냐!”

진승이 다음 날 아침 깨어나 그 말을 곱씹으며 말하길,

“귀신도 나를 갖고 노는구나. 하긴 내가 무슨 수로 관원이 되겠어!”

그날 해 질 무렵, 진승이 군관 숙소로 가려던 참에 한 병졸이 군관과 귓속말 나누는 것을 들었다. 진승은 병졸이 나오기를 기다렸다가

57 邵武軍: 福建路 邵武軍(현 복건성 南平市 邵武市, 三明市 建寧縣).

그 뒤를 따라가 함께 술집에 가서 술을 마셨다. 또 그에게 돈도 좀 주었다. 조금 술이 오르자 그에게 묻길,

"너 방금 그 관영과 무슨 얘기를 했냐?"

병졸은 그와 주고받은 모든 사실을 다 말해 주었는데,

"군영 안에 어떤 사람들이 반란을 꾀하고 있답니다. 한밤에 성문 누각을 불태울 예정이라고 하더군요. 그리고 지사가 불을 끄려고 나오기를 기다렸다가 죽여 버리고 반란을 일으킬 것이라고 했어요."

진승은 그와 함께 급히 군관을 만났고, 세 사람은 반란을 도모하는 사람들의 명단을 가지고 함께 소무군에 보고하였다. 소무군지사는 급히 군관들을 불러 모았고, 비밀리에 다른 군영의 병사들도 불러 모았다. 명단에 적힌 사람들의 수만큼 체포한 뒤 형이 확정되어[58] 모두 참형에 처하였다. 고발한 자들은 모두 관직을 얻었고 진승은 승신랑이 되었다. 이때가 소흥 13년(1143)이다.

58 獄具: 본래 판결 관련 문서를 구비한다는 뜻인데, 그와 함께 판결의 근거가 된 모든 법률 문서 또는 판결을 확정한다는 뜻도 있다. 통상 具獄이라고 한다.

17 쥐를 살려 준 요달了達活鼠

吉州隆慶長老了達言: 嘗寓袁州仰山寺, 與同參數人, 約往他郡行脚. 取笠欲治裝, 見笠內有鼠窠, 實以碎絹紙, 新生鼠未開目者五枚, 啾啾然. 達欲去之, 恐其死, 乃謝同行者, 託以他故不往. 又數日, 五鼠能行, 達以粥食飼之. 每夕宿笠中, 旬餘始不見, 其中潔然無滓穢. 得淨笠衣及茶一角, 達意其竊以來, 懸之僧堂, 三日無取者. 於是白主者告於衆, 以其茶爲供而行. 自是所至不蓄猫, 鼠亦不爲害.

길주[59] 융경원[60]의 장로인 요달이 한 이야기다. 요달은 일찍이 원주[61] 앙산사[62]에서 기거하고 있었는데, 한 스승 밑에서 수행하는 몇몇 승려[63]들과 함께 다른 주에 가 보기로[64] 약속하였다. 갓을 쓰고 행장을 꾸리려는데 갓 안에 쥐가 집을 짓고 있는 것을 보았다. 실제로 갓

59 吉州: 江南西路 吉州(현 강서성 吉安市).

60 隆慶院: 길주성 서쪽 仁山에 위치한 사찰로 五代(921~927)에 창건되었다. 본래 명칭은 '廣福院'이었고 大中祥符연간(1008~1016)에 隆慶院으로 개칭하였다. 宣和연간(1119~1125) 초에 다시 '德土院'으로 개칭하였으며, 이후 전란으로 파괴되었다가 紹興 13년(1143)에 중건되었다.

61 袁州: 江南西路 袁州(현 강서성 宜春市).

62 仰山寺: 현 강서성 宜春市 袁州區 明月山에 위치한 고찰이다. 당 會昌 5년(845)에 개창하였으며 南禪宗 5파 가운데 하나인 潙仰宗의 본산이다.

63 同參: 한 스승 밑에서 함께 수행하는 승려들끼리 서로를 부르는 칭호다.

64 行脚: 승려는 무소유를 실천해야 하므로 한곳에 머무르지 않고 스승을 찾아서 혹은 자기 수행이나 타인 교화를 위해 구름과 물처럼 다니면서(行雲流水) 수행을 해야 한다. 이를 가리켜 행각이라 하며 이런 승려를 행각승이라고 한다. 遊方 · 遊行이라고도 한다.

의 천이 찢어져 있었고 아직 눈도 못 뜬 갓 태어난 새끼 다섯 마리가 찍찍거리며 울고 있었다. 요달은 새끼들을 다른 곳에 내다 버리려 하였지만 죽을까 염려되어 함께 가려던 승려들에게 다른 이유를 둘러대고 같이 못 가는 것에 대해 양해를 구하였다.

며칠이 지나 다섯 마리 쥐들이 움직일 수 있게 되자 요달은 죽을 끓여 쥐에게 먹였다. 새끼들은 매일 저녁 갓 속에서 자더니 열흘쯤 지나자 비로소 어디론가 가 버렸다. 갓 안은 더럽혀진 흔적 하나 없이 깨끗하였다. 또 깨끗한 갓과 옷, 그리고 1각[65] 분량의 차가 생겼다. 요달은 쥐가 훔쳐 온 것이라 여기고 그것을 승당에 걸어 두었지만 사흘이 지나도 가져가는 자가 없었다. 이에 주지승에게 고하여 이 이야기를 사람들에게 알리게 하였다. 요달은 차를 부처님께 바치고 떠났다. 이때부터 요달은 어디를 가든 고양이를 키우지 않았고, 쥐 역시 해를 끼치지 않았다.

65 角: 술 등의 양을 재는 양사로서 1각은 4升에 해당한다. 爵과 비슷하게 생긴 술잔을 뜻하기도 한다.

18 새끼를 돌보는 물고기魚顧子

井度爲成都漕, 出行部, 至蜀州新津, 買魚於江, 其重數斤, 命庖人鱠之. 方操刀間, 魚躍入水中. 庖懼得罪, 有漁舟過其下, 乃鄭重囑之, 許以千錢, 約必得如前魚巨細相若者. 漁人問向所買處, 曰: "去此一里許, 得之江潭窟中." 漁人卽鼓棹往所指處. 一擧網, 獲長魚以還. 庖視之, 乃適所墜者也. 蓋方春時, 魚産子葦間, 其母日往來顧之, 至成魚乃去, 或母獲則子不能育, 故漁者以是候之云.(杜莘老起莘說.)

정도[66]가 성도부로[67] 전운사가 되어 각 지역을 순시하다가 촉주 신진현[68]에 이르렀다. 강변에서 무게가 몇 근이나 나가는 큰 물고기를 한 마리 사서 요리사에게 회를 뜨라고 명하였다. 요리사가 막 칼을

66 井度: 자는 憲孟이며 京西南路 鄧州 南陽縣(현 하남성 南陽市) 사람이다. 남북송 교체기의 전란 속에서 藏書와 刻書에 힘써 서적의 보존과 보급에 큰 공을 세웠다. 紹興 11년(1141)에 四川轉運史 겸 川陝宣撫司가 되었고, 郢州防禦使 · 秦鳳路馬步軍副總管 등의 직책을 맡으면서 사천에서 20여년을 지냈다.

67 成都府路: 乾德 3년(965), 북송은 後蜀을 멸망시키고 成都府(현 성도시)를 치소로 한 西川路를 설치하였다. 開寶 6년(973)에 서천로 동부지역을 분리하여 夔州를 치소로 하는 峽路를 신설하였고 太平興國 2년(977)에 다시 서천로의 북동지역을 분리하여 利州를 치소로 하는 東川路를 설치하였다. 이로써 西川 · 東川 · 峽路 3개 路가 만들어졌지만 太平興國 7년(982)에 東川路를 다시 西川路에 편입시킴으로써 2개 路가 되어 至道 3년(997) 전국 15개 路 체제의 하나로 유지되었다. 그러나 咸平 4년(1001), 일부 지역을 분리하여 廣元을 치소로 하는 利州路를 신설하고 서천로를 成都府路로 개칭하였다. 성도부로는 10個州 · 1個軍 · 2個監을 관장하였다. 川西라고도 한다.

68 新津縣: 成都府路 蜀州 新津縣(현 사천성 成都市 新津縣).

들고 내리쳐서 잡으려는 순간 물고기가 펄쩍 뛰어올라 강물 속으로 들어가 버리고 말았다. 요리사가 처벌받을까 두려워 떨고 있는데 마침 어선이 그 아래를 지나고 있기에 정중하게 부탁하니 어부가 1천 전만 주면 조금 전 것과 똑같은 크기의 물고기를 잡아주겠다고 약속했다. 그리고 조금 전 어디에서 물고기를 샀는지 묻기에 요리사가 대답하길,

“여기에서 1리 남짓 떨어진 곳 강변의 한 동굴에서 샀습니다.”

어부는 바로 노를 저어 가르쳐 준 곳으로 갔다. 그리고 한 번 그물질에 큰 물고기를 잡아서 돌아왔다. 요리사가 보니 조금 전에 떨어뜨린 바로 그놈이었다. 당시 봄철이어서 물고기들이 한참 강변의 갈대숲에서 산란을 하는 중이었다. 어미 물고기가 매일 갈대 사이를 오가며 치어들을 돌보는데, 성어가 되어야 비로소 그 자리를 떠난다. 그 사이에 어미가 잡히면 치어들도 자랄 수가 없다. 그래서 어부들은 그 때를 이용해 물고기를 잡는다.(자가 신로인 두기신이 한 이야기다.)

이견갑지

夷堅甲志

卷 14

개원궁의 주재자開源宮主

劉允, 字厚中, 潮州海陽人, 登紹聖四年進士第. 宣和甲辰, 除知循州. 命下, 遽乞致仕. 會朝廷以復燕雲肆赦, 雖已告老, 並許復從宦. 劉獨不起, 而出入閭里, 飮食起居, 了無衰相. 親舊交口勸勉, 確然不回. 明年春, 丁母憂感疾, 正晝忽起, 呼其子昉曰: "有詔授我奎文殿學士." 昉聽未審, 復質之. 劉挽其手, 書 '奎文'二字曰: "須爲作劄子, 辭不獲命, 則具謝表." 又數日, 復言: "天官已除他人, 吾免矣." 家人喜相賀. 遂浸安, 然絕不茹葷.

至四月一日, 又曰: "吾比得開源宮主, 蓋仙官之最清要者, 吾甚樂之." 家人曰: "豈其夢邪!" 曰: "非也. 適有人報甚明, 非久去矣." 卽索紙筆疏數事, 大抵以喪葬過度爲戒. 又三日, 整衣起坐, 呼二子昉・景, 告以從治命, 中夜而卒.

前數夕, 鄕人李正甫夢謁劉, 見吏卒盈門, 云: "來迎新君." 其鄰許氏婦, 亦夢所居巷陌間, 旛幢寶蓋, 飛揚雜沓. 頃之, 劉冉冉從導者而去. 旣卒數日, 肌體柔滑如生, 四支皆可伸屈, 時方烝暑, 而色不少變.

劉少時, 當元祐甲寅中秋之夕, 夢遊一洞府, 見塑像道裝, 靑娥在旁指曰: "此公前身也." 旣寤, 作八詩以紀之. 至是頗應云. 其詩曰: "銀欒層臺玉砌成, 五雲深映百花明. 獸環響徹重門啓, 無限靑娥喜笑迎. 靑鬟前引度回廊, 簾捲雲間舊院堂. 松桂滿庭龜鶴在, 儼然丰觀道家裝. 徐入東堂百步餘, 虛堂猶記舊來居. 窗紗掩映瓊籤軸, 盡是當時讀遍書. 曈曨瑞日照觚稜, 溶曳祥煙遶棟甍. 松檜雅知人趣尙, 風來偏作步虛聲. 側金壇畔虬松老, 甃玉池邊綬藕長. 吟折紫芝香滿手, 數聲鳴鳳在修篁. 獸爐煙和百花香, 玉葉瓊枝倚兩旁. 一曲雲和鸞鶴舞, 勸人争捧九霞觴. 雲母屛間看舊題, 醉吟阿母碧桃枝. 羣仙指點未題處, 更乞淩虛白鶴詞. 步出朱宮日漸移, 靑鬟羅拜問歸期. 塵緣若斷人間世, 看取蟠桃正熟時."

潮人陳安國嘗敘其事. 昉後更名旦, 仕至太常少卿, 紹興庚午, 終於直龍圖閣知潭州. 景嘗知台州.

자가 후중인 조주 해양현[1] 사람 유윤은 소성 4년(1097)에 진사에 급제하였다. 이후 선화 6년(1124)에 순주[2]지사에 제수되었는데 조정의 명령이 내려지자 그는 서둘러 사임을 자청하였다. 마침 조정은 연운[3]을 수복하기 위해 형벌을 완화하고 폭넓게 사면해 주었으며, 노쇠하다는 이유로 퇴임하여 귀향한 관리에게도 다시 임관하는 것을 허락하던 참이었는데 유독 유윤은 관직에서 물러나려고 하였다.[4] 그는 매일 향리를 돌아다니며 식사를 포함한 일상 생활에서 조금도 노쇠한 기색이 드러나지 않았다. 이에 친구들은 관직에 나갈 것을 서로 권고했지만 그는 한 번 말한 그대로 조금의 흔들림도 없었다.

이듬해 봄 모친상[5]을 당하여 복상하던 중 병에 걸렸는데, 하루는

1 海陽縣: 廣南東路 潮州 海陽縣(현 광동성 潮州市 潮安區). 동명인 현 산동성 烟台市 海陽市와 혼동하기 쉽다. 현 海陽市는 청 雍正 13년(1735)에 처음 설치되었다.

2 循州: 廣南東路 循州(현 광동성 梅州市 · 河源市).

3 燕雲: 燕은 燕京, 즉 현 북경시이고, 雲은 현 산서성 大同市지만 938년 後晉 石敬瑭이 거란에 할양한 하북성과 산서성 북부지역 16개 주를 뜻하기도 한다. 이 16개 주는 唐代의 행정단위를 기준으로 한 것이다.

4 不起: 관직에 나가지 않음을 뜻한다.

5 丁憂: 본래 부모와 조부모 등 직계 존속의 상을 치르는 것인데, 후에는 주로 관리들의 服喪을 뜻하였다. 돌아가셨다는 것을 인지한 순간부터 모든 관리들은 직무를 정지하고 3년상을 치러야 한다. 이는 漢代부터 제도화되어 송대에는 太常寺에서 관장하였다. 국가에서도 특별한 사유가 없는 한 이를 존중해야 하며 부득이 공무를 부담시키는 것을 가리켜 奪情이라고 하였다. 丁艱이라고도 한다.

대낮에 갑자기 일어나더니 아들 유방을 불러 말하길,

"황제께서 나를 규문전 학사[6]로 임명하라는 조칙을 내리셨다."

유방은 듣고서도 규문전 학사가 무엇인지 잘 몰라 다시 한 번 묻자 유윤은 아들 손을 잡더니 '규문' 두 글자를 쓰며 말하길,

"명을 받들 수 없다고 사양하는 글[7]을 반드시 써 두어라. 그리고 사양의 청원을 받아 줄 경우에 대비하여 황상의 은혜에 감사하는 상주문[8]도 준비하여라."

또 며칠이 지나 다시 말하길,

"이미 다른 사람에게 천관이 제수되었으니, 다행히 내가 면하게 되었구나."

집안 식구들은 기뻐하며 서로 축하했다. 점차 건강을 회복하여 편안해졌지만 생강, 마늘과 같은 훈채[9]는 전혀 먹지 않았다.

또 4월 1일에 말하길,

"나는 개원궁의 주재자[10]로 임명받았다. 대체적으로 신선의 관직 중에서도 가장 명예롭고 중요한 자리이니 나는 흔쾌히 그 자리를 맡

6 奎文殿學士: 송대 閣學士는 설치 순서대로 龍圖閣・天章閣・寶文閣・顯謨閣・徽猷閣・敷文閣・煥章閣・華文閣・寶謨閣・寶章閣・顯文閣이 있다. 규문전 학사란 있을 수 없다

7 劄子: 송대에 출현한 공문 형식으로 재상부에서 사용한 문서 형식으로 출발하여 황제에게 올리는 奏事劄子・中書進呈劄子, 하부기관에 내리는 御前劄子・樞密院劄子 등 다양한 형식으로 변화하였다. 남송 때에는 공문서에 사적 서신이 결합된 형식으로 변하기도 하였다.

8 謝表: 황제의 은혜에 감사함을 표하는 글을 말한다.

9 葷菜: 파・마늘 등 자극적인 냄새가 있는 채소를 일컫는다. 신에게 不淨한 음식이라 하여 제사 때나 喪禮에서 기피한다.

10 開源宮主: 開源宮이라는 도교 사원을 주관하는 사람이란 뜻이지만 본문에서는 선계에 있는 도교의 궁을 뜻하는 것으로 보인다.

을 것이다."

집안 식구들이 말하길,

"어찌 꿈을 가지고 그런 말씀을 하십니까!"

그는 대답하길,

"아니다. 마침 어떤 사람이 와서 보고했는데, 내용이 아주 분명하더구나. 나는 곧 떠나야 할 것 같다."

곧 지필을 가지고 오라고 하더니 몇 가지 일에 대해 썼는데, 대체로 상장례를 과도하게 하지 말 것을 당부하는 내용이었다. 사흘이 지나자 의관을 정제하고 자리에서 일어나 유방과 유경 두 아들을 불러서 자신의 유언[11]을 준수할 것을 당부하고, 그날 밤에 세상을 떴다.

유윤이 죽기 며칠 전 어느 날 밤, 같은 마을 사람 이정보가 꿈에 유윤을 만나러 왔다가 서리와 아역들이 문 앞을 꽉 채워 서 있는 것을 보고 말하길,

"새 주인을 맞이하러 온 것이구나."

그 이웃 허씨 부인도 꿈을 꾸었는데, 마을의 거리와 골목에 번당과 보개[12]가 높이 휘날리며 시끌벅적한 것을 보았다. 잠시 후 유윤은 인도하는 사람을 따라 천천히 길을 떠났다. 그가 죽은 지 며칠이 지났는데도 피부와 몸이 마치 살아 있는 것처럼 부드러웠고, 사지를 모두 굽혔다 폈다 할 수 있었으며 특히 더운 여름이었는데도 안색이 조금

11 治命: 죽기 전 맑은 정신으로 남긴 유언을 뜻한다. 상대어는 亂命이다.

12 旛幢寶蓋: 旛은 좁고 긴 깃발, 幢은 원통 형태로 만든 깃발로서 旛을 높이 드는 것은 함께 수행하자는 것을 제창하는 것이고, 幢을 높이 드는 것은 설법이 있다는 것을 대중에게 통보하는 것이라고 한다. 寶蓋는 불상의 머리 위에 있는 일산 형태로 불상을 보호하기 위한 것이다.

도 변하지 않았다. 유윤이 어렸을 때, 원우 1년(1086)[13] 추석날 밤 꿈에 신선이 사는 동천에 놀러간 일이 있었다. 그때 도사의 복장을 한 소조상을 보았는데 옆에 있던 선녀들이 소조상을 가리키며 말하길,

"공의 전생이 바로 이분입니다."

꿈에서 깨어난 후 그는 여덟 수의 시를 써서 이 일을 기록하였는데, 지금 다시 보니 그 시가 자못 영험한 것 같다. 시의 내용은 아래와 같다.

(1)
은으로 쌓은 층대와 옥으로 된 섬돌이 완성되니,
오색구름 깊이 비추이고 온갖 꽃 밝게 빛난다.
둘러싸인 동물들의 울음소리가 울려 퍼져 통하니 육중한 문이 열리고,
더할 수 없는 아름다운 여인이 웃음 지으며 맞이하네.

(2)
쪽진 검은 머리결의 미인[14]이 인도하여 회랑을 건너니,
말려진 주렴 사이로 저 멀리 구름 아래 옛집의 뜨락과 방이 보이네.
소나무 계수나무가 온 뜰에 가득하고 거북이와 학이 함께 있는데,
근엄하면서도 풍성한 풍광에 도사의 도복이 돋보이네.

(3)
천천히 동쪽 사당으로 들어가 백여 보를 걸으니,
텅 빈 대청에 쓰여 있는 글처럼 그렇게 오래도록 살고 싶네.
비단은 창을 가릴 듯 비추며 옥으로 만든 점대가 놓여 있는데,

13 元祐丙寅: 본문에는 '元祐甲寅'으로 되어 있다. 그런데 元祐연간에는 甲寅년이 없다. 元祐 1년(1086) 丙寅년을 잘못 쓴 것으로 보인다.
14 靑鬢: 검은 머리카락으로 둥글게 가채를 만들어 쓴 여자로서 미인을 뜻한다.

그저 시간이 되는 대로 두루 책을 읽는다네.

(4)
동틀 무렵[15] 상서로운 햇빛이 모서리를 비추고,
한가로이 나부끼는 상서로운 연기로 멀리 마룻대와 용머리가 아련해지네.
소나무와 전나무가 사람의 멋과 풍취를 드러내고,
바람이 한쪽으로 기울어 불어오니 발걸음이 텅 빈 소리를 내네.

(5)
옆쪽 금으로 장식한 단 옆에 용모양의 소나무가 늙어 있고,
벽돌과 옥으로 장식한 연못가에는 긴 풀이 자라 있도다.
흥얼거리며 자줏빛 영지를 꺾으니 향기가 손에 가득하고,
여러 음조로 읊조리는 봉황은 잘 꾸민 대숲 사이에 있네.

(6)
동물이 새겨진 화로의 연기가 온화하고 온갖 꽃이 향기로운데,
옥 같은 잎 구슬 같은 가지가 양쪽으로 뻗어 있도다.
한 곡조 소리가 구름과 조화롭고 난새와 학이 춤을 추니,
사람에게 앞다투어 권하기를 아홉 빛 노을이 새겨진 잔을 받들라 하는구나.

(7)
운모 장식의 병풍에 쓰인 옛 시를 보니,
취하여 읊조리는 유모와 푸른 복숭아나무 가지가 보이네.
여러 신선들은 더 이상 시를 쓸 자리 없음을 한탄하여,
다시 높은 하늘에 올라[16] 백학사를 짓는구나.

15 曈曨: 해가 처음 떠서 어둠에서 밝음으로 넘어갈 때의 광경을 뜻한다.

(8)

붉은 궁전을 나가 매일 조금씩 걸으니,
검은 쪽진 머리 미녀가 줄서 절하며 돌아올 때를 묻는구나.
속세의 연은 인간세와 함께 끊고,
그저 반도[17]가 익을 때를 기다리노라.

조주 사람 진안국이 일찍이 이 일을 기록한 바 있다. 유방은 후에 이름을 단으로 바꾸었고, 태상시 소경[18]에까지 이르렀다. 소흥 20년(1150)에 용도각 직학사로 담주[19]지사에 제수되었다. 유경은 태주[20]지사를 역임하였다.

16 淩虛: 높은 하늘에 오르다 또는 높은 하늘에 있다는 말이다.

17 蟠桃: 서왕모가 사는 곤륜산의 반도원에 3,600주의 복숭아나무가 있는데, 앞의 1,200주는 3천 년에 한 번 열매가 맺히는데, 이것을 먹으면 득도한 신선이 되고, 중간의 1,200주는 6천 년에 한 번 열매가 맺히는데, 이것을 먹으면 장생불사하게 되며, 뒤의 1,200주는 9천 년에 한 번 열매가 맺히는데, 이것을 먹으면 곧 천지일월과 같은 장수를 누린다고 한다.

18 太常寺少卿: 조회와 예악, 제사와 능묘 관리를 담당하는 太常寺의 부책임자이자 9寺 少卿의 선임이다. 宗正少卿과 함께 종5품이고 다른 7寺 소경은 정6품이다. 약칭은 太常少卿이다.

19 潭州: 荊湖南路 潭州(현 호남성 長沙市).

20 台州: 兩浙路 台州(현 절강성 台州市).

02 산귀신과 결혼한 장주의 촌민 漳民娶山鬼

建州人范周翰爲漳州司理參軍. 郡近村民有以負薪爲業而無妻者, 久之, 得一婦人, 遂與歸. 以二籠自隨, 其家皆喜. 唯民妹獨見婦一足, 不敢言. 至夜同寢, 日高不啟門. 父母壞壁以入, 但白骨在床, 發其篋, 皆瓦石及紙錢耳. 蓋山魈類也.

건령군[21] 사람 범주한은 장주[22]의 사리참군이었다. 장주 읍성 근처에 사는 한 촌민은 땔감 나르는 일을 하는데 결혼을 하지 못하였다. 후에 그가 여자를 하나 얻어 함께 집으로 돌아왔다. 그녀는 두 개의 바구니를 가지고 왔으며 집안 식구들 모두 그녀를 좋아하였다. 오직 촌민의 여동생만 그녀의 다리가 하나밖에 없음을 알았지만 감히 말을 꺼내지 못하였다. 밤이 되어 함께 잠자리에 들었는데 다음 날 해가 높이 뜨도록 문을 열지 않았다. 그 부모가 벽을 부수고 들어가 보니 오직 백골만 침상 위에 놓여 있었고, 바구니를 열어 보니 모두 기와조각과 돌, 명전 따위의 쓸모없는 것뿐이었다. 아마 산에 사는 요괴였던 것으로 생각된다.

21 建州: 福建路 建寧軍(현 복건성 南平市).
22 漳州: 福建路 漳州(현 복건성 漳州市).

03 왕간의 시험 답안지王刊試卷

梁山軍人王刊, 字夢錫, 初名某. 嘗夢至大官府, 見巨牌揭于壁間, 有 '王刊'二字, 遂更今名. 已而預貢, 崇寧五年赴省. 白晝遇黃衣卒于通衢, 持試卷三通與之, 刊愧謝, 但有三百錢以勞之, 曰: "我若及第, 當厚報汝." 其人唯唯而去. 遂以所得卷子入試, 其年登科. 竟不知爲何人也. 刊官至朝奉郎.

자가 몽석인 양산군[23] 사람 왕간의 원래 이름은 잘 모른다. 일찍이 꿈에서 큰 관부에 갔다가 벽에 커다란 패가 걸려 있는 것을 보았는데, '왕간' 두 글자가 쓰여 있었다.

그래서 서둘러 지금 이름으로 바꾸었다. 오래지 않아 그는 향시에 합격하였고,[24] 숭녕 5년(1106)에는 성시에 응시하기 위해 개봉부로 가다가 한낮에 큰 길가에서 누런색 옷을 입은 한 사졸을 만났다.

사졸은 왕간에게 시험지 3통을 주었다. 왕간은 한편으로는 부끄러웠지만 그래도 그에게 감사의 뜻을 표하고 아울러 300전을 주어 노고에 보답하였다. 그리고 말하길,

"내가 만약 급제를 하면 잊지 않고 후하게 보답하겠소!"

그 사람은 '네네'하며 떠나갔다. 그렇게 해서 얻은 시험지를 가지고

23 梁山軍: 夔州路 梁山軍(현 중경시 梁平縣).

24 預貢: 預는 참여하다, 貢은 황제에게 바친다는 말로서 예부에서 주관하는 省試에 참여할 자격이 주어진 수험생, 즉 貢生이 된다는 뜻이다.

시험을 쳤고 그해에 등과하였다. 하지만 그가 어떤 사람인지는 끝내 알 수 없었다. 왕간은 관직이 조봉랑[25]에 이르렀다.

25 朝奉郎: 문관 寄祿官 29개 품계 중 14위로 정6품상이었으나 元豐 3년(1080) 관제 개혁 후 30개 품계 중 22위, 정7품으로 바뀌었다. 20위인 朝請郎, 21위인 朝散郎과 함께 이른바 三朝郎의 하나이다.

04 명계의 관부에 다녀온 양휘楊暉入陰府

紹興二十二年, 虔卒齊述叛. 未撲滅間, 吉州吉水縣民楊暉, 夢追入陰府, 見數百人身披五木, 繫庭下. 主者責暉曰: "汝何敢與齊述爲亂!" 暉曰: "暉乃吉水村民, 與述了無干涉." 主者曰: "然則誤矣." 卽遣還.

소흥 22년(1152), 건주[26] 병졸 제술이 반란[27]을 일으켰다. 아직 진압하기 전인데 인근 길주 길수현[28] 주민 양휘는 꿈에 명계의 관부에 잡혀갔다.

수백 명의 사람이 몸에 형구를 찬 채 뜰 아래 묶여 있는 것을 보았다. 주관 관원이 양휘를 책망하길,

"너는 어찌 감히 제술과 함께 난을 일으켰느냐!"

양휘가 대답하길,

"저는 길수현의 촌민으로 제술과는 아무 연관이 없는 사람입니다."

26 虔州: 江南西路 虔州(현 강서성 贛州市).

27 齊述의 난: 虔州는 차 · 도자기 · 白滓布의 주산지로 유명하며 풍부한 목재를 이용한 조선업도 발달하여 天禧 5년(1021)의 경우 전국에서 건조한 조운 선박 2,916척 가운데 虔州에서 건조한 것이 605척으로 1/5을 차지하였다. 또 구리 생산량도 풍부하여 남북송 모두 虔州에 都大坑冶鑄鐵司를 설치하여 전국에 공급하는 동전의 생산 중심지로 삼았다. 이처럼 경제가 발달하다 보니 조세의 부담과 정부의 압박에 대한 저항의식이 강했고 그 결과 건주는 반란이 가장 빈번한 지역의 하나였다. 건주의 병졸이었던 齊述은 殿前司統制인 吳進과 江西殿前司統領인 馬晟을 죽이고 반란을 일으켰다. 7월에 시작된 반란은 이듬해 송조의 대군에게 진압되었다.

28 吉水縣: 江南西路 吉州 吉水縣(현 강서성 吉安市 吉水縣).

주관 관원이 말하길,

"그렇다면 잘못 잡아온 것이다."

이에 양휘를 즉시 돌려보내 주었다.

05 오중궁吳仲弓

鄭州人吳仲弓, 建炎末知桂陽監. 時湖湘多盜, 仲弓一切繩以重法, 入獄者多死. 及得疾, 繞項皆生癰疽, 久之, 瘡潰, 喉管皆見, 如受斬刑者. 一日, 命家人作烝鴨, 欲食未及而死. 死之二日, 司理院推吏忽自語曰: "官追我證吳知郡公事." 卽死. 時衡州人劉式爲司理, 親見之.

정주[29] 사람 오중궁은 건염연간(1127~1130) 말에 계양감[30] 지사직을 맡았다. 당시 형호남로[31] 지역에는 도적이 많았는데, 오중궁은 모두 엄한 법으로 다스렸다. 감옥에 들어간 자들 대부분 죽음을 면치 못하였다. 그런데 오중궁이 병에 걸려 목 주위에 큰 종기가 났다. 얼마 후에는 곪은 데가 터져 인후의 목줄이 다 드러날 정도였다. 마치 참형을 받은 사람의 모습과 흡사하였다. 하루는 식구들에게 오리를 쪄 오라고 하여 막 먹으려는데 미처 먹지 못하고 사망하였다. 죽은 지 이틀 지났을 때, 형사 업무를 담당하는 대리시의 추사[32]가 갑자기

29 鄭州: 京西北路 鄭州(현 하남성 鄭州市).

30 桂陽監: 荊湖南路 桂陽監(현 호남성 郴州市 桂陽縣). 당대에 채광과 주전을 위한 특별 행정기구로 州와 동급인 監을 설치하여 송대로 이어졌다. 桂陽監 바로 옆에 郴州 桂陽縣이 있어 혼동하기 쉽다. 太平興國연간(976~984)에는 매년 은 24,000량을, 皇祐~元豐연간(1049~1085) 가운데 18년 동안 금 31,000량을 조정에 공급하였다. 紹興 3년(1133)의 경우 은 29,000량을 조정에 공급하였다.

31 湖湘: 현 호남성의 별칭이다. 洞庭湖의 남쪽에 위치하였고, 경내를 관통하는 가장 큰 강이 湘江인 데서 유래하였다.

32 大理寺推司: 大理寺 右治獄廳 소속 公吏로서 중요하고 긴급한 사안을 담당하는 承

혼자 중얼거렸다.

"오중궁 지사가 처리한 공무에 관해 증언하라며 관에서 나를 잡아 가려고 하네!"

그러더니 즉사하였다. 당시 사리참군이었던 형주[33] 사람 유식이 이를 직접 다 목도하였다.

勘推司와 관련 문서 정리 및 유관기관 발송을 담당하는 般押推司가 있다. 약칭은 推吏이다.

33 衡州: 荊湖南路 衡州(현 호남성 衡陽市).

06 파초 위의 귀신芭蕉上鬼

紹興初, 連南夫帥廣東, 曹紳以宣義郞攝機宜. 連公前後所殺海寇不可計, 或同日誅一二百人, 曹皆手處其事, 不暇細問也. 以是論功, 遷官至朝奉大夫, 後爲廣倅. 公宇在淨慧寺, 到官未幾而病. 每吏卒衙時, 其家婢使咸聞寺後芭蕉林間有人聲, 或見人坐葉上, 見羣婢亦不驚. 婢問: "何人?" 曰: "來從通判索命. 我輩二十六人, 分四道尋覓, 今我六人先至此." 曹聞之懼, 力禱之, 許以水陸醮設, 皆不應. 曰: "但相從去乃可." 曹竟死. 未死前, 一妾生子, 遍體皆長毛, 瘞之山下, 經三日發視, 猶不死, 甚怪其事. 蓋寃鬼所託云.(五事皆張可久說.)

소흥연간(1131~1162) 초, 연남부[34]가 광동 경략안무사직을 맡았을 때 선의랑[35] 조신은 중요 기밀 업무를 맡아 보좌하였다. 연남부가 처형한 해적이 앞뒤로 합하면 헤아릴 수 없이 많았고 심할 경우에는 단 하루에 100~200명을 주살한 적도 있었다.

그 모든 일이 조신의 손을 거쳐 처리되었는데, 조신으로서는 세세히 심문할 겨를도 없었다. 아무튼 이 일에 대한 논공행상으로 조신은

34 連南夫(1085~1143): 자는 鵬擧이며 荊湖北路 安州 應山縣(현 호북성 隨州市 · 廣水市) 사람이다. 각종 관직을 고루 거쳐 중서사인에 선발되었고, 금에 두 차례 사신으로 파견되기도 하였다. 濠州 · 建康府 · 信州 · 泉州지사를 거쳐 紹興 6년(1136)에 寶文閣學士로 廣州지사 · 廣東經略安撫使 · 廣南東路轉運使를 겸직하였다. 紹興 9년(1139)에 화의를 반대하면서 권력에서 밀려났다.

35 宣義郞: 元豐 3년(1080) 관제개혁 후 문관 寄祿官 30개 품계 중 27위, 종8품이었다.

조봉대부[36]로 승진하였고 후에 광주 통판에 임명되었다.

통판의 관사는 정혜사[37]에 있었는데, 부임한 지 얼마 되지 않아 병이 들었다. 매번 서리와 아역들이 아참[38]을 할 때마다 조신 집안의 비첩이나 여종[39]들 모두 절 뒤의 파초 숲 사이에서 나는 사람 소리를 들었다.

때로는 사람이 파초 잎 위에 앉아 있는 것도 보았는데, 그는 여러 여종들을 보고도 놀라는 기색이 없었다. 한 여종이 묻길,

"누구시오?"

그가 대답하기를,

"통판의 목숨을 가지러 왔소. 우리 26명을 넷으로 나누어 통판을 찾고 있는데 지금 우리 6명이 먼저 도착한 것이라오."

조신은 그 말을 듣고 두려워 정성을 다해 기도하여 수륙재를 차려주면 되겠냐고 제안했지만 아무도 그 제안에 호응하지 않았다. 그리고 말하길,

"그저 우리를 따라가기만 하면 되오!"

조신은 결국 죽고 말았다. 죽기 전에 그의 첩이 아들을 낳았는데 온몸에 긴 털이 나 있었다. 그래서 산 아래 묻었는데, 사흘이 지나 다

36 朝奉大夫: 문관 寄祿官 29개 품계 중 11위로 정5품상이었으나 元豐 3년(1080) 관제개혁 후 문신 문관 寄祿官 30개 품계 중 19위, 종6품으로 바뀌었다.

37 淨慧寺: 남조 양무제 때 건립된 고찰로서 廣州市 越秀區에 있다. 본래 이름은 寶莊嚴寺였으나 송 태종 때 중건하면서 淨慧寺로 개칭하였다. 蘇軾이 정혜사에 들렀다가 여섯 그루의 榕樹를 보고 남긴 六榕이란 글자가 유명해 명초에 六榕寺로 개칭한 뒤 지금에 이른다. 부처의 진신 사리를 모신 사리탑이 유명하다.

38 衙參: 관리들이 상사의 관아에 가서 부서별로 줄을 서서 인사를 하고 공무를 보고하는 것을 뜻한다.

39 婢使: 婢妾은 첩과 시녀를, 使女는 丫頭나 女僕를 뜻한다.

시 관을 열고 살펴보니 여전히 살아 있어서 대단히 괴이한 일이라고 하였다. 아마도 원귀들이 누군가에 부탁해서 한 일일 것이다.(이 다섯 가지 일화 모두 장가구가 한 이야기다.)

07 나한을 향한 동관의 기도 董氏禱羅漢

鄕人董爟彦明, 三十餘歲未有子, 與其妻自番陽偕詣廬山圓通寺, 以茶供羅漢, 且許施羅帽五百頂以求嗣. 董躬攜瓶瀹茶, 至第一百二十四尊者, 茶方點罷, 盞已空. 董禱曰: "豈尊者有意應緣乎? 當以真珠莊嚴一帽以獻." 旣歸, 經旬月, 妻手自裁帽, 命族人董道士持以往. 道士回, 董有侍妾先見之, 迎問曰: "道士歸邪?" 是月, 妾有身.

未誕之前, 家人數夢一僧頂帽往來室中. 凡十有二月而生一子, 纔逾月間, 聞人誦經聲, 雖正啼哭, 必止. 董爲日誦『金剛經』一卷. 已而每聞經, 必欲前, 如傾聽之狀. 旣過百晬. 董偶問之曰: "汝酷愛此, 豈前世曾誦乎." 兒急張目作老人聲曰: "我曾念來." 董驚愕, 再問之, 遂不答. 自是不甚食乳, 旣而有疾, 將死, 兩目數開闔, 如不忍去者. 董拊之曰: "汝旣方外人, 去留皆任意自在, 要行卽行, 何須爾!" 卽閉目. 捫其體, 已冷矣. 其生正一百二十四日云.(董說.)

자가 언명인 나의 동향 사람 동관은 서른이 넘도록 아들이 없었다. 이에 아내와 함께 요주 파양현[40]에서 출발해 여산 원통사로 가서 나한들에게 차를 공양하였다. 또 500나한에게 500개의 승모[41]를 공양하겠다고 약속하고 아들을 점지해 주길 간구하였다. 동관은 손수 다

40 番陽: 江南東路 饒州 鄱陽縣(현 강서성 上饒市 鄱陽縣). 番陽은 漢代 이전의 옛 지명이다.

41 毗羅帽: 둥근 모자 테두리 위에 불상이 새겨진 ☖형 장식을 8개 세운 僧帽의 일종이다. 약칭은 羅帽이다.

기 병을 들고 뜨거운 차를 올렸는데, 124번째 나한에게 이르렀을 때 차를 따르자마자 곧 잔이 비어졌다. 동관이 기도를 올리며 말하길,

"나한 존자께서 혹시라도 저의 소원을 들어주실 생각이 있는 것은 아닌지요? 만약 그러시다면 제가 진주로 장엄하게 장식한 승모를 바치겠습니다!"

동관이 집으로 돌아온 뒤 한 달[42]이 되었을 때 동관의 아내는 직접 모자를 만들어 집안사람 가운데 한 도사에게 가지고 가서 전해 주라고 시켰다. 도사가 돌아왔을 때 동씨의 시첩이 가장 먼저 그를 보고 반갑게 맞이하며 소리쳤다.

"도사님 다녀오셨어요!"

그 달로 첩이 임신하였다.

아기가 태어나기 전, 가족들은 꿈에 한 승려가 모자를 쓰고 거실을 왔다 갔다 하는 것을 여러 차례 보았다. 열 달하고도 두 달이 더 지나서야 아들을 낳았다. 아기는 겨우 한 달밖에 안 되었는데도 경 읽는 소리를 듣기만 하면 막 울고 있다가도 금방 울음을 멈추었다. 동관은 아기를 위해 매일 『금강경』 1권을 읽어 주었다. 오래지 않아 매번 경 읽은 소리가 들릴 때마다 앞으로 나오려고 하는 모습이 마치 경청하려는 것 같았다. 백일이 지난 후 동관이 지나가는 말처럼 묻길,

"너는 『금강경』을 정말 좋아하는구나. 설마 전생에 읽은 적이 있는 것은 아니겠지?"

아이는 금방 눈을 크게 뜨며 노인의 목소리로 말하길,

42 旬月: 10일~1개월, 1개월, 10개월이란 세 가지 뜻이 있다. 승모를 만드는 데 필요한 시간을 고려하여 1개월로 번역하였다.

"이전에 읽은 적이 있습니다."

동관은 경악하여 다시 물었지만 아기는 더 이상 대답하지 않았다.

이때부터 조금씩 젖을 먹지 않더니 얼마 후에는 병에 걸려 다 죽게 되었다. 두 눈만 계속 껌벅이는 것이 마치 차마 떠나지 못하는 듯한 모습이었다. 동관이 아기를 쓰다듬으며 말하길,

"너는 이미 출가한 사람이 아니더냐. 떠나든지 머무르든지 모두 뜻대로 마음 가는 대로 하면 된다. 가야 한다면 가거라. 머뭇거릴 이유가 어디 있겠니!"

아기는 곧 눈을 감았고 몸을 만져 보니 이미 차디찼다. 아기가 태어난 날로부터 정확히 124일째 되는 날이었다.(동관이 한 이야기다.)

08 왕부인王夫人

獻穆大主之孫李振妻王夫人, 嫁十餘年無子. 嘗晩步家園, 彷佛見一黃鳥飛舞樹間, 戲逐之, 卽沒於地. 疑其異, 亟呼童斸土視之, 得黃金一塊, 如斗大. 王祝曰: "此天賜妾也. 雖然, 暗昧之物, 妾不敢當, 但願得一子耳." 遂歸. 明日, 試再發之, 已空矣. 是月有孕, 生子曰景直, 崇寧末仕至工部侍郎.(景直從弟景通說.)

헌목대장공주[43]의 손자 이진의 아내 왕 부인은 결혼한 지 10여 년이 흘렀는데도 아들이 없었다. 어느 날 저녁 집안의 정원을 걷고 있다가 황조 한 마리가 나무 사이로 춤추듯 나는 것을 본 듯하였다.

서둘러 그 새를 쫓아가 보았는데, 황조는 즉시 땅으로 떨어졌다. 매우 기이하게 여겨져 급히 동복을 불러 그 자리를 파보게 하니 국자처럼 커다란 크기의 황금 한 덩이가 나왔다.

왕 부인은 신에게 기도하길,

"이것은 하늘이 저에게 주시는 선물인 것 같습니다. 그렇지만 어디서 온 것인지 모르는 것을 제가 감히 가질 수는 없습니다. 다만 아들 하나를 낳게 해 주시기를 바라올 뿐입니다."

그리고 그냥 돌아갔다. 다음 날 다시 가서 보니 황금은 이미 없어

43 大長公主: 황제의 고모이다. 황제의 딸을 공주, 황제의 누이를 장공주, 황제의 고모를 大長公主라고 칭하는 것이 동한 말에 제도화되어 후대로 이어졌다. 약칭은 大主 · 太主이다. 徽宗 때는 周의 제도를 본떠 공주를 帝姬라고 부르기도 하였다.

졌다. 그달 왕 부인은 임신하여 아들을 낳았고, 이름을 경직이라 하였다. 이경직은 숭녕연간(1102~1106) 말에 공부시랑의 자리에까지 올랐다.(이경직의 사촌 동생인 이경휼이 한 이야기다.)

09 호랑이 네 마리를 죽인 서주의 촌민舒民殺四虎

紹興二十五年, 吳傅朋說除守安豐軍, 自番陽遣一卒往呼吏士. 行至舒州境, 見村民穰穰, 十百相聚, 因弛擔觀之. 其人曰: "吾村有婦人爲虎銜去, 其夫不勝憤, 獨攜刀往探虎穴, 移時不反. 今謀往救也." 久之, 民負死妻歸, 云: "初尋跡至穴, 虎牝牡皆不在, 有二子戲巖竇下, 卽殺之, 而隱其中以俟. 少頃, 望牝者銜一人至, 倒身入穴, 不知人藏其中也. 吾急持尾, 斷其一足, 虎棄所銜人, 踉蹡而竄. 徐出視之, 果吾妻也, 死矣. 虎曳足行數十步, 墮澗中. 吾復入竇伺牡者, 俄咆躍而至, 亦以尾先入, 又如前法殺之. 妻冤已報, 無憾矣." 乃邀鄰里往視, 舁四虎以歸, 分烹之.

소흥 25년(1155), 자가 붕열인 오전은 안풍군[44]지사에 제수되었다. 그는 요주 파양현에서 안풍군으로 한 사졸을 보내 미리 서리를 뽑도록 하였다. 사졸이 서주[45] 경내에 이르렀을 때, 촌민들이 모여 있는 것을 보았다. 수백 명이 함께 모여 있기에 짐을 풀고 쉬면서 어찌 된 일인지 구경하였다. 사람들이 말하길,

"우리 마을에 한 부인이 호랑이에게 물려 갔는데, 그 남편이 분을 이기지 못하여 혼자 칼을 들고 호랑이 굴을 찾으러 갔다오. 한참 지

44 安豐軍: 남송 淮南西路 安豐軍(현 안휘성 六安市). 金軍과의 대치로 이 지역이 최전선이 되면서 紹興 12년(1142)에 기존의 壽州를 안풍군으로 바꾸었다.

45 舒州: 淮南西路 舒州(현 안휘성 安慶市).

났는데도 돌아오지 않기에 지금 그를 구하는 일에 대해 상의하고 있는 것이오.”

그런데 한참 지나서 그 남편이 죽은 아내를 등에 업고 돌아왔다. 그가 말하길,

“처음에 호랑이 발자국을 따라 동굴에 이르렀는데, 호랑이 암컷, 수컷 모두 보이지 않고 두 새끼 호랑이만 바위 동굴 아래에서 놀고 있기에 즉시 두 마리를 죽였다오. 그리고 그 안에서 호랑이가 돌아오기를 숨어서 기다렸소. 조금 지나자 어미 호랑이가 한 사람을 물고 왔는데 몸을 돌려 뒷걸음쳐서 동굴 안으로 들어왔소. 내가 숨어 있는 줄 모르는 것 같았다오. 나는 그 꼬리를 확 붙잡고, 다리 하나를 칼로 잘랐소. 호랑이는 물고 있는 사람을 놓고 비틀거리며 도망갑디다. 나는 천천히 동굴을 나와 살펴보니 물고 온 사람은 나의 아내였고, 이미 죽어 있었소. 어미 호랑이는 다리를 끌며 몇 십 보를 달아나더니 계곡 사이로 떨어졌다오. 나는 다시 동굴로 들어가 수컷 호랑이를 기다렸고, 잠시 후 그가 포효하며 뛰어옵디다. 역시 꼬리부터 먼저 동굴 안으로 들어오기에 나는 조금 전에 썼던 방법으로 호랑이를 죽여서 아내를 대신하여 복수를 했소. 나는 이제 여한이 없소이다.”

그는 마을 사람들을 불러서 그곳에 가서 보게 하고 네 마리 호랑이를 들고 돌아와 삶아서 마을 사람들과 나누어 먹었다.

10 연단술사 묘정妙靖煉師

妙靖鍊師陳氏, 名瓊玉, 婺州金華人, 年十有七. 一日, 邀兄遊四明海中. 兄乘舟, 而妙靖行水上, 閱數日, 衣裳不濡. 旣還, 語人曰: "我水中遇婺女星君, 相導往蓬萊, 始知元是第十三洞主." 遂省悟, 從此絶食, 便能詩詞, 及知人間禍福. 公卿士庶日往叩之, 戶外屨滿.

政和七年, 郡守劉安上部使者盧天驥·王汝明等聞于朝, 召至京師賜對, 妙靖鍊師對訖, 卽乞還山. 師所居, 前面葛仙峰, 後枕仙姑壇, 獨處一室. 邑宰柯庭堅贈詩曰: "絶粒棲神知幾年, 閉關終日更翛然. 高風默與麻姑契, 妙法親從嬰女傳. 功行素超三界外, 姓名淸徹九重天. 憑誰與問西王母, 師是金華第幾仙?" 贈詩者多, 師獨喜此篇.

師作詩前後無慮數千首, 弟昭嘗曰: "詩詞所言, 其應如響, 何從而知?" 師曰: "聲其里系, 卽仙官持簿來, 五百年過去未來皆知. 恐泄天機, 姑以風花雪月爲詠, 而吉凶寓其中. 非苟知之, 又且掌之. 昨權無常縣尉, 管人間生死. 後權陰典, 管間六犯事, 謂逋官錢·五逆·不孝·姦盜·偸濫·故殺也. 世人冒犯, 故多夭厲. 不犯者, 三世中出人神仙. 近又管月臺仙籍, 凡士大夫聰明者皆上籍, 若有功行, 可作月臺仙. 大抵勉人以忠孝誠信." 至八九十歲容貌不衰.

연사[46] 묘정의 성은 진씨이고 이름은 경옥이다. 무주 금화현[47] 사람이며 나이는 17세다. 하루는 오빠와 함께 월주[48] 바닷가로 놀러 갔

46 煉師: 양생술이나 연단술에 뛰어난 도사에 대한 존칭이다.
47 金華縣: 兩浙路 婺州 金華縣(현 절강성 金華市).
48 四明: 兩浙路 越州(현 절강성 紹興市) 경내의 四明山에서 유래한 지명인데 월주의

다. 오빠는 배를 탔지만 경옥은 물 위를 걸어 다녔는데, 며칠 동안 걸어 다녔지만 옷이 젖지 않았다. 바닷가에서 돌아와서 사람들에게 말하길,

"나는 바다에서 우연히 무녀성군[49]을 만났는데, 무녀성군이 나를 이끌고 봉래산[50]으로 갔다. 거기에 가서 내가 원래 제13소동천의 동주[51]라는 것을 비로소 알게 되었다."

그녀는 마침내 큰 깨달음을 얻어 그때부터 곡기를 끊고, 시와 사를 능히 지었으며 인간세의 화복을 알게 되었다. 고위관료[52]부터 사대부와 서민에 이르기까지 날마다 그녀를 찾아와 절을 하느라 문밖은 늘 사람들로 가득 찼다.

정화 7년(1117), 무주지사 유안, 양절로 감사 노천기와 왕여명 등은 조정에 이를 보고하였다. 휘종은 그녀를 도성으로 불러 만났다. 연사 묘정[53]은 휘종과 만난 후 곧 산으로 돌아가겠다고 청하였다. 연사 묘정은 앞으로는 갈선봉과 마주하고 뒤로는 선제단을 베고 있는 곳에 집 한 채를 짓고 기거하였다. 금화현지사 가정견이 시를 지어 주길,

별칭으로 널리 쓰인다. 사명산은 정상에 네모난 바위가 있는데 가운데 구멍으로 日月星辰의 빛이 통과한다고 하여 붙여진 이름이다.

49 婺女星君: 별자리 28수의 하나를 뜻한다.

50 蓬萊: 신선이 산다는 전설 속의 세 산 가운데 하나다. 바닷속에 위치하였다고 하며 봉래산과 함께 方丈山·瀛洲山을 三神山이라고 칭한다.

51 洞主: 신선이 사는 10大洞天·36小洞天·72福地 가운데 제13소동천인 小潙山洞을 주재하는 신선을 뜻한다. 小潙山洞은 湖南 事鄉에 있고 洞主의 이름은 花丘林이라고 한다.

52 公卿: 三公九卿의 약칭으로서 삼공은 太傅·太師·太保 등 최고위관직을, 구경 역시 奉常·郎中令 등 중앙 정부의 고위관직을 뜻한다.

53 妙靖鍊師: 휘종을 만난 뒤부터 妙靖鍊師라고 칭한 것은 아마도 휘종이 妙靖이라는 法號를 내렸기 때문인 것으로 보인다.

곡기를 끊고 선계에 머문 지 몇 해던가,
문을 닫고 하루를 보내니 초탈함이 더하네.
높은 바람은 소리 없이 마고[54]와 더불고,
묘한 법은 친히 어린 여자아이를 따라 전하여지는구나.
빼어난 공적 본래 삼계[55] 밖을 뛰어넘으며,
맑은 이름 구중천[56]에 전하여지네.
누구와 더불어 서왕모[57]를 논할까?
묘정 연사는 금화의 몇 번째 신선이런가?

시를 바치는 자들은 많았지만 연사 묘정은 유독 이 시를 좋아하였다.

그녀가 지은 시 또한 모두 합하면 무려 수천 수에 이르렀다. 한번은 동생 진소가 묻길,

"시와 사에서 말하는 바가 메아리처럼 영험한데 어떻게 해서 그런

54 麻姑: 도교의 여신으로 장수를 관장한다고 알려졌다.

55 三界: 미혹한 중생이 윤회하는 欲界·色界·無色界를 뜻한다. 욕계는 식욕·색욕·재욕·명예욕·수면욕에 구애되는 중생의 세계로 地獄·餓鬼·畜生·阿修羅·人間·天의 六道로 나누어지고 天 역시 四王天·忉利天·夜摩天·兜率天·化樂天·他化自在天 등 六欲天으로 나누어진다. 색계는 욕계를 벗어났지만 미세한 瞋心이 남아 있는 세계로 다시 五天으로 나눠진다. 무색계는 탐욕과 진심이 모두 사라져서 물질의 영향을 받지는 않지만, 나에 대한 집착이 남아 있는 세계이다.

56 九重天: 하늘을 방위에 따라 9개로 나눈 것을 뜻하기도 하고, 아홉 겹의 하늘이란 뜻으로서 무궁함을 상징하기도 한다.

57 西王母: 중국의 신화와 전설에 등장하는 최초의 여신으로 서방의 곤륜산에 산다고 전해지며, 『장자』를 비롯한 전국시대 기록에 이미 널리 기록되어 있다. 전한 때부터 천상의 신이자 불로불사의 신으로 서왕모 신앙이 대유행하였는데, 무제를 비롯한 제왕을 비롯해 뛰어난 도교 수행자에게 강림하여 비법을 전하는 존재로 알려졌다. 또 3,000년에 한 번 열매를 맺는 반도가 익을 때 신선들이 모여서 서왕모의 장수 축하 모임을 연다는 전설이 『서유기』 등에 수록되면서 민간신앙의 중심으로 더욱 중시되었다.

것들을 알게 된 거야?"

연사 묘정이 알려 주길,

"사람들의 본적과 가계를 들으면 선관이 즉시 장부를 가지고 와서 500년 과거와 미래를 모두 알 수 있어. 다만 세상에 천기를 누설할까 걱정되어 잠시 자연경관[58]에 비유하여 시를 읊조림으로써 길흉을 은근히 알려주는 것이지. 나는 천기를 이해할 수 있을 뿐 아니라 그것을 주관할 수도 있단다. 예전에 무상현[59] 현위를 대신해 인간의 생사를 주관하기도 했지. 그리고 다시 명계의 관아에서 법 집행을 맡아 사람들의 6대 범죄를 처벌하는 일을 주관하였어. 예를 들면 세금 포탈, 오역죄, 불효, 도적질, 허황된 거짓말, 고의 살인 등 말이야. 세상 사람들이 죄를 범하기 때문에 대부분 요절하고, 역병에 걸리는 거야. 죄를 짓지 않으면 3대 안에 신선이 나오지. 근래에는 월대의 신선 명단을 관리하였는데, 사대부 가운데 총명한 사람들은 모두 거기에 이름을 올리고 있더라. 만약 공을 세우면 월대의 신선이 될 수도 있지. 대저 충, 효, 성, 신으로 사람들에게 권면하는 것이란다."

그녀는 80, 90세가 되었어도 여전히 젊어 보였다.

58 風花雪月: 본래 詩文에서 항상 묘사하는 자연경관을 뜻한다. 후에 운율만 맞춘 내용이 없는 시, 혹은 애정사나 주지육림의 음탕한 생활을 비유하는 말로도 쓰였다.

59 無常縣: 어느 곳인지 확인할 수 없다.

11 장십삼공張十三公[60]

60 함분루본의 교감에 의하면 목차에는 張十三公이 있으나 원문은 결락되어 있다.

12 무호현 현위 저생燕湖儲尉

建炎間, 太平州寇陸德叛, 燒刼居民, 殺害官吏. 蕪湖尉儲生竄避不及, 爲賊黨縛去, 德自臨斬之. 已脫衣搦坐, 德見其頂有毫光三道出現, 乃釋之, 且令主邑事, 付以倉庫. 後盜平, 用此策勳 改京官. 宣城僧祖勝云: "儲尉每日誦『圓覺經』一部, 觀世音菩薩千聲, 率以爲常, 以故獲果報, 得免橫逆."

건염연간(1127~1130), 태평주[61]의 도적 육덕이 반란을 일으켜 주민들의 집을 불태우고 약탈하였으며 관리를 살해하였다. 태평주 무호현[62] 현위였던 저씨는 그들을 피해 도망갔지만 결국 도적 무리들에게 잡혀 끌려가게 되었다.

육덕은 직접 처형 장소에 나와 저씨의 옷을 벗기고 강제로 눌러 앉혔는데, 그때 저씨의 정수리에서 가는 세 줄기 빛이 나타나는 것을 보고 곧 그를 풀어 주었다.

그리고 그에게 현성의 일과 함께 창고 관리를 맡겼다. 후에 육덕의 반란이 평정되자 저씨는 이 일로 공적이 인정되어 경관으로 승진되었다. 선주[63]의 승려 조승이 말하길,

"현위 저씨는 매일 『원각경』을 1장[64]씩 암송하고, 관세음보살의 명

61 太平州: 江南東路 太平州(현 안휘성 馬鞍山市).
62 蕪湖縣: 江南東路 太平州 蕪湖縣(현 안휘성 蕪湖市).
63 宣城: 江南東路 宣州(현 안휘성 宣城市).

호를 천 번 외우는 것이 일상사가 되었기에 좋은 보답을 받고 횡액을 면할 수 있었던 것이다."

64 一部:『원각경』은 1권 12장으로 구성되어 있다. 따라서 一部는 1권을 뜻하는 것인지 아니면 1장을 뜻하는 것인지 알 수 없지만『원각경』전체를 다 암송하였다면 이렇게 표현하지 않았을 것이라는 점,『원각경』의 분량이 적지 않다는 점 등을 고려하여 1장으로 번역하였다.

13 관갱촌의 호랑이鶴坑虎

羅源鶴坑村有一嶺, 不甚高, 上有平巓, 居民稱爲箸上田家. 一婦嘗歸寧父母, 過其處, 見一虎蹲踞草中, 懼不得免, 立而呼之曰: "斑哥, 我今省侍耶娘, 與爾無寃讎, 且速去." 虎弭耳竦聽, 遽曳尾趨險而行, 婦得脫. 世謂虎爲靈物, 不妄傷人. 然此婦見鷙獸不怖悸, 乃能諭之以理, 亦難能也.

복주 나원현[65] 관갱촌에 있는 고개는 그리 높지 않은 편이고 고개 마루도 평평했다. 그곳 주민들은 그 고개를 '교상전가'라 불렀는데 '젓가락 위의 밭'이란 뜻이다. 한 부인이 친정 부모를 뵈러 가면서[66] 그 고개를 지나가다가 호랑이 한 마리가 풀밭에 쭈그리고 앉아 있는 것을 보았다. 죽음을 면치 못할 것이라고 생각하니 너무 무서웠지만 그래도 그 자리에 서서 큰소리로 호랑이에게 말하길,

"얼룩무늬 호랑이님, 나는 지금 친정으로 부모님을 뵈러 가는데, 호랑이님께 무슨 원수진 일도 없으니 빨리 지나가겠습니다."

호랑이는 귀를 쫑긋하고[67] 공손하게 듣는 듯하더니 급히 꼬리를 끌

65 羅源縣: 福建路 福州 羅源縣(현 복건성 福州市 羅源縣). 원래 永貞縣이었으나 天禧 5년(1021)에 황태자 趙禎(仁宗)의 이름을 피휘하여 永昌縣으로 바꾸었다가 이듬해인 乾興 1년(1022)에 羅源縣으로 다시 바꾸었다.

66 歸寧: 시집간 딸이 친정에 돌아와 부모를 뵙는 것이다. 歸省과 省侍 모두 집에 가서 부모를 찾아뵌다는 점에서 같지만 아들딸 구분 없다는 점에서는 다르다.

67 弭耳: 동물이 적을 공격하기 전에 귀를 쫑긋 세우는 모양을 말하며 帖耳라고도 한다.

며 험준한 곳으로 달려가 버렸다. 그녀는 겨우 살아날 수 있었다. 세간에는 호랑이가 영물이라고 하는데, 호랑이는 아무 이유 없이 사람을 상하게 하지는 않는다. 그렇지만 이 부인처럼 맹수를 보고도 두려워 떨지 않고, 능히 이치로써 타이른다는 것은 결코 쉽지 않은 일이다.

14 주부 채강적의 촌충 치료蔡主簿治寸白

蔡定夫戡之子康積, 苦寸白蟲爲孽. 醫者使之碾檳榔細末, 取石榴根東引者煎湯調服之. 先炙肥猪肉一大臠, 置口內, 嚥咀其津膏而勿食. 云: "此蟲惟月三日以前, 其頭向上, 可用藥攻打, 餘日則頭向下, 縱有藥, 皆無益. 蟲聞肉香, 起咂啖之意, 故空羣爭赴之. 覺胸間如萬箭攻鑽, 是其候也, 然後飮前藥." 蔡悉如其戒, 不兩刻, 腹中鳴雷, 急奏廁, 蟲下如傾. 命僕以竿挑撥, 皆聯綠成串, 幾長數丈, 尙蠕蠕能動. 擧而抛於溪流, 宿患頓愈. 此方亦載楊氏集驗中. 蔡遊臨安, 爲錢仲本說, 欲廣其傳以濟後人云.

채감[68]의 아들 채강적은 촌충[69]으로 몹시 고통을 겪고 있었다. 의사는 채강적에게 빈랑[70] 열매를 곱게 갈아 분말을 만들고, 석류 뿌리 가운데 동쪽으로 뻗은 부분을 골라 끓인 뒤 함께 섞어서 환약을 만들어 복용하라고 일러 주었다. 또 약을 먹기 전에 먼저 기름기가 많은 돼지고기 한 덩어리를 구워 입안에 넣고 씹어서 진액과 기름을 내되 삼키지는 말라고 하였다. 의사가 설명하길,

68 蔡戡(1141~1182): 자는 定夫이며 福建路 興化軍 仙游縣(현 복건성 莆田市 仙游縣) 사람으로 송 4대 명필인 蔡襄의 5세손이다. 무과와 문과 양과에 급제하였으며 臨安府지사, 淮西總領, 湖廣總領을 역임하였으며 寶謨閣直學士에 이르렀다.

69 寸白蟲: 기생충 가운데 촌충류를 뜻한다. 장에 기생하면서 양분을 섭취하고 복통과 구토를 일으킨다.

70 檳榔: 종려과에 속하는 나무로 열매는 구충제로 쓰인다. 촌충을 없애는 데 효과적이며 회충·요충·십이지장충에도 효과가 있다.

"촌충은 매달 3일 이전에만 그 대가리를 위쪽으로 향하는데, 그때라야 약으로 공략할 수 있소. 그 밖의 날은 대가리를 아래로 향하고 있어 무슨 약을 먹어도 아무 소용이 없지요. 촌충은 고기 냄새를 맡으면 빨아 먹고 싶어서 서로[71] 앞다퉈 달려 나옵니다. 그때 가슴에 수만 개의 화살을 맞아 뻥 뚫린 것 같은 그런 느낌이 올 것입니다. 그것이 바로 촌충들이 앞다퉈 나오는 징후이니, 그렇게 되었을 때 앞에서 조제한 약을 마시면 됩니다."

채강적은 의사가 시키는 대로 모두 따라서 했다. 한 시간[72]이 지나자 배 안에서 천둥치는 소리가 나기에 급히 변소로 달려갔는데, 촌충이 쏟아붓듯 나왔다. 노복에게 시켜 대나무로 마구 휘저어 건들게 하니 촌충들이 모두 연결되어 줄에 꿴 것처럼 되어 길이가 몇 길이나 되었고, 여전히 꿈틀거리며 움직였다. 모두 들어다 계곡의 흐르는 물에 던져 버렸다. 오랜 병이 한꺼번에 나았다. 이 처방은 『양씨집험방』에도 기록되어 있다. 채강적이 임안부[73]에 놀러 갔을 때 이를 전중본에게 말했는데, 그것은 이 처방을 널리 전하여 같은 병에 걸린 사람들을 고칠 수 있기를 바랐기 때문이다.

71 空羣: 본래 伯樂이 冀北 평야에 가서 좋은 말을 모두 데려가 하나도 남지 않았다는 말로서 인재를 다 선발했다는 뜻인데, 후에 동료·무리 등을 뜻하는 말로도 쓰였다.

72 兩刻: 하루를 12時辰·100刻으로 구분하고 시간을 쟀으니 1각은 14.4분에 해당한다. 청말에 96刻으로 고쳐서 현재 1각은 15분에 해당한다.

73 臨安府: 남송 兩浙路 臨安府(현 절강성 杭州市).

15 빚 갚으러 허씨 집을 찾아온 손님許客還債

許元惠卿, 樂平士人也. 其父夢有烏衣客來語曰: "吾昨貸君錢三百, 今以奉還." 未及問爲何人及何時所負而覺. 明日思之, 殊不能曉. 平常蓄十餘鴨, 是日歸, 於數外見一黑色者, 小童以爲他人家物, 約出之. 鴨盤旋憩于傍, 墮一卵乃去. 自是歷一月, 每日皆然. 凡誕三十卵, 遂不至. 竟不知爲誰氏者, 計其直, 恰三百錢.

자가 혜경인 요주 낙평현[74]의 사인 허원의 아버지는 꿈에 한 검은 색 옷을 입은 사람이 와서 말하길,

"내가 전에 그대에게 돈 300전을 빌렸는데, 지금 갚고자 합니다."

그에게 어떤 사람이고 언제 돈을 빌렸다는 것인지 미처 묻기도 전에 꿈에서 깨었다. 다음 날 아무리 생각해 봐도 무슨 일인지 알 수가 없었다. 그는 평소 십여 마리의 오리를 기르고 있었는데, 그날 오리들이 집으로 돌아올 때 보니 원래 없던 검은 오리 한 마리가 있었다. 어린 동복은 다른 집 오리라고 생각해 내보내려 하였지만 검은 오리는 왔다 갔다 하더니 옆에서 잠깐 머물다 알을 하나 낳고 갔다. 이때부터 꼬박 한 달 동안 매일 그렇게 하였다. 모두 30개의 알을 낳더니 그 후로는 다시 오지 않았다. 누가 그렇게 한 것인지 끝내 사정은 알 수 없었지만 오리 알의 값을 따져 보니 딱 300전이었다.

74 樂平縣: 江南東路 饒州 樂平縣(현 강서성 景德鎭市 樂平市).

16 주부 황축소의 흰눈썹지빠귀黃主簿畫眉

黟縣黃祝紹先爲鄱陽主簿, 慶元二年四月, 有偷兒入室, 收拾衣衾, 分置兩囊, 臨欲去. 黃氏育畫眉頗馴, 解人語. 是夜, 一家熟睡, 禽忽躑躅籠中, 鳴呼不輟. 聞者以爲遭猫搏噬, 遽起視之. 盜驚懼急走, 遺一囊. 黃亦覺, 遣僕追躡, 已失之. 一禽之微, 懷哺養之恩而知所報如此, 人蓋有愧焉.

휘주 이현[75]의 황축소는 전에 요주 파양현[76]의 주부였다. 경원 2년(1196) 4월, 도둑이 그의 집에 들어와서 옷가지를 싸서 두 개의 자루에 넣고 막 나가려는 참이었다.

마침 황축소의 집에는 흰눈썹지빠귀[77] 한 마리를 키우고 있었는데 훈련이 잘되어 있어 사람의 말을 이해했다. 그날 밤 온 식구들이 깊이 잠들어 있었는데, 흰눈썹지빠귀가 갑자기 조롱 안에서 왔다 갔다 하며 울기를 그치지 않았다.

가족들이 새 소리를 듣고 혹 고양이가 새를 잡아먹으려는 줄 알고 급히 일어나 살펴보았다. 그 통에 도둑은 깜짝 놀라 서둘러 달아났고 그 와중에 자루 하나를 흘리고 갔다.

75 黟縣: 江南東路 徽州 黟縣(현 안휘성 黃山市 黟縣).

76 鄱陽縣: 江南東路 饒州 鄱陽縣(현 강서성 上饒市 鄱陽縣).

77 畫眉鳥: 흰눈썹지빠귀 혹은 흰눈썹웃음지빠귀라고 한다. 눈가에 흰 눈썹처럼 흰 털이 있어 '그린 것처럼 아름다운 눈썹을 가진 새'란 뜻이다.

황축소도 잠에서 깨어 노복을 시켜 도둑을 쫓게 하였지만 이미 사라진 뒤였다. 미미한 새 한 마리도 키워 준 은혜를 마음에 담고 있기에 이렇게 보답하는 바를 알고 있는 것이다. 은혜를 모르는 사람이라면 부끄러운 이야기다.

17 조수를 담당한 부서의 귀졸潮部鬼

明州兵士沈富, 父溺錢塘江死, 時富方五六歲, 其母保養之. 數被疾祟, 訪諸巫, 皆云: "父爲厲." 母瀝酒禱之曰: "爾死唯一子, 吾恃以爲命, 何數數禍之! 有所須, 當夢告我." 是夕, 見夢曰: "我死爲江神所錄, 爲潮部鬼, 每日職推潮, 勞苦備至, 須草履并杉板甚急, 宜多焚以濟用, 年滿當求代脫去矣." 母如其言, 焚二物與之, 富自是不復病矣.

명주[78]의 병사 심부는 아버지가 전당강[79]에 빠져 죽었다. 당시 그의 나이는 대여섯 살이었고, 어머니가 돌봐 키웠다. 하지만 여러 차례 질병 요괴가 씌워지자 어머니는 그를 데리고 무당들을 찾아갔다. 무당마다 모두 말하길,

"아버지가 해코지해서 그렇소!"

심부의 어머니는 술을 걸러 올리며 기도하길,

"당신이 죽고 나서 오직 아들 하나 남아, 나는 겨우 애를 믿고 명을 유지하고 있는데, 어찌하여 애에게 거듭 해코지를 하세요! 필요한 것이 있으면 현몽하여 나에게 말하시면 되잖아요."

78 明州: 兩浙路 明州(현 절강성 寧波市).

79 錢塘江: 원래 이름은 浙江이었으나 후에 현 항주인 錢塘縣을 지난다고 하여 錢塘江으로 바뀌었다. 항주시 富陽區 이전의 구간은 富陽의 옛 지명인 富春에서 유래한 富春江이라고 부르고, 그 이하 하류 구간을 錢塘江으로 구분하기도 한다. 강의 길이는 588㎞이고, 하류 지역의 나팔형 지형과 인력작용으로 밀물 시간에 조성되는 거대한 파도가 유명하다.

그날 저녁 남편이 꿈에 나타나 부탁하길,

"나는 죽고 나서 전당강의 신에게 뽑혀 밀물과 썰물을 다스리는 부서의 귀졸로 배치되었소. 나의 일은 매일 밀물과 썰물을 미는 것이오. 일이 힘들고 통증이 심해 짚신과 삼나무 판이 급히 필요하오. 그러니 가급적 많이 태워서 넉넉히 쓸 수 있도록 좀 해 주시오. 올해까지만 채우면 이 일을 벗어나 다른 일을 청할 수가 있다오."

심부 어머니는 남편의 부탁대로 해 주었다. 짚신과 삼나무 판을 태워 남편에게 보내 주니 심부는 그때부터 다시는 아프지 않았다.

18 건덕의 요괴建德妖鬼

祈門汪氏子, 自番陽如池州, 欲宿建德縣. 未至一舍間, 過親故居, 留與飲. 行李已先發, 飮罷, 獨乘馬行, 遂迷失道, 與從者不復相値. 深入支徑榛莽中, 日且曛黑. 數人突出執之. 行十里許, 至深山古廟中, 反縛于柱. 數人皆焚香酌酒, 拜神像前, 有自得之色, 禱曰: "請大王自取." 乃扃廟門而去.

汪始知其殺人祭鬼, 悲懼不自勝, 平時習大悲呪, 至是但默誦乞靈而已. 中夜大風雨, 林木振動, 聲如雷吼, 門軋然豁開, 有物從外入, 目光如炬, 照映廊廡. 視之, 大蟒也, 奮迅張口, 欲趨就汪, 汪戰栗誦呪愈苦. 蛇相去丈餘, 若有礙其前, 退而復進者三, 弭首徑出.

天欲曉, 外人鼓簫以來, 欲飮神胙, 見汪依然, 大駭. 問故, 具以事語之, 相顧曰: "此官人有福, 我輩不當得獻也." 解縛謝之, 送出官道, 戒勿敢言. 汪旣脫, 竟不能窮其盜.(王嘉叟說.)

휘주 기문현[80]의 왕씨는 요주 파양현에서 지주[81]로 가는 도중 건덕현[82]에 묵고자 하였다. 건덕현까지 아직 30리[83]가 남았을 즈음 친구 집을 지나가게 되자 잠깐 들렀다. 친구는 그를 붙잡으며 함께 술을 마시자고 권하였다. 왕씨는 짐을 먼저 보내고 술을 다 마신 뒤 혼자

80 祈門縣: 江南東路 徽州 祈門縣(현 안휘성 黃山市 祁門縣).
81 池州: 江南東路 池州(현 안휘성 池州市).
82 建德縣: 江南東路 池州 建德縣(현 안휘성 池州市).
83 一舍: 30里를 1사라고 하였다. 비교적 먼 거리라는 뜻도 있다.

말에 올라 길을 떠났으나 곧 길을 잃고 헤매게 되어 노복들과 다시 만날 수가 없었다. 길을 잘못 들어 점차 샛길로 접어들자 잡목이 무성한 곳으로 들어섰고, 해마저 떨어져 어둑해지고 있었다. 그때 갑자기 몇 사람이 뛰어나오더니 그를 잡아갔다. 10여 리쯤 갔을까 깊은 산 오래된 사묘에 이르러 두 손을 뒤로 하고 기둥에 묶이게 되었다. 그들 모두 향을 태우고 술을 올리며 신상 앞에서 절을 하더니 의기양양한 기색으로 기도하길,

"대왕께서 알아서 잡수시길 청하나이다!"

그리고 사묘의 문빗장을 걸고 가 버렸다.

왕씨는 비로소 그들이 사람을 죽여 귀신에게 제사 올리는 자들임을 알게 되었고 슬픔과 두려움을 이길 수 없었다. 그는 평소에 「대비주」를 익혀 두었기에 이런 상황에 이르자 그저 묵묵히 암송하며 그 영험을 구할 수밖에 없었다. 한밤중에는 광풍이 불고 비가 내려 온 숲의 나무들이 진동을 하니 그 소리가 마치 천둥이 우는 것 같았다.

문이 삐거덕거리며 활짝 열리더니 무엇인가가 밖에서 안으로 들어왔는데 눈빛이 횃불처럼 밝아 회랑과 행랑채를 환히 비추었다. 무엇인가 보았더니 바로 큰 이무기였다. 당장 뛰어들어 잡아먹을 듯 입을 딱 벌리고 왕씨에게 달려들 자세를 취하였다. 왕씨는 전율을 금치 못하면서도 더욱 간절하게 「대비주」를 외웠다. 그런데 이무기가 1장 정도 거리까지 다가섰을 때, 마치 무엇인가가 있어 그 앞을 가로막은 듯했다. 이무기는 물러났다가 다시 돌진하기를 세 차례나 반복하더니 결국은 머리를 아래로 늘어뜨리고 가 버렸다.

날이 밝아오려 할 때 밖에서 사람들이 북을 치고 피리를 불며 들어와 음복을 하려다가 왕씨가 무사한 것을 보고 크게 놀랐다. 그들은

어찌된 일인지 물었고, 왕씨는 밤새 있었던 일을 소상히 말해 주었다. 그들은 서로 돌아보며 말하길,

"이 관인은 복이 있는 사람이니 우리는 그를 제물로 바쳐서는 안 된다."

왕씨의 결박을 풀어 주며 사죄하였고, 큰길까지 데려다 준 뒤 이 일을 발설하지 말라고 당부하였다. 왕씨는 도망친 뒤 그 도적떼들을 잡으려 했지만 끝내 잡을 수가 없었다.(왕가수[84]가 한 이야기다.)

84 王嘉叟: 과거에 급제하지 않고 재능을 인정받아 발탁된 예외적인 경우로 洪州통판, 光祿丞, 刑部侍郎 등을 역임하였다. 王十朋 · 洪景盧 · 張安國 등과 함께 饒州에서 '楚東詩社'를 결성하여 시작을 하였는데 이들 모두 張浚의 北伐論을 지지하였다. 陸遊 · 喻良能 · 周必大 · 洪邁의 작품에 王嘉叟과 관련한 글이 실려 있지만 字는 확인하지 못하였다. 본문 '王秬嘉叟'의 '秬'는 왕가수의 자와 관련된 것 같지만 불명확하다.

이견갑지

夷堅甲志

卷 15

01 검법관 설도의 아내薛檢法妻

薛度, 紹興初爲夔路提刑司檢法官, 官舍在恭州. 其妻病, 召醫者劉太初療之, 不效以死. 移時復開目, 問醫姓名鄕里甚詳, 已而竟死. 後數年, 劉徙居荊南, 白晝有緋衣婦人蒙首入門, 云有疾求治. 劉不在家, 家人以實告, 婦人徑入, 及中堂端坐以待. 或發其首幕, 迺一髑髏, 驚呼間遂不見. 劉自是醫道浸衰, 家日貧悴. 時薛君爲潭之衡山宰, 聞其事, 泣曰: "吾妻也."

소흥연간(1131~1162) 초, 설도는 기주로[1] 제점형옥공사 검법관[2]이 되었으며, 관사는 공주[3]에 있었다. 설도는 아내가 병들자 의사 유태초를 불러 치료하게 하였으나 별 효험이 없었다. 결국 아내가 죽고 말았는데, 얼마 후 죽은 아내가 눈을 뜨더니 의사의 이름과 고향을 상세하게 묻고는 잠시 후 결국 다시 눈을 감았다.

1 夔州路: 乾德 3년(965), 북송은 後蜀을 멸망시키고 成都府(현 성도시)를 치소로 한 西川路를 설치하였다. 開寶 6년(973)에 서천로 동부지역을 분리하여 夔州를 치소로 하는 峽路를 신설하였고, 峽路는 至道 3년(997) 전국 15개 路 체제의 하나로 유지되었다. 그러나 咸平 4년(1001), 峽路의 일부 지역을 분리하여 梓州를 치소로 하는 梓州路를 신설하면서 峽路를 夔州路로 개칭하고 10個州 · 3個軍 · 1個監을 관장하게 하였다. 여기서 四川이라는 지명이 탄생하였다. 川東이라고도 한다.

2 檢法官: 路 제점형옥공사의 업무를 보좌하고 주현관이 저지른 범죄 가운데 杖刑 이하를 재심하는 역할을 맡았다. 단 관할주현에 대한 순시권은 없었으며 경조관을 파견하되 일정한 직급은 없었다. 어사대 · 대리시 · 제점형옥사 등 臺省마다 검법관을 두었다.

3 恭州: 夔州路 恭州(현 重慶市 도시구와 江津區).

그 뒤로 몇 해가 지나 유태초는 형호남로로 이사를 갔다. 하루는 대낮에 붉게 누인 비단 옷을 입은 한 부인이 머리를 가리고 들어와 병을 치료해 달라고 하였다. 당시 유태초가 집에 없어서 가족들은 의사가 없다고 사실대로 말해 주었음에도 부인은 곧장 안으로 들어오더니 중당에 단정하게 앉아서 기다렸다. 어떤 사람이 얼굴 가리개를 걷어 보니 바로 해골이었다. 놀라 소리치는 사이에 그녀는 곧 사라졌다. 유태초는 이때부터 의술이 점차 쇠하여지고 집안도 나날이 가난해졌다. 이때 설도는 담주 형산현[4]지사였는데 이 이야기를 듣고는 눈물을 흘리며 말하길,

"그 여자는 바로 나의 아내다!"

4 衡山縣: 荊湖南路 潭州 衡山縣(현 호남성 衡陽市 衡山縣).

02 천둥 벼락에 죽은 두 남만인雷震二蠻

邕州守臣兼經略都監, 每歲至橫山寨與交人互市. 紹興二十三年, 趙愿爲守, 至寨市馬. 蠻千餘人, 往來憧憧爲過, 二民行省地中爲所殺, 掠同行一婦人以去, 愿不能捕詰. 明日, 天無雲, 雷震一聲, 隕二蠻於地, 尸一仰一俯, 正如二民死時狀. 蠻酋恐懼, 訪知其事, 卽送婦人還邕.(劉襄子思說.)

옹주[5]지사 겸 경략병마도감[6]은 매년 횡산채[7]에 가서 교지[8] 사람과

5 邕州: 廣南西路 邕州(현 광서자치구 南寧市).

6 經略都監: 경략은 經略使의 약칭이고, 도감은 관할구역의 군사 업무를 총괄하는 兵馬都監의 약칭이다. 경략사는 路의 군정을 총괄하는 직책으로 문신을 임용하였으며 통상 安撫使를 겸하도록 하였기에 경략안무사라고 칭한다. 광남동·서로의 경우 변방지대임을 고려하여 주지사에게도 經略使를 겸하도록 예외 규정을 두었다. 병마도감은 지방행정단위마다 路分兵馬都監·州병마도감·縣병마도감을 두어 지사들이 겸직하였다. 治所에 배치된 병력만 관장하여 本城병마도감이라고도 칭하여 관할구역 주둔 禁軍과 廂軍을 통할하는 州駐泊병마도감과 구분하였다. 한편 都監은 秘閣도감·譯經院도감 등 궁궐과 각 관서에서 서리들의 재물 출납과 공무처리를 감독하던 환관의 차견직을 뜻하기도 한다.

7 橫山寨: 현 광서자치구 百色市 田東縣에 자리 잡은 말시장이다. 금이 화북을 차지한 뒤 남송은 전마를 구할 길이 없자 티베트와 운남의 말을 구입하기 위해 橫山寨에 대규모 무역시장을 개설하였다. 남송 정부가 구입한 말은 매년 1,500~3,500匹이었고, 민간 구입분을 포함하면 40,000匹에 달하였다. 大理 등은 말을 판매한 돈으로 차·소금·도자기·비단 등을 구입하여 인도와 미얀마에 되팔아 다시 막대한 이익을 보았다. 횡산채의 말 무역은 몽골의 중국 지배로 몰락하였다.

8 交趾: 968년, 지금의 베트남 북부지역을 근거로 건국한 大瞿越國을 뜻한다. 970년에 황제를 자칭하고 독자적인 연호를 사용했다. 송조는 형식상 交趾郡王을 책봉한 데 근거하여 교지라고 불렀다. 교지는 한 무제가 南越을 정복하고 이 지역에 交

교역할 수 있도록 호시[9]를 열었다. 소흥 23년(1153), 조원이 옹주지사가 되어 횡산채로 가서 말을 구매하였다. 천여 명의 남만인들이 쉴 새 없이 오가던 중 두 명의 주민이 관할지역 내에서 남만인에 의해 살해되었고, 동행했던 여자 한 명을 잡아가기까지 하였다. 그러나 조원은 그들을 체포하여 심문할 힘이 없었다. 다음 날, 하늘에 구름 한 점 없었는데, 갑자기 천둥과 벼락이 한 번 치더니 두 남만인이 땅에 떨어졌다. 사체 하나는 하늘을 향해 있었고, 하나는 땅을 향해 엎어져 있었다. 바로 두 주민이 죽었을 때의 똑같은 모양이었다. 남만인 추장이 두려워 떨며 직접 찾아가 자초지종을 알아본 뒤 잡아 온 여자를 즉시 옹주로 돌려보내 주었다.(자가 자사인 유양이 한 이야기다.)

趾郡을 설치한 데서 유래한 이름이다.

9 互市: 중원왕조와 주변 국가와의 국경무역시장을 뜻한다. 물품의 종류, 가격, 상인 간의 접촉 등 모든 면에서 국가의 엄격한 관리감독이 이루어졌다.

마선고馬仙姑

果州馬仙姑者, 以女子得道. 嘗爲一亡賴道人醉以藥酒而淫之, 後忽忽如狂. 靖康元年閏十一月二十五日, 衣衰麻杖絰, 哭于市曰: "今日天帝死, 吾爲行服." 市人皆唾罵逐之. 後聞京師以是日失守.(楊朴公全說, 時爲工曹掾.)

과주[10]의 마선고는 여자의 몸으로 득도하였으나 일찍이 한 무뢰배 도사가 그녀에게 약주를 먹여 취하게 하고 강간한 뒤부터 마치 실성한 사람처럼 넋이 빠진 채 살았다. 정강 1년(1127) 윤 11월 25일, 갑자기 상복[11]을 입고 지팡이와 질[12]을 두르고 시장에서 통곡하며 말하길,

"오늘 천제께서 돌아가셨다. 나는 천제를 위해 상복을 입은 것이다."

시장 사람들은 모두 그녀에게 침을 뱉고 욕하며 쫓아내었다. 후에 들으니 이날은 바로 도성이 함락된 날이었다.(자가 공전인 양박이 한 이야기다. 당시 공조연[13]이었다.)

10 果州: 梓州路 果州(현 사천성 南充市).

11 衰麻: 삼베로 만든 喪服을 뜻한다.

12 絰: 상주의 이마와 허리에 두르는 삼베로 만든 띠를 뜻한다. 이마에 두르는 것을 首絰, 허리에 두르는 것을 腰絰이라고 한다. 상주의 복식을 가리켜 '衰衣麻絰'이라고도 한다.

13 工曹掾: 공조는 건설과 토목을 관장하는 부서이고 掾은 보좌하다는 뜻으로 통상 부책임자를 뜻한다. 공조는 大觀 2년(1108)에 전국 각 주에 설치하였다.

04 승려 진존陳尊者

閬州僧陳尊者, 居常落拓如狂, 而言事多先見, 人莫能測. 紹興元年四月十四日, 忽衣衰麻, 望譙門大哭. 或曰: "此州治也, 何得爾!" 曰: "今日佛下世, 故哭." 聞者皆以爲誕. 逾月而奉隆祐遺誥. 其哭之日, 乃上仙日也.(外舅說.)

낭주[14] 승려 진존은 평상시 어떤 구애도 받지 않고 호방하게[15] 생활하여 마치 미친 사람 같았지만 일을 헤아리고 말하는 데 선견지명이 있어 사람들은 그의 속을 헤아릴 수 없었다.

소흥 1년(1131) 4월 14일, 갑자기 상복을 입고 누각이 있는 성문을 바라보며 대성통곡하였다.

어떤 사람이 이르길,

"이곳은 낭주의 치소다. 어찌 이러는가!"

그가 대답하길,

"오늘 부처가 세상을 떠났다오, 그래서 통곡하는 것이오!"

그의 말을 들은 이들 모두 황당무계하다고 여겼다.

한 달이 지나 융우황태후[16]의 유조[17]가 낭주에 전해졌다. 진존이

14 閬州: 利州路 閬州(현 사천성 南充市 閬中市).

15 落拓: 호방하여 구속받지 않는다는 말이다.

16 隆祐皇太后(1073~1131): 통상 孟皇后 또는 元祐皇后라고 칭한다. 철종의 황후였으나 쫓겨나서 도관에서 생활하다가 휘종 즉위 후 다시 궁으로 들어왔으나 1년 만

통곡했던 그날이 바로 황태후가 서거한 날이었던 것이다.(외삼촌이 한 이야기다.)

에 다시 쫓겨나 25년 동안 도관에서 생활하였다. 북송 멸망 후 괴뢰 황제가 된 張邦昌은 맹황후를 송태후로 책봉하여 정통성 문제를 해결하고자 했고, 맹황후는 조카인 고종에게 즉위를 명하는 조서를 내려 정통성 문제를 해결해 주었다. 이후 남송 건국기의 어려움을 잘 헤쳐 나가 남송의 건국과 안정에 지대한 공을 세웠다.

17 遺詔: 遺訓을 뜻한다. 통상 황제나 황후가 사망하면 신하들은 소복을 입고 장례를 치른 뒤 유조를 듣고 발인에 참석한다.

05 가사성의 말 꿈賈思誠馬夢

賈思誠, 字彦孚, 紹興十七年爲夔州帥. 夢受命責官, 廄卒挾馬來迎, 臨欲攬轡, 細視馬有十三足, 歎異而覺. 明日, 背疽發, 十三日死. 賈生於庚午, 近馬禍云.(張達說.)

자가 언부인 가사성은 소흥 17년(1147), 기주로 안무사가 되었다. 꿈에 조정으로부터 좌천의 명을 받았고, 마부가 말을 데리고 와서 맞아 주기에 다가서서 고삐를 잡으려다 잘 살펴보니 말의 발이 13개나 되었다. 기이한 일이라고 탄식하면서 잠에서 깨었다. 다음 날 등에 종기가 생기더니 13일 만에 죽고 말았다. 가사성은 경오 시에 태어났는데, 말을 가까이 한 것이 화를 불러일으킨 것 같다.(장달이 한 이야기다.)

06 정거암의 교룡淨居巖蛟

衡山縣西北淨居巖, 有蛟窟于中. 僧宗譽初至, 樂其幽閴, 謀結庵, 爲婦人數出擾, 不敢留, 避諸嶽寺. 紹興十一年, 僧善同來居之, 纔草屋數間. 遊僧妙印在他舍, 婦人來與合, 自腰以下卽冷如冰, 數日死. 行者祖淵采木於山後, 迷不還, 凡五日, 求得於老虎巖中, 云: "一婦人令住此, 今出求果餌以飼我." 巖口甚窄, 僅容人身, 而其中頗廣, 蓋蛟所穴也. 祖淵歸亦病.

是年四月幾望, 風雨暴至, 遍山皆黑, 電雷掣旋屋外. 善同素不睡, 宴坐龕中. 夜且半, 起明燈, 聞聲出龕下, 如鼓韝然, 視之, 乃巨蟒蟠結數匝, 尾猶在戶外. 善同呼衆僧以杖擊去, 卽去復回, 又擊之, 始趨入石罅, 未及而震死. 山水大至, 衝室屋太半, 已而月星粲然. 明旦, 視死蟒, 長二丈許, 圍數尺, 體皆黑方花紋. 祖淵卽日發狂, 嗟惜數月, 亦死. 前後僧僕爲所殺者凡八人. 向時每夜山輒昏昧, 雖月出亦然. 自蟒死, 夜色始明. 今有屋數十間, 僧十輩云.(善同說.)

담주 형산현 서북쪽에 있는 정거암 가운데에 교룡이 사는 굴이 있었다. 승려 종예가 처음 이곳에 왔을 때, 산이 깊고 고요한 것이 마음에 들어 암자를 지을까 계획했는데, 한 여자가 여러 차례 소란을 펴기에 감히 더 이상 머물 생각을 하지 못하고 그녀를 피하여 남악 형산의 다른 절에 머물렀다.

소흥 11년(1141), 승려 선동이 정거암에 와서 머물면서 초가집 몇 칸을 지었다. 그리고 떠돌이 승려 묘인이 다른 집에서 그 여자와 함께 밤을 보낸 뒤 허리 아래가 얼음처럼 차갑게 변하더니 며칠 만에 죽었다. 행자승 조연은 산 뒤에서 나무를 하다가 길을 잃어 돌아가지 못하였는데, 닷새가 지나서야 노호암의 동굴에서 선동이 찾아 구해냈다. 조연이 말하길,

“한 여자가 여기에 머무르라 하였고, 그녀는 지금 나가서 나에게 줄 과일과 양식을 구하고 있는 중입니다.”

동굴의 입구는 심히 좁아서 오직 사람이 몸만 통과할 수 있을 정도였다. 그러나 그 안은 자못 넓었는데, 대략 교룡의 소굴인 듯하였다. 조연도 절에 돌아오자마자 역시 병이 났다.

그해 4월 보름 직전에 갑자기 광풍과 비바람이 불더니 온 산이 캄캄해졌고 천둥 번개가 집 밖에서 정신없이 왔다 갔다 했다. 선동은 도무지 잠을 이룰 수가 없어서 불상을 모셔 놓은 감실 안에서 좌선을 하고 있었다. 한밤중이 되었을 때, 그는 일어나 등에 불을 켜려는데 감실 아래에서 무슨 소리가 나는 것을 들었다. 마치 북소리나 풀무소리 같았다. 자세히 보니 거대한 이무기가 몇 겹이나 똬리를 틀고 앉아 있었고, 꼬리는 집 밖까지 늘어져 있었다.

선동은 많은 승려를 불러 모아 몽둥이로 쳐서 쫓아 보냈지만 잠시 후에 다시 돌아왔다. 이에 다시 몽둥이로 내려치니 비로소 바위 틈새로 들어갔고 얼마 지나지 않아 벼락을 맞고 죽었다. 그러자 산에서 큰 물줄기가 내려와 쳐서 집의 태반이 무너졌다. 곧이어 하늘의 달과 별이 찬연히 빛나기 시작하였다. 다음 날 아침 죽은 이무기를 보니 길이가 2장이 넘었고, 둘레가 몇 척이나 되었다. 몸은 모두 검은색에 네모난 꽃무늬가 있었다. 조연은 당일 발작을 일으켰고, 여러 달 한숨을 쉬며 안타까워하더니 그 역시 죽었다. 승려와 노복 가운데 죽은 자가 모두 합하면 8명이나 되었다. 예전에는 밤마다 산이 항상 혼미

하여 비록 달이 나와도 밝지 않았다. 이무기가 죽은 뒤부터 밤하늘이 비로소 밝아졌다. 지금은 건물이 십여 칸이 있으며 승려도 10여 명이나 된다.(선동이 한 이야기다.)

07 이양현의 오래된 항아리伊陽古瓶

張虞卿者, 文定公齊賢裔孫. 居西京伊陽縣小水鎭, 得古瓦瓶於土中, 色甚黑, 頗愛之, 置書室養花. 方冬極寒, 一夕忘去水, 意爲凍裂. 明日視之, 凡他物有水者皆凍, 獨此瓶不然, 異之. 試注以湯, 終日不冷. 張或與客出郊, 置瓶於篋, 傾水瀹茗, 皆如新沸者. 自是始知祕惜. 後爲醉僕觸碎, 視其中, 與常陶器等, 但夾底厚幾二寸, 有鬼執火以燎, 刻畫甚精, 無人能識其爲何時物也.

장우경은 문정공 장제현[18]의 후손으로 하남부 이양현[19] 소수진에 살고 있었다. 어느 날 오래된 도기 항아리를 땅에서 발견하였다. 색이 아주 검었는데, 장우경은 그것을 제법 좋아하여 서실에 두고 꽃을 키웠다. 겨울이 되어 매우 추웠던 어느 날 저녁, 물을 비워 둬야 하는데 깜빡 잊어버렸다. 나중에 생각이 나 얼어서 깨지지 않을까 걱정하였다. 다음 날 보니 물이 담긴 다른 것들은 모두 얼어 있었는데, 유독 이 항아리만 그렇지 않아 매우 기이하게 생각하였다. 시험 삼아 끓는 물을 넣어 두니 하루 종일 차가워지지 않았다.

장우경은 어느 날 친구와 교외로 나갔는데, 짐 꾸러미에 이 항아리

18 張齊賢(942~1014): 자는 師亮이며 京東西路 曹州 宛亭縣(현 산동성 菏澤市 牧丹區) 사람이다. 진사 출신이지만 거란과의 전쟁에서 전공을 세우는 등 정치·군사·외교 등 각 방면에 걸쳐 많은 공적을 세웠고, 兵部尙書와 吏部尙書를 역임하였고, 司徒에 추증되었으며 시호는 文定이다.

19 伊陽縣: 京西北路 西京 河南府 伊陽縣(현 하남성 洛陽市 汝陽縣).

를 들고 가서 물을 따라 차를 우려 마시었다. 물이 마치 새로 끓인 것 같았다. 이때부터 비로소 그 신비함과 귀함을 알게 되었다. 후에 술에 취한 노복이 항아리를 건드려서 깨트렸는데, 그 안을 보니 다른 도기와 다를 바 없었으나 오직 옆과 아랫부분의 두께가 2촌 남짓 되었다. 그리고 귀신이 불을 지피며 데우고 있는 모습이 새겨져 있는데, 새겨진 그림이 매우 정교하였다. 그것이 언제 만들어진 항아리인지 식별할 수 있는 사람이 아무도 없었다.

08 조안택의 아내晁安宅妻

鄧州晁氏, 大族也. 相傳云: 自漢以來居南陽, 劉先主嘗從貸錢數萬緡, 諸葛孔明作保立券, 猶存其家. 建炎二年, 鄧民殘于胡兵, 或俘或死. 晁氏男女數百人, 皆囚以北, 至汾州青灰山, 爲紅巾邵伯邀擊, 盡失所掠而去. 晁安宅之妻某氏, 并其女及乳母, 皆爲邵之黨王生所得. 張丞相宣撫陝蜀, 邵擧軍來降, 王生爲右軍小將, 與晁婦同處於閬中.

閬有靈顯王廟, 婦與乳嫗以月二日往焚香. 嫗視道上一丐者病, 以敝紙自蔽, 形容甚悴. 諦觀之, 以告婦曰: "有丐者, 絶類吾十一郎." 遣詢其鄉里姓行, 果安宅也. 婦色不動, 令嫗持金釵與之, 約十六日復會, 且戒無易服. 及期相見, 又與金二兩, 曰: "以其半詣宣撫司投牒, 其半買舟置某所以待我." 安宅卽通訴, 宣撫下軍吏逮王生.

會王出獵, 婦攜已所有直數千緡, 與嫗及女赴安宅舟, 順流而下. 王生家貲巨萬, 一錢不取也. 王晩歸不見其妻, 而追牒又至, 視室中之藏皆在, 喟然曰: "素聞渠爲晁家婦, 今往從其夫, 理之常也." 了不以介意. 晁氏夫婦離而復合如初. 婦人不忘故夫於丐中, 求之古烈女可也, 惜逸其姓氏. 王雖武夫, 蓋亦知義理可喜者.

등주[20] 조씨는 지역에서 아주 유력한 가문이다. 전하는 말에 따르면, 조씨 집안은 한대 이래 대대로 남양현[21]에 거주하였다고 하는데, 일찍이 선주 유비가 돈 수만 관을 빌렸고 제갈공명이 보증을 선 계약

20 鄧州: 京西南路 鄧州(현 하남성 南陽市).

21 南陽縣: 京西南路 鄧州 南陽縣(현 하남성 南陽市).

서가 그 집에 아직 전해져 온다고 한다.

건염 2년(1128), 등주 주민들은 금군의 침략을 받아 어떤 이들은 포로가 되고 어떤 이들은 죽임을 당했다. 이때 조씨 집안 사람 수백 명이 모두 북쪽으로 끌려가다가 분주[22] 청회산에 다다랐을 때 붉은 건을 두른 소백의 공격을 받아 금군들은 자신들이 약탈한 것을 모조리 잃고 도망쳤다. 조안택의 아내와 딸, 그리고 유모까지 모두 소백의 무리인 왕씨에게 잡혀갔다. 당시 장준은 섬서와 사천지역의 선무사였는데, 소백이 군대를 이끌고 와서 투항하면서 왕씨도 우익군의 하급장교가 되어 조씨의 부인과 함께 낭주[23]에 살았다.

낭주에 살면서 조씨의 부인과 유모는 매월 2일마다 영현왕묘에 가서 분향하였다. 어느 날 유모가 길에서 한 병든 거지를 보았는데, 낡은 종이로 몸만 가리고 있을 정도로 행색이 매우 초췌하였다. 그런데 유모가 그 거지를 자세히 살펴보고는 부인에게 말하길,

"저 거지는 아무래도 우리 집 십일랑과 꼭 닮았어요."

조안택의 부인은 그 거지에게 가서 본적과 이름, 항렬을 자세히 물어보라고 유모에게 시켰는데, 정말로 남편 조안택이었다. 하지만 부인은 전혀 당황하지 않고, 유모에게 금비녀를 남편에게 전해 주고 16일에 다시 만나자고 약속하였다. 그리고 그에게 옷을 갈아입지 말라고 단단히 일러두었다. 약속한 날이 되어 그들이 다시 만났을 때, 부인은 다시 금 두 냥을 남편에게 주면서 말하길,

22 汾州: 河東路 汾州(현 산서성 呂梁市 汾陽市).

23 閬中: 利州路 閬州(현 사천성 南充市 閬中市). 秦惠王이 기원전 314년에 閬中縣을 설치한 이래 오랫동안 사용되어 온 지명이어서 송대에도 閬州를 閬中이라고 불렀다.

"이 중 반으로 선무사에 가서 소장을 넣고, 나머지 반으로는 배를 사서 모처에 두고 나를 기다리세요."

조안택은 즉시 선무사에 소를 제기하였고, 선무사에서는 군인과 서리를 파견하여 왕씨를 체포하였다. 그때 왕씨는 사냥을 하고 있었는데, 부인은 자기가 갖고 있던 수천 관에 해당하는 재물을 가지고 유모와 딸과 함께 조안택이 준비한 배가 있는 곳으로 가서 배를 타고 강을 따라 아래로 내려갔다. 왕씨의 집에는 재물이 수만 관에 달했지만 부인은 한 푼도 가져가지 않았다. 왕씨가 저녁에 집에 돌아와 보니 아내가 보이지 않았고, 또 자신을 체포한다는 공문이 도착했다. 집안을 살펴보니 재물은 모두 그대로였다. 그는 한숨을 쉬며 말하길,

"당초에 그녀가 조씨 집안 며느리라는 사실을 들었다. 지금 그 남편을 따라간 것이니 도리상 맞는 일이다."

그리고 개의치 않기로 하였다. 조씨 부부는 서로 헤어진 후 다시 만났는데 그 정은 처음과 같았다. 부인은 예전 남편이 구걸하던 때에도 옛정을 잊지 않고 그를 구하였으니 열녀라 할 만하다. 안타깝게도 그 성씨를 모른다. 왕씨는 비록 군인이지만 그런대로 의리라는 것을 알았으니 또한 칭찬할 만하다.

09 장삼의 머리를 문 개犬齧張三首

唐州方城縣典吏張三之妻, 本倡也, 凶暴殘虐. 婢使小過, 輒以錢縋其髮, 使相觸有聲. 稍怠, 則杖之. 或以針籤爪, 使爬土. 或置諸布囊, 以錐刺之. 凡殺數妾, 夫畏之, 不敢言. 後殺其子婦, 婦家詣縣訴, 縣檄尉檢尸. 小婢出呼曰: "牀下又有死者, 可併驗也." 獄具, 以倡非正室, 與平人相殺等, 尸於唐州市. 張自是亦病, 左支皆廢, 涕淚出不禁, 以首就桉始得食, 三年而死. 即葬, 爲野犬齧墓, 揭棺銜首, 擲之縣門外而去.(三事皆妻叔張宗一貫道說.)

당주 방성현[24]의 전리[25]인 장삼의 아내는 본래 창기였는데, 그 성격이 흉폭하고 잔학했다. 노비들이 조금만 잘못하면 그때마다 동전을 머리카락에 매달아 서로 부딪혀서 소리가 나게 하였다. 조금이라도 태만하면 곧 매질하였고, 심지어 가는 손톱에 침을 꽂아 땅을 기게 하였으며, 때로는 큰 자루 안에 들어가게 한 뒤 송곳으로 찌르기도 하였다. 이렇게 해서 죽인 첩이 여러 명이었지만 남편 장삼은 무서워서 감히 아무 말도 하지 못하였다. 후에 며느리를 죽이자 며느리 친정에서 현 관아에 고소하였고, 현에서는 현위를 보내 검시하게 하였다. 그때 어린 노비가 나와서 소리치길,

24 方城縣: 京西南路 唐州 方城縣(현 하남성 南陽市 方城縣).

25 典吏: 典吏는 서리 가운데서 특정 공무를 전담한 公吏를 뜻하나 후에는 서리에 대한 범칭으로 쓰였다.

"침상 아래에 시신이 또 있습니다. 함께 검시해야 합니다."

이로써 형이 확정되었다. 그녀는 창기로서 장삼의 정실이 아니기에 관원의 아내로서 누릴 수 있는 권리는 인정되지 않았다. 장삼의 아내는 평민의 살인죄와 동일하게 처리되어 당주 시장에서 참수되었다. 장삼 역시 이때부터 병이 났는데, 왼쪽 몸이 마비되고 눈물이 쉴 새 없이 흘러 머리를 안석에 받치고서야 겨우 음식을 먹을 수 있었다. 3년이 지나 죽었으며, 매장한 곳을 들개가 파헤쳐 관을 열고 그 머리를 물어다 방성현의 관아 문밖에다 버리고 가 버렸다.(이 세 가지 일화 모두 자가 종일인 처숙부 장관도가 한 이야기다.)

10 땅꾼왕 왕삼蛇王三

方城民王三, 善捕蛇. 每至人門, 則能知其家蛇多少, 見在某處. 有爲害者, 取食之, 人目爲蛇王三. 方城令得一蛇, 召之使食, 爲爪所傷, 抉二齒. 近村民苦毒蟒出沒爲害, 醵金十萬, 命王作法以捕. 王畫地爲三溝, 語人曰: "若是常蛇, 越一溝卽死, 極不過二. 如能歷三溝, 則我反爲所噬矣." 卽而蛇徑前, 無所畏, 欲就王. 王甚窘, 亟脫袴中裂之. 蛇分爲兩, 死焉.

嘗適麥陂村, 謂富室曰: "君家有巨黑蛇, 方旺財, 不宜取." 富室欲驗其言, 強使取之. 王書片紙, 命其人投於廚後牆左角水穴, 呼曰: "蛇王三喚汝." 卽急走, 勿反顧, 恐傷汝. 其人不信, 投紙畢, 少留觀之, 則巨黑蛇已出. 其人驚仆. 蛇從旁徑出至王所, 王袖之而行. 其家自是果破. 予婦家居麥陂, 數呼之. 至建炎盜起, 不知所終. 或以爲蛇精云.

당주 방성현 주민 왕삼은 뱀을 잘 잡았다. 다른 사람의 집 대문에 가기만 하면 그 집에 뱀이 얼마나 있는지 지금 어느 곳에 있는지 모두 알 수 있었다. 해를 끼칠 만한 뱀은 곧 잡아서 먹었다. 그래서 사람들은 '땅꾼왕 왕삼'이라 불렀다.

방성현지사가 뱀 한 마리를 잡자 왕삼을 불러 먹으라고 하였다. 왕삼은 뱀을 먹기 위해 잡다가 뱀에 물려 상처를 입자 뱀 이빨 두 개를 뽑아 버렸다. 근처 마을 사람들이 독이 있는 이무기의 출몰로 해를 입어 고통을 겪게 되자 100관의 돈을 각출하여 왕삼에게 방법을 강구하여 이무기를 잡아 달라고 하였다. 왕삼은 땅에 세 개의 도랑을 그리고 사람들에게 말하길,

"만약 보통 뱀이면 도랑 하나를 넘다가 즉사할 것이고, 잘해야 두 번째 도랑도 건너지 못할 것이다. 만약 능히 세 번째 도랑을 건널 수 있다면 오히려 내가 물려 죽을 것이다."

곧이어 뱀이 앞으로 나오는데 무서워하는 것 없이 곧장 왕삼에게 다가왔다. 왕삼은 심히 난감해 하다가 급히 바지를 벗어 바지 가운데를 두 갈래로 찢었다. 그러자 뱀도 둘로 나누어지더니 곧 죽었다.

한번은 왕삼이 맥피촌에 간 일이 있었는데, 그때 한 부잣집 사람에게 말하길,

"당신 집에 커다란 흑사가 살고 있습니다. 재물을 막 흥성하게 해주고 있으니 잡아서는 안 됩니다."

그 부자는 그 말이 맞는지 확인해 보려고 오히려 꼭 잡아 달라고 강하게 부탁하였다. 왕삼은 조그만 종이에 글씨를 써서 그 사람에게 주방의 뒤쪽 담 좌측 수혈에 던져두라고 하였다. 그 종이에는

"땅꾼왕 왕삼이 너를 부른다!"

라고 쓰여 있었다. 그리고 종이를 던진 다음에는 절대 뒤돌아보지 말고 급히 달려가야 한다고 하면서 당신이 해를 입을까 걱정되어 그런 것이라고 하였다. 하지만 그 부자는 왕삼의 말을 믿지 않아 종이를 던져두고는 잠시 그곳에 머물면서 지켜보았다. 곧 커다란 검은 뱀이 밖으로 나왔고 부자는 놀라 자빠졌다. 뱀이 그의 옆으로 기어 나와 바로 왕삼이 있는 곳으로 왔고 왕삼은 뱀을 소매 안에 넣고 나왔다. 그 집은 그때부터 가세가 기울어져 결국 파산하였다. 필자 처가가 맥피촌인데 여러 차례 왕삼을 불러 뱀을 잡았다고 한다. 건염연간(1127~1130)이 되어 전란이 일어난 후에는 왕삼이 어떻게 되었는지 알 수 없다. 어떤 사람은 그가 뱀의 정령이라 여겼다.

11 소리에 반응하는 벌레應聲蟲

永州通判廳軍員毛景, 得奇疾, 每語, 喉中輒有物作聲相應. 有道人教令學誦本草藥名, 至'藍'而默然. 遂取藍捩汁飮之. 少頃, 嘔出肉塊, 長二寸餘, 人形悉具. 劉襄子思爲永倅, 景正被疾, 踰年親見其愈. 予記前書載應聲蟲因服雷丸而止, 與此相類.

영주[26] 통판 관아에 소속되어 군대 관련 업무를 맡고 있던[27] 모경이 기이한 병에 걸렸다. 매번 말을 할 때마다 목구멍에서 무엇인가가 소리 내어 호응하였다.

한 도인이 그에게 『본초』[28] 안에 적혀 있는 약 이름을 익히고 외워서 '남'자에 이르면 소리가 없어질 것이라고 했다. 그리고 쪽[29]을 짜서 즙을 만들어 마시라고 하였다.

얼마 지나서 고기 덩어리를 토해 냈는데 길이가 2촌쯤 되고, 사람 형상을 모두 갖추고 있었다. 자가 자사인 유양이 영주 통판일 때 모

26 永州: 荊湖南路 永州(현 호남성 永州市).

27 軍員: 송대 군 관련 인사를 크게 武臣 · 軍員 · 軍人으로 구분하였다. 군의 행정 업무를 담당하였다.

28 本草: 본초는 한방 약물을 뜻한다. 嘉祐연간(1056~1063)에 掌禹锡이 편찬한 『嘉祐補注本草』와 政和연간(1111~1117)에 曹孝忠 등이 편찬한 『政和重修經史證類本草』 등이 당시 대표적인 본초학 책이었다.

29 藍: 쪽은 주로 염료로 사용하지만 해열 · 해독 · 소종의 효능이 있어 감기 · 황달 · 이질 · 토혈 등의 증상과 각종 염증의 약재로도 사용한다.

경이 마침 병을 앓고 있었는데, 해를 넘기면서 병이 나은 것을 직접 보았다.

소리에 반응하는 응성충은 뇌환[30]을 복용하였더니 소리가 멈추더라는 내용을 필자가 이전에 기록한 일이 있다. 이 이야기와 유사하다.

30 雷丸: 참대 뿌리에 기생하는 구멍버섯과 식물인 뇌환균의 균핵을 말린 것이다. 竹苓 · 雷實이라고도 한다. 구충제로 사용한다.

12 어사중승 신차응辛中丞

辛企李次膺, 紹興八年, 自右正言出爲湖南提刑. 舟到武昌, 大將岳飛來江亭通謁, 辛以道上不見賓客爲解, 岳不肯去. 良久, 不獲已, 見之. 卽欲以明日具食, 意殊懇切, 不得辭. 卽宴, 酒三行, 延辛入小閤, 盡出平生所被宸翰, 凡數百紙, 具言眷遇之渥. 執辛手曰: "前夕夢爲棘寺逮對獄, 獄吏曰: '辛中丞被旨推勘.'

驚寤, 遍體流汗. 方疑懼不敢以告人, 而津吏報公至. 公自諫官補外, 他日必爲獨坐, 飛或不幸下獄, 願公救護之." 辛悚然不知所對. 纔罷酒, 卽解維. 後數年, 飛罷副樞奉朝請, 故部將王貴迎時相意, 告其謀叛, 繫大理獄, 命新除御史中丞何伯壽鑄治其事. 方悟昨夢, 乃新中丞也. 何公後辭避不就, 乃以付万俟丞相云.(二事劉襄子思說.)

신차응[31]은 소흥 8년(1138)에 우정언으로 형호남로 제점형옥사에 제수되었다. 배가 악주[32]에 도착하였을 때, 대장 악비[33]가 강의 정자

31 辛次膺(1091~1170): 자는 起季이며 京東東路 萊州 掖縣(현 산동성 烟台市 萊州市) 사람이다. 우정언으로 진회는 물론 고종까지 비판하며 대금 강경론을 주장하여 20년간 정계에서 완전히 축출되었다. 후에 婺州지사와 給事中을 지냈으며 효종 즉위 후 御史中丞을 거쳐 知樞密院事, 參知政事를 역임하였다.

32 武昌: 荊湖北路 鄂州(현 호북성 武漢市). 武昌은 唐代에 武昌軍節度使의 치소였던 데서 유래한 별칭이다.

33 岳飛(1103~1142): 자는 鵬擧이며 河北西路 相州 湯陰縣(현 하남성 安陽市 湯陰縣) 사람이다. 남송 건국기 韓世忠 · 劉光世 · 張俊과 함께 中興四將으로 손꼽힌다. 紹興 10년(1140) 북벌을 단행하여 鄭州와 洛陽을 수복하고 개봉 근처까지 진격하였지만 고종과 진회가 12차례나 철군을 요구하는 金字牌를 보내 부득이 철수하였다. 송금 화의가 진행되는 와중에 모반의 누명을 쓰고 살해되었다. 사후 효종

에 와서 뵙기를 청하였다. 신차응은 부임하는 도중에는 빈객을 만나지 않는다며 양해를 구했으나 악비는 돌아가려 하지 않았다. 한참을 지나도 가지 않기에 부득이 그를 만나 주었다. 악비는 다음 날 함께 식사하기를 청하였는데, 그 뜻이 하도 간곡하여 사양할 수가 없었다. 다음 날 연회에서 술잔이 세 번 오고가자 그는 신차응을 작은 누각으로 데리고 갔다. 악비는 자신이 평생 받았던 황제의 어필[34]을 모두 꺼내어 보여 주었는데, 무려 수백 장이나 되었다. 또 황제가 자신을 보살펴 준 은혜를 일일이 말한 뒤 신차응의 손을 잡으면서 말하길,

"전날 밤 꿈에 대리시로 잡혀가 하옥되고 조사를 받는데, 옥리가 '신중승께서 성지를 받들어 추국하고 심리할 것이다'라고 말하였습니다.

놀라 깨어나 보니 온몸이 땀에 젖어 있었습니다. 의아하기도 하고 걱정스럽기도 하지만 감히 다른 사람에게 말도 꺼내지 못하고 있는데 나루를 담당한 서리가 공께서 오셨다는 얘기를 전해 주었습니다. 공께서 간관으로서 외직을 맡으셨고 훗날 반드시 조정의 대관이 될 터이니,[35] 제가 혹 불행히도 하옥되거든 공께서 저를 구하고 보호하

에 의해 명예를 회복했고, 계속된 외세의 침략 속에서 점차 최대의 영웅으로 부상하여 공자와 함께 문무묘에 안치되었으나 금의 후예인 청조에 의해 관우로 대치되는 부침을 겪었다. 시호는 忠武이며 鄂王에 봉해졌다.

34 宸翰: 황제가 직접 쓴 글을 뜻한다. 御筆이라고도 하는데, 황제가 신하에게 자필 서신을 보내는 것은 매우 예외적인 것이다. 즉흥적 성격에다 명필이었던 휘종이 공사를 가리지 않고 어필을 많이 사용하였고, 고종은 전란기의 혼란 속에서 각 장수들과의 개인적 친분을 돈독히 하기 위해 사용하였다.

35 獨坐: 御史中丞의 별칭으로 쓰이기도 하고 자리를 독점한다는 뜻도 있으며 비할 데 없이 귀하다는 말이기도 하다.

여 주시길 간절히 부탁드립니다."

신차응은 너무 겁나서 무어라고 대답해야 할지 몰랐다. 술자리가 파하자 곧 배를 출발시켰다. 그 뒤로 몇 해가 지나서 악비가 추밀부사와 봉조청[36]에서 물러났고 수하의 장수인 왕귀가 당시 재상 진회의 뜻에 영합하여 그가 모반을 꾀하였다고 고발하여 대리시에 잡혀가 하옥되었다. 자가 백수인 하주[37]가 새로 어사중승에 제수되어 그 일을 맡았다. 그제야 악비는 지난밤 꿈이 '신辛중승'이 아니고 '신新중승'이었음을 깨달았다. 하지만 하주는 사양하며 나서지 않았고, 이 일은 후에 재상이 된 만사설[38]에게 맡겨졌다.(이 두 가지 일화는 자가 자사인 유양이 한 이야기다.)

36 奉朝請: 황제를 만나는 것을 朝見이라고 하는데, 봄에 만나는 것을 朝, 가을에 만나는 것을 請이라고 한다. 봉조청은 황제와의 개인적 만남을 제도적으로 인정한다는 점에서 최고의 명예직으로 간주한다.

37 何鑄: 자는 伯壽이며 兩浙路 杭州 仁和縣(현 절강성 杭州市 餘杭區) 사람이다. 진회와 가까워 紹興 11년(1141), 어사중승으로 악비에 대한 조사 책임자가 되었지만 악비의 정당성에 감동하여 태도를 바꿔 악비를 적극 변호함으로써 교체되었다. 진회에 의해 일시 좌천되기는 했지만 資政殿학사로 휘주지사 등을 역임하였다.

38 萬俟卨(1083~1157): 개봉부(현 하남성 開封市) 사람으로 湖北提點刑獄 때 秦檜에게 잘 보여 監察御史, 右正言이 되었고, 紹興 11년(1141) 진회의 뜻에 영합하여 악비 부자를 반역죄로 몰아 죽였고 그 공으로 參知政事로 승진하였다. 이후 진회와 불화하여 일시 축출되기도 했지만 진회 사후 尙書右仆射로 권력을 휘둘렀다.

13 돼지의 정령豬精

紹興十年春, 樂平人馬元益赴大理寺監門, 與婢意奴俱行, 至上饒道中, 同謁一神祠丐福. 是歲六月, 婢夢與馬至所謁祠下, 有親事官數輩傳呼曰: "大卿請." 指前高樓云: "大卿在彼宰豬 爲慶, 會召寮屬." 明日, 馬以語寺卿周三畏, 意建亥之月, 當有遷陟. 明年冬, 寺中作制院鞫岳飛, 遇夜, 周卿往往間行至鞫所. 一夕月微明, 見古木下一物, 似豕而角, 周疑駭卻步. 此物徐行, 往獄旁小祠而隱. 經數夕, 復往, 月甚明, 又見前怪. 首上有片紙書'發'字.

周謂獄成當有恩渥, 卽而聞岳之門僧惠清言: "岳微時居相臺, 爲市遊徼, 有舒翁者善相人, 見岳必烹茶設饌, 嘗密謂之曰: '君乃豬精也. 精靈在人間, 必有異事, 它日當爲朝廷握十萬之師, 建功立業, 位至三公. 然豬之爲物, 未有善終, 必爲人屠宰. 君如得志, 宜早退步也.' 岳笑, 不以爲然. 至是方驗." (元益說.)

소흥 10년(1140) 봄, 요주 낙평현[39] 사람 마원익은 대리시 간수로 부임하게 되어 여종 의노와 같이 길을 가고 있었다. 마원익은 요주[40]로 가는 도중 함께 한 사묘에 들려 복을 빌었다. 그해 6월 의노가 꿈을 꾸었다. 꿈속에서 마원익과 함께 복을 빌었던 사묘에 도착하였는데, 친사관[41] 여러 명이 자기들을 부르며 말하길,

39 樂平縣: 江南東路 饒州 樂平縣(현 강서성 景德鎭市 樂平市).

40 上饒: 江南東路 饒州(현 강서성 上饒市). 上饒는 요주의 별칭이다.

41 親事官: 황궁 경비와 군부 동향 탐지 업무를 맡은 친위부대인 皇城司는 親從官과

"대경[42]께서 오시라고 청하셨습니다."

그리고 앞에 있는 높은 건물을 가리키며 말하길,

"대경께서는 저기에서 돼지를 잡아 축하 모임을 열고 수하 막료들을 불러 모으셨습니다."

다음 날 마원익이 대리시경[43] 주삼외[44]에게 꿈 이야기를 하고 금년 10월[45]에 꼭 승진하게 될 것이라 생각하였다. 이듬해 겨울, 대리시는 제감원[46]을 열어 악비를 추국하게 되었다. 밤이 되자 대리시경 주삼외는 종종 추국하는 곳을 은밀히 드나들었다. 어느 날 밤 달이 조금 밝았을 때, 고목 아래 무엇인가가 있는 것을 보았는데, 마치 돼지 같기는 했지만 뿔이 있었다. 주삼외는 놀라기도 하고 의아스럽기도 하여 뒤로 물러나니, 그것이 천천히 움직이더니 감옥 옆의 작은 사당으로 들어가 숨었다. 며칠 뒤 다시 가서 보니 달이 아주 밝은데, 전에

친사관 2개 부대로 이루어졌다. 친종관은 5개 부대 3천 명이고, 친사관은 점차 증원되어 6개 부대 5천 명인데, 180㎝ 이상의 장신으로 구성된 친종관의 위상이 더 높았다. 그리고 중앙 부서의 전령으로 宰執의 좌우에서 시종을 드는 자들도 친사관이라고 칭하였다.

42 大卿: 9寺의 장관을 모두 卿이라 칭한다. 大卿은 장관, 少卿은 부장관이다.

43 大理寺卿: 사법기관인 大理寺의 최고 책임자로서 元豐 3년(1080) 관제개혁 때 종4품이었고, 元祐 연간(1086~1094)에 일시 종3품으로 승격되기도 했지만 남송 때 다시 종4품이 되었다. 약칭은 大理卿 · 廷尉이다.

44 周三畏: 開封府(현 하남성 開封市) 사람으로 紹興 11년(1141)에 大理寺卿을 맡아 악비에게 반역죄를 날조하여 처벌한 공으로 吏部尙書와 參知政事로 승진하였으며, 秦檜가 물러난 뒤에도 婺州 · 平江府지사 등을 역임하였다.

45 建亥之月: 태양이 공전하는 黃道 주변을 12등분하여 동에서부터 12지를 배치하고 그것과 12개월을 대응시키는데 이를 月建이라고 한다. 建亥는 10월에 해당한다.

46 制勘院: 황제의 특별 지시에 의해 한시적으로 설치하는 특별 법정으로 중대 사안에 대한 신속하고도 강력한 사법적 조치가 필요한 경우에 한해 운영한다. 황제의 의지가 강하게 반영되는 일종의 초법적 기구다.

봤던 괴물을 다시 보게 되었다. 머리 위에 '발發'자가 쓰여진 종이가 있었다.

주삼외는 옥사가 끝나고 나면 황제의 큰 은혜가 있을 것이라 여겼고, 오래지 않아 악비 문하의 승려 혜청이 말하는 것을 들었다. 혜청이 말하길,

"악비가 높은 자리에 오르기 전에 상주[47]에서 살았는데, 시장을 돌아다니며 순찰하는 일을 했다. 당시 관상을 잘 보는 서옹이라는 노인이 있었는데, 악비를 보면 꼭 차를 끓이고 음식을 갖춰 대접하였다. 그리고 한번은 은밀히 악비에게 말하길,

'그대는 돼지의 정령인데, 정령이 인간 세상에 있으니 반드시 남다른 일이 있을 것이오. 훗날 조정을 위해 10만 대군을 이끌고 큰 공을 세워 벼슬이 삼공에 이를 것이라오. 그러나 돼지라는 동물은 끝이 좋지 않아 반드시 사람들에게 도살당할 팔자지요. 그러니 훗날 뜻을 폈다고 생각되면 일찍 물러나는 것이 좋을 것이오.'

악비는 그저 웃기만 할 뿐 그 말을 믿지 않았다. 지금 보니 그 말이 참으로 영험하다."(마원익이 한 이야기다.)

47 相州: 河北西路 相州(현 하남성 安陽市). 相臺는 相州의 銅雀臺란 뜻으로 상주의 별칭이기도 하다. 曹操가 현 安陽市에 동작대라는 궁궐을 짓고 지붕에 구리로 만든 큰 공작새를 달았다는 데서 유래하였다.

14 옥초산의 절沃焦山寺

紹聖中, 有僧遊天台, 迷失道, 入越州新昌縣沃焦山上, 遇大佛刹, 寂無人聲, 頗歎叢林之整肅如此. 卽登堂, 望官吏治事甚嚴, 疑深山中不應爾, 徐入法堂, 過屋兩重, 始見長老數人, 相對默坐. 僧前欲問訊, 搖手止之, 不敢問, 卻下僧堂, 側立以視. 有頃, 聞: "請第一員長老升堂." 其人號泣就坐. 紫衣金章者立于前. 瞬息間, 火從坐者體中起, 延燒其身, 并及金紫者, 不留遺燼. 次第升堂, 周而復始. 僧問吏何爲? 吏言: "平生無戒業, 妄作住持人, 謗佛正法, 故受此報. 金紫者, 請主也."

僧懼, 亟出. 至山腰, 逢數卒驅一老婦人, 髣髴認其母, 回首留顧. 老婦呼曰: "以汝平日妄談般若, 累我至是." 其行甚遽, 不得復語. 僧下山覓路, 問居人: "此山何寺?" 曰: "路絕人行, 安得有寺?" 指別路示之云: "此去天台道也." 問其日, 則已三宿矣. 不復東遊, 徑還家, 母已死. 時播傳此事, 長老退居者數人. 關子東・強幼安皆作文以記.

소성연간(1094~1097)에 한 승려가 천태산을 유람하다가 길을 잃어 월주 신창현[48]의 옥초산에 이르렀다. 우연히 커다란 사찰을 발견하였는데, 적막하고 사람의 소리가 들리지 않았다. 숲 속에 이렇게 잘 정돈되고 엄숙한 큰 절이 있음에 경탄하면서 불당에 올라섰는데, 저 멀리 관리들이 아주 엄숙하게 일 처리하는 것이 보였다. 이렇게 깊은 산 중에서 관리들이 일한다는 것이 무엇인가 이상하다고 생각하며

48 新昌縣: 兩浙路 越州 新昌縣(현 절강성 紹興市 新昌縣).

천천히 법당을 들어서서 이중으로 된 방을 지나니 비로소 장로 몇 명이 보이기 시작하였다. 서로 마주보면서 묵언 좌선을 하고 있었다. 승려가 앞으로 다가가 물어보려고 하자 상대방은 손을 흔들며 저지하여서 감히 물어볼 수가 없었다. 그리하여 승당으로 내려와 옆에 서서 바라보았다.

잠시 후 다음과 같은 소리가 들렸다.

"첫 번째 장로는 법당 안으로 올라오라."

그 사람은 엉엉 울면서 자리에 앉았다. 자주색 관복에 금으로 장식한 어대를 찬 고관이 그 앞에 서 있었다. 순식간에 앉아 있는 사람의 몸속에서 불길이 일어나 그 몸을 계속 태우고 이어서 그 앞의 고관에게까지 번져 조금도 남김없이 다 태웠다. 그 다음 순서의 사람이 법당에 올랐고, 다시 아까처럼 반복하였다. 승려가 서리에게 어떻게 된 일이냐고 묻자 서리가 대답하길,

"평생 계를 지키지 못하고 함부로 주지 일을 맡아 불가의 정법을 훼손하였기에 이런 업보를 받는 것입니다. 자주색 관복에 금으로 장식한 어대를 찬 고관은 모두 시주한 사람입니다."

승려는 무서워서 서둘러 나왔다. 산허리에 다다랐을 때 한 노부인을 끌고 가는 몇몇 병졸 일행과 마주쳤는데, 그 노부인은 아무래도 자신의 어머니 같아서 고개를 돌려 자세히 살펴보았다. 그랬더니 그 노부인이 소리치길,

"네가 평소에 망령되게 반야를 언급하더니 그 죄가 이처럼 나에게까지 미치게 되었구나!"

그들의 움직임이 어찌나 빠른지 다시 말을 전할 틈이 없었다. 승려는 하산하여 길을 찾았고, 그 지역 주민에게 물어보길,

"이 산에 있는 절은 무슨 절이오?"

그가 답하길,

"여기는 길이 끊어져 사람이 다닐 수가 없는데 어찌 절이 있겠소?"

다른 길을 가리켜 보여 주면서 말하길,

"이 길은 천태산으로 이르는 길입니다."

그가 다시 날짜를 물으니 이미 사흘이 지난 뒤였다.

승려는 더는 동쪽으로 유람할 수가 없어서 서둘러 집으로 가 보니 어머니가 이미 돌아가신 뒤였다. 그때부터 이 이야기를 전하니 장로 중에 여러 명이 그만 두었다. 관자동과 강유안 모두 글을 써서 이 이야기를 남겼다.

15 나부산의 신선羅浮仙人

藍喬, 字子升, 循州龍川人. 母陳氏無子, 禱羅浮山而孕. 及期, 夢仙鶴集其居, 是夕生喬, 室有異光, 年十二已能爲詩文. 有相者謂陳曰: "爾子有奇骨, 仕宦當至將相, 學道必爲神仙." 喬曰: "將相不足爲, 乃所願則輕擧耳." 自是求道書讀之, 患獨學無師友, 因辭母, 之江淮, 抵京師. 七年而歸, 語母曰: "兒本漂然江湖, 所以復反者, 念母故也." 瓢中出丹一粒餽焉, 曰: "服之可長年無疾." 留歲餘, 復有所往, 以黃金數斤遺母曰: "是真氣噓冶所成. 母寶用之, 兒不歸矣."

潮人吳子野遇之于京師, 方大暑, 同登汴橋買瓜. 喬曰: "塵埃汙吾瓜, 當於水中噉耳." 自擲於河. 吳注目以視, 時時有瓜皮浮出水面, 齕迹儼然. 至夜不出. 吳往候其邸, 則已酣寢, 鼻間氣如雷. 徐開目云: "波中待子食瓜, 久之不至, 何也?" 吳始知喬已得道, 再拜愧謝, 遂與執爨. 後遊洛陽, 布衣百結, 每入酒肆, 輒飮數斗, 常置紙百番於足下, 令人片片拽之, 無一破者, 蓋身輕乃爾. 語人曰: "吾羅浮仙人也, 由此升天矣."

一日, 貨藥郊外, 復置紙足底, 令觀者取之. 紙盡足浮, 風雲翛翛, 躡而上征. 仙鶴成羣, 自南來迎, 望之隱然. 歷歷聞空中笙簫音, 猶長吟李太白詩云: "下窺夫子不可及, 矯首相思空斷腸." 母壽九十七而終, 葬之日, 樵枚者聞墟墓間哭聲, 識者知其來歸云.(英州人鄭總作傳.)

자가 자승인 순주 용천현[49] 사람 남교의 어머니 진씨는 아들이 없

49 龍川縣: 廣南東路 循州 龍川縣(현 광동성 河源市 龍川縣).

어서 나부산에서 기도를 하여 임신하였다. 출산할 무렵 선학들이 사는 집에 모여드는 꿈을 꾸었고, 이날 저녁에 남교를 낳았는데 집에서 기이한 빛이 났다. 12세가 되었을 때 벌써 시문에 능숙하였다. 관상을 보는 사람이 어머니 진씨에게 말하길,

"댁의 아들은 기골이 남다릅니다. 관직에 오르면 장상에 이를 것이고, 도를 공부하면 반드시 신선이 될 것입니다."

그러자 남교가 말하길,

"장상이 뭐 좋습니까, 내가 원하는 바는 신선[50]이 되는 것입니다!"

이때부터 도가의 책을 구하여 읽었지만 혼자 공부하여 스승과 벗이 없음을 한탄하여 어머니께 이별을 고하고 강회지역으로 갔다가 도성에 가서 7년 만에 돌아와 어머니에게 말하길,

"저는 본래 강호를 정처 없이 돌아다녔는데, 이렇게 돌아온 것은 어머니를 생각해서입니다."

그는 표주박에서 단약 한 알을 꺼내 어머니에게 주면서 말하길,

"이 약을 드시면 오랫동안 병이 없을 것입니다."

집에서 한 해 남짓 머무르다 다시 떠나려고 하였다. 그는 황금 몇 근을 어머니에게 주면서 말하길,

"이것은 진기를 불어 넣어 단련하여 만든 것입니다. 어머니께서 아껴 쓰십시오. 저는 이제 돌아오지 않을 것입니다."

조주[51] 사람 오자야가 개봉부에서 그를 만났는데, 마침 한여름이었다. 두 사람은 함께 변교[52]에 가서 수박을 샀다. 남교가 말하길,

50 輕擧: 가볍게 날아오른다는 말과 함께 신선이 된다는 뜻도 있다.

51 潮州: 廣南東路 潮州(현 광동성 潮州市 · 汕頭市 · 揭陽市).

"수박에 먼지가 많아 더러우니 물 속에 들어가서 먹어야겠습니다."

그러더니 곧 변하에 몸을 풍덩 던졌다. 오자야가 주의해서 살펴보니 가끔씩 수박 껍질이 수면 위로 떠올랐고, 껍질에는 누군가 깨물어 먹은 흔적이 명확하게 남아 있었다. 하지만 밤이 되도록 남교가 물 속에서 나오지 않자 오자야는 남교의 집에 가서 기다리려고 하였다. 그런데 남교는 이미 집에서 달게 자고 있었다. 코 고는 소리가 우레와 같았다. 남교는 천천히 눈을 뜨며 말하길,

"내가 물에서 그대를 기다리며 수박을 먹고 있는데, 한참을 지나도 오지 않았으니 어찌된 일이오?"

오자야는 비로소 남교가 득도한 것을 알게 되었다. 거듭 절하고 부끄러워하며 사죄하였고, 마침내 그를 따라다니며 시중을 들었다. 얼마 후에는 하남부[53]에 이르렀는데, 그는 다 해진 옷을 누벼 입고 주점에 갈 때마다 몇 말씩 술을 마셨다. 그는 늘 백여 장의 종이를 발로 밟고 있으면서 사람들에게 한 장 한 장 꺼내게 하였는데, 한 장도 찢어지지 않았다. 그의 몸이 매우 가벼워서 그런 것이다. 그는 사람들에게 말했다.

"나는 나부산의 신선이다. 여기에서 하늘로 올라갈 것이오."

하루는 교외로 가서 약을 팔았는데, 다시 종이를 발로 밟고 서 있으면서 주위에서 보고 있는 사람들에게 종이를 밖으로 잡아 뽑으라

52 汴橋: 唐代 汴州節度使 李勉이 만든 돌다리로서 당대에는 汴州橋, 오대에는 汴橋라고 하였고, 송대에는 州橋 또는 天漢橋라고 불렀다. 배가 지나갈 수 없는 높이이며, 동서 폭 30m, 남북 길이 17m인데, 이렇게 크게 만든 것은 황제의 어가가 다녔기 때문일 것이다.

53 洛陽: 京西北路 西京 河南府(현 하남성 洛陽市).

고 하였다. 종이를 다 빼내자 그의 발은 곧 공중으로 떠올라 청량한 바람과 구름을 타고 하늘을 향하여 날아올랐다. 이때 무리를 이룬 선학들이 남쪽에서 날아와 그를 영접하였는데, 멀리서 바라보니 보일 듯 보이지 않았지만 하늘에서 나는 생황과 퉁소 소리는 분명히 들을 수 있었다. 그리고 어떤 사람이 이태백의 시를 길게 읊조렸으니,

아래를 내려다 보니 그대는 함께 오르지 못하였고,
그대가 위를 보며 그리워하니 공연히 애간장만 끊어지네.[54]

남교의 어머니는 97세에 돌아가셨다. 장례를 치르는 날, 땔감을 베는 자들은 묘소에서 통곡하는 소리를 들었다. 남교가 와서 우는 것임을 알 만한 사람들은 다 알았다.(영주 사람 정충작이 한 이야기다.)

54 이백의 시 「酬殷明佐見贈五雲裘歌」의 가장 뒤 구절이다.

16 모선의 부모와 조부모毛氏父祖

衢州江山縣士人毛璿, 當舍法時, 在學校, 以不能治生, 家事堙替, 議鬻居屋, 未及售. 晨起, 見亡祖父母·父母四人列坐廳上, 衣冠容貌, 不殊生人. 璿驚拜問曰: "去世已久, 安得至此?" 皆不答. 惟父曰: "見汝無好情況." 因仰視屋太息曰: "汝前程尙遠, 可寬心." 璿問: "地獄如何?" 父曰: "有罪始入耳. 吾無罪, 當受生, 但資次未到." 曰: "卽未有所歸, 還只在墳墓否?" 曰: "不然. 日間東來西去閑遊, 惟夜間不可說. 近日汝預葉氏播間祭, 我亦在彼." 指門外五通神曰: "神力甚大, 閑野之鬼不可入." 又指所事真武曰: "謹事之, 死後不入獄, 便詣北斗下爲弟子." 璿曰: "大人且在是, 當呼大兄來." 父止之曰: "我脚頭緊, 便去矣." 令璿入門, 數人皆下庭中, 向空飛去, 如鳥鵲然, 直上不見. 璿方悵望, 而一僕自外至. 蓋不欲與生人接, 所以亟去也.

구주 강산현[55]의 사인인 모선은 삼사법이 시행될 때 태학에 다니고 있었다. 그는 학생으로서 달리 생계를 위해 할 수 있는 일이 없고 가정 사정도 점점 나빠져서 가족들은 살고 있는 집을 팔기로 하였지만 아직 팔리지 않은 상태였다. 하루는 새벽에 일어났다가 이미 돌아가신 조부모와 부모 네 분이 대청에 앉아 계신 것을 보게 되었다. 의관과 용모가 살아 있는 사람들과 크게 다르지 않았다. 모선은 깜짝 놀라 절을 하며 묻길,

55 江山縣: 兩浙路 衢州 江山縣(현 절강성 衢州市 江山市).

"세상을 떠나신 지 오래되었는데, 어찌 여기에 오셨습니까?"

모두 대답이 없었는데 아버지 혼자 말하길,

"너를 보아하니 형편이 좋지 않은 것 같구나."

또 집을 올려다보며 크게 한숨 쉬며 말하길,

"네가 갈 길이 아직 머니 조급하게 생각하지 말거라."

모선이 묻길,

"지옥은 어떠합니까?"

아버지가 말하길,

"지옥은 죄가 있으면 들어가는 것이다. 나는 죄가 없으니 다시 사람으로 태어나는 것이 당연하지. 다만 아직 순서가 돌아오지 않았을 뿐이다."

모선이 묻길,

"아직도 돌아갈 곳이 없다면 여전히 분묘 안에 계시다는 말인가요?"

"그것은 아니다. 낮에는 동으로 갔다 서로 갔다 한가하게 노니는데, 밤에 대해서는 너에게 말해 줄 수가 없구나. 며칠 전에 네가 엽씨네 집 묘소의 제사에 갔더구나. 나도 거기 있었다."

아버지는 다시 문밖의 오통신[56]을 가리키며 말하길,

"저 신들의 위력이 대단하여 떠돌이 귀신 따위는 들어올 수가 없다."

56 五通神: 五郎神이라고도 하며 다섯 명이 함께 무리지어 나쁜 일을 저지르는 악귀로 알려졌다. 따라서 이들의 해코지로부터 화를 입지 않기 위해 이들을 정성스럽게 모실 필요가 있고, 한편으로 부자가 되기 위해서는 어느 정도 사악한 신의 도움이 필요하다는 생각도 반영되어 淫祠의 일종이지만 성행하였다.

또 모씨 집에서 모시는 진무대제[57]를 가리키며 말하길,

"삼가 진무대제를 잘 섬기도록 하여라. 죽은 후에도 지옥에 가지 않을 수 있고, 북두성에 이르러 제자가 될 수도 있다."

모선이 말하길,

"조부모님과 부모님 모두 여기에 계시니 당연히 큰형을 불러야겠습니다."

아버지가 그를 말리며 말하길,

"내 갈 길이 급해서 곧 떠나야 한다."

그는 모선에게 문으로 들어가게 한 후 자기들은 모두 대청에서 내려갔다가 하늘을 향해 날아올랐는데 마치 새가 날아가는 것 같았다. 계속 위로 날아가더니 곧 보이지 않게 되었다. 모선은 길게 탄식하며 멀리 바라보았다. 그때 마침 한 노복이 밖에서 막 들어왔다. 아마 다른 낯선 사람과 마주치지 않기 위해서 급히 떠난 것 같았다.

57 眞武大帝: 玄天上帝 · 玄武大帝라고도 칭하며 북방의 신으로 호북 武當山에서 모시는 주신이다. 갑옷을 입고 손에 칼을 들고 거북이를 밟고 서 있는 위풍당당한 모습으로 형상화되며, 옆에는 三界의 공과와 선악을 기록하는 金童玉女가 시립하고 있다. 명 초 영락제가 쿠데타를 일으키면서 자신을 북방의 신인 진무대제의 화신이라고 주장하여 이후 크게 성행하였다.

17 방전의 박명함方典薄命

方典, 字大常, 莆田人. 累擧進士不第, 術者多言其無祿. 同縣人劉仲敏爲泉州同安宰, 典之兄與爲丞. 劉謂與曰: "賢弟不應得官, 若罷擧, 庶可延數年之命." 與不信也. 紹興十五年, 典試南宮, 劉又諫其勿行, 典不聽, 是歲擢第. 牓至同安, 與持往詣劉, 劉曰: "一第未足喜, 恐不能得祿耳." 典調晉江尉, 歸待次之. 明年, 莆中春試, 諸生例以寄居同教官考校, 郡以命典. 卽入院, 日獲餐錢千餘, 旬日間, 所得盈萬錢, 暴卒于院.(陳應求說.)

자가 대상이며 흥화군 포전현[58] 사람인 방전은 여러 차례 진사시험에 응시하였지만 급제하지 못하였다. 점을 보는 사람들 대부분 그에게 관운이 없다고 말하였다. 같은 포전현 사람 유중민은 천주 동안현[59]지사가 되었는데, 방전의 형 방여가 현승이었다. 유중민이 방여에게 말하길,

"그대의 동생은 관직을 얻을 수 없는 운명이라는데, 그가 만약 과거를 포기한다면 아마도 수명이 몇 해 더 연장될 것입니다."

방여는 그의 말을 믿지 않았다.

소흥 15년(1145), 방전이 성시에 참여하려 하자 유중민은 다시 그에게 가지 말라고 충고하였지만 방전은 듣지 않았고 이해 급제까지

58 莆田縣: 福建路 興化軍 莆田縣(현 복건성 莆田市).

59 同安縣: 福建路 泉州 同安縣(현 복건성 厦門市 同安縣).

하였다. 과거급제자 방이 동안현에 도착하자 방여는 그것을 갖고 가서 유중민을 비난하였다. 유중민이 말하길,

"한번 급제한 것으로 아직 기뻐할 일이 아닙니다. 나는 그가 관록을 누릴 수 없을까 걱정되어 그런 것입니다."

방전은 천주 진강현[60] 현위가 되었고, 고향으로 돌아와 부임을 대기[61]하고 있었다. 이듬해 포전현에서 성시[62]에 응시하기 위해 수험생들은 전례에 따라 자신이 살고 있는 지역의 학교 교수와 관아에게 자격을 심사받아야 하는데, 홍화군에서는 이를 방전에게 주관하게 하였다. 심사장에 들어간 후 방전은 매일 식사비로 1천 전을 넘게 받았는데, 열흘 만에 거둔 소득이 1만 전이 되고도 남았다. 그러더니 갑자기 심사장에서 급사하고 말았다.(진응구가 한 이야기다.)

60 晉江縣: 福建路 泉州 晉江縣(현 복건성 泉州市).

61 待次: 관직을 받은 뒤 경력 등 임용 순서에 근거해 결원이 있는 자리에 보임을 대기하는 것 또는 전임자가 갈 곳이 정해지지 못하여 부임 대기하는 것을 뜻한다.

62 春試: 해시에 합격한 거인은 가을에 추천을 받아 겨울에 도성에 집결한 뒤 이듬해 봄에 禮部에서 주관하는 시험인 省試에 응시하였다. 시험 계절에 근거하여 해시를 秋試, 성시를 春試라고도 한다.

이견갑지

夷堅甲志

卷 16

부활한 위중달衛達可再生

衛仲達, 字達可, 秀州華亭人. 爲館職時, 因病入冥府. 俟命庭下, 四人坐其上, 西嚮少年者呼曰: "與它檢一檢." 三人難之. 少年曰: "若不檢, 如何行遣!" 三人曰: "渠已是合還, 何必檢? 恐出手不得爾." 少年意不可回, 呼朱衣吏諭意. 吏捧牙盤而上, 中置紅黑牌二, 紅者金書'善'字; 黑者白書 '惡' 字. 少年指黑牌, 吏持以去. 少焉, 數人捧簿書盈庭, 一秤橫前, 兩首皆有盤. 吏擧簿置東盤, 盤重壓至地, 地爲動搖, 衛立不能安.

三人皆失色曰: "向固云不可檢, 今果爾, 奈何?" 少年亦慘沮, 有悔意. 須臾曰: "更與檢善看." 吏又持紅牌去. 忽西北隅微明, 如落照狀, 一朱衣道士捧玉盤出, 四人皆起立. 道士至, 居中而坐. 望玉盤中文書, 僅如筯大. 吏持下置西盤, 盤亦壓地, 而東盤高擧向空. 大風欻起, 捲其紙蔽天, 如烏鳶亂飛, 無一存者.

四人起相賀, 命席延衛坐. 衛拱手曰: "仲達年未四十, 平生不敢爲過惡, 何由簿書充塞如此!" 少年曰: "心善者惡輕, 心惡者惡重. 擧念不正, 此卽書之, 何必真犯! 然已灰滅無餘矣." 衛謝曰: "是則然矣. 敢問善狀何事也?" 少年曰: "朝廷興工修三山石橋, 君曾上書諫, 此乃奏稿也." 衛曰: "雖曾上疏, 朝廷不從, 何益於事!" 曰: "事之在君盡矣. 君言得用, 豈只活數萬人命. 君當位極人臣, 奈惡簿頗多, 猶不失八坐, 勉之." 遂遣人導歸. 衛後至吏部尙書.(徐榑說聞之於衛仲子穢.)

자가 달가인 위중달은 수주 화정현[1] 사람이다. 관직[2]에 있을 때 병

1 華亭縣: 兩浙路 秀州 華亭縣(현 상해시 松江區).

으로 명계의 관부에 들어갔다. 그가 뜰에서 명을 기다리고 있을 때 네 명이 당상에 앉아 있었다. 서쪽을 향해 있던 소년이 소리치며 말하길,

"저 사람에 대해 한번 조사해 보시오!"

세 사람은 난색을 표했다. 그래도 소년이 말하길,

"조사도 하지 않고 그를 어떻게 처리할 수 있단 말입니까?"

나머지 세 사람이 말하길,

"저 사람은 돌려보내야 합당합니다. 다시 조사할 필요가 어디 있습니까? 조사해 봐야 얻는 것이 없을 것입니다."

소년은 뜻을 굽히지 않고 붉은 옷을 입은 서리를 불러 자신의 뜻을 전했다. 그 서리는 아름답게 조각된 쟁반[3]을 들고 올라왔는데, 쟁반에는 붉은색과 검은색 패 두 개가 놓여 있었다. 붉은색 패에는 금색으로 '착할 선'자가 쓰여 있었고, 검은색 패에는 흰색으로 '나쁠 악'자가 쓰여 있었다. 소년이 검은색 패를 가리키자 서리는 그것을 들고 갔다. 잠시 후 몇 사람이 장부를 들고 와 뜰에 가득 쌓은 뒤, 저울 하나를 그 앞에 놓았는데, 저울대 양쪽에는 쟁반이 하나씩 매달려 있었다. 서리가 장부를 들어다 동쪽 쟁반에 올려놓으니 무게에 눌린 쟁반이 땅에 닿자마자 땅이 흔들려서 뜰에 서 있던 위중달은 몸을 제대로 가눌 수 없었다.

세 사람 모두 놀라서 얼굴빛이 달라지며 말하길,

2 館職: 三館祕閣官의 통칭이다. 삼관은 史館・昭文館・集賢院이며, 비각은 觀文殿・資政殿・端明殿 등을 뜻한다. 館職은 삼관의 大學士・學士・侍制・修撰・直閣・直祕閣 등을 뜻한다.

3 牙盤: 아름답게 조각된 쟁반 또는 쟁반에 담긴 맛있는 음식을 뜻한다.

"조금 전에 우리가 조사해서는 안 된다고 하였는데, 지금 이런 결과가 나왔으니 이를 어찌해야 할까요?"

소년 역시 결과에 실망하며 공연히 조사했다며 후회스러워 하는 기색이 있었다. 잠시 후 말하길,

"저 사람에게 어떤 선행이 있었는지 다시 조사해 봅시다!"

서리는 다시 붉은색 패를 들고 갔다. 그런데 갑자기 서북쪽 모서리에서 해가 질 때의 노을빛처럼 희미한 빛이 비쳤다. 붉은색 옷을 입은 한 도사가 옥으로 된 쟁반을 받들고 나오자 네 사람 모두 일어났다. 도사는 당상에 올라와 가운데 자리에 앉은 뒤 옥쟁반에 놓여 있는 문서를 바라보았는데, 작은 것은 그저 젓가락 크기에 불과하였다. 서리는 그 문서를 저울 서쪽 쟁반에 얹자 역시 무게에 눌려 쟁반이 땅에 다다랐고 반대로 동쪽 쟁반은 높이 솟아 허공을 향했다. 이때 갑자기 큰 바람이 일어나더니 동쪽 저울 위에 있는 장부를 말아 올려 하늘을 덮다시피 하였다. 마치 까마귀나 솔개가 어지럽게 나는 것처럼 모두 날아가 한 장도 남지 않게 되었다.

네 사람 모두 일어나 축하하며 연회를 준비하라고 명한 뒤 위중달에게 자리에 앉으라고 하였다. 위중달은 두 손을 모아 인사하며 말하길,

"저는 나이가 아직 40이 못되었는데, 평생 감히 악한 일을 한 적이 없습니다. 그런데 어찌하여 장부가 이렇게나 많습니까!"

소년이 말해 주길,

"마음이 선하면 죄악이 가볍고, 마음이 악하면 악행은 더욱 무거운 법이오. 바르지 못한 생각을 한 번이라도 하게 되면 그것이 바로 기록되니 만약 진짜로 악행을 저지른다면 어떻게 되겠소이까? 다만 그

런 것들은 결국 재처럼 모두 남김없이 사라진다오."

위중달이 감사하며 말하길,

"그런 것이로군요. 선행을 기록한 문서에는 어떤 것이 적혀 있는지 여쭤봐도 괜찮겠습니까?"

소년이 대답하길,

"조정에서 삼산에 돌다리를 놓으려고 할 때 그대가 상주하여 간언한 일이 있습디다. 이것이 바로 상주문의 원고요."

위중달이 말하길,

"제가 상주한 일은 있었지만 조정에서는 제 말대로 하지 않았습니다. 그 일에 아무런 도움이 못 되었습니다."

소년이 말하길,

"그 공사와 관련해서 그대가 마땅히 해야 할 일은 다 한 것이오. 그대의 말대로 되었더라면 어찌 수만 명의 인명만 살렸겠소. 그대는 신하로서 가장 높은 지위에 올라갈 것이 분명하오.[4] 사악한 생각을 기록한 장부가 많은 것은 어찌할 수 없지만 그래도 팔좌[5]에 다다르지 못할 정도는 아니니 앞으로 더욱 열심히 하시오."

마침내 사람을 보내 돌아가는 길을 인도하게 하였다. 위중달은 후에 이부상서까지 올랐다.(서전이 위중달의 둘째 아들에게 들은 것이라 전했다.)

4 位極人臣: 신하로서 가장 높은 지위에 오른다는 뜻이다. 陳壽의 『三國志 · 吳志』「孫綝傳」에서 유래하였다.

5 八坐: 8개의 최고위 요직을 뜻하는데 그 구체적인 내용은 시대마다 다르다. 八座라고도 한다.

02 욱씨 노인의 불법적인 땅차지郁老侵地

鎭江金壇縣吳干村, 張郁二家鄰居, 後爲火焚, 皆散而之它, 所存惟空址焉. 同邑湯氏子, 病熱疾死, 至冥司, 云: "當復生." 令出門. 索送者至門外, 見市廛邸列, 與人世不異, 遂坐茶肆. 時郁氏之老, 死已十餘年矣, 相見如平生, 喜曰: "數日聞公當來, 故候於此. 今知得還, 將奉託以事. 吾家故宅, 頗憶之乎?" 曰: "然."

郁曰: "生時與張氏比鄰, 吾屋柱, 址已盡吾境, 而檐溜所滴者張地也. 吾陰利其處, 巧訟于官而奪之, 凡侵地三尺許. 張翁死, 訴于地下. 吾即伏前愆, 約使宅人反之, 然二居皆已煨燼. 張即轉徙, 吾兒又流落建昌爲南豐符氏婿, 幽明路殊, 此意無從可達. 公幸哀我, 煩一介諭吾兒, 使亟以歸張氏, 作券焚之. 吾得此, 則事釋, 復受生矣." 湯許之.

少焉, 送者到, 即告別. 即甦, 呼張氏子語之故, 答曰: "昔日實爭之, 今已徙居, 無用也." 湯以郁所囑, 不忍負, 訖遣報其子, 取券授張, 而書其副焚之. 它日, 夢來致謝.(湯乃致遠長子.)

진강부 금단현[6] 오간촌에서 장씨와 욱씨 두 집이 이웃하여 살고 있었다. 후에 큰불이 나서 집이 다 타 버리자 두 집 모두 다른 곳으로 이사 갔고 빈 집터만 남게 되었다. 금단현의 탕씨네 집 아들이 열병으로 죽어서 명계의 관아에 가게 되었다. 어떤 사람이 말하길,

"이자는 다시 살려 보내야 합니다."

6 金壇縣: 兩浙路 鎭江府 金壇縣(현 강소성 常州市 金壇區).

그에게 관아의 문을 나가라 하였고, 그를 데려다 줄 사람을 구해서 문 밖으로 데리고 나갔다. 그는 시장과 가게, 줄지어 선 집들을 보면서 인간 세상과 다를 바 없다고 느꼈고 잠시 후 다관에 앉아 있었다. 당시 욱씨 노인은 죽은 지 10여 년이 흘렀는데 마치 살아 있을 때와 마찬가지로 만나게 되었다. 욱씨가 기뻐하며 말하길,

"며칠 전에 자네가 온다는 이야기를 듣고 여기에서 기다리고 있었지. 지금 돌아갈 수 있다는 것을 알았으니 자네에게 일을 하나 부탁할까 해. 자네 우리 옛 집터를 잘 기억하고 있지?"

탕씨가 대답하길,

"물론입니다."

욱씨가 말하길,

"내가 살아생전에 장씨네와 이웃하였는데, 우리 집 기둥의 주춧돌이 우리 집 터의 끝에 있어서 처마물이 떨어지는 곳은 장씨네 땅이었어. 내가 몰래 그곳을 차지하고 싶어서 교묘하게 꾸며 관에 소송을 제기해서 그 땅을 빼앗았지. 그렇게 차지한 땅이 모두 3척쯤 돼. 그런데 장씨 노인이 죽어서 명계의 관아에 고소를 했어. 나는 이미 전날의 잘못을 자복하였고, 가족들을 시켜 그 땅을 돌려주겠다고 약속하였는데, 그만 두 집 모두 불이 나서 잿더미가 되고 말았잖아. 장씨네는 이미 이사를 했고, 우리 아들도 건창군[7]으로 흘러 들어가 군내 남풍현[8] 부씨의 사위가 되었어. 이승과 저승은 그 길이 달라 내 뜻을 전할 방법이 전혀 없잖아.[9] 그러니 자네가 나를 불쌍히 여겨서 귀찮

7 建昌軍: 江南西路 建昌軍(현 강서성 撫州市 南城 · 南豐 · 廣昌 · 資溪 · 黎川縣).

8 南豐縣: 江南西路 建昌軍 南豐縣(현 강서성 撫州市 南豐縣).

겠지만 아들에게 내 뜻을 전하는 심부름[10]을 좀 해 주게나. 우리 아들에게 최대한 빨리 장씨에게 그 땅을 돌려주고 계약서를 하나 만들어 태워 달라고 해 주면 좋겠어. 내가 그 계약서를 얻을 수만 있으면 일이 잘 풀려서 다시 환생할 수도 있거든."

탕씨가 말을 전해 주겠다고 약속하였다. 잠시 후 그를 데려다 줄 사람이 도착하여 즉시 욱씨와 이별을 고하였다. 다시 살아 돌아온 후 장씨의 아들을 불러 자초지종을 말해 주었다. 장씨 아들이 대답하길,

"예전에 실제로 그런 분쟁이 있었지요. 하지만 지금은 이미 이사를 한 뒤라서 아무 소용도 없습니다."

탕씨는 욱씨의 간곡한 부탁을 받은지라 차마 어길 수가 없어 사람을 보내 욱씨의 아들에게 이 사실을 알리고 계약서를 장씨에게 주라고 하였다. 그리고 그 계약서를 다시 베껴 부본을 불에 태웠다. 훗날 욱씨 노인이 꿈에 나타나 고맙다고 인사하였다.(탕씨는 탕치원의 큰아들이다.)

9 無從: 일을 하려해도 방법이 없거나 어디부터 손대야 할지 모른다는 뜻이다.
10 一介: 심부름꾼이나 노복 한 명을 특정하는 말이다.

03 도인 차사車四道人

蔡元長初登第, 爲錢塘尉巡捕, 至湯村, 薄晩休舍, 有道人狀貌甚偉, 求見. 蔡平日喜接方士, 亟延與語, 飮之酒而去. 明日, 宿它所, 復見之. 又明日, 泊近村, 道人復至, 飮酒盡數斗, 懇曰: "夜不能歸, 願託宿可乎?" 蔡始猶不可, 其請至再, 不得已許之. 且同榻, 命蔡居外, 己處其內, 戒曰: "中夜有相尋覓者, 可勿言." 蔡意其姦盜亡命, 將有捕者. 身爲尉, 顧匿之不便也, 然無可奈何, 展轉至三更, 目不交睫.

聞舍外人聲, 俄頃漸衆, 遂排戶入曰: "車四元在此, 何由可耐!" 欲就牀擒之. 或曰: "恐并損牀外人, 帝必怒, 吾屬且獲罪." 蔡大恐, 起坐, 呼從吏, 無一應者. 道人安寢自如, 撼之不動. 外人云: "又被渠彈了六十年, 可怪! 可怪!" 咨嗟良久, 聞室內如揭竹紙數萬番之聲, 雞鳴乃寂. 呼從者, 始應. 問所見, 皆不知.

道人矍然興謝曰: "某乃車四也, 賴公脫此大厄, 又可活一甲子, 已度世第三次矣, 自此無所患. 公當貴極人爵, 吾是以得免. 如其不然, 與公皆死矣. 念無以爲報, 吾有藥, 能化紙爲鐵, 鐵爲銅, 銅爲銀, 銀又爲金. 公欲之乎?" 蔡拒不受. 強語乾汞之術, 曰: "它日有急, 當用之." 天且明, 別去, 後不復見. 蔡唯以其說傳中子翛. 蔡死, 翛家竄廣西, 賴是以濟. 蔡之客陳丙, 嘗爲象郡守, 云然.

채경은 본래 과거에 급제한 뒤 항주 전당현[11] 현위로 임용되었다. 순찰과 범인 체포를 위해 탕촌에 이르렀는데, 마침 날이 저물어 집에

11 錢塘縣: 兩浙路 杭州 錢塘縣(현 절강성 杭州市).

들어가 쉬고 있었다. 그때 기골이 장대한 어떤 도인이 만나기를 청하였는데, 채경은 평소 방사와 만나는 것을 즐겨하였기에 바로 그를 불러 이야기를 나누고 함께 술을 마신 후 보냈다. 이튿날 딴 곳에서 머물고 있는데 그 도인이 다시 찾아왔고, 그다음 날 근처 마을에서 숙박할 때도 또 찾아왔다. 몇 말이나 되는 술을 다 마시고 나서 도인이 간곡하게 부탁하길,

"밤이 깊어 돌아갈 수가 없으니 하룻밤 재워 주시기를 부탁드립니다. 괜찮으신지요?"

채경이 처음에는 안 된다고 하였으나 그가 거듭해서 부탁하기에 할 수 없이 허락하였다. 도인은 같은 침상을 쓰자고 하였을 뿐 아니라 채경에게 바깥쪽에 자라고 하고 자기는 안쪽에 누웠다. 또 그가 당부하기를,

"한밤중에 누군가를 찾으러 오는 자가 있겠지만 아무 말도 하지 마시오."

채경은 그가 간악한 도적으로 도망 다니는 것은 아닌지 의심하게 되었고, 또 그를 체포하러 오는 자가 있으면 자기는 현위로서 그를 숨겨준 것이나 다름없게 된다고 생각하였다. 그러나 어찌할 도리가 없어서 3경이 될 때까지 이리저리 뒤척이며 눈을 붙이지 못하였다.

집 밖에서 외부인의 목소리가 들렸고, 잠시 후 점차 사람들이 늘어나더니 결국 문을 밀치고 안으로 들어와 말하길,

"차사가 원래 여기 있었구나. 더 이상 참고 기다릴 필요가 있겠나!"

막 침상으로 와서 그를 잡아가려고 하였을 때 어떤 사람이 말하길,

"차사를 끌어내다가 침상 바깥쪽 사람까지 다치게 하면 상제께서 반드시 노하실 것인데, 그러면 우리들은 죄를 짓게 된다!"

채경은 너무 무서워서 일어나 앉아 시종과 서리들을 불렀지만 아무도 응답하는 자가 없었다. 도인은 태연한 모습으로 편안하게 잠을 자고 있었다. 그를 흔들어 깨워도 미동도 하지 않았다. 바깥에서 온 사람이 말하길,

"또 차사에게 60년을 더 살 수 있게 해 줬구먼! 참 희한한 일이야! 희한한 일이야!"

한참을 탄식하더니 집 안에 수만 장의 죽지[12]를 거는 소리가 들렸고, 닭이 울자 곧 조용해졌다. 이때 시종을 부르니 비로소 응답하였다. 그들에게 무엇을 보았느냐고 물어보았지만 다들 아무것도 아는 것이 없었다.

도인은 두리번거리며 일어나 감사하며 말하길,

"저는 차사라고 합니다. 공 덕분에 이렇게 큰 액운을 벗어날 수 있었소. 또 앞으로 60년을 더 살 수 있게 되었고 이번이 세 번째지만 앞으로는 걱정할 바가 없소이다. 공은 아주 귀한 몸이고 높은 관직과 작위를 받을 분이라 내가 이번 화를 면할 수 있었소. 그렇지 않았다면 공과 함께 죽었을 것이오. 은혜를 갚을 만한 것이 없으나, 대신 나에겐 약이 있습니다. 종이를 철로 만들고, 철을 동으로, 동을 은으로, 은을 다시 금으로 만들 수 있지요. 공은 이것을 가지시겠소?"

채경은 거절하며 받지 않았다. 그러자 차사는 억지로 수은을 건조시켜 은을 만드는 방법을 가르쳐 주며 말하길,

12 竹紙: 부드러운 대나무를 가공하여 만든 종이를 뜻한다. 王羲之 진적의 대부분이 會稽에서 만든 죽지에 쓰여 있는 것에서 볼 수 있듯이 남북조시대에 북쪽의 종이 공급이 중단되자 자체 개발한 것으로 추정된다. 복건성 長汀縣, 사천성 夾江縣, 절강성 富陽市가 주요 산지다.

"훗날 급할 때 이 방법이 쓸 만할 것이외다."

날이 밝아지자 그는 떠났고 그 후에는 다시 만나지 못했다. 채경은 그 내용을 둘째 아들 채소에게만 전해 주었다. 채경이 죽고 채소의 가족은 광서남로에 숨어 지냈는데, 이 기술을 가지고 살았다고 한다. 채경 집에서 식객으로 있었던 진병이 일찍이 상주[13] 군수가 되었는데 이 이야기는 그가 전해 준 것이다.

13 象州: 廣南西路 象州(현 광서자치구 來賓市 象縣).

04 오줌 묻은 목걸이를 걸친 여자女子穿溺珠

湖州人王槩, 紹興十六年八月, 赴邵武建寧丞, 宿信州玉山驛. 便溺已, 且就寢, 見美女在旁, 探手虎子中, 拾碧粒如珠者三四顆, 串以紅縷, 掛頸上. 槩驚問: "汝何人?" 已不見. 自是, 每溺, 其旁輒地裂, 女子盛服出. 或器內, 或溷廁, 必得珠乃沒. 槩日以困悴, 醫巫束手莫能療. 幾二年久, 女所穿纍纍, 繞頸至腹數十匝. 其後, 珠益減, 至纔一二顆, 而色漸白. 女慘容謝曰: "得君之賜厚, 吾事濟矣. 但恨傷君之生, 無以報, 當亦徐圖之." 再拜而去. 槩是夕不復溺, 翌日大汗而卒.(三事亦徐樗說.)

소흥 16년(1146) 8월, 호주[14] 사람 왕개가 소무군 건녕현[15] 현승이 되어 부임하던 중 신주[16] 옥산역에서 하룻밤을 묵었다. 오줌을 누고 침상에 들려고 하는데, 한 미녀가 옆에 있는 것을 보았다. 그녀는 장군 안으로 손을 넣어 구슬처럼 생긴 초록색 알 서너 개를 주워서 붉은 색실에 꿰더니 목 위에 걸쳤다. 왕개가 놀라 묻길,

"당신은 누구요?"

하지만 그녀는 이미 보이지 않았다. 그때부터 매번 오줌 눌 때마다 그 옆의 땅이 갈라지면서 옷을 다 갖춰 입은 그 여자가 나왔다. 때로

14 湖州: 兩浙路 湖州(현 절강성 湖州市).
15 建寧縣: 福建路 昭武軍 建寧縣(현 복건성 三明市 建寧縣).
16 信州: 江南東路 信州(현 강서성 上饒市).

는 장군 안에서, 때로는 변소 안에서 꼬박꼬박 구슬을 찾고는 이내 사라졌다. 왕개의 몸은 갈수록 초췌해져 갔다. 의사와 무녀들이 그를 치료하려 했지만 모두 속수무책이었다. 대략 2년이 지나자 여자가 주렁주렁 걸친 목걸이는 목에서 배까지 수십 겹이나 되었다. 그 후 구슬이 갈수록 줄어들어 겨우 한두 알에 그치게 되었고, 그녀의 안색은 점점 희어졌다. 여자는 참담한 얼굴로 사과하길,

"댁의 두터운 은혜를 입어 내 일이 잘 마무리되었습니다. 그러나 유감스러운 것은 댁의 생명을 손상시킨 것입니다. 따로 갚을 길이 없으나 꼭 천천히나마 방법을 생각해 보겠습니다."

그녀는 거듭 절하고 돌아갔다. 왕개는 이날 저녁부터 다시는 오줌을 누지 못하였고, 다음 날 크게 땀을 흘리며 죽었다.(이 세 가지 일화 모두 서부가 한 이야기다.)

05 이지명李知命

李知命, 建昌人. 紹興二十四年八月, 宿豫章村落, 就枕未睡, 月色皎然, 見窗外人往來. 少焉, 回首與窗對, 如一男子, 緇巾汗衫而立, 恍忽間已入室. 李疑其盜也, 熟伺所爲. 俄至前, 繞牀而行, 牀之東北皆距壁, 而其人行通無所礙, 方知鬼也. 如是十餘匝, 徑揭帳, 執李項.

李有膽力, 擧手承之. 復以左手來, 又與相拒. 欲大叫, 而喉中介介如咽, 良久方能呼. 兩僕同應曰: "喏." 李曰: "常夕叫汝數聲不一應, 今何謹如此! 卽不寐, 何不早覺我!" 皆曰: "見一男子至主公之前, 相撐柱甚力. 欲起, 則足不可動; 欲叱, 則氣不得出. 適聞主公之聲, 男子始去, 某等方□ 能言耳."

소흥 24년(1154) 8월, 건창[17] 사람 이지명은 홍주[18]의 한 촌락에서 묵었는데, 막 침상에 올라 아직 잠들지는 않은 상태였다. 달빛이 밝고 창밖으로는 사람들이 오가는 것이 보였다. 잠시 후에 그는 머리를 돌려 창 쪽으로 얼굴을 향하였는데, 그곳에 남자 같은데 검은색 두건을 쓰고 땀에 젖은 속옷[19]을 입은 누군가가 서 있다가 갑자기 방안으로 들어왔다.

17 建昌: 江南西路 建昌軍(현 강서성 撫州市 南城 · 南豐 · 廣昌 · 資溪 · 黎川縣) 또는 江南東路 南康軍 建昌縣(현 강서성 九江市 永修縣).

18 豫章: 江南西路 洪州(현 강서성 南昌市).

19 汗衫: 한삼은 본래 얇은 속옷으로 中衣 · 中單이라고 하였다. 유방이 항우와 격전을 치르면서 속옷이 땀으로 다 젖게 된 데서 汗衫이라는 말이 나왔다.

이지명은 그가 도적이라 의심하고 그가 무엇을 하는지 자세히 엿보았다. 얼마 지나지 않아 그가 앞으로 다가와 침상을 한 바퀴 돌았는데, 침대의 동쪽과 북쪽 모두 벽에 붙어 있는데도 아무런 제약 없이 돌아다녔다. 이지명은 비로소 그가 귀신인 것을 알게 되었다. 이렇게 십여 번을 돌더니 곧장 장막을 들추고 이지명의 목을 잡았다.

이지명도 담력이 커서 손을 뻗어 그를 막았다. 귀신이 다시 왼손으로 잡으려 하자 이지명도 다시 손으로 그를 막았다. 소리 질러 사람을 부르려 했지만 목구멍이 막힌 것 같이 메였고, 한참 뒤에야 비로소 소리 내어 부를 수 있었다. 두 노복이 동시에 "네"라고 응답하자 이지명이 말하길,

"밤에 너희를 여러 번 불렀는데 한 번도 응답하지 않았다. 오늘 보니 어쩌면 그렇게 겁이 많으냐? 잠들지 않았다면 왜 더 일찍 와 보지 않았느냐?"

둘 다 대답하길,

"한 남자가 주인님 앞으로 가는 것을 보았고, 서로 있는 힘을 다해 겨루는 것도 보았습니다. 하지만 일어나려고 해도 발을 움직일 수 없었고, 소리 지르려 해도 목소리를 낼 수 없었습니다. 마침 주인님의 목소리가 들리자 그 남자가 비로소 갔고, 저희도 그제야 대답할 수 있었습니다."

06 광주 묘지의 요괴光州墓怪

光州士人孔元擧, 居城外數里間, 每入城, 輒經亂葬壠. 常日詣州學, 晨往暮歸必過之. 一夕, 歸差晩, 日猶銜山, 聞有人高誦“維葉萋萋, 黃鳥于飛”之句, 至于再三. 審其聲, 當所行道上. 少頃, 差近, 則聞聲在墓間, 回首視之, 一物如蹲鴟, 毛毿毿覆體, 赤目猪喙, 瞠視孔生, 厲聲曰: “維葉萋萋.” 孔大駭, 亟步歸, 卽病, 旬日死.

광주[20]의 사인 공원거는 성에서 밖으로 몇 리를 더 가야 하는 곳에 살고 있었다. 매번 성에 들어올 때마다 공동묘지가 있는 언덕을 지나야 했다. 그는 매일 주학[21]에 다녔는데 새벽에 와서 저녁에 돌아갈 때마다 반드시 그곳을 거쳐야 했다. 어느 날 저녁 평소보다 조금 늦게 귀가하였는데, 해가 아직 산허리에 있었다. 어떤 사람이 크게 『시경』의 한 구절을 암송하는 것이 들렸다.

잎사귀 무성한데, 꾀꼬리가 날아오른다.[22]

20 光州: 淮南西路 光州(현 하남성 信陽市 潢川縣 · 光山縣).

21 州學: 북송 초에는 임의로 학교를 세우지 못하게 규제하였으나 慶曆 4년(1044), 范仲淹 · 歐陽修 · 宋祁 등의 노력으로 금령이 해제되어 학생 200명 이상이면 縣學을 설치하도록 한 것을 계기로 학교가 신속히 확대되었다. 州學은 교실 · 기숙사 · 藏書閣 · 孔廟를 기본 시설로 하였고, 주로 관아 옆에 위치하였다.

22 『시경』「國風 · 周南 · 葛覃」의 시작 부분이다.

그 소리가 두세 번 거듭 들렸다. 그 소리 나는 곳을 자세히 살펴보니 길 위인 것 같았다. 잠시 후 조금 더 가까이 가 보니 무덤 사이에서 들리는 것 같았고, 고개를 돌려 보니 쭈그려 앉은 올빼미 같은 한 물체가 있었다. 털이 길게 늘어뜨려져 몸을 덮고 있고, 붉은색 눈은 돼지 주둥이 같았다. 공원거를 뚫어지게 바라보면서 사납게 말하길,

"잎사귀 무성한데,"

공원거는 크게 놀라 걸음아 나 살려라 달려서 귀가한 뒤 곧 병이 났다. 그리고 열흘 만에 죽었다.

南康建昌縣民家, 事紫姑神甚靈, 每告以先事之利, 或云下江茶貴可販, 或云某處乏米可載以往, 必如其言獲厚利. 一日, 書來曰: "來日貴客至, 宜善待之." 其家夙戒子弟·奴僕數輩候門, 盡日無來者. 將闔門, 而一丐者至, 卽延以入, 爲具沐浴更衣. 丐者雖喜過望, 而懼其家或事神殺己, 懇請曰: "雖乞丐至賤, 亦惜微命, 幸貸其死." 主人告以昨日之故.

丐者曰: "若然, 幸復致禱, 將得自詢之." 始焚香而神至, 書九字於紙上曰: "吁! 君忘碧瀾堂之事乎?" 丐者觀之則悶絕, 久之方蘇, 泣而言: "少年時本富家子, 與一倡有終身之約, 憚父母不容, 遂挾以竄, 已而窘窮日甚. 又慮事敗, 因至吴興, 遊碧瀾堂, 乘醉推倡入水, 遂亡命行丐. 今公家所致, 蓋其寃也." 言已, 復泣. 其家贈以數百金, 遣去. 自是不復事神云.(三事李紹祖說.)

남강군 건창현[23]의 한 민가에서 자고신[24]이 매우 영험하다 하여 섬겼다. 자고신은 매번 그들에게 어떤 일을 하면 이롭다고 먼저 알려 주었다. 어떨 때는 장강 하류 지역[25]에서 찻값이 오르고 있으니 내다

23 建昌縣: 江南東路 南康軍 建昌縣(현 강서성 九江市 永修縣).

24 紫姑神: 자고는 착하고 가난한 여자였는데, 주인 여자의 질투로 1월 15일, 변소에서 죽임을 당했다고 한다. 이에 그를 위로하고 동정하기 위한 행사를 크게 벌이는데, 자고가 생활한 부엌·변소 등을 돌며 신상에게 따뜻한 위로의 말을 해 주며 함께 눈물을 흘린다. 가난하고 억눌린 사람들의 한을 풀어 주기 위한 민속의 하나가 종교적 제례로 확대된 것으로 보인다.

팔라고 하였고, 어떨 때는 모처에 쌀이 부족하니 싣고 가서 팔면 좋다고도 하였다. 자고신의 말대로만 하면 꼭 큰 이익을 얻을 수 있었다. 그런데 하루는 편지가 와서 보니,

"내일 귀한 손님이 이를 것이니 그를 잘 대접해 주어야 옳을 것이다."

그 집에서는 아침 일찍부터 집안 자제와 노복 여러 명에게 일러 문 앞에서 잘 기다리라고 하였는데, 해가 지도록 오는 이가 없었다. 막 문을 닫으려고 하는데 한 거지가 찾아왔다. 집안사람들은 그를 안으로 들여 목욕을 하게 하고 옷을 갈아입을 수 있게 해 주었다. 거지는 생각지도 못한 과분한 대우에 기뻐하면서도 한편으로는 이 집에서 자기를 신에게 바칠 요량으로 죽이지나 않을까 두려웠다. 이에 간청하길,

"비록 구걸을 하는 지극히 천한 신분이지만, 저 역시 제 목숨 아까운 것은 압니다. 목숨만은 살려 주십시오."

주인은 그에게 어제의 일을 말해 주자 거지가 말하길,

"만약 그렇다면 다시 기도하고 제가 신의 뜻을 여쭤 봐도 될까요?"

그가 분향을 하자 곧 신령이 찾아와서 종이 위에 아홉 글자를 써 주길,

"아! 그대는 벽란당에서의 일을 잊었단 말인가?"

거지는 그것을 보고는 곧 기절하였다. 한참 지난 뒤 겨우 깨어나

25 下江: 현 강소성 · 안휘성 · 절강성 등 장강 하류 지역을 뜻하지만 강소성의 별칭이기도 하다. 강소성이 안휘성보다 더 하류 지역에 있다 하여 안휘성을 上江, 강소성을 下江이라고도 부른다.

울면서 말하길,

"저는 젊어서 본래 부잣집 아들이었는데, 한 창기와 사랑에 빠져 평생을 같이하자는 약속을 하였습니다. 하지만 부모님께서 받아 주지 않을까 걱정되어 달아나서 숨어 지냈습니다. 하지만 곧 갈수록 곤궁해지고 부모님께 들킬까 두려웠습니다. 호주 오흥현[26]에 이르러 벽란당[27]에서 놀다가 취기에 힘입어 창기를 물에 빠뜨렸고, 그때부터 도망 다니며 거지노릇을 하고 있습니다. 지금 공의 집에서 치성을 드리는 신은 아마도 그 창기의 원혼인 듯합니다."

말을 마치고 다시 울었다. 그 집에서는 거지에게 수백 전을 주고 돌려보냈다. 이때부터 다시는 신을 섬기지 않았다고 한다.(이 세 가지 일화는 이소조가 한 이야기다.)

26 吳興縣: 兩浙路 湖州 吳興縣(현 절강성 湖州市 吳興區).

27 碧瀾堂: 송대 湖州의 치소가 있던 현 오흥시 衣裳街에 소재한 명소이다. 원래 東晉 謝安의 집터였던 곳으로 唐 大曆 9년(774)에 顔眞卿이 만든 霅溪館을 후에 杜牧이 碧瀾堂으로 개칭하였다.

08 대씨의 저택戴氏宅

常州無錫戴氏, 富家也. 十三郎者, 於邑中營大第, 備極精巧, 至鑄鐵爲範, 度椽其中, 稍不合, 必易之. 又曳綿往來, 無少留礙則止. 歲餘, 將落成, 夢士人東向坐堂上, 顧戴曰: "吾李謨秀才也." 卽寤, 絶惡之. 又數年, 邑子李謨登科, 戴嫁之以女. 戴且死, 囑其二子曰: "汝曹素不立, 必不能善守遺緖. 此屋當貨於汝手, 與其歸他人, 不若歸李郎也." 後如父言, 以宅予李氏. 建炎紹興間, 亂兵數取道, 邑屋多經焚毁, 唯李宅巋然獨存, 至今居之. 謨, 字茂嘉, 嘗帥浙西, 官至中大夫直寶文閣.(外舅說.)

상주 무석현[28]의 부자 대씨 집안의 대십삼랑은 현성에 큰 저택을 지었는데 모든 것을 매우 정교하게 만들었다. 쇠를 녹여 거푸집에 넣을 때 서까래의 크기를 재서 정확하게 맞췄고, 조금이라도 맞지 않는 것이 있으면 반드시 바꾸도록 하였다. 또 목재는 비단실을 가지고 왔다 갔다 할 때 거스러미가 있어 실이 걸리는 일이 없어질 때까지 다듬게 하였다. 한 해 남짓 공사한 끝에 낙성을 눈앞에 두고 꿈을 꾸었는데, 한 사인이 동향을 하고 대청 위에 앉아 대씨를 돌아보며 말하길,

"나는 수재 이모라는 사람이다."

28 無錫縣: 兩浙路 常州 無錫縣(현 강소성 無錫市).

잠에서 깨었는데, 아주 악몽이라고 생각하였다. 다시 몇 년이 흘러 무석현의 청년 이모가 과거에 급제하자 대십삼랑은 딸을 그에게 시집보냈다. 대십삼랑은 죽음을 앞두고 자신의 두 아들에게 당부하길,

"너희들은 전부터 입신출세하지 못하였으니 선대의 업적을 제대로 지킬 수 없을 것이다. 만약 너희들 손으로 이 집을 팔아야 한다면 다른 사람에게 팔 바에는 이 서방에게 파는 것이 나을 것이다."

후에 아버지의 유언처럼 집이 이모에게 넘어갔다. 건염 · 소흥연간(1127~1162)에 여러 차례 반란군들이 무석현을 지나갔고, 현성의 여러 집들이 몇 차례 불길에 휩싸였지만 오직 이모의 저택만 잘 유지되어 홀로 우뚝 서 있을 뿐 아니라 지금까지 사람들이 살고 있다. 이모는 자가 무가이며 일찍이 양절서로[29] 안무사를 지냈고, 관직은 중대부와 보문각 직학사까지 지냈다.(외삼촌이 한 이야기다.)

29 兩浙西路: 熙寧 7년(1074)에 양절로를 동로 · 서로로 나누고 항주에는 전운사사를, 월주에는 제점형옥사사를 각기 설치하였으나 4년 사이에 3번이나 통폐합을 거듭하였다. 建炎 3년(1129)에 다시 나누어 남송 말까지 지속되었다. 이는 전당강이 천혜의 경계선임을 뜻하지만 한편으로는 양절의 경제적 · 문화적 통합력이 강함을 뜻한다. 약칭은 浙西이다.

09 사냥꾼의 목숨을 요구한 두 마리 토끼 二兎索命

予婦叔張宗正，家方城之麥陂，性好弋獵．其父祖塋側，長林巨麓，禽獸成聚，日與其徒從事，罘網彌山，號曰'漫天網'．一網所獲，亡慮數百計，不暇拾取．唯惡少年數輩，馳逐其上壓死之，各分挈以去，雖風雪不止也．

遭亂度江，紹興九年，隨兄侍郎居無錫，亦時時彈射自娛．嘗於明陽觀旁得一兎，甚小，耳有缺，如攫傷痕．未幾，感疾如狂，自取獵具焚棄，築道室獨處．忽見二兎作人言，其一曰："我爲兎三百年矣，往在張氏東墳，爲爾所殺．" 其一曰："我百八十歲矣，隱於明陽觀側，與樵人俱出入，嘗爲鷹所搦，力竄得脫，傷吾耳焉．凡鷹犬罔罟，吾悉能避，不虞君之用弩矢也．今當以命見償．" 張遜辭求解，旁人悉聞之．病數月，小愈，然猒猒如癡人．後十年乃死．

나의 처숙 장종정은 집이 당주 방성현[30] 맥피촌인데 사냥을 좋아하는 성격이었다. 부친과 조부 산소 옆에 있는 큰 산기슭은 숲이 우거져 산짐승들이 무리를 이루어 살고 있었다. 그는 매일 무리들과 함께 사냥하였는데 산에 넓게 그물[31]을 치고, 이를 가리켜 '만천망', 즉 하늘을 덮은 그물이라 불렀다. 한 번 그물을 치고 사냥하면 대략[32] 수백 마리가 걸려서 다 잡아들일 겨를이 없을 정도였다. 불량한 소년 몇몇이 마

30 方城縣: 京西南路 唐州 方城縣(현 하남성 南陽市 方城縣).
31 罘網: 사냥용과 어로용 그물의 총칭이다.
32 亡慮: '어림잡아 · 대략'의 뜻이다.

구 달려서 짐승을 쫓은 뒤 그물 위에서 눌러 죽이고, 각자 나눠 가는 일이 있기는 했지만 바람이 불고 눈이 와도 사냥을 그치지 않았다.

정강의 난으로 도성을 장강 이남으로 옮기자 소흥 9년(1139), 후에 병부시랑을 지낸 형 장연도를 따라 상주 무석현에 거주하게 되었다. 이때도 종종 취미 삼아 사냥을 하곤 했다. 일찍이 명양관[33] 옆에서 토끼 한 마리를 잡았는데 매우 작았고, 귀에 상처가 있었는데 움켜잡으면서 생긴 것 같았다. 오래지 않아 장종정이 병에 걸렸는데 마치 미친 듯했다. 그는 스스로 사냥도구를 모두 모아 불태웠고, 수행하는 거처[34]를 만들어 혼자 지냈다.

그런데 홀연 토끼 두 마리가 나타나 사람처럼 말을 하였는데, 그중 하나가 먼저 말하길,

"나는 토끼로 산 지 300년이 되었다. 종종 장씨네 동쪽 무덤가에 가곤 했는데 너에게 죽임을 당하였다."

다른 또 한 마리가 말하길,

"내 나이가 180세인데 명양관 옆에 살았다. 나무꾼과 함께 드나들기도 하고 한 번은 매에게 잡힌 적도 있었는데, 힘껏 도망쳐서 살아날 수 있었지만 귀에 상처를 입기도 하였다. 매나 사냥개나 그물이나 내가 모두 피할 수 있는데, 그대가 궁노를 이용해 나를 잡을 줄을 미

33 明陽觀: 현 無錫市 璨山 남쪽 언덕에 자리한 도관이다. 남조 梁 大同연간(535~546)에 창건하여 본래 이름은 洞陽觀이었는데, 政和 1년(1111)에 휘종으로부터 明陽觀이란 편액을 특별히 받았던 것으로 볼 때 당시 상당히 번성한 도관이었을 것으로 생각된다. 명·청대에도 계속 중수하여 지금도 상당한 규모를 자랑한다.

34 道室: 절이나 도관 자체를 가리키기도 하지만 절이나 도관에서 수도하는 방을 뜻한다.

처 생각지 못했다. 지금 그대는 자신의 목숨으로 나에게 보상해야 마땅하다."

장종정은 공손하게 사정하면서 용서를 구했고, 옆에 있던 사람들이 모두 그것을 들었다. 그 뒤로 몇 달을 앓다가 조금 나아지긴 했지만 힘없이 가만히 지내는 것이 마치 치매에 걸린 것 같았다. 그렇게 십여 년을 살다 죽었다.

포대소의 먹蒲大韶墨

閬中人蒲大韶, 得墨法於山谷, 所製精甚, 東南士大夫喜用之. 嘗有中貴人持以進御, 上方留意翰墨, 視題字曰 '錦屏蒲舜美', 問何人, 中貴人答曰: "蜀墨工蒲大韶之字也." 卽擲於地曰: "一墨工而敢妄作名字, 可罪也." 遂不復用. 其薄命如此. 自是印識只言姓名云. 大韶死, 子知微傳其法, 與同郡史威皆著名. 夔帥韓球, 令造數千斤, 愆期不能就, 遣人逮之. 舟覆江中, 二工皆死. 今所售者皆其役所作, 竊大韶名以自貴云.(杜起莘說.)

낭주[35] 사람 포대소는 산곡 황정견으로부터 먹을 만드는 방법을 배워서 그가 만든 먹은 정말 최상품이었다. 동남[36] 지방의 사대부들은 그의 먹을 즐겨 썼다. 한번은 황제의 총애를 받는 한 환관이 휘종에게 포대소의 먹을 올렸다. 마침 휘종이 서예에 한참 관심을 갖고 있었는데, 휘종은 먹에 쓰인 정주 '금병현[37] 사람 포순미'를 보고 누구냐고 물었다. 환관이 대답하길,

"순미는 촉 지방의 먹을 만드는 장인 포대소의 자입니다."

35 閬中: 利州路 閬州(현 사천성 南充市 閬中市).

36 東南: 송대 동남지역의 범주에 대해 명확하게 규정하기는 힘들다. 통상 강남과 유사한 개념으로 사용하였지만 강남 역시 그 범주가 애매하다. 조금 넓은 의미에서 동남은 현 안휘 · 강소 · 절강 · 복건 등을 가리키며, 좁은 의미에서는 현재의 江淮와 유사하다.

37 錦屏縣: 荊湖北路 靖州 錦屏縣(현 귀주성 黔東南苗族侗族自治州 錦屏縣).

휘종은 즉시 먹을 땅에 던져 버리며 말하길,

"일개 먹공이 감히 망령되이 자를 쓰다니, 죄를 물어야 마땅할 것이다!"

이에 다시는 그의 먹을 쓰지 않았으니 포대소는 이처럼 박복했다. 그때부터 글자를 새길 때 이름만 새겼다. 포대소가 죽고 아들 포지미가 그 비법을 전수받았는데, 같은 낭주의 먹공 사위가 만든 것도 함께 유명했다. 기주로 안무사 한구는 그들에게 먹 수십 근을 만들라고 명령하였고, 기한이 다 되도록 만들지 못하자 사람을 보내 그들을 잡아들였다. 그들이 타고 오던 배가 강에서 전복되어 두 장인이 모두 죽었다. 지금 팔고 있는 것은 모두 그들 가족들이 만든 것이다.[38] 결국 그들은 포대소의 이름을 빌려 돈을 번 것이다.(두기신이 한 이야기다.)

38 본문의 '먹 수천 근을 만들라고 명령하였다'와 '고용한 사람들이 만든 것'이라는 부분을 함분루본의 교감을 참고하여 『墨史』에 근거해 '수십 근'과 '가족'으로 고쳐 번역하였다. 『墨史』는 원대 陸友가 쓴 저서로 먹의 종류와 제조 방법 등에 대해 서술하고 있다. 포대소를 비롯한 역대 많은 명장을 소개하고 있는데, 포대소가 涪州樂溫 사람이고, 그의 먹이 뛰어난 이유가 松煙墨이라는 점, 그리고 그의 사후 사위 文字安과 梁杲에 의해 世業으로 계승되었다는 점을 밝히고 있다.

11 승평방의 한 관사升平坊官舍

洪州升平坊一官舍多怪, 紹興二十一年, 空無人居. 有鬻冠珥者過後門, 二婦人呼之入, 遍閱所貨物, 買二冠, 先償半直, 令自大門取餘金. 鬻者信之, 至前候伺. 守舍老兵扣其故, 具以告. 兵曰: "此空室耳, 安得有所謂婦人者?" 率與俱入. 堂宇凝塵如積, 二冠高掛壁間. 始悟爲鬼. 出視所償錢, 亦無有矣. 又一年, 予族弟爟爲江西漕屬居之, 其姪城夜被酒如廁, 見桃樹下人, 白髮鬅鬙, 身甚大, 箕踞而坐. 城方醉, 不問, 及從廁還, 尙如故. 漸近漸小, 僅高數寸, 叱之乃滅.(爟說.)

홍주[39] 승평방[40]에 있는 한 관사에 많은 요괴가 있었다. 소흥 21년(1151), 관사에 아무도 살지 않아 텅 비어 있었다. 관모와 귀걸이를 파는 한 상인이 후문을 지나가는데 두 여자가 그를 부르며 들어오라고 하였다. 그리고 물건들을 두루 살펴보더니 관모 두 개를 사면서 돈을 반만 먼저 지불하고, 나머지 반은 대문에서 받아 가라고 하였다. 상인은 그 말을 믿고 앞으로 가서 기다렸다. 관사를 지키던 나이 많은 병사가 무슨 일이냐고 묻기에 전후 사정을 모두 말해 주었다. 그러자 그 병사가 말하길,

"이 집은 비어 있소이다. 지금 말한 여자들이 어떻게 있을 수 있

39 洪州: 江南西路 洪州(현 강서성 南昌市).

40 坊: 성곽 내부는 坊으로 구획하였고, 성곽 주위는 廂, 성곽에서 떨어진 교외는 村으로 구분하였다.

겠소?"

그리고 상인을 데리고 함께 들어갔는데 집은 먼지가 잔뜩 쌓여 있었다. 그리고 벽에는 조금 전에 판 두 개의 관모가 높이 걸려 있었다. 상인은 그것을 보고 비로소 귀신의 소행임을 깨달았고, 받은 돈을 꺼내 보려고 하니 아무것도 없었다.

다시 일 년이 지나 필자 집안 동생인 홍관이 강남서로 전운사 소속 관원이 되어 그곳에 거주하였다. 홍관의 조카 홍성이 밤에 술에 취해 변소에 갔다가 복숭아나무 아래 사람이 있는 것을 보았다. 몸이 아주 컸고, 헝클어진 백발에 두 다리를 쭉 뻗고 앉아 있었다. 당시 홍성도 취해 있어서 아무것도 묻지 않은 채 변소에서 돌아왔는데, 그 사람은 그 모습 그대로였으나 점차 가까워질수록 작아지더니 마지막에는 크기가 겨우 몇 촌에 불과하였다. 홍성이 크게 꾸짖으니 곧 없어졌다. (홍관이 한 이야기다.)

12 안씨네 유모晏氏媼

晏元獻家老乳媼燕氏. 在晏氏數十年, 一家頗加禮. 卽死, 猶以時節祭之. 嘗見夢曰: "冥間甚樂, 但衰老須人挾持, 苦乏使耳." 其家爲畫二婦人焚之. 復夢曰: "賜我多矣, 奈軟弱不中用何!" 其家感嘆, 囑匠者厚以紙爲骨, 且繪二美婢. 它日來謝曰: "新婢絕可人意, 今不寂寞矣."

明年寒食, 家人上冢歸, 復夢曰: "向所得婢, 今又舍我去." 曰: "何得爾?" 曰: "初不欲言, 以少年淫蕩, 皆爲燕三誘去." 家人曰: "燕三, 人也, 安得取媼侍女?" 曰: "亦已來矣." 曰: "然則當爲辦之, 不難也." 明日相語, 皆大笑. 燕三者, 媼姪也, 素不檢, 自媼死, 不復聞其在亡. 遣詢之, 果已死. 遂復畫二老者與之. 又來致謝. 蓋前後五夢而得二老婢云.

원헌공 안수[41]의 집에 나이 든 유모 연씨가 있었는데, 안씨네 집에서 수십 년이나 살았다. 그래서 온 집안 식구들이 유모에게 예를 다하여 깍듯이 대하였고 죽고 난 뒤에도 때마다 그녀를 위해 제사를 지내주었다. 하루는 유모가 꿈에 나타나 말하길,

41 晏殊(991～1055): 자는 同叔이며 江南西路 撫州(현 강서성 撫州市) 사람이다. 14세에 神童으로 과거에 응시한 수재고 뛰어난 문장력을 자랑하였지만 소탈한 성격의 소유자였다. 서하와의 전쟁에 현실적이고 효과적인 대응책을 마련하였고, 范仲淹 · 王安石 등을 문하에 두었으며, 韓琦 · 富弼 · 歐陽修 등을 추천하고 발탁하였다. 右諫議大夫 · 集賢殿學士 · 禮部尙書 · 刑部尙書 · 兵部尙書 · 同平章事 겸 樞密使를 역임하였으며 觀文殿大學士에 이르렀다. 臨淄公에 봉해졌으며 시호는 元獻이다.

"명계에서 아주 즐겁게 잘 지내고 있습니다. 그러나 나이가 들어 기운이 없으니 시중들어 줄 사람이 있으면 좋겠는데, 부릴 사람이 없어서 조금 고생스럽습니다."

안씨 집에서 두 여자를 그린 그림을 불에 태워 주었다. 그러자 다시 꿈에 나타나 말하길,

"두 명이나 저에게 주셨으니 충분합니다만 너무 연약해서 부리기에 적당치 않으니 어떻게 하면 좋겠습니까?"

집안 식구들은 탄복하며 다시 장인을 불러다 두꺼운 종이로 사람의 골격을 만들게 하고 예쁘게 그려 두 명의 시녀를 만든 뒤 태워 주었다. 며칠 후 연씨가 다시 나타나 고맙다며 말하길,

"새로운 시녀들은 아주 마음에 쏙 듭니다. 이제는 외롭지 않습니다."

이듬해 한식날, 가족들이 묘소에 갔다가 돌아왔는데, 연씨가 다시 꿈에 나타나 말하길,

"지난번에 보내주신 시녀들이 지금 나를 버리고 가 버렸습니다."

"어찌된 일입니까?"라고 묻자 대답하길,

"당초 말씀드리려 하지 않았지만, 어린 사람들은 음탕하기 마련이어서 둘 다 연삼의 유혹에 넘어가 버렸답니다."

집안 식구들이 묻길,

"연삼은 사람인데 어찌 유모의 시녀들을 취할 수 있어요?"

대답하길,

"연삼도 죽어서 이미 이곳에 왔습니다."

집안 식구들이 말하길,

"그렇다면 당연히 어떻게 해봐야겠네요. 그렇게 어려운 일은 아니

에요."

다음 날 서로 상의를 하면서 식구들은 모두 크게 웃었다. 연삼이라는 자는 유모의 조카인데 본래 스스로 언행을 잘 절제하지 못하는 사람이었는데, 유모가 죽은 뒤로는 살았는지 죽었는지 소식을 들을 수 없었다. 사람을 보내 알아보니 정말로 이미 죽었다고 하였다. 이에 다시 나이 든 여자 두 사람을 그려서 태워 보내 주었다. 유모가 다시 찾아와 감사의 뜻을 전했다. 합해 보니 전후 다섯 번의 꿈으로 나이 든 두 시녀를 얻을 수 있었던 것이다.

13 정준의 아내鄭畯妻

鄭畯, 字敏叔, 福州人, 寶文閣待制閎中之子也. 先娶王氏, 生一女泰娘. 王氏且死, 執夫手囑之曰: "切勿再娶, 善爲我視泰娘." 卽卒, 鄭買妾以居. 久之, 京師有滕氏女, 將適人, 鄭聞其美, 乃背約納幣. 一日, 將趨朝, 尙未起, 見王氏入其室, 自取兀子坐牀畔, 以手掛帳, 拊鄭與語死生契闊, 且問再娶之故. 鄭曰: "家事付一妾, 殊不理, 不免爲是." 王曰: "卽已成約, 吾復何言! 若能撫養泰娘, 如我在時, 亦何害? 吾不復措意矣." 又語過去它事甚悉, 忽曰: "盛寵已來呼, 君當上馬矣." 遂去. 鄭急問之曰: "何時當再會?" 曰: "更十年於江上舟中相見." 鄭明日與其弟語, 悲歎不樂, 然卒婚滕氏.

建炎初, 自提擧湖南茶鹽罷官, 買巨杉數千枚, 如惟維揚. 時方營行在官府, 木價踊貴, 獲息十倍. 未幾, 金虜犯揚州, 人多竄徙, 鄭以錢爲累, 戀戀不肯去, 乃謀買舟泛江而下, 而江中舟如織, 不得前. 又聞寇已至, 急復入城, 買金百餘兩. 纔出門, 胡騎已在後. 鄭乘馬馳去, 一騎自後射之. 鄭回顧曰: "我鄭提擧也, 不可害我." 騎知其官人, 追及之, 投以刀, 卽墜馬. 騎取金而返. 鄭創甚, 困臥草間, 僕走視之, 已不可救, 兩日死. 鄭無子, 去王氏所言正十年.(二事尙定國說.)

자가 민숙이며 복주 사람인 정준은 보문각 대제였던 정목[42]의 아들

42 鄭穆(1018~1092): 자는 閎中이며 福建路 福州 候官縣(현 복건성 福州市 閩侯縣) 사람이다. 越州지사 등도 역임하였으나 30년 동안 주로 왕자의 侍講과 국자감祭酒로 활동하며 많은 후학을 키웠고, 뛰어난 학문과 겸손함으로 명망이 높았다. 왕안석은 시 「酬鄭閎中」에서 "뛰어난 문장이 세상에 가득하니 내가 누구를 흠모하

이다. 먼저 왕씨와 결혼하여 딸 태랑을 낳았다. 왕씨가 죽게 되자 남편의 손을 꼭 잡으며 당부하길,

"절대 재혼하지 마시고 나를 대신하여 태랑을 잘 돌봐 주세요."

왕씨가 죽자 정준은 첩을 사서 집에 들였다. 한참 후 도성에서는 등씨가 딸을 시집보내려 한다고 소문이 돌았다. 정준은 그녀가 미인이라는 소문을 듣고 왕씨와의 약속을 깨고 납폐[43]를 하였다. 하루는 조정에 들어가야 하는 날인데, 아직 잠자리에서 일어나지도 않은 시간에 죽은 왕씨가 침실로 들어오는 것을 보았다. 왕씨는 스스로 의자[44]를 가져와 침대 옆에 놓고 앉더니 직접 장막을 걷고 정준을 두드리며 '생사를 떠나 영원히 함께하겠다'[45]고 맹서한 것에 대해 이야기한 뒤 재혼을 하려는 이유가 무엇인지 물었다. 정준이 대답하길,

"집안일을 모두 어린 첩에게 맡기는 것이 마땅하지가 않아 어쩔 수 없이 그리 되었다오!"

왕씨가 말하길,

"이미 혼약을 하였으니 내가 무슨 말을 더 하겠어요! 만약 내가 살아 있을 때처럼 태랑을 잘 키워만 준다면 무슨 해될 것이 있겠어요?

겠는가, 공의 의로운 행동은 뭇사람이 전하네(文章滿世吾誰慕, 行義如君衆所傳)"라고 칭송하였다. 본문에서는 아들 이름을 鄭畯이라고 하였는데, 다른 자료에는 軍事推官을 지낸 鄭璆 · 鄭讙이라고 각기 다르게 적혀 있다.

43 納幣: 혼례 절차의 하나로 결혼을 청하는 글과 함께 예물을 여자 집에 보내면 여자 집에서 이를 받고 혼인에 동의하는 글을 보냄으로써 혼인을 결정하는 것을 뜻한다. 文定이라고도 하고 속칭으로는 過定이라고 한다.

44 兀子: 낚시 의자처럼 간략한 접이의자를 뜻한다. 산동성 濟南市 章丘市의 方言이다. 통상 胡床이라고 한다.

45 死生契闊: 생사를 떠나 영원히 함께한다는 말이다. 『詩經 · 邶風』의 「擊鼓」에서 유래하였다.

내가 다시 무슨 다른 생각을 하겠어요."

또 과거의 다른 일에 대해서도 아주 상세하게 이야기를 하더니 갑자기 말하길,

"당신이 각별히 사랑하는 사람이 이미 와서 부르고 있군요. 빨리 말에 올라타세요."

말을 마치고 곧 가려고 하자 정준이 급히 묻길,

"우리는 언제 다시 만날 수 있겠소?"

"10년 후에 강 위의 배에서 만나게 될 것입니다."

정준은 다음 날 동생에게 간밤의 꿈 이야기를 하였고, 비탄에 빠져 우울해 하였다. 그러나 결국 등씨와 결혼하였다.

건염연간(1127~1130) 초, 정준은 형호남로 제거다염관[46]에서 물러난 후 큰 삼목 수천 그루를 사서 양주[47]로 갔다. 당시 마침 황제의 행궁과 각 관아의 관청을 지었기에 목잿값이 앙등하여 정준은 열 배의 이문을 남겼다.

얼마 후 금군이 양주를 침범하였고 양주 사람들은 흩어져 도망쳤다. 정준은 돈이 많아 어찌할 바를 몰랐고, 차마 양주를 떠나고 싶지 않았다. 이에 배를 사서 장강을 따라 하류로 내려가려 하였다. 그러나 강에는 배가 가로세로로 짠 천처럼 많아서 앞으로 갈 수가 없었다. 또 적군이 이미 당도했다는 소식이 들려오자 급히 성으로 다시

46 提擧茶鹽官: 본래 조세 징수는 전운사 소관이지만 차와 소금 산지에 대한 관리 강화를 위해 별도의 부서인 제거염사사 · 제치염사사 · 제치다염사 등을 두었다. 宣和 3년(1121)에 提擧茶鹽司 및 제거다염관으로 개칭하여 남송으로 이어졌다. 紹興 15년(1145)에 다시 提擧常平茶鹽司로 개칭하였다. 약칭은 提擧茶鹽이다.

47 維揚: 淮南東路 揚州(현 강소성 揚州市).

돌아가 금 100여 량을 샀다. 막 문을 나서는데 금군 기병 한 명이 벌써 뒤에 와 있었다. 정준은 말에 올라 달렸고, 금군 기병은 계속 뒤에서 그를 향해 활을 쏘았다. 정준은 고개를 돌려 말하길,

"나는 제거다염관 정준이다. 나를 죽이지 말라."

그가 관원인 것을 안 기병은 끝까지 쫓아가 칼로 그를 내리쳤다. 정준은 말에서 떨어졌고, 기병은 금을 빼앗아 돌아갔다. 매우 심각한 창상을 입은 정준은 풀밭에 쓰러져 누워 있었는데, 그의 노복이 달려와서 보고는 이미 구할 방법이 없다는 것을 알았다. 정준은 이틀 후 사망하였다. 정준은 아들이 없었고 세상을 뜬 것은 죽은 왕씨가 말했던 꼭 10년 뒤였다.(이 두 가지 일화는 상정국이 한 이야기다.)

14 화성사化成寺

沈持要爲江州彭澤丞, 紹興二十四年六月, 被檄往臨江, 過湖口縣六十里, 宿於化成寺. 已就客館, 至夜, 訪主僧. 僧留止丈室別榻, 方談客館之怪曰: "舊有旅櫬在房中, 去年一客投宿, 望棺中有光, 頗駭. 起坐凝思諦觀, 覺光中如人動作狀, 愈恐. 所居鄰佛殿, 客度且急, 則當開門徑趨殿上.

方啟帳伸首次, 棺中之鬼亦揭棺伸首. 客下一足, 鬼亦下一足. 客復收足, 鬼亦然. 如是數四. 客惶駭, 知不可留, 急走出. 鬼起逐之. 客入殿環走, 且大呼乞救, 羣僧共赴之. 未至, 客氣乏仆地, 幾爲所及. 鬼忽與殿柱相值, 有聲鏗然, 遂寂無所聞. 僧至, 扶客起, 就視其物, 則枯骨縱橫, 碎于地矣. 它日, 死者之家來, 疑寺中人發其柩, 訟於官, 數月乃得解."

강주 팽택현[48] 현승 심지요는 소흥 24년(1154) 6월, 공문을 받고 충주 임강현[49]으로 가게 되었다. 가는 도중 강주 호구현[50]에서 60리 떨어진 곳에 이르러 근처에 있는 화성사[51]에 묵게 되었다.

손님방에서 쉬고 있다가 밤이 되어 주지승을 방문하였다. 주지승

48 彭澤縣: 江南東路 江州 彭澤縣(현 강서성 九江市 彭澤縣).

49 臨江縣: 夔州路 忠州 臨江縣(현 중경시 忠縣).

50 湖口縣: 江南東路 江州 湖口縣(현 강서성 九江市 湖口縣).

51 化成寺: 현 강서성 九江市 彭澤縣 太平關鄉 永樂村에 있다. 팽택현과 호구현 사이다.

은 그를 자기의 승방에 머물게 하고 따로 침상을 내주었다. 그리고는 손님방에서 있었던 괴이한 일에 대해 이야기해 주길,

"예전에 객사한 사람의 시신을 그 방에 임시 보관하였는데, 작년에 한 과객이 그 방에서 투숙하였습니다.

밤에 관에서 빛이 나는 것을 보고 자못 놀란 그는 자리에서 일어나 정신을 집중해서 자세히 살펴보았더니 빛 안에 사람의 동작과 같은 것이 있는 것을 보고는 더욱 무서워졌답니다.

그 과객은 자는 방 바로 옆이 불전이니 급하면 문을 열고 바로 그 불전으로 향할 생각이었답니다.

그가 장막을 열고 막 머리를 내미는데, 관 속의 귀신도 관 뚜껑을 열고 머리를 내밀었답니다.

과객이 한 발 내딛으면 귀신도 한 발 내딛고, 과객이 다시 한 걸음 뒤로 하면 귀신 역시 그리하였다지요.

네 차례나 그와 같이 하자 과객이 너무 무서워서 더 이상 머물 수 없음을 알고 급히 달려 나왔습니다. 귀신도 벌떡 일어나 그를 좇았고요.

과객이 불전으로 들어가 빙빙 돌면서 구해 달라고 크게 소리치니 여러 스님들이 함께 달려갔습니다.

아직 불전에 도착하기도 전에 그 과객은 기가 다 빠져서 땅에 쓰러졌고, 거의 귀신에게 잡힌 것 같았습니다.

그런데 갑자기 귀신이 법당 기둥에 부딪혀 '쨍'하는 소리를 내더니 곧 잠잠해져 아무 소리도 들리지 않았지요.

스님들이 와서 과객을 부축하여 일으키고, 그 기둥에 부딪힌 것을 살펴보았더니 해골이 산산조각이 나서 땅에 떨어져 있더군요.

훗날 죽은 사람의 집에서 찾아와 절에서 누군가가 그 관을 열었다고 의심하여 관에 소송을 제기하였지요. 몇 달이 지나서야 겨우 해결되었습니다."

15 오규吳公路

吳逵, 字公路, 建州人. 政和間自太學謁歸, 過錢塘, 夢吏卒迎入大府, 金章貴人在焉. 揖吳坐上坐, 吳辭曰: "逵布衣也, 今遽爾, 恐涉冒仕之嫌, 必不敢." 貴人捨去. 吳踞牀正面, 吏抱案牘盈几上, 以手摘讀. 吳意郡縣間胥吏, 乘已初視事, 以此困我, 未有以決.

望廷下, 已驅數囚, 皆美男子婦人荷械立, 大抵所按盡姦事也. 吳大書曰: "檢法呈." 別一吏捧巨冊至, 視其詞云: "姦人妻者以絶嗣報, 姦人室女者以子孫淫泆報." 吳判曰: "准法." 吏相顧駭伏其敏, 曰: "事畢矣." 遂寤. 吳還京師, 爲同舍金彥行安節言之.(金侍郞說.)

자가 공로인 오규는 건령군[52] 사람이다. 정화연간(1111~1117)에 태학에 갔다가 돌아오는 길에 항주[53]를 지나갔다. 꿈에 서리와 아역들이 그를 환영하며 큰 관아로 안내했다. 황금 장식띠를 두른 귀인이 그곳에 있었다. 그는 읍례를 하며 오규를 상석에 앉게 하였다. 오규가 사양하며 말하길,

"저는 일반 백성입니다. 지금 갑자기 이와 같이 대해 주시면 관직을 사칭한 혐의에 연루될까 두렵습니다. 절대 감히 따를 수 없습니다."

귀인이 할 수 없이 그만두었다. 오규는 책상의 정면에 앉았고 서리

52 建州: 福建路 建寧軍(현 복건성 南平市).

53 錢塘: 兩浙路 杭州(현 절강성 杭州市).

들은 자기들이 안고 온 문서를 서탁 위에 가득 쌓아 놓고 손으로 넘기며 읽었다. 오규는 자기가 처음 일을 맡는다는 것을 알고 군현의 서리들이 문서를 잔뜩 가지고 와서 일부러 자기를 곤혹스럽게 한다고 여겼다. 하지만 미처 좋은 대처 방안이 떠오르지 않았다. 뜰 아래에는 이미 몇 명의 죄수들이 끌려와 서 있었는데, 형구를 찬 죄수 모두 미남미녀였다. 그들이 범한 죄는 대체로 간통죄였다. 오규는 크게 다음과 같이 썼다.

"법에 따라 심의하여 판결할 것이다."

다른 서리 한 명이 커다란 책을 들고 왔는데, 오규는 거기에서 한 조문을 보고 다음과 같이 말하였다.

"다른 사람의 아내를 간통한 자는 후사를 끊는 것으로 죗값을 치르게 하고 미혼인 다른 사람의 딸과 간통한 자는 음란한 자손을 두게 함으로써 죗값을 치르게 한다."

오규는 판결을 내리며 말하기를,

"법대로 하라!"

서리들은 서로 바라보며 그 명민함에 탄복하였다.

"일이 끝났다."

오규는 곧 꿈에서 깨어났다. 오규가 도성으로 돌아갈 때에 같은 집에서 함께 묵었던 자가 안절인 김언행이 말한 것이다.(김시랑이 한 이야기다.)

이견갑지 夷堅甲志 卷17

01 흙으로 만든 태아土偶胎 | 02 영강군의 창녀永康倡女
03 죽어 소가 된 사람人死爲牛 | 04 예휘의 점술倪輝方技 | 05 해삼낭解三娘
06 꿈에 나타난 약방문夢藥方 | 07 후촉의 궁녀孟蜀宮人
08 물고기 배에서 나온 불상의 머리魚腹佛頭 | 09 서국화徐國華
10 청휘정淸輝亭 | 11 파초의 정령巴蕉精 | 12 요중과 네 명의 귀신姚仲四鬼
13 진무림의 꿈陳茂林夢 | 14 장덕소張德昭 | 15 협산사의 소나무峽山松

01 흙으로 만든 태아土偶胎

仙井監超覺寺九子母堂在山顚. 一行者姓黃, 主給香火, 顧土偶中乳婢乳垂于外, 悅之, 每至, 必摩拊咨惜. 一旦, 偶人目動, 遂起行, 攜手入屛後狎昵. 自是日以爲常, 累月矣. 積以臥病, 猶自力登山不已. 主僧陰伺之, 至半山, 卽有婦人迎笑. 明日, 尾其後, 婦人復至. 以拄杖擊之, 鏗然仆地. 於碎土中得一兒胎, 如數月孕者. 令行者取歸, 暴爲屑, 和藥以食, 遂愈.

선정감[1]의 비천산 정상에 있는 초각사[2] 구자모당의 행자승 황씨는 향불 관리를 담당했다. 점토를 빚어 만든 여신상 가운데 젖 먹이는 유모상은 유방이 옷 밖으로 길게 늘어져 있었는데 황씨는 그것을 각별히 좋아했다. 매번 향불을 정리하러 올 때마다 꼭 어루만지며 좋아하면서도 한편으로는 사람이 아닌 점을 아쉬워하였다. 어느 날 아침 신상의 눈이 움직이면서 천천히 일어나 걷더니 황씨의 손을 잡고 병풍 뒤로 들어가 정분을 나누었다.[3] 그날부터 매일 그렇게 하면서 몇 달이 지났다.

그러기를 계속하자 병이 들어 눕게 되었는데, 그래도 스스로의 힘

1 仙井監: 成都府路 仙井監(현 사천성 眉山市 仁壽縣 · 樂山市 井研縣). 熙寧 5년(1072)에 陵井監을 설치하였고, 宣和 4년(1122)에 仙井監으로 개칭하였다.

2 超覺寺: 현 사천성 眉山市 仁壽縣 文林鎭 飛泉山에 있었으며 이미 폐사가 되었다.

3 狎昵: 본래 과도하게 친근하여 태도가 가볍다는 뜻인데, 남녀의 부당한 결합과 음란함을 뜻하기도 한다. 狎暱로도 쓴다.

으로 산에 오르는 일을 멈추지 않았다. 주지승이 몰래 그를 지켜보니 황씨가 산 중턱에 이르자 한 여자가 미소로 맞이하는 것이었다. 다음 날 주지승이 그 뒤를 밟다가 그 여자가 다시 나타나자 지팡이를 들어 내리치자 쇳소리를 내며 땅에 엎어졌다. 부서진 흙 속에 태아가 있었는데, 몇 개월쯤 된 것 같았다. 행자승에게 가져오라고 한 뒤 깨뜨려 가루로 만든 뒤 약으로 복용하게 하였다. 황씨는 곧 병이 나았다.

02 영강군의 창녀永康倡女

永康軍有倡女謁靈顯王廟, 見門外馬卒頎然而長, 容狀偉碩, 兩股文繡飛動, 諦觀慕之, 眷戀不能去. 至暮, 家人強挽以歸, 如有所失, 意忽忽不樂. 過一夕, 有客至求宿, 其儀觀與所慕丈夫等. 倡喜不勝情, 自以爲得客晚. 其人遲明即去, 黃昏復來.

留連數宿, 忽泣曰: "我實非人, 乃廟中廐卒也. 以爾悅我, 故犯禁相就. 屢不赴夜直, 爲主者所糾, 得罪, 明日當杖脊流配. 至時, 過爾家門, 幸多買紙錢贈我." 倡亦泣許之. 如期, 此卒荷鐵校, 血流滿體, 刺面曰 '配某處', 二健卒隨之, 過辭倡家. 倡設奠焚錢, 哭而送之. 他日, 詣廟, 偶人仆地矣.

영강군[4]의 한 창녀가 영현왕묘를 참배하러 왔다가 문밖에 세워 놓은 마부상을 보니 키가 훤칠하고 용모가 빼어나 보였다. 두 다리는 아름다운 수를 놓은 바지를 입고 날아갈 듯 생동감 있었다. 보면 볼수록 마부상을 사모하게 되어 끌리는 마음에 차마 발걸음이 떨어지지 않았다. 저녁이 되자 식구가 억지로 끌고 집으로 돌아갔다. 그러자 마치 무엇인가를 잃어버린 것 같았고, 아무런 의욕도 없어 도무지 즐겁지가 않았다.

4 永康軍: 成都府路 永康軍(현 사천성 成都市 都江堰市). 乾德 4년(966)에 기존의 灌州를 永安軍으로, 太平興國 3년(978)에 다시 永寧軍으로, 또다시 永康軍으로 개칭하였다. 熙寧 5년(1072)에 永康軍을 永康寨로 격하시키고 관할 導江縣을 彭州로, 青城縣을 蜀州로 편입시켰다가 元祐 1년(1086)에 永康軍을 다시 회복시켰다.

다음 날 밤 어떤 손님이 와서 하루 묵어가기를 청했다. 그런데 그 외모가 자신이 사모했던 마부와 똑같아서 창기는 기쁨을 이기지 못하고 너무 늦게 만난 것을 아쉬워하였다. 손님은 날이 밝자 곧 떠났지만 황혼 무렵 다시 와서 여러 날을 머물렀다. 그런데 하루는 갑자기 눈물을 흘리며 말하길,

"나는 사실 사람이 아니라 영현왕묘의 마부라오. 당신이 나를 좋아하기에 금령을 어기고 나와서 당신과 만난 것이오. 여러 날 밤 당직을 서지 않아 주인님께 혼이 났고 내일 장척형[5]의 처벌을 받고 유배를 떠날 것이요. 그때 당신 집 앞을 지나니 명전을 많이 사서 나에게 주면 고맙겠소."

창기 역시 울며 이를 약속해 주었다. 시간이 되자 마부는 쇠로 된 형구를 메고 온몸에 피를 흘리며 왔는데, 얼굴에는 '모처로 유배'라고 문신을 새겨 놓았다. 건장한 병졸 두 명이 그를 따랐고 창기의 집을 지나 떠나갔다. 창기는 제단을 쌓고 명전을 태우며 울면서 그를 보냈다. 다른 날 영현왕묘에 가보니 점토로 만든 신상이 모두 땅에 엎드려 있었다.

5 脊杖: 몽둥이로 척추를 때리는 형벌을 뜻한다. 엉덩이를 때리는 곤장은 사망하는 경우가 드문 데 비해 척장은 대부분 출혈이 있고 사망에 이르는 경우가 많아 杖刑 가운데 가장 무거운 형에 속한다. 杖脊이라고도 한다.

03 죽어 소가 된 사람人死爲牛

永康軍導江縣人王某者, 以刻核疆鷙處官. 紹興五年, 爲四川都轉運司幹辦公事, 被檄榷鹽於潼川路, 躬詣井所, 召民強與約, 率令倍差認課. 當得五千斤者, 輒取萬斤. 來歲所輸不滿額者, 籍其貲. 王心知其不能如約規, 欲没入之, 使官自監煎. 即復命, 計使以鹽額倍增, 薦諸宣撫使, 得利州路轉運判官, 未幾死.

眉州彭山人楊師錫, 以合州守待次田間, 夢王來謁, 公服後穿, 出牛一尾, 方驚怛, 侍婢亦魘寤, 言: "見王運使來, 衣後有牛尾." 相語未了, 外報一犢生. 遽取火視之, 犢仰首淚下. 事即著聞. 有資中人馬某者, 亦爲都漕司幹官, 每出郡邑督錢, 惟以多爲貴, 不問額之虛實贏縮, 必得爲期, 且以此自負. 蜀人以其虐於刷錢, 目曰馬刷, 或以王君事警之. 馬曰: "正使見世生兩尾, 亦何必問!" 已而疽發於背之左. 瘡稍愈, 復發於右. 兩疽相對, 宛如杖瘡, 其深數寸, 隔膜洞見肺腑, 臭滿一室. 同僚往問病, 馬生但云: "當以某爲戒. 某悔無及也." 死時, 與王相距纔一年.

영강군 도강현[6] 사람 왕씨는 매우 가혹하고 흉악한 방법으로 백성을 수탈하는 관리였다. 소흥 5년(1135) 사천 도전운사[7]가 되어 공무를

6 導江縣: 成都府路 永康軍 導江縣(현 사천성 成都市 都江堰市).

7 都轉運使: 각 로의 전운사로서는 처리하기 힘든 더 광범위한 지역의 업무수행을 위해 端拱 1년(988)에 처음 임명하였다. 병참 업무가 집중된 하북·하동·섬서·천협 4로에 주로 임명하였다. 남송 때는 상설기구가 아니어서 남송 초에 9로 도전운사를 임명한 일도 있지만 예외적인 사례이고, 사천의 도전운사는 紹興 5년~15

집행하던 중 상부의 지시를 받고 동천부로[8]로 파견되어 소금 전매[9] 업무를 맡게 되었다. 그는 각 염정[10]을 직접 방문한 뒤 염호들을 소환하여 강제로 가혹한 계약을 맺게 하고 두 배나 되는 세금을 내도록 하였다. 오천 근의 소금만 내면 되는 곳에서 만 근을 거두는 일이 허다하였다. 이듬해에는 납세액이 미달된 사람들의 재산을 몰수하기도 하였다.

그는 속으로 염호들이 약속을 이행할 수 없다는 점을 잘 알고 있었으니 이는 염정을 몰수하여 관에서 직접 소금을 생산하고자 했기 때문이다. 그는 징세 명령을 내린 뒤 그 결과를 상부에 보고하자[11] 삼사[12]에서는 염세가 두 배로 증가한 데 주목해 그를 선무사로 천거하기도

년(1135~1145)에만 존치하였다. 전운사 경험이 있는 5품관 이상의 중신을 주로 임명하였다.

8 潼川府路: 開寶 6년(973)에 사천 동부지역에 夔州를 치소로 하는 峽路가 신설되었고, 咸平 4년(1001)에 峽路의 서남부지역을 분리하여 梓州를 치소로 하는 梓州路를 신설하였다. 重和연간(1118~1119)에 梓州가 潼川府로 승격되었고, 乾道 6년(1170)에 梓州路를 潼川府路로 개칭하여 남송의 16개 路 가운데 하나가 되었다. 梓州路에 비해 2개 軍이 늘어나 총 11개 州 · 3개 軍 · 1개 監을 관장하였다.

9 榷鹽: 榷은 전매라는 뜻이다. 당대에 이어 송대에도 소금은 전매품이었지만 관리의 비효율성 때문에 인종 말부터는 상인이 정부로부터 소금 구매권(鈔)을 사서 소금을 구입한 뒤 다시 판매 이익을 챙기는 방식으로 전환하였다.

10 井所: 鹽井을 뜻한다. 사천에서는 慶曆연간(1041~1048)부터 암반 밑의 소금을 캐기 시작하였다. 공동출자 방식으로 경비를 마련하여 얕은 곳은 1~2년, 깊은 곳은 3~4년 동안 수직으로 파서 소금을 채취하는데 지질구조와 채굴방식은 유전과 상당부분 유사하다. 소금 생산에 종사하는 사람들을 가리켜 鹽戶라고 한다.

11 復命: 명령을 집행한 뒤 그 결과를 다시 상부에 보고한다는 뜻이다.

12 三司使: 唐代의 鹽鐵使 · 度支使 · 戶部使가 맡고 있던 업무를 통합해 조세 · 토목 · 무역 · 급료 등 국가 재정 전반을 관장하는 三司의 장관이다. 執政의 반열로 서열은 翰林學士의 선임이다. 計使를 비롯해 計相 · 總計 · 省主 등의 별칭이 있다.

하였다. 결국 이주로[13] 전운사판관[14]에 임명되었으나 얼마 후 사망하였다.

미주 팽산현[15] 사람 양사석은 합주[16]지사로 임명받고 향촌에서 부임 대기하던 중 꿈에 왕씨가 찾아 왔다. 왕씨의 관복 뒤로 소꼬리가 나 있어서 놀랐기도 하고 무섭기도 하였다. 양사석의 시비도 악몽을 꾸다 깨어서 말하길,

"전운사판관 왕씨께서 꿈에 나타나셨는데 옷 뒤로 소꼬리가 나 있었습니다."

두 사람이 채 말을 마치기도 전에 밖에서 갑자기 수컷 송아지 한 마리가 태어났다는 소리가 들려왔다. 서둘러 불을 켜고 가 보니 송아지는 머리를 들고 그들을 보면서 눈물을 흘렸다. 이 일은 즉시 널리 알려졌다.

자주 자중현[17]의 마 모라는 자 역시 도전운사 간판공사[18]였는데, 매

13 利州路: 太平興國 2년(977)에 사천 북동지역을 분리하여 利州를 치소로 하는 東川路를 신설하였다가 太平興國 7년(982)에 다시 西川路에 편입시켰는데, 咸平 4년(1001)에 다시 利州路로 개칭하여 복원하였다. 치소는 廣元府(현 사천성 廣元市)이며 12개 州를 관장하였다. 현 사천성 동북부와 섬서성 漢中에 상당하는 지역이었으며, 남송 때는 秦鳳路의 일부를 수용하여 더 커졌다.

14 轉運司判官: 轉運司의 부책임자로서 전운사와 함께 관할 로에 대한 감사권을 행사하였다. 주지사나 지사통판 역임자 가운데 선발되었으며 임기를 마치면 路의 提點刑獄公事로 승진하는 것이 관례였다. 북송 때와 달리 남송에서는 각 로마다 모두 임명하였다. 약칭은 轉運判官 · 轉判官 · 運判 · 小漕 등이다.

15 彭山縣: 成都府路 眉州 彭山縣(현 사천성 眉山市 彭山區).

16 合州: 梓州路 合州(현 중경시 合川區).

17 資中縣: 梓州路 資州 資中縣(현 사천성 內江市 資中縣).

18 轉運司幹辦公事: 전운사 내 하위직이지만 전운사가 관할구역을 순시할 경우 관아에 남아 치소 州縣의 관리 감독 업무를 맡았기 때문에 현지사급의 경조관을 임명하였다. 본래 勾當公事였는데 高宗의 이름 趙構의 '구'와 발음이 같아 피휘하여 개

번 지역에 나가 세금 징수를 감독하면서 오직 많이 거둘 것만 생각하였고, 세액이 적합한지 과도한지 여부는 불문하고 오직 기한 내 징수에만 신경 썼다. 그리고 이에 대해 큰 자부심을 갖고 있었다.

사천지역 주민들은 그가 잔학스럽게 세금을 거두어 가는 것을 보고 '마쇄' 즉 '세금 긁어 가는 마씨'라고 별명을 지어 주었다. 어떤 사람이 왕씨의 일을 들어 조심하라고 경고했지만 마씨는 말하길,

"지금 이승에서 두 개의 소꼬리가 난들 그게 무슨 상관있나!"

오래지 않아 마씨의 등 왼쪽에 종기가 났다. 그런데 종기가 좀 나아졌다 싶으면 다시 오른쪽에 종기가 생기는 등 좌우를 오가며 종기가 계속 생겼다. 두 개의 종기가 서로 마주 보고 있는 것이 척장을 당한 모습과 똑같았고, 종기의 깊이도 몇 마디나 되어 살 사이로 폐가 보일 지경이었다. 종기로 악취가 온 방에 진동했다. 동료들이 문병하러 가자 마씨는 단지 다음과 같은 말만 하였는데,

"당연히 나를 귀감으로 삼아야 한다. 나는 그저 후회막급일 뿐이다."

그가 죽었을 때는 왕씨가 죽은 지 불과 1년 남짓 되었을 무렵이다.

칭하였고, 약칭은 幹官이다.

04 예휘의 점술倪輝方技

成都人倪輝, 妙於數術. 靖康丁未之春, 王室不靖, 蜀去朝廷遠, 音驛斷絶, 識者以爲憂. 成都倅虞齊年祺, 竇審度卞同謁輝, 詢之曰: "國勢如此, 先生當知之?" 輝曰: "此正古人所謂三月無君之時. 曆家以閏月爲天縱, 去年置閏在十一月, 北方愈盛, 火至此衰歇. 京城苟不守, 必以是月. 使日官有先見之明, 移閏在五月, 以助火德, 猶有可扶之理. 今無及矣. 然吾以數推之, 國家曆數, 至丙午纔餘一算, 今年五月一日, 算當復生, 其數無窮. 然去今尙兩月, 未知能及此日否?"

因請虞·竇各布課. 虞之占得申酉戌, 竇之占得戌酉申. 卦成, 喜曰: "無憂矣. 二課初傳極艱棘, 中傳而定, 末傳極佳. 宋祚當從是愈永, 然課中赦書神動, 不出百日當有大霈, 可驗也." 二公且喜且懼. 卽而聞京師果以閏月陷, 五月一日上卽位於南京, 赦書至成都, 與輝筮日相去蓋九十五日. 紹興二年冬, 虞之子并甫允文過輝, 輝曰: "與君相見無日矣. 明年吾入惡限, 名曰父子不相見. 欲遣小兒往它郡禳之, 顧已無及, 吾必死." 至立春日, 果死.

성도부[19] 사람 예휘는 점술[20]에 정통했다. 정강 2년(1127) 봄, 북송 황실은 대단히 불안정했다. 사천은 도성에서 멀리 떨어져 있고, 소식을 전하는 역참도 단절되어 식자들이 걱정을 하고 있었다.

성도부 통판 우기[21]와 두변[22]은 함께 예휘를 찾아가 그에게 묻길,

19 成都府: 成都府路 成都府(현 사천성 成都市).

20 數術: 天文·曆法·占卜에 관한 학문을 뜻한다. 術數라고도 한다.

"국가의 정세가 이와 같은데 선생은 이를 알고 계시겠지요?"

예휘가 말하길,

"이것이 바로 옛사람들이 말한 소위 '삼월, 임금이 없는 때'라는 것입니다. 역술인들은 윤달을 천종[23]으로 여기는데, 작년에는 윤달이 11월이었습니다.

북방이 더욱 성해지니 화덕이 이에 이르러 쇠해진 것입니다. 도성을 지키지 못하게 된다면, 반드시 이번 달이 될 것입니다. 천문을 담당한 일관들이 만약 선견지명이 있었다면 윤달을 5월로 옮겨서 화덕을 돕게 했을 것입니다.

그렇게 했더라면 조정이 유지될 가능성이 있습니다만 지금으로서는 이미 늦었다고 봐야 합니다. 제가 수를 따져 보니 나라의 역수가 병오년(정강 1년, 1126)에 이르면 겨우 1산만 남게 되고, 금년 5월 1일 산이 다시 시작될 것인데 그러면 그 수는 무궁할 것입니다. 그러나 지금부터 2개월이나 남았으니 그날까지 갈 수 있을지 아직 모르겠습니다."

그는 우기와 두변을 청하여 각각에게 점[24]을 쳐 주었다. 우기의 점

21 虞祺: 자는 齊年이며 成都府路 眉州 仁壽縣(현 사천성 眉山市 仁壽縣) 사람이다. 梓州지사 · 太常博士 · 潼川路轉運判官을 역임하였다. 조세 부담을 줄여 주고 강직하여 평판이 좋았다. 采石磯에서 금군을 대파하여 남송을 위기에서 구한 虞允文의 아버지이다.

22 竇卞: 자는 彥法이고 京東西路 曹州 宛亭縣(현 산동성 菏澤市 牧丹區) 사람이다. 과거에 차석으로 합격하였으며 소식 형제와 동기였다. 絳州지사 · 深州지사 · 戶部判官 · 起居注 · 天章閣待制 · 將作監 등을 역임하였다. 합리적이고 공평하여 좋은 평판을 얻었다.

23 天縱: 하늘에서 내려준 것이란 말이지만 후에는 주로 제왕의 성덕을 칭송하는 아부의 말로 쓰였다.

괘로는 신유술申酉戌이 나왔고, 두변의 점괘로는 술유신戌酉申이 나왔다. 괘가 나오자 예휘가 기뻐하며 말하길,

"우환이 없습니다. 이 두 점괘는 처음에는 지극히 어려우나 중간이 되면 점점 안정을 찾을 것이고, 끝에는 아주 좋다는 내용입니다. 송 황실의 복은 의당 이때부터 더욱 영원할 것입니다. 그리고 점괘 중 사면 칙서가 내려오고 깜짝 놀랄 움직임이 있으니 100일이 못돼 각별한 황은이 내려질 것이며 맞는지 안 맞는지 곧 확인하실 수 있을 것입니다."

두 사람은 한편으로는 기쁘면서도 한편으로는 두려웠다. 얼마 지나지 않아 도성이 정말 윤달에 함락되었다는 소식이 들려왔다. 5월 1일, 황상이 응천부[25]에서 즉위하고 사면령이 성도에 이르렀다. 예휘에게 점을 친 날로부터 대략 95일이 지난 뒤였다.

소흥 2년(1132) 겨울, 우기의 아들 우윤문[26]이 예휘가 있는 곳을 지나가게 되었다. 예휘가 말하길,

"그대와 다시 만날 수 없을 것 같습니다. 저는 내년에 액운이 들 것

24 布課: 課는 점치는 방법의 하나이며 起果로도 쓴다.

25 南京: 南京 應天府(현 하남성 商邱市).

26 虞允文(1110~1174): 자는 彬父 또는 彬甫라고 하는데 본문에서는 并甫라고 하였다. 成都府路 眉州 仁壽縣(현 사천성 眉山市 仁壽縣) 사람이다. 紹興 30년(1160) 금조에 사신으로 갔다가 금의 전쟁 준비를 확인하고 대비책 강구를 촉구하였으며, 紹興 31년(1161), 금군의 전면 공세를 맞아 지휘관 부재의 악조건 속에서 1만 8천 병력으로 금군 15만 대군을 采石磯에서 격파하고 진퇴양난으로 몰아넣었다. 이에 금군 내부 동요가 발생하여 海陵王이 피살되고 화의를 제기하기에 이르렀다. 이로서 우윤문의 명망은 일세를 풍미하였다. 이후 川陝宣諭使로 吳璘과 함께 섬서 일부를 수복하였고, 참지정사, 추밀원사를 거쳐 재상에 올랐다. 王應辰을 비롯한 많은 인재를 발탁한 공적도 높이 평가받았다.

인데, 이름하여 '부자가 서로 만나지 못할 운'입니다. 어린 아들을 다른 지역으로 보내 제사를 올렸지만 이미 늦은 것 같습니다. 저는 반드시 죽을 것입니다."

입춘이 되자 정말로 사망하였다.

해삼낭解三娘

嵐州後軍統領趙豐, 紹興二十七年春, 以帥檄按兵諸郡, 次果州, 館于南充驛, 命吏置榻中堂. 驛人前白曰: "是堂有怪, 夜必聞哭聲. 常時賓客至此, 多避不敢就, 但舍于廳之西閣." 豐笑曰: "吾豈畏鬼者耶!" 竟寢堂上. 至夜, 聞哭聲從外來, 若有人直赴寢所. 豐曰: "汝豈有冤欲言者乎? 言之, 吾爲汝直. 否則亟去." 果去. 頃之又來, 羣從者皆聞履聲趾趾然. 明日, 以語太守王中孚弗, 王以爲妄也.

是夕, 赴郡宴, 夜歸方酒酣, 未得寐, 倚胡牀以憩. 一女子散髮在前立曰: "妾乃解通判女三娘者也, 名蓮奴. 本中原人, 遭亂入蜀, 失身於秦司茶馬李忞戶部家, 實居此館. 李有女嫁郡守馬大夫之子紹京, 以妾爲媵, 不幸以姿貌見私於馬君. 李氏告其父, 杖妾至死, 氣猶未絶, 卽命掘大窖倒下妾屍瘞之. 今三十年矣. 幸將軍哀我, 使得受生."

豐曰: "汝死許久, 士大夫日日過此, 何不早自直?" 曰: "遺骸思葬, 未嘗須臾忘. 是間有神司守, 不許數出. 十年前, 妾夜哭出訴, 地神告曰: '後有趙將軍來此, 是汝冤獲伸之時.' 日夜望將軍至, 故敢以請." 豐曰: "果如是, 吾當念之." 女謝去. 遣人隨視之, 至堂外牆下, 没不見. 明日, 召僧爲誦佛書, 作薦事, 遂行.

晩至潼川之東關縣, 止縣驛. 女子復在前, 已束髮爲高髻. 豐曰: "吾卽爲汝作佛事, 何爲相逐?" 曰: "將軍之賜固已大矣, 但白骨尙在堂外牆下, 非將軍誰爲出之?" 豐曰: "吾爲客, 又已去彼, 豈能爲汝出力, 胡不訴于郡守王郎中?" 曰: "非不知也, 戟門有神明, 詎容輒入! 然妾之冤, 非王郎中不能理, 非將軍爲之地, 何以達於王郎中乎? 妾骨不出, 則妾不得生, 使妾骨獲出而得生, 在將軍一言宛轉間耳."

豐又許之, 再具其事, 走介白王守. 王乃訪昔時李戶部所使從卒, 獨有譚詠一人在, 委詠訪其骨. 詠率十數兵來牆下, 發土求之, 凡兩日, 迷不得所在. 詠致一巫母問之. 巫自稱聖婆, 口作鬼語, 呼詠責曰: "汝當時手埋我, 豈真忘所在耶? 今發土處卽是, 但尙淺耳. 當時倒下我, 蓋以木床, 木今尙在, 若得木, 骨卽隨之. 頂骨最在下, 千萬爲我必取. 我不得頂骨不可生." 詠驚怖伏狀. 又明日, 果得屍. 郡爲徙葬于高原. 時紹京爲渠州鄰水尉, 未幾, 就調普州推官, 見解氏來說當日事, 紹京繼踵亦卒. 闕壽卿耆孫初赴教官, 適館于此, 嘗爲作記. 虞并甫爲渠州守, 紹京正作尉云.

금군의 후군[27] 통령[28]인 흥주[29] 사람 조풍은 소흥 27년(1157) 봄, 도통제의 명을 받아 각 주 주둔군의 정황을 살피며 순찰하고 있었다. 과주에 이르러 남충현[30] 역사에 머무르게 되었는데, 조풍은 서리에게 명하여 가운데 방에 침상을 두라고 하였다. 그런데 역참 사람들이 앞으로 나와 말하기를,

"이 방에는 요괴가 있습니다. 밤마다 우는 소리가 들려 평소에도 이곳에 들르시는 대부분의 손님들이 이 방을 피하고 머무르지 않으려고 합니다. 다들 역사의 서쪽 누각에서 주무십니다."

조풍은 웃으며 말하길,

27 後軍: 남송 금군은 북송의 편제를 그대로 받아들여 前軍 · 後軍 · 左軍 · 右軍 · 中軍 · 護聖軍 · 先鋒軍 등으로 이루어졌다. 군의 지휘계통은 都統制 · 統制 · 同統制 · 統領 등으로 이루어졌다.

28 統領: 남송 금군사령부의 1급 편제 군 단위 지휘관을 統制, 부지휘관을 統領이라고 한다. 紹興 5년(1135)에 처음 설치하였다.

29 興州: 북송 河東路 嵐州(현 산서성 呂梁市 嵐縣 · 興縣). 금 河東北路 嵐州가 되었지만 일시 興州라고 칭하였다. 또 금 北京路에도 興州(현 하북성 承德市 灤平縣)가 있었다.

30 南充縣: 梓州路 果州 南充縣(현 사천성 南充市).

"내가 어찌 귀신 따위를 두려워하겠느냐!"

결국 가운데 방에서 잠을 잤다. 밤이 되자 울음소리가 밖에서부터 들려왔고, 마치 어떤 사람이 침소로 곧장 뛰어 들어오는 것 같았다. 조풍이 말하길,

"너는 억울한 것이 있어 그것을 말하고자 하는 귀신이 아니겠느냐? 내게 말하면 그 억울함을 풀어 주리라. 그런 것이 아니라면 어서 가거라."

그랬더니 가 버리는가 싶었는데 잠시 후 다시 왔다. 조풍의 시종 모두 가볍게 움직이는 발자국 소리[31]를 들었다. 다음 날 자가 중부인 과주지사 왕불에게 이 일을 말했더니 왕불은 말도 안 되는 소리라며 믿지 않았다.

그날 저녁 조풍은 과주에서 주최한 연회에 갔다가 밤늦게 돌아왔는데 한참 술에 취해 있었다. 침상에 들어가 눕지 않고, 작은 의자에 기대어 쉬고 있었다. 그때 한 여자가 산발한 채로 앞에 와 서서 말하길,

"저는 통판 해씨의 여식 삼낭으로서 이름은 연노입니다. 본래 중원 사람입니다만 전란을 피해 사천으로 들어왔고, 호부시랑으로 섬서 다마사[32]에 파견된 이민에게 정조를 잃어 이 관사에 살게 되었습니다. 이민에게는 딸이 있어 대부로서 지사에 파견된 마씨의 아들 마소

31 跐跐然: 발끝을 세워서 가볍게 걷는 소리를 뜻한다.

32 都大提擧茶馬司: 紹興 7년(1137) 금이 섬서 지방을 점령하자 사천과 섬서의 다마사를 하나로 통합하여 만든 직책이지만 실제로는 사천의 茶·馬에 관한 일을 주관하였다. 그런데 본문의 秦茶馬司는 都大提擧茶馬司의 관할구역과 일치하지 않는다. 秦, 즉 섬서 지역까지 관장하는 다마사라면 都大提擧成都府·利州·陝西等路茶馬司라고 해야 하기 때문이다. 약칭은 茶馬司이다.

경에게 시집을 보내면서 저를 첩으로 딸려 보냈습니다. 그런데 불행히도 제 자태가 아름다워 마대부가 은밀히 저를 차지하였습니다. 이씨는 그것을 친정아버지에게 일렀고, 이민은 저를 몽둥이로 때려 죽음에 이르게 했습니다. 아직 숨이 붙어 있는데도 큰 구덩이를 파게 한 뒤 제 시신을 밀어 넣고 묻어버렸습니다. 벌써 30년이 되었는데 장군께서 저를 불쌍히 여기시어 제가 환생할 수 있도록 도와주시면 정말 다행이겠습니다!"

조풍이 묻길,

"네가 죽은 지 이렇게 오래되었고 여러 사대부들이 매일 여기를 지났을 터인데 어찌하여 더 일찍 말하지 않았느냐?"

삼낭이 말하길,

"제 유해를 장사 지내고 싶은 마음을 잠시도 잊은 적이 없습니다. 다만 중간에 신을 모신 사묘가 지키고 있어 자주 밖으로 나올 수 없었습니다. 10년 전에 제가 밤에 나와 울면서 하소연하니 지신께서 말씀하기를, '후에 조 장군께서 여기에 오실 터인데 바로 그때가 너의 억울함을 풀 수 있는 기회다'라고 하셨습니다. 그래서 주야로 장군께서 오기를 기다렸고 이에 감히 청원을 드리는 것입니다."

조풍이 말하길,

"만약 그렇다면 내가 마땅히 너의 일을 생각해 보겠다."

여자는 고마워하며 밖으로 나갔다. 조풍이 사람을 시켜 따라가 보게 하였는데, 집 밖의 담장 아래에 가더니 사라져 보이지 않게 되었다. 이튿날 승려를 불러 불경을 읽게 하고 천도제를 지낸 뒤 남충현 역사를 떠났다. 저녁에 재주 동관현[33]에 이르러 현의 역사에 머물렀다. 삼낭이 다시 찾아와 앞에 있는데, 이미 머리를 가지런하게 빗어

높이 틀어 올리고 있었다. 조풍이 말하길,

"나는 이미 너를 위해 불사를 행하였는데 어찌 나를 따라왔느냐?"

삼낭이 말하길,

"장군께서 베풀어 주신 은혜가 실로 대단히 큽니다. 다만 백골이 여전히 집 밖 담장 아래 있으니 장군이 아니시면 누가 저를 꺼내 주겠습니까?"

조풍이 말하길,

"나는 순시하러 온 사람이라 또 다른 곳으로 가야 하는데 어떻게 너를 위해 힘을 쓸 수 있겠나? 왜 과주지사인 왕낭중에게 호소하지 않느냐?"

삼낭이 대답하길,

"저도 그것을 모르지 않습니다. 하지만 극문[34]의 신명들이 지키고 있으니 어찌 저를 들여보내 주겠습니까? 물론 왕낭중이 아니면 저의 억울함을 해결해 줄 수 없다고 하는 것은 아닙니다. 그러나 장군께서 나서 주시지 않으면 제가 어떻게 왕낭중을 만날 수 있겠습니까! 저의 유골이 나오지 못하면 저는 환생할 수 없습니다. 저의 유골을 꺼내서 환생할 수 있느냐의 여부가 장군의 간곡한 말 한마디에 달려 있습니다."

조풍은 다시 도와줄 것을 약속하였다. 그리고 그 일을 다시 상세히 적어 발 빠른 아역을 시켜 왕 지사에게 보고하게 했다. 이에 왕 지사는 호부시랑 이민이 삼낭을 묻을 때 부리던 병졸을 찾았는데, 오직

33 東關縣: 梓州路 梓州 東關縣(현 사천성 遂寧市 · 錦陽市 교계지).

34 戟門: 사찰의 사천왕처럼 창을 세워둔 문을 뜻한다.

담영이라는 사람 하나만 남아 있었다. 담영에게 유골을 찾는 일을 맡기자, 담영은 십여 명의 병졸을 데리고 담장 아래서 흙을 파서 사체를 찾아보았다. 하지만 이틀이 지나도 그 장소를 찾을 수 없었다. 담영이 한 무당에게 찾아가 그 장소를 물어보자 무당은 자신이 성스러운 노파라 자칭하면서 입으로 삼낭의 목소리를 내면서 담영의 이름을 부르며 책망하길,

"그 당시 너는 네 손으로 묻었잖느냐? 그래 놓고도 어디에 묻었는지 정말 잊을 수 있단 말이냐? 지금 흙을 판 곳이 바로 그곳이다. 다만 아직 깊게 파지 않았을 뿐이다. 당시 나를 밀어 넣고 나무 침상으로 위를 덮었는데 지금 그 침상이 여전히 남아 있다. 만약 침상을 찾으면 유골은 따라 나올 것이다. 정골은 가장 아래 있는데, 어떤 일이 있더라도 나를 위해 반드시 그것을 찾아야 한다. 나는 정골이 없으면 다시 살아날 수 없다."

담영은 놀랍고도 두려워 땅에 엎드리다시피 하였다. 그리고 이튿날, 드디어 사체를 찾을 수 있었다. 과주 관아에서는 삼낭의 유골을 높은 언덕으로 옮겨 장사 지내 주었다. 당시 마소경은 거주 인수현[35] 현위였고 얼마 뒤 보주[36]의 추관으로 부임하였다. 해삼랑이 와서 그날의 일을 이야기하니 마소경은 즉시 사망하였다. 자가 수경인 관기손이 처음 주학 교관으로 부임하여 남충현 역사에 머물렀다가 일찍이 이를 기록으로 남겼다. 우윤문이 거주지사였을 때 마소경은 마침 현위였었다고 한다.

35 鄰水縣: 梓州路 渠州 鄰水縣(현 사천성 廣安市 鄰水縣).

36 普州: 梓州路 普州(현 사천성 四川省 遂寧市 · 資陽市).

06 꿈에 나타난 약방문夢藥方

虞并甫, 紹興二十八年自渠州守被召至臨安, 憩北郭外接待院, 因道中冒暑得疾, 泄痢連月. 重九日, 夢至一處, 類神仙居. 一人被服如仙官, 延之坐. 視壁間有韻語藥方一紙, 讀之數過, 其詞曰: "暑毒在脾, 濕氣連脚. 不泄則痢, 不痢則瘧. 獨煉雄黃, 烝麵和藥. 甘草作湯, 服之安樂. 別作治療, 醫家大錯." 夢回, 尙能記, 卽錄之, 蓋治暑泄方也. 如方服之, 遂愈.

우윤문은 소흥 28년(1158)에 거주[37]지사로 있다가 임안부[38]로 소환되어 가다가 성의 북문 밖 접대원[39]에 머물게 되었다. 우윤문은 도중에 더위를 먹는 바람에 병이 나서 한 달 넘게 설사하였다. 9월 9일 중양절, 꿈에 어느 낯선 곳에 도착하였는데 신선이 사는 곳 같았다. 선계의 관원 같이 옷을 입은 한 사람이 오더니 그에게 앉으라고 하였다. 벽을 보니 운율에 맞춰 쓰인 약방문이 한 장 있어 여러 번 읽어 보니 다음과 같은 내용이었다.

37 渠州: 梓州路 渠州(현 사천성 廣安市 · 達州市).

38 臨安府: 남송 兩浙路 臨安府(현 절강성 杭州市).

39 接待院: 송대 사찰은 본래의 종교적 기능 외에도 아주 다양한 기능을 하였는데, 그 가운데 하나가 여행자를 위한 숙박 기능이며, 음식 · 연회 · 음주 · 목욕 등도 가능하였다. 접대원은 숙박시설 위주의 사찰로서 오대산 · 천태산 등 불교 성지를 중심으로 발전하기 시작해 전국적으로 확대되었다.

더운 독이 비장에 침입하면, 습기가 다리까지 미친다.
만약 빠져나가지 못하면 설사를 하고, 설사를 하지 못하면 학질이 된다.
오직 웅황을 조리하여, 밀가루와 쪄 약을 만든다.
감초로 탕을 만들어, 그것을 복용하면 편안하고 좋아진다.
따로 치료를 한다면, 그것은 의가들의 큰 잘못이다.

꿈에서 깨어난 뒤 여전히 그 내용을 기억할 수 있어 즉시 그것을 기록하였다. 대체로 더위로 인해 설사하는 것을 치료하는 처방이었다. 처방대로 복용하니 드디어 병이 나았다.

후촉의 궁녀孟蜀宮人

陳甲, 字元父, 仙井仁壽人, 爲成都守李西美璆館客, 舍于治事堂東偏之雙竹齋. 紹興二十一年四月, 西美浣花回, 得疾. 旬日間, 甲已寢, 聞堂上婦人語笑聲, 卽起, 映門窺觀. 有女子十餘, 皆韶艾好容色, 而衣服結束頗與世俗異, 或坐或立, 或步庭中. 甲猶疑其爲帥家人, 以主人翁病輒出, 但怪其多也.

頃之, 一人曰: "中夜無以爲樂, 盍賦詩乎?" 卽口占曰: "晚雨廉纖梅子黃, 晚雲卷雨月侵廊. 樹陰把酒不成飮, 識著無情更斷腸." 一人應聲答之曰: "舊時衣服盡雲霞, 不到迎仙不是家. 今日樓臺渾不識, 秖因古木記宣華." 餘人方綴思. 甲味其詩語, 不類人, 方悟爲鬼物, 忽寂無所見. 後以語蜀郡父老, 皆云: "王氏有國時, 嘗造宣華殿於摩訶池上, 名見於『五代史』. 孟氏因之. 今郡堂乃其故址, 賦詩之鬼, 蓋宮妾云." 西美病遂不起.

舊蜀郡日晡不擊鼓, 擊之則聞婦人哭聲, 數十爲羣者. 相傳孟氏嘗用晡時殺宮人, 以鼓聲爲節, 故鬼聞之輒哭. 承宣使孫渥以鈐轄攝帥事, 爲文祭之, 命擊鼓如儀, 哭亦止, 後復罷云. 甲以紹興三十年登乙科.

자가 원부인 선정감 인수현[40] 사람 진갑은 성도부지사 이교[41]의 공

40 仁壽縣: 成都府路 仙井監 仁壽縣(지금의 사천성 眉山市 仁壽縣).

41 李璆: 자는 西美이며 開封府(현 하남성 開封市) 사람이다. 휘종의 연운 공략에 대해 반대하였고, 원우 구법당 자손에 대한 규제 완화를 주장하는 등 직언을 아끼지 않아 어려움을 겪기도 했으나 房州지사 · 中書舍人을 지냈고, 徽猷閣直學士로 四

관에 식객으로 들어가 관아 내 치사당 동쪽에 있는 쌍죽재에서 머물렀다. 소흥 21년(1151) 4월, 지사 이교는 완화일[42] 행사에 참여하고 돌아온 날부터 앓기 시작했다. 열흘 정도 지났을 때 진갑은 잠자리에 들었는데, 당상에서 여자들이 이야기하고 웃는 소리가 들렸다. 곧바로 일어나 문틈으로 살펴보니 젊고 아리따운 자태와 용모를 뽐내고 있는 10여 명의 여자가 있었는데, 옷매무새가 속세의 사람과 달라 보였다. 어떤 여자는 앉아 있었고 어떤 여자는 서 있었고 어떤 이는 뜰을 걷고 있었다. 진갑은 계속 그들이 지사의 가족이라고 생각했었지만 지사가 아픈데 밖에 나온 것, 그리고 그들의 수가 너무 많은 것이 이상하다고 생각하였다.

잠시 후 그 가운데 한 여자가 말하길,

"밤도 깊은데 재미난 일도 없고 시나 지어 볼까?"

그러더니 즉시 시 한 수를 지었다.[43]

저녁 무렵 가는 비 솔솔 내리니 매실 누렇게 되고,
저녁 구름 비를 머금으니 달빛이 회랑을 비추이네.
나무 그늘 아래 술을 드니 취하지 않고,
무정함을 알기에 드는 술 더욱 애간장을 끊어 내는구나.

川安撫制置使가 되어 수리 개발과 기민 구제 등 탁월한 실적을 이룩하였다. 戶部侍郎 張致遠과 함께 의학서 『瘴論』을 쓰기도 하였다.

42 浣花日: 매년 4월 19일 浣花溪 주변에서 꽃구경과 연회를 하는 성도의 오랜 풍속이다. 특히 좋은 옷으로 갈아입고 두보초당과 滄浪亭을 다녀오는 것이 연례행사였는데 대단히 성황을 이루었다.

43 口占: 시나 글을 쓸 때 초고를 쓰지 않고 입에서 나오는 대로 해서 완성시킨다는 뜻이다.

그러자 다른 한 사람이 그에 응답하길,

옛날에 입던 옷들은 모두 구름과 노을이 되었고,
신선을 맞이하지 못하면 내 집도 아니라네.
오늘 누대에 오르지만 혼미하여 깨닫지 못하니,
그저 고목만이 번성한 때를 기억하노라.

다른 사람들은 연이어 시상을 생각하고 있었다. 진갑은 시어의 분위기가 여느 사람과는 다르다고 느끼다가 비로소 그녀들이 귀신이라는 것을 깨달았다. 그러자 갑자기 모두 없어지고 적막만이 남았다. 후에 이 일을 사천 관아의 몇몇 부로들에게 말하니 모두들 말하길,

"왕건[44]의 전촉 때 일찍이 마하지[45]에 선화전을 건축하였는데, 그 이름은 『오대사』에도 실려 있다. 후촉의 맹지상[46]이 이를 이어받았고, 현 성도부 관아가 바로 그 옛터이다. 아마 시부를 짓던 귀신들은 모두 그때의 후궁들일 것이다."

44 王建(847~918): 자는 光圖이며 許州 舞陽縣(현 하남성 漯河市 舞陽縣) 사람이다. 사천 壁州자사로 있다가 891년 성도를 점령하여 사천 서부지역을 장악하고 계속 영역을 확장하여 900년경 전 사천을 장악하였다. 이후 漢中으로 세력을 확대하여 당조로부터 蜀王으로 인정받았고 後梁 건국을 계기로 칭제하고 국호를 蜀이라 하였다(907). 역사서에서는 통상 前蜀이라고 칭한다. 925년 後唐 莊宗에 의해 멸망하였다.

45 摩訶池: 隋 開皇 2년(586)에 성도 성곽을 쌓으면서 흙을 파 올린 곳에 만든 연못이다. 摩訶는 크다는 뜻이다.

46 孟知祥: 자는 保胤이며 邢州(현 하북성 邢台市) 사람이다. 西川節度使였던 맹지상은 전촉이 멸망의 혼란을 극복하고 934년 大蜀을 건국하였다. 역사서에서는 통상 後蜀이라고 칭한다. 거란이 후진을 멸망시킨 틈을 이용해 섬서와 감숙 일부를 회복하였고 경제 발전에 주력하였다. 후촉은 965년 아들 孟昶 때 북송에 의해 멸망되었다.

이교는 병석에서 끝내 일어나지 못했다.

예전에 성도는 매일 신시(오후 3~5시)에는 북치는 일을 금했는데, 북을 치면 곧 여자들의 울음소리가 들렸기 때문이다. 수십 명의 여자들이 무리를 지어서 울었는데, 전하는 말로는 후촉의 맹지상이 신시에 궁녀들을 죽이면서 북소리로 흥을 돋우었다 한다. 그래서 귀신이 저녁에 북소리를 들으면 울었던 것이다. 승선사[47] 손옥이 병마검할 겸 안무사 대행 자격으로 제문을 짓고 제사를 올려 그들을 위로하였다. 그리고 북을 의례에 맞게 치라 하였더니 곡소리가 곧 멈추었으나 이후에 다시 파하였다고 한다. 진갑은 소흥 30년(1160) 과거 을과에 합격하였다.

47 承宣使: 무신에 대한 명예직으로서 政和 7년(1117)에 節度觀察留後를 개칭한 정4품 관직이다. 節度使 아래이지만 觀察使 · 防禦使 · 團練使 · 刺史보다 높은 正任 무관계의 2순위직이다.

08 물고기 배에서 나온 불상의 머리魚腹佛頭

資州人何慈妻范氏, 事佛甚謹. 家嘗烹魚, 已刳腹, 見脂裹一物, 極堅韌, 剖之, 乃二佛頭也. 其家斲木爲全體以承之, 至今供養. 慈以宣和甲辰登科, 後爲開州守.(八事皆虞并甫說, 范氏其表姊也.)

자주[48] 사람 하자의 아내 범씨는 불심이 매우 깊었다. 한번은 집에서 물고기를 요리하는데, 배를 갈라 보니 배 속에 한 물건이 보였고 매우 딱딱하였다. 그것을 갈라보니 불상 머리 두 개가 들어 있었다. 범씨는 집에서 나무를 깎아 불두와 이어서 불상을 온전하게 만들어 주고 지금까지도 공양하고 있다. 남편 하자는 선화 6년(1124)에 과거에 급제하였고, 후에 개주[49]지사가 되었다.(이 여덟 가지 일화 모두 우윤문이 한 이야기다. 범씨는 우윤문의 사촌 누이다.)

48 資州: 梓州路 資州(현 사천성 內江市).

49 開州: 梓州路 開州(현 중경시 開縣).

09 서국화徐國華

建安人徐國華, 宣和中入太學, 夢登高樓上. 樓懸大金鍾, 有金甲偉人立鍾旁, 視徐擊鍾而言曰: "二十七甲." 再擊云: "官不過員外." 三擊云: "係七科." 徐悟而言曰: "行必取科甲, 官至外郎足矣." 因記於牘中, 但不能曉七科二十七甲之說. 靖康丙午, 胡騎攻城, 庠序諸生多病被脚氣死, 徐亦以是疾終. 鄉人董縱矩欲葬之東城墓園, 而垣中列兆已無餘地, 乃與後死者皆瘞於垣外. 董以標揭識其處, 正居第二十七行之第七穴, 歸唁其父, 因出其手書, 則夢中神告, 無少差者.(寧□人邵德升說.)

건주[50] 사람 서국화는 선화연간(1119~1125)에 태학에 들어갔다. 꿈에 고루 위에 올랐는데, 누각에는 커다란 금종이 걸려 있었고, 금갑을 두른 큰 위병들이 종 주변을 둘러싸고 있었다. 그들은 서국화를 보면서 종을 치며 말하길,

"27갑甲"

한 번 더 종을 치며 말하길,

"관은 원외랑[51]을 넘지 못할 것이다."

세 번째 종을 울리며 말하길,

50 建安: 福建路 建州(현 복건성 南平市 建甌市).

51 員外郎: 본래는 정원 외 낭관을 뜻하나 수 開皇 6년(586)에 설치한 이래 지속되어 본래의 어의와는 무관하다. 상서성 6부 관할 24司의 책임자 낭관의 통칭으로서 주지사 경력이 없으면 員外郎을 임명하였다. 元豊 3년(1080) 관제개혁 이후 정7품에 해당한다.

"제 칠과에 속한다."

서국화는 꿈에서 깨어 말하길,

"과거에 응시하면 분명 갑과에 급제하여 진사가 될 것이고, 관직은 원외랑까지 오른다니 그만하면 족하지."

이에 꿈에서 위병이 했던 말들을 모두 적어 두었다. 하지만 '칠과'와 '이십칠갑'이 무슨 뜻인지는 알 수 없었다.

정강 1년(1126)에 금군 기병이 도성을 공격하였고, 태학 학생 대부분 각기병으로 죽었는데 서국화 역시 각기병으로 세상을 떴다. 동향 사람 동종거가 성 동쪽의 묘원에 묻어 주려고 하였지만 묘원 담장 안에 남은 공간[52]이 없어서 서국화와 뒤에 죽은 자들을 담장 밖에 함께 묻어 주었다. 동종거는 그곳에 팻말을 세워 위치를 표시해 두었다. 바로 27열의 7번째 묘혈이었다. 동종거는 고향으로 돌아와 서국화의 부친에게 위로하며 알려 주자 그는 서국화가 써 놓은 종이를 꺼내 보여 주었다. 꿈에 나타난 신의 계시는 한 치의 오차도 없었다.(선주 영국현[53] 사람 소덕승이 한 이야기다.)

52 兆: 墓地 또는 매장하다를 뜻한다. 兆域으로 쓰기도 한다.
53 寧國縣: 江南東路 宣州 寧國縣(현 안휘성 宣城市 寧國市).

10 청휘정清輝亭

廣西昭州, 最爲癘毒之地, 而山水頗清婉. 郡圃有亭名 '天繪', 建炎中, 郡守李丕以與金國年號同, 欲更之, 乞名於寓公徐師川, 久而未得. 有范滋者, 爲易曰 '清輝'. 已揭牓, 徐謁李, 同坐亭上. 少焉, 策杖於四隅, 視積壤中有片石, 班班如文字然. 命取而滌之, 乃丘濬所作記, 其略云: "予擇勝得此亭, 名曰'天繪', 取其景物自然也. 後某年月日, 當有俗子易名'清輝'者, 可爲一笑." 考范生初命名之日, 不少差.

광남서로 소주[54]는 여독[55]이 가장 심한 지역이지만 자연경관은 매우 빼어나고 아름답다. 소주 관아의 채마밭에 천회정이라는 정자가 있다. 건염연간(1126~1130), 지사 이비는 정자 이름이 금조의 연호 천회天會와 발음이 같다 하여 이를 바꾸려 소주에 거주하는 명사[56] 서사천[57]에게 새 이름을 부탁하였다. 오랜 시간이 지나도 적절한 이름을 찾지 못하고 있던 중 범자라는 사람이 '청휘'라 바꾸자고 하여 방

54 昭州: 廣南西路 昭州(현 광서자치구 桂林市 平樂縣 · 賀州市 昭平縣 · 梧州市 蒙山縣).

55 癘毒: 유행성 급성 전염병에 대한 통칭이다. 광동 · 광서의 고온다습한 기후로 열병 · 장티푸스 · 한센병 등이 많이 발생하였는데, 이것은 이 지역 특유의 독기 때문이라고 생각하였다.

56 寓公: 타지에 임시 머무는 전직 관료나 귀족 등의 명사를 뜻한다.

57 徐師川: 황정견을 비롯한 많은 당대 문인과도 왕래하였고, 項安世의 "그대는 동호선생 서사천을 보지 못하였는가(君不見東湖先生徐師川)"라는 시구의 주인공으로도 유명하다.

문을 통해 이를 공표하였다.

어느 날 서사천이 이비를 찾아와 함께 정자에 앉았다가 잠시 후 지팡이에 기대어 사방을 둘러보았는데, 흙이 쌓여 있는 곳에 돌 조각이 보였다. 분명히 어떤 글자가 새겨져 있는 것 같아서 돌을 가져와 물로 씻게 하고 살펴보니 바로 구준[58]이 지은 정자의 건립 내력이었다. 거기에 적혀 있길,

> 나는 경승지를 골라 이 정자를 짓고 이름을 '천회'라 하였다. 그 경관이 자연스러움에 취한 이름이다. 훗날 모년 모월 모일에 한 속인이 정자의 이름을 청휘로 바꾸자고 할 터인데, 실로 가소로운 일이다.

그 날짜는 범자가 처음 이름을 지은 날짜와 조금의 차이도 없었다.

58 丘濬: 자는 道源이며 江南東路 徽州 黟縣(현 안휘성 黃山市 黟縣) 사람이다. 天聖 5년(1027)에 과거에 급제하였고 景祐연간(1034~1037)에 江寧府 句容縣지사를 거쳐 殿中丞을 역임하였다. 역법에 밝아 자신의 수명이 81세임을 예언하였다고 한다.

11 파초의 정령巴蕉精

興化人陳忱, 崇寧中以上書得罪, 送德安府學自訟齋, 與郡士劉・李二生同榻. 李在內, 陳居中, 劉最處外. 一夕, 劉覺體畔甚熱, 見一物如茜被包裹臥其旁, 大懼. 明夜, 先二人未寢, 徑趨牀內, 與李易位. 李所睹亦然, 皆不敢言. 至夜, 爭據便處, 陳曰: "豈有所畏邪? 我請嘗之."

卽寢, 聞戶外歎息聲, 若欲入而不敢者. 他夕, 陳先就枕, 劉奏廁方來, 不得已復居外. 見如前時, 始以實告陳, 陳奮然以身當之. 復聞有聲, 卽大呼而出, 其物踉蹡越窗外, 至巴蕉叢而滅. 明日, 盡伐去蕉, 又穿地丈餘, 無所得. 自是怪遂絶, 咸疑爲巴蕉精云.(黃子淳彦質說. 黃, 德安人也.)

홍화현[59] 사람 진탐은 숭녕연간(1102~1106)에 상소를 올렸다가 처벌을 받아 덕안부[60] 부학 자송재로 보내졌다. 그 지역 사인인 유씨와 이씨 두 사람과 함께 한 침상을 썼다. 이씨는 안에, 진씨는 가운데, 유씨는 밖에서 잤다.

어느 날 밤, 유씨는 잠결에 옆쪽에 몹시 뜨거운 무엇이 느껴져 살펴보니 물건이 보였는데 마치 꼭두서니로 둘러싼 듯 온통 붉은 것이 그 옆에 누워 있었다. 깜짝 놀라 다음 날 밤 두 사람이 아직 잠들기

59 興化縣: 福建路 興化軍 興化縣(현 복건성 莆田市) 또는 淮南東路 泰州 興化縣(현 강소성 泰州市 興化市)이다.

60 德安府: 荊湖北路 德安府(현 호북성 孝感市). 宣和 1년(1119)에 安州를 德安府로 승격시켰다.

전에 먼저 침상에 들어가 이씨와 자리를 바꿔서 누웠다. 이씨도 똑같은 것을 보았지만 감히 말하지 못하였다. 밤이 되자 서로 안쪽을 차지하려고 두 사람이 다투었다. 진탐이 말하길,

"무서워할 것이 무엇 있습니까? 내가 한번 자 보겠습니다."

그들이 잠이 들자 문밖에서 탄식하는 소리가 들려왔고 들어오려고 하는데 감히 들어오지 못하는 것 같았다. 어느 날 밤, 진탐이 먼저 잠이 들었는데 유씨는 변소를 다녀오느라 늦게 돌아와서 다시 바깥쪽에서 잘 수밖에 없었다. 또다시 전과 같은 일이 있었다. 그는 비로소 사실대로 진탐에게 말했다. 진탐은 자기가 몸으로 막아 주겠다며 분연히 말하였다. 다시 무슨 소리가 들렸는데 진탐이 즉시 크게 소리를 치며 쫓아냈다. 그 물건은 창밖에서 비틀비틀거리더니 파초가 무성한 곳에 이르자 없어졌다.

다음 날 그들은 파초 숲을 다 베어 내고 또 한 길 넘게 땅을 파헤쳤지만 아무것도 나온 것이 없었다. 그러나 그때부터 요괴는 다시 오지 않았다. 사람들은 그것이 파초의 정령이라 생각하였다.(자가 자형인 황언질이 한 이야기다. 황언질은 덕안부 사람이다.)

12 요중과 네 명의 귀신姚仲四鬼

姚仲, 始爲吳玠軍大將, 嘗與敵人戰, 小衄, 吳欲誅之. 仲曰: "以裨將四人引軍先退, 故敗." 吳召四將斬之而釋仲. 後數歲, 仲領兵宿山驛, 見四無首人, 皆長二尺許, 揖於庭曰: "我輩敗事當死, 然公不言則可全. 今皆死, 故來索命." 仲曰: "向者奔北, 我自應以軍法行誅. 卽屈意相貸, 而少師見責, 我若不自明, 則代汝曹死矣."

四人曰: "當時之退, 但擇一人先遁者足以塞責, 何至是!" 仲無以對. 四鬼漸喧勃欲上. 忽有白鬚老人出於地, 亦長二尺餘, 詰之曰: "汝等敗軍, 伏法乃其分, 安得復訴!" 叱去之. 應聲而沒, 老人亦不見. 人以是知仲之必貴. 又十年, 以節度使都統興元軍.(路彬質夫說.)

요중[61]은 본래 오개[62] 군대의 대장이었다. 일찍이 적과 싸워 작은

61 姚仲: 秦鳳路 德順軍(현 감숙성 平涼市 · 寧夏자치구 高原市) 사람이다. 동향인 吳玠 · 吳璘 형제 휘하의 맹장으로 많은 공을 세웠다. 仙人關 전투에서 萬人敵堡의 통령으로 효과적인 방어와 기습으로 대승을 거두었다. 紹興 10년(1140년)에 隴州에서 벌어진 송 · 금 간 전투에서 최대의 승리를 거두었고 觀察使에 제수되었다. 하지만 紹興 32년(1162), 原州 전투에서 패하여 군인으로서의 삶을 마감하였다.

62 吳玠(1093~1139): 자는 晉卿이며 秦鳳路 德順軍 隆德縣(현 감숙성 平涼市 靜寧縣) 사람이다. 젊은 나이에 西夏와의 전쟁에서 큰 공을 세웠고, 紹興 1년(1131)에는 사천을 공략하려는 兀術 휘하 병력을 和尙原에서 격파하여 금군과의 전투에서 최초의 대승을 거두었다. 이듬해에는 동생 吳璘과 함께 仙人關에서 10만 금군을 다시 격파하여 사천 · 섬서로 진격하려던 금군의 공세를 차단하였을 뿐 아니라 금의 주력군으로 하여금 강남에 전력을 집중할 수 없도록 하는 데 성공했다. 이러한 공적으로 開府儀同三司 및 四川宣撫使가 되었다. 전선에서 사망하였으며 후에 涪王으로 추증되었다.

패배를 당한 적이 있는데, 오개는 그를 주살하려고 하였다. 요중이 말하길,

"당시는 네 명의 부하 장수들이 병사를 이끌고 먼저 퇴각하는 바람에 패한 것입니다."

이에 오개는 네 명의 장수를 불러 참수하고 요중을 풀어 주었다.

몇 해 지나 요중이 병사를 이끌고 산중의 역참에 머물렀다. 그런데 키가 두 척 남짓 되고 머리가 없는 네 명의 사람을 보았다. 그들은 뜰에서 읍을 하며 말하길,

"우리들은 전쟁에 패하였으니 죽어 마땅합니다. 그래도 공께서 말씀하지 않았다면 살 수도 있었는데, 지금 모두 죽었습니다. 그래서 공의 목숨도 내놓으라고 이렇게 온 것입니다."

요중이 말하길,

"예전에 너희들이 북쪽으로 도망갔을 때 의당 내 스스로 너희들을 군법으로 다스려 사형에 처하여야 하였다. 그럼에도 생각을 꺾고 용서[63]해 주려 하였는데, 소사[64]께서 문책을 하셔서 만약 스스로 해명하지 않으면 내가 너희들 대신 죽을 수밖에 없는 상황이었다."

네 사람이 말하길,

"당시의 퇴각에 대해 먼저 도망간 한 사람만 골라서 말했어도 문책은 피할 수 있었을 것입니다. 어찌 그렇게까지 말씀하셨습니까?"

요중은 대답할 말이 없었다. 네 명의 귀신은 점차 시끄럽게 소란을

63 相貸: 본래 관용을 베푼다는 뜻으로 감형 · 사면 등으로도 쓴다.

64 少師: 太師 · 太傅 · 太保의 3공에 이어 少師 · 少傅 · 少保를 3少라고 한다. 3少는 절도사직을 받은 이후에 받을 수 있는 명예직으로서 정1품에 해당한다. 吳玠는 少保와 少師에 제수되었다.

피면서 위로 올라오려고 하였다. 그런데 갑자기 흰 수염이 난 노인이 땅에서 나타났는데, 그 역시 키가 이 척이 넘었다. 그는 네 명을 질책하길,

"너희들이 전투에서 패하였으니 사형에 처해지는 것[65]은 합당한 것인데 어찌 다시 원통하다고 하느냐?"

그들을 꾸짖어 쫓아냈다. 대답을 다 마치자 노인도 곧 사라졌다. 사람들은 이 일을 통해 요중이 나중에 반드시 귀한 사람이 될 것이라 여겼다.[66] 다시 10년이 흐른 뒤 요중은 절도사로서 흥원부[67] 주찰어전제군도통제[68]가 되었다.(자가 빈질인 노부가 한 이야기다.)

65 伏法: 죄를 범하여 사형에 처해진다는 뜻이다.

66 요중에게 原州 전투 패배의 책임을 물어 참형에 처하려고 한 것은 吳玠가 아니라 吳璘이었다. 또 이를 계기로 요중의 군 생활이 마감되었기 때문에 후에 절도사가 되었다는 등의 내용은 전후 사실이 맞지 않는다.

67 興元府: 利州路 興元府(현 섬서성 漢中市).

68 都統制: 建炎 2년(1127), 흐트러진 군 지휘체계를 정비하기 위해 군통수권을 장악한 御營司를 설치하고 御營使 휘하에 대신을 都統制로 임명하여 각 1만 명의 병력을 지휘하게 하였다. 본래 임시 직책이었으나 紹興 11년(1141)에 악비 등 장군들의 兵權을 회수하면서 이들을 御前諸軍都統制로 임명하고 開禧 3년(1207)까지 전국을 10개의 駐札御前諸軍都統制 체제로 유지하였다. 직급은 선무사와 선무부사의 바로 아래이고 안무사보다는 상위직이다. 본문처럼 주둔지 명칭을 앞에 추가하였다. 본문에서는 요중을 都統이라고 하였는데, 도통은 招撫使司都統制의 약칭이고, 요중은 興元府駐札御前諸軍都統制였기 때문에 도통제로 번역하였다.

13 진무림의 꿈陳茂林夢

福州長樂士人陳茂林, 夢至大殿下與數十人班謁, 笏記云: "官職初臨, 朝儀未熟." 卽寤, 謂必登第爲龍首謁至尊也, 遂更名夢兆. 紹興十七年爲解頭, 赴鹿鳴燕, 與同薦送者謁大成殿. 舊例以年齒最高者爲首, 陳不可, 曰: "吾爲擧首, 應率先多士." 衆莫與之争. 卽焚香, 當再拜禮畢, 陳誤下三拜. 有聞其夢者, 笑曰: "此所謂官職初臨, 朝儀未熟也." 陳亦惘然, 疑爲已應夢, 果不第.(林之奇少穎說.)

복주 장락현[69]의 사인 진무림은 꿈에 대전 아래 이르러 수십 명과 함께 줄을 서서 황제를 알현하였다. 알현할 때 들고 있던 홀[70]에 쓰여 있길,

"관직에 처음 임하여 조례 의전에 미숙하다."

꿈에서 깬 뒤 반드시 장원급제[71]하여 황상을 알현할 수 있을 것이라 여기며 이름을 몽조라 바꾸었다. 소흥 17년(1147), 해시에 수석 합격하여 '녹명연'[72]에 참가하였고, 합격한 사람들과 함께 대성전[73]에

69 長樂縣: 福建路 福州 長樂縣(현 복건성 福州市 長樂市).

70 笏: 궁중에서 조회를 할 때 신하들이 들고 있는 가늘고 긴 판인데, 황제에게 상주할 내용을 메모하는 데 사용한다. 품계에 따라 옥 · 상아 · 대나무 등 재료에 제한을 두었다. 手板 · 朝板 · 朝簡이라고도 한다.

71 龍首: 과거에 장원급제한다는 말이며 龍頭라고도 한다.

72 鹿鳴宴: 주 · 현지사가 향시 합격자를 초대하는 연회를 뜻한다. 통상 합격자 발표가 난 다음 날 개최하는데 채점자 · 행사 인원 · 합격자 등을 초대한다. 이때『詩經 · 小雅』의「鹿鳴」을 부르고 魁星舞를 추는 데서 鹿鳴宴 · 鹿鳴筵이라고 하였

가서 공자를 뵈었다. 옛 관례로는 연령이 가장 많은 자가 앞장서야 하는데, 진무림이 불가하다며 말하길,

"내가 거인 가운데 일등[74]이니 내가 여러 사인들을 이끌고 앞장서야 합니다."

사람들 가운데 그의 의견에 이의를 제기하는 자가 없었다. 분향을 하고 재배하여 알현 의례를 마쳐야 하는데, 진무림은 잘못하여 삼배를 하였다. 일찍이 그의 꿈을 들은 자가 웃으며 말하길,

"이것이 소위 '관직에 처음 임하여 조의에 미숙하다'는 뜻이구나!"

진무림 역시 망연자실하였다. 꿈이 이미 현실로 드러난 것이 아닌가 두려웠다. 과연 급제하지 못했다.(자가 소영인 임지기가 한 이야기다.)

다.

73 大成殿: 공자를 모신 공묘의 정전이다. 崇寧 3년(1104), 徽宗은 『孟子 · 萬章下』의 "공자를 집대성한 분이라 하는데, 집대성했다는 것은 금속 소리와 옥 소리가 조화를 이룬 것이다(孔子之謂集大成, 集大成也者, 金聲而玉振也)"를 취하여 공묘 정전을 대성전으로 개칭하라고 조서를 내리면서 지금에 이르고 있다.

74 擧首: 향시 합격자인 거인 가운데 수석 합격자라는 말이며 解元 · 解首 · 解頭와 같은 뜻이다.

장덕소張德昭

建陽人張德昭, 老於進士, 以特恩補官. 得傷寒疾, 爲黃衣人持符逮去. 至幽府, 抗聲廷下曰: "追到建州張德昭." 主者怒曰: "命爾追某州孔昭德, 今誤, 何也!" 付吏治其罪, 命張還. 張懇曰: "業儒白首矣, 僅得一官. 今日獲至此, 欲一知壽祿幾何, 幸哀許之." 主者曰: "天機理不容泄, 壽數難言也." 又拜乞官祿所至, 則沉思移時, 如閱籍者, 曰: "位至作邑."

張遂出. 逢一婢于途, 問所以來, 曰: "到此已數日, 家中並無恙." 乃前行, 抵深谷邊, 足跌而寤. 問其家, 始知此婢相繼死, 纔一日耳. 張益愈, 訪劉彦沖子翬於崇安山中, 以事告曰: "老矣, 詎復榮望! 今下攝承簿尉, 果若所言, 得宰一邑, 猶須十年間, □自喜也." 是歲, 調補汀之清流尉. 至官踰歲, 會縣令罷去, 暫攝其治, 遂亡. 距入冥時僅三年.(劉共甫說.)

건령군 건양현[75] 사람 장덕소는 늘그막에 진사가 되어 특은으로 관직[76]을 받기로 되었는데 그만 상한병[77]에 걸리고 말았다. 어느 날 그

75 建陽縣: 福建路 建寧軍 建陽縣(현 복건성 南平市 建陽市).

76 特恩補官: 황제의 특별한 은전으로 관리에 보임한다는 뜻이다. 송대에만 있었던 특별 선발제도로 恩科 · 恩榜 · 特奏名이라고도 하는데, 성시에 거듭 불합격한 자 가운데 나이가 많은 사람에게 황제가 특별합격과 함께 하위관직에 제수하는 것을 말한다. 대부분 낮은 직급을 주었고 후대로 이어지지 않아서 중시되지 않았지만 향촌 사회에서는 나름대로 큰 영향력을 행사하였다. 特奏名은 과거 불합격자에 대한 구제제도로 운영되었기 때문에 명 · 청대 신사와 유사한 성격을 지녔다.

77 傷寒: 감기 · 폐렴 · 급성 열병 등 추위로 인한 外感性 열 질환을 뜻한다.

는 누런색 옷을 입고 공문을 든 사람에게 잡히어 명계의 관부에 이르렀다. 그 사람은 관아 아래에서 큰소리로 말하길,

"건주 사람 장덕소를 잡아 왔습니다."

당상의 주관 관원이 화를 내며 말하길,

"너에게 모주의 공소덕을 잡아오라 명하였거늘, 지금 잘못 데려왔으니 어떻게 처리한단 말이야?"

서리에게 명하여 그 죄를 물으라 하고 장덕소를 돌려보내라 명하였다. 장덕소는 주관 관원에게 간청하길,

"나는 유학을 업으로 삼아 일생 동안 공부하여 백발이 된 지금 겨우 관직 하나를 얻었습니다. 지금 여기에 올 기회를 얻었는데, 나의 수명이 얼마나 남았는지 그것 하나만 알고 싶습니다. 저를 측은히 여기셔서 허락해 주십시오."

주관 관원이 대답하길,

"이치상 천기를 누설하면 안 되오. 수명은 말해 주기가 어렵소."

장덕소는 다시 절하며 어느 정도까지 올라갈 관운인지 물었다. 주관 관원은 깊이 생각하더니 잠시 후 장부를 뒤적거리면서 말하길,

"관위는 현지사 정도까지 오를 것이오."

장덕소는 명계에서 나와 돌아가던 중 길에서 집의 여종을 만나 그녀에게 어떻게 해서 여기에 왔느냐고 물었다. 여종이 말하길,

"여기까지 오는 데 이미 며칠이 걸렸고, 집안에는 별일이 없습니다."

장덕소는 계속하여 앞으로 걸었고, 깊은 계곡 근처에 이르러 실족하여 넘어졌다가 깨어났다. 가족들에게 물어보고 나서야 비로소 자기가 죽고 난 뒤 곧 그 여종도 죽었으며, 시간은 겨우 하루밖에 안 지

났다는 것을 알게 되었다. 장덕소의 병세는 날로 좋아졌다. 그는 건령군 숭안현[78] 병산의 유자휘[79]를 찾아가 꿈에서 있었던 일을 말해 주며 말하길,

"늙었는데 무슨 영화를 기대할 수 있겠소? 지금 현승이나 주부 또는 현위 같은 관직에나 이르면 다행이지요. 정말 꿈에서 말한 대로 현지사가 되려면 반드시 십여 년은 있어야 할 터인데 그렇게만 된다면 더할 나위 없이 기쁜 일이지요."

이해 장덕소는 정주 청류현[80] 현위로 보임되었다. 1년이 지나 현지사가 파직되어 잠시 현지사를 대리하여 일을 맡았는데 얼마 지나지 않아 사망하였다. 그가 명계를 다녀온 지 겨우 3년 뒤였다.(유공[81]이 한 이야기다.)

78 崇安縣: 福建路 建寧軍 崇安縣(현 복건성 南平市 武夷山市).

79 劉子翬(1101~1147): 자는 彦沖이며, 福建路 建州 崇安縣(현 복건성 南平市 武夷山市) 사람이다. 興北軍통판을 지냈으며 屛山 아래서 강학을 하여 屛山선생이라고도 칭한다. 주희의 스승으로 유명하다.

80 清流縣: 福建路 汀州 淸流縣(현 복건성 三明市 淸流縣).

81 劉珙: 자는 共甫이며 荊湖南路安撫使, 翰林學士를 역임하였다.

15 협산사의 소나무 峽山松

廣州淸遠縣之東峽山寺, 山川盤紆, 林木茂盛, 有古飛來殿. 殿西南十步許, 大松傍崖而生, 婆娑偃蓋. 大觀元年十月, 南昌人皇城使錢師愈罷廣府兵官北還, 檥舟寺下, 從者斧松根取脂照夜. 明年, 殿直錢吉老自廣如連州, 過寺, 夢一叟鬢須皤然, 面有愁色, 曰: "吾居此三百年, 不幸值公之宗人不能戢從者, 至斧吾膝以代燭, 使我至今血流. 公能爲白方丈老師, 出毫髮力補治, 庶幾盲風發作, 無動搖之患, 得終天年, 爲賜大矣."

吉老問其姓氏及所居, 曰: "吾非圓首方足, 乃植物中含靈性者. 飛來之西南, 卽所處也. 幸無忘." 吉老覺, 疑其松也, 以神異彰灼, 須寺啓關, 將入告. 時曉鍾未鳴, 復甘寢. 至明, 則舟人解綷已數里, 悵然不能忘, 過浛光, 以語令建安彭錄. 政和二年, 錄解官如廣府. 過寺, 卽以吉老言訪之, 果見巨松, 去根盈尺, 皮膚傷剝, 膏液流注不止, 蓋七年矣. 乃白主僧, 和土以補之, 圍大竹護其外. 曲江人胡愈作『松夢記』述其事. 予嘗往來是寺, 松至今猶存.

광주 청원현[82] 동쪽에 있는 협산사[83]는 산과 강이 굽이굽이 휘감고 숲이 무성한 곳에 자리 잡고 있으며 아주 오래된 비래전이 그곳에 있다. 비래전에서 서남쪽으로 십여 보를 가면, 큰 소나무가 절벽에 기

82 淸遠縣: 廣南東路 廣州 淸遠縣(현 광동성 淸遠市).

83 峽山寺: 淸遠市 北江 小三峽의 飛來峽 우측에 자리한 飛來寺의 별칭이다. 도교의 72개 복지 가운데 19번째 복지로 선정된 명승지다.

대어 자라고 있는데 줄기는 마치 춤추듯 부드럽게 휘감겼고[84] 가지는 옆으로 늘어져 우산을 편 것[85]처럼 생겼다.

대관 1년(1107) 10월, 홍주[86] 사람으로 후에 구당황성사공사[87]가 된 전사유는 광주 군관의 업무를 마치고 북쪽으로 귀환하는 길에 잠시 배를 협산사 아래에 정박하였다. 그의 시종들은 도끼를 들고 가서 소나무 뿌리를 잘라서 송진에 불을 붙여 어둠을 밝혔다. 이듬해 다시 전직[88] 전길로가 광주에서 연주[89]로 가는 길에 협산사에 들렀다. 꿈에 한 노인이 찾아왔는데 백발에 흰 수염이었고, 얼굴은 수심이 가득하였다. 그가 전길로에게 말하길,

"내가 이곳에 산 지 이미 300여 년인데 불행히도 시종들을 제대로 단속하지 못하는 공의 종친을 만났소. 그들은 도끼로 나의 무릎을 잘라 등불을 대신하였고, 그 때문에 나는 지금까지도 피를 흘리고 있다오. 공께서 방장 노선사께 말씀드려 조금만 신경 써서 나를 치료해

84 婆娑: 둥글게 감아 돌은 것이 마치 춤추는 동작 같다는 뜻이다.

85 偃蓋: 본래 수레의 덮개와 우산을 뜻하나 소나무 가지가 횡으로 뻗어서 마치 우산을 펼친 모습과 같음을 형용하기도 한다.

86 南昌: 江南西路 洪州(현 강서성 南昌市). 南昌은 西漢 高祖 5년(전202)에 남방의 창성을 기원하는 의미에서 정한 지명으로 오랜 연원이 있어 홍주 못지않게 널리 쓰였다.

87 勾當皇城司公事: 궁성 출입과 순시 등을 주관하는 禁軍 皇城司의 책임자로서 본래 武德使라고 칭하였으나 太平興國 6년(981)에 황성사로 개칭하였다. 원풍개혁 후 정7품이었으나 정6품 內寺都知를 임명하기도 하였다. 東班과 西班으로 이루어진 武官 諸司 가운데 선임이었으며 정원은 3~10명이다. 政和 2년(1112)에 武功大夫로 명칭을 바꾸었으며, 약칭은 皇城使·幹當官이다.

88 殿直: 左班殿直과 右班殿直의 통칭이다. 무관 寄祿官으로 원풍개혁 후 정9품에 해당한다. 政和 2년(1112)에 각각 成忠郎과 保義郎으로 개칭하였다. 궁전 숙직에서 연유한 관직이어서 환관의 직책이기도 하다.

89 連州: 廣南東路 連州(현 광동성 清遠市 連州市).

줄 수 있다면 나는 광풍이 불어도 흔들릴 걱정 없이 앞으로도 천수를 누릴 수 있을 것이오. 나에게 큰 은혜를 좀 베풀어 주시기 바라오."

전길로가 노인에게 이름과 사는 곳을 묻자, 그가 대답하길,

"나는 사람[90]이 아닙니다. 식물 가운데 영성이 있는 존재지요. 비래전 서남쪽으로 날아와 그곳에 자리 잡았소이다. 나의 부탁을 잊지 마시기 바라오."

전길로가 꿈에서 깬 뒤 필시 저 소나무일 것이라고 생각하였다. 꿈이 생생하고 신기하여 아침이 돼서 문이 열리면 가서 방장에게 말해야겠다고 마음먹었다.

하지만 꿈에서 깨었을 때가 새벽종을 치기 전의 이른 시간이어서 다시 단잠에 빠져 그만 깜빡 잊어버리고 말았다. 날이 밝자 뱃사람들이 묶어 놓았던 밧줄을 풀고 노를 저어 몇 리 밖에 이르렀을 때 전길로는 비로소 꿈이 생각났고 노인의 부탁을 잊을 수 없어 길게 한숨만 내쉬었다.

배가 함광현[91]에 이르렀을 때 현지사인 건주 사람 팽록에게 이 일을 부탁하였다. 정화 2년(1112), 팽록이 현지사를 그만두고 광주로 가는 길에 협산사를 지났다. 서둘러 전길로가 말한 곳을 가 보니 정말로 큰 소나무가 보였고, 땅에서 1척 정도 떨어진 곳에 도끼로 패인 자국이 있었으며, 그 옆으로 수액이 계속 흐르고 있었다. 이미 7년이 지난 뒤였다.

90 圓首方足: 둥근 머리에 네모난 발이란 뜻으로 사람에 대한 代稱이다.

91 浛光縣: 廣南東路 連州 浛光縣(현 광동성 淸遠市 英德市). 錢師愈와 錢吉老 모두 광주에서 北江을 거슬러 올라가 英州 光口鎭에서 좌측 連江으로 물길을 바꿔 함광현을 거쳐 연주로 가는 수로를 이용하였다.

팽록은 주지승에게 이 일을 알렸고, 절에서는 흙으로 덮어 주고 또 바깥에는 대나무로 울타리를 쳐서 보호해 주었다. 소주 곡강현[92] 사람 호유는 『송몽기』를 지어 이 이야기를 적어 두었다. 필자는 일찍이 협산사를 다녀온 적이 있는데, 그 소나무는 지금도 여전하다.

92 曲江縣: 廣南東路 韶州 曲江縣(현 광동성 韶關市 曲江區).

이견갑지

夷堅甲志
卷 18

01 원귀에게 보복당한 양정楊靖償寃

臨安人楊靖者, 始以儞校部花石至京師, 得事童貫. 積官武功大夫, 爲州都監. 將滿秩, 造螺鈿火鐀三合, 窮極精巧. 買土人陳六舟, 令其子十一郎賚入京, 以一供禁中, 一獻老蔡, 一與貫, 以營再轉任. 子但以一進御, 而貨其二於相國寺, 得錢數百千, 爲游冶費, 愆期不歸.

靖望之久, 乃解官北上, 遇諸宿泗間. 子畏父責己, 乃曰: "所獻物皆爲陳六所賣, 兒幾不得免." 靖信之. 至京, 呼陳六詰問. 陳答語不遜, 靖杖之. 方三下, 陳呼萬歲, 得釋. 還至舟, 謂其妻曰: "楊大夫不能訓厥子, 翻以其言罪我, 我不能堪." 遂赴汴水死.

靖得州鈴轄以歸, 都轉運使王復領應奉局, 辟靖兼幹官, 常留使院中, 時宣和七年也. 是歲四月某日, 靖在簽廳, 有綱船挽卒醉相歐, 破鼻出血, 突入漕臺. 紛紛間, 靖矍然如有所睹, 急趨入屏後, 遂仆地. 舁歸家, 卽臥病, 語言無緒, 不食.

時臨平鎭有僧, 能以穢迹法治鬼, 與靖善, 遣招之. 至則見鬼曰: "我梢工陳六也, 頃年以非罪爲楊大夫所殺, 赴愬于東嶽, 嶽帝命自持牒追逮, 經年不得近, 復還白, 帝怒, 立遣再來, 云: '楊靖不至, 汝無庸歸.' 今又歲餘矣. 公門多神明, 久見蹇遏, 前日數人被血入, 土地輩皆驚避, 乘間而進, 乃得至此."

僧諭之曰: "汝他生與是人有寃, 今世故殺汝. 汝又復取償, 翻覆無窮, 何時可已. 吾令楊氏飯萬僧, 營大水陸齋薦謝汝, 汝捨之如何?" 鬼拜而對曰: "疇昔之來, 苟聞和尙此語, 欣然去矣. 今已貽怒主者. 懼不反命, 則冥冥之中, 長無脫期. 非得楊公不可也."

僧無策可出, 視靖項下有鎖, 曰: "事已爾, 姑爲啓鑰, 使之飽食, 且理家事, 可乎?" 鬼許諾. 前拔鎖, 靖卽起, 如平常. 然與僧纔異處, 則復昏困, 數日死. 富陽人吳興擧舊爲楊家僕, 親見靖病及其死云.

임안부[1] 사람 양정은 처음에는 주현 관아에 소속된 하급무관이었으나 조경석[2]을 도성으로 운반하는 일을 맡아 동관을 섬기면서 관품[3]이 무공대부[4]에 이르렀고 주의 병마도감에 제수되었다. 임기 만료를 앞두고 나전으로 장식한 화궤[5] 셋을 만들었는데 공예가 더할 수 없이 정교하였다. 그리고 지역 사람 진육의 배를 임차하여 11번째 아들에게 도성에 가서 화궤를 황궁·채경·동관에게 각각 하나씩 바치게 하고 재임을 노렸다. 그런데 양정의 아들은 하나만 황궁에 바치고 나머지 두 개를 대상국사[6]에 팔아서 수백 관을 마련해 기루에서 주색잡기[7]에 탕진하며 기일이 지나도 돌아오지 않았다.

양정은 오랫동안 기다렸으나 결국 해직되어 도성을 향해 북쪽으로 가다가 숙주[8]와 사주[9] 사이에서 아들과 우연히 마주쳤다. 아들은 아

1 臨安府: 남송 兩浙路 臨安府(현 절강성 杭州市).

2 花石: 휘종은 崇寧 4년(1105)부터 '艮嶽'이라는 대규모 園林을 조성하기 위해 杭州에 造作局, 蘇州에 應奉局이란 기관을 설치하고 太湖石을 비롯한 기암괴석과 화초 등을 수송하게 하였다. 이 수송 선단을 花石綱이라고 한다.

3 積官: 누적된 관직 경력과 작위를 뜻한다.

4 武功大夫: 궁성 출입과 순시 등을 주관하는 禁軍 皇城司의 책임자인 皇城使를 政和 2년(1112)에 武功大夫로 개칭하였다. 元豐 3년(1080) 관제개혁 후 정7품에 해당하였다.

5 火鐀: 중국 남방에서 겨울에 사용하는 난방기구의 일종이다. 나무로 만든 사각형 상자 구조인데, 아래에는 불을 담을 수 있는 철제 그릇이 있고, 위쪽 4면에는 걸상을 만들어 앉을 수 있게 하였다. 걸상은 한쪽에 2~3명이 앉을 수 있는 크기다. 추울 때는 철제 그릇에 숯을 담고, 상자에 방석을 깔고 앉아 추위를 피한다.

6 大相國寺: 戰國시대 信陵君의 집터에 555년 창건된 고찰로서 711년 唐 睿宗에게 大相國寺 편액을 받았다. 송대에는 도성의 황실 사원으로 공인되어 황제의 방문이 관례화되었으며, 국가 제례의 중심지로 중시되었고, 각종 기예와 문예활동의 중심지로도 유명하였다.

7 游冶: 놀러 나가서 즐겁게 논다는 말이지만 주로 기루에 머물면서 주색에 빠져 방탕하게 지냄을 뜻한다.

버지가 자신을 책망할까 무서워 핑계 대길,

"바치라고 한 물건을 진육이 모두 팔아버렸고, 저도 책망을 면하기 힘들게 되었습니다."

양정은 아들의 말을 믿고 도성에 도착하여 진육을 불러 힐책하였으나 진육의 대답이 공손하지 않았다. 이에 양정은 진육에게 곤장을 치게 하였는데, 딱 세 번을 치자 진육이 '만세'[10]를 외쳐서 할 수 없이 풀어 주었다.[11] 진육은 배로 돌아와 아내에게 말하길,

"무공대부 양씨가 자기 아들을 제대로 교육시키지 못하고 도리어 거짓말만 믿고 나에게 죄를 물으니 내가 견딜 수가 없다."

그리고는 곧장 변하에 뛰어들어 자살하였다.

양정은 주검할직을 얻어 돌아왔고, 도전운사 왕부가 응봉국을 주관하게 되자 양정을 불러 간판공사직을 맡게 하고 항상 도전운사 관저에 머물게 하였다. 그때가 선화 7년(1125)이었다. 4월 어느 날 양정이 첨서판관청에 있었는데, 화물선[12]을 끄는 견부가 술에 취해서 서

8 宿州: 淮南東路 宿州(현 안휘성 宿州市).

9 泗州: 淮南東路 泗州(현 강소성 宿遷市 · 淮安市, 安徽省 宿州市 등 洪澤湖 주변 지역).

10 萬歲: 만세는 본래 기쁜 일이나 축하를 위해 지르던 환호성이었으나 秦漢代부터 황제에 대한 환호로 바뀌었고 漢武帝 때부터 황제 개인을 뜻하는 것으로 바뀌었다. 하지만 민간에서는 여전히 좋은 일을 축하하기 위한 환호성으로도 쓰였다. 송대에 들어와서는 황제를 지칭하는 전용어로 사용하도록 하여 일반인의 환호성으로는 사용할 수 없게 엄격히 금지되었다.

11 송대에는 관리의 사적 보복이 상당히 엄격하게 금지되었다. '만세'를 외쳤다는 것은 자신의 억울함을 황제에게 직접 호소하겠다는 의지를 드러낸 것이기에 겁을 먹고 더 이상 구타하지 못했다는 뜻이다.

12 綱船: 화물선 선단을 뜻한다. 운항의 편리와 안전을 위해 통상 선단을 꾸려 운행하였으며, 특히 대운하를 운항하는 경우 갑문 통과 시 개별 개폐를 허용하지 않고 일

로 싸우다가 코를 때려 피를 흘리게 했다. 이들이 갑자기 전운사 관저로 뛰어 들어와 어수선한 가운데 양정이 갑자기 무엇인가를 본 것처럼 놀라서 급히 병풍 뒤로 뛰어가다가 곧 바닥에 엎어졌다. 사람들이 들어서 집에 돌려보냈는데 병들어 눕더니 말에 두서가 없고 음식을 먹지 못하였다.

그때 항주 인화현 임평진[13]의 한 승려가 예적금강[14]의 법술로 귀신을 다스릴 수 있고 양정과도 친하여 사람을 보내 모셔 왔다. 승려가 집에 이르자 혼령이 나타나 말하길,

"나는 뱃사공 진육이요. 왕년에 죄도 없이 양공에게 죽임을 당했기에 동악대제께 달려가 하소연하였소. 동악대제는 나에게 '공문을 가지고 가서 체포해 오라'고 명하셨는데, 해를 넘기도록 가까이 갈 수가 없어 돌아가 보고하니 대제께서 노하시며 '즉시 가서 다시 데려오라'고 하시며 말씀하시길, '양정을 데리고 오지 못하면 너도 돌아올 필요가 없다'고 하셨소. 지금 또 한 해하고도 4월[15]이 되었소. 도전운사 관저 대문에 많은 신명이 있어 오랫동안 저지당했소. 며칠 전 여러 사람이 피를 흘리며 뛰어 들어와 토지공[16] 등이 모두 놀라 피하는 틈을 타서 이곳에 들어오게 된 것이외다."

정 규모의 선단 단위로 통과시켰다.

13 臨平鎭: 兩浙路 杭州 仁和縣 臨平鎭(현 절강성 杭州市 餘杭區 臨平鎭).

14 穢迹金剛: 穢迹은 卑鄙하고 추악한 행적이란 말이며, 金剛은 金剛杵를 든 제석천을 뜻한다. 예적금강의 구체적인 내용은 알 수 없지만 불교의 축귀 방식 가운데 하나이다. 除穢金剛 또는 穢迹法이라고도 한다.

15 餘: 음력 4월의 별칭이다.

16 土地公: 농토가 있어야 부와 복을 누린다는 생각에 민간신앙에서 토지공은 '福德正神'으로 간주된다. 후에 도시가 발달하면서 도시의 성황신, 향촌의 토지공으로 관할이 다소 분화되는 경향을 보인다.

승려가 달래며 말하길,

"당신은 전생에 이 사람과 원한이 있어서 이승에서 그에게 죽임을 당한 것이외다. 당신이 또다시 원한을 갚는다면 끝없이 반복될 터이니 어느 세월에 끝나겠소? 내가 양공에게 만 명의 승려를 초청해 크게 수륙재를 열어 당신께 재를 올리고 사죄하게 하리니 당신이 양공을 놓아 주면 어떻겠소?"

진육의 혼령이 승려에게 절을 하며 말하길,

"전에 왔을 때 스님의 이런 말씀을 들을 수 있었다면 흔쾌하게 갔을 것입니다. 하지만 지금은 이미 동악대제를 화나게 했으니 그의 명을 거스를까 두렵습니다. 그러면 저는 미망 중에 오랫동안 벗어날 수 없으리니 양공을 반드시 데리고 가야 합니다."

승려도 더 이상 다른 방법이 없자 양정의 목 아래 쇠사슬이 있는 것을 보고 말하길,

"일이 이미 이렇게 되었으니 잠시 쇠사슬을 풀어 주어 배불리 먹을 수 있게 하고, 집안일을 정리하게 하는 것은 무방하겠지요?"

진육의 혼령이 허락하고 앞에서 쇠사슬을 풀어 주자 양정은 즉시 일어나고 평소와 같았다. 하지만 승려와 함께 잠시 다른 곳으로 가자 다시 정신을 잃고 깨어나지 못하더니 며칠 뒤 사망하였다. 항주 부양현[17] 사람 오홍거가 원래 양정 집안의 노복이어서 양정이 병나고 죽는 것을 직접 보고서 말해 준 것이다.

17 富陽縣: 兩浙路 杭州 富陽縣(현 절강성 杭州市 富陽區). 秦漢 이래 富陽과 富春을 지명으로 써 왔는데, 太平興國 3년(978) 富陽縣으로 바꾼 뒤 계속 부양현이란 지명을 유지하였다.

02 꿈에 부친을 만난 양박楊公全夢父

楊公全朴, 資州人, 其父以政和癸巳卒, 未葬. 明年春, 夢父歸家. 公全問何年當得貢. 曰: "有冥司主簿, 正掌文籍, 乃吾故舊, 嘗取簿閱之, 汝三舍中無名, 至科擧始可了耳." 又云: "汝知朝廷已行五禮否?" 對曰: "不知." 又雜詢家事甚悉. 語畢, 其去如飛.

是年八月, 始頒五禮新儀, 士人父母未葬者, 不許入學. 公全悟父言, 是冬襄事, 至丁酉歲升貢, 謂夢不驗, 旣而無所成. 宣和辛丑, 罷舍法, 復行科擧, 乃以甲辰登科.

자가 공전인 자주[18] 사람 양박은 부친이 정화 3년(1113)에 사망하였으나 아직 장례를 치르지 않았다. 이듬해 봄, 부친이 집으로 돌아오는 꿈을 꾸었다. 양박은 어느 해에 공생이 될 수 있느냐고 물었다. 부친이 말하길,

"명계의 관아에서 문서를 관장하는 주부가 있는데, 바로 내 오랜 친구다. 그래서 서류를 얻어 읽어 보니 너는 태학의 삼사에는 이름이 없고, 과거가 실시되어야 비로소 꿈을 이룰 것이다."

또 말하길,

"너는 조정에서 '오례'[19]를 시행하기로 이미 결정한 것을 아느냐?"

18 資州: 梓州路 資州(현 사천성 内江市).

19 五禮: 제사에 관한 吉禮, 장례에 관한 凶禮, 군대에 관한 軍禮, 빈객에 관한 賓禮, 관혼에 관한 嘉禮를 합하여 五禮라고 한다. 예의에 대한 총칭이기도 하다.

양박이 대답하길,

"모릅니다."

또 잡다한 집안일을 물어보았는데 몹시 상세히 알고 있었다. 부친은 말을 마친 뒤 날아가듯 빠르게 가 버렸다.

그해 8월, 조정에서는 처음으로 『오례신의』[20]를 반포하고 사인 가운데 부친 장례를 치르지 않은 자의 태학 입학을 불허하였다. 양박은 부친이 한 말의 뜻을 깨달았다. 겨울에 있었던 일이었다.

정화 7년(1117)이 되자 양박은 공생이 되었다. 이에 양박은 꿈이 맞지 않다고 생각했지만 공생이 된 뒤 얼마 동안 이룬 것이 없었다. 선화 3년(1121)에 태학삼사법을 폐기하고 과거제를 회복시키자 선화 6년(1124) 과거에 급제하였다.

20 『五禮新儀』: 神宗 때 왕안석 신법의 일환으로 교육 및 과거 정책이 추진되면서 禮典에 대한 대규모 정리와 편찬이 진행되었고 徽宗은 崇寧 1년(1101)에 『政和五禮新儀』를 통해 예치를 서민에게까지 확대하는 큰 변화가 있었다.

적토동赤土洞

資州城外三十里赤土培之側有洞穴, 相傳深不可測. 普州人梁子英, 煮榮州鹽井, 數經從洞口, 嘗率同輩數人, 具三日糗糧, 持燁炬入焉. 始入, 路絶暗, 皆狐糞, 蝙蝠縱橫. 過百餘步, 地淨如掃, 石上鐘乳下垂如珠纓狀. 度半日許, 聞水碓聲出于上, 蓋嘉陵江也. 懼而亟出, 終不能窮其源云.

자주성 밖 30리 적토배[21] 옆에 동굴이 하나 있는데, 그 깊이는 잴 수 없을 정도로 아주 깊다고 전해 내려왔다. 보주[22] 사람 양자영은 영주[23] 염정에서 소금을 길어 올려 끓이는 일을 하였는데, 여러 차례 동굴 입구를 지나다니다 한 번은 동료 몇 명과 함께 3일분의 건량과 큰 횃불을 들고 안으로 들어갔다. 막 동굴에 들어갔을 때 길이 아주 깜깜했고, 여우 똥만 그득하였으며 박쥐들이 어지럽게 날아다녔다. 100여 보를 지나자 바닥이 마치 청소한 것처럼 깨끗하고 돌 위에는 수직으로 늘어진 종유석이 마치 구슬을 꿰어 놓은 것 같았다. 반나절 정도 지나자 위에서 물방아 돌리는 소리 같은 것이 들렸는데, 아마도 가릉강[24]인 것 같았다. 놀라서 서둘러 나왔는데 그 밑바닥이 어디인지 끝내 알 수 없었다고 한다.

21 培: 제방이나 담 등을 보호하기 위해 아래 부분에 흙을 북돋는 것을 말한다.
22 普州: 梓州路 普州(현 사천성 四川省 遂寧市 · 資陽市).
23 榮州: 梓州路 榮州(현 사천성 自貢市 榮縣).
24 嘉陵江: 장강 상류의 지류로 섬서 · 감숙 · 사천을 거쳐 중경에서 합류한다. 길이는 1,345㎞이며 유역 면적은 16만㎢에 달한다.

04 석모로 가린 머리席帽覆首

王龍光, 字天寵, 資州人. 入京赴上舍試, 過劍州梓潼縣七曲山, 謁英顯武烈王廟, 夢一人持牓, 正面無姓名, 紙背乃有之. 又有持席帽蒙其首者. 覺而喜, 謂士人登第則戴席帽. 是歲免省不逮, 但補升內舍. 次舉當政和八年方登科, 已悟紙背之說. 時方禁以龍·天·君·玉·王·主等爲名字. 唱第之日, 面賜名寵光. 頭上加帽, 蓋謂是云.

자가 천총인 자주 사람 왕용광은 태학 상사의 입학 시험에 응시하려고 개봉부로 가면서 검주 재동현[25] 칠곡산[26]을 지날 때 영현무열왕묘[27]를 참배하였다. 꿈에 한 사람이 합격 방문을 들고 나타났는데, 정

25 梓潼縣: 利州路 劍州 梓潼縣(현 사천성 綿陽市 梓潼縣). 동으로 가래나무 숲에 의지하고 서로는 동수를 베고 누웠다(東依梓林, 西枕潼水)고 하여 붙여진 지명이다.

26 七曲山: 재동 현성의 북쪽에 위치한 높이 861m의 산이다. 안사의 난으로 인해 사천으로 피난하던 당 玄宗의 시종 가운데 한 명이 지은 "이슬비 곱게 내리는데 일곱 구비를 도니, 황상은 양귀비 애도하는 슬픈 소리를 절로 내네(細雨霏微七曲旋, 郎當有聲哀玉環)"라는 시구로 인해 기존의 尼陳山에서 칠곡산으로 이름이 바뀌었다. 도교에서 정한 천하 명산 가운데 서열 9위에 해당하는 산이다.

27 英顯武烈王廟: 東晉 寧康 2년(374) 사천의 張育이 前秦의 苻堅과 싸우다 죽자 사람들이 梓潼縣 七曲山에 張育祠를 세워 추모하다가 후에 인근의 梓潼神 亞子祠와 통합하여 張亞子라 칭하였다. 그 후 사천의 학자를 보호하는 수호신으로 변하기 시작하였고, 그 신령함으로 황제들의 敕封이 계속되었다. 특히 송 眞宗은 英顯武烈王으로 승격시켜 주었다. 일부 유학자들은 梓潼神 신앙이 본질적으로 淫祀라고 비판하였지만 남송 때에는 과거급제를 기원하는 전국 사인들의 신으로 확고하게 자리 잡았다. 이어 元 延佑 3년(1316)에 梓潼神과 士人의 文運과 성공을 주관한다고 알려진 별에서 유래한 文昌神을 합하여 '輔元開化文昌司祿宏仁帝君'으로 승격시켜 주었고 도교에서도 주요 신의 하나로 적극 수용하였으며 清代에는 국가 제사

면에는 이름이 없고 뒷면에만 있었다. 또 햇빛 가리개용 모자[28]를 들고 얼굴을 가린 사람도 있었다. 왕용광은 꿈에서 깬 뒤 기뻐하였는데, 그것은 사인이 과거에 급제하면 햇빛 가리개용 모자를 쓴다고 생각하였기 때문이다. 하지만 그해에는 실력이 미치지 못하여 단지 내사생으로 보충 승급하는 데 그쳤다.

그 후 정화 8년(1118)에 열린 과거에 급제하고 나서야 비로소 종이 뒤에 이름이 적힌 까닭을 알게 되었다. 당시 황제가 이름에 용·천·군·옥·왕·주 등의 글자를 쓰지 못하도록 막 금지하여 자신이 불합격한 것이었다. 합격자 명단을 공표하던 날 황제가 직접 '총광寵光'이라는 이름을 하사하였다. '용龍'이라는 글자 위에 면宀이 더하여졌으니 머리 위에 모자를 쓴다는 것은 바로 이를 두고 한 말이었다.

의 하나로 공식화되었다. 칠곡산 文昌宮은 전국 文昌宮觀의 祖庭으로 그 명망이 드높다.

28 席帽: 햇볕을 막기 위해 등나무 줄기를 이용하여 차양이 넓게 만든 뒤 천을 단 모자이다.

05 임효옹의 꿈林孝雍夢

林孝雍, 字天和, 明州人. 政和七年, 貢入辟廱學, 將試上舍. 林少時嘗預薦書, 應免解. 或勸其先以免擧試, 如不利, 則留今貢以待來年, 林不聽. 同舍生楊公全扣其故, 林曰: "吾年甫二十蒙鄕擧, 夢對策大廷, 坐于西南隅. 將出, 有小黃門從吾求硯, 心頗自負, 以爲必擢第. 訊諸筮人, 筮人曰: '君年四十八乃得官, 今未也.' 吾意殊不平. 訖黜於春官. 自是連蹇, 幾三十年. 今春秋四十七矣, 當可覬倖, 不爲再戰地也." 是歲果中選. 廷試出, 又告公全曰: "試日正坐西南隅, 小黃門乞硯, 皆如夢中所睹." 三十年前夢, 與卜者所言, 無毫釐差.

자가 천화이며 명주[29]사람인 임효옹은 정화 7년(1117)에 공생으로 태학의 예비학교인 벽옹에서 공부하면서 장차 태학 상사생 선발 시험에 응시하고자 하였다. 임효옹은 어렸을 때 추천서를 얻어 해시를 면제받았다. 혹자는 임효옹에게 먼저 거인 선발 시험을 면제받고 만약 불리하면 금년도 공생 신분을 유지해 내년을 기다리라고 하였으나 듣지 않았다. 같은 숙사 동기생인 양박이 그 까닭을 묻자 임효옹이 말하길,

"내 나이 막 스물에 향시[30]에 합격하고 난 뒤 전시에 참가하고 있는

29 明州: 兩浙路 明州(현 절강성 寧波市).

30 鄕擧: 본래 향리에서 인재를 선발한다는 뜻으로서 향시에 합격하여 성시에 응시하는 鄕貢이 된다는 뜻이다.

꿈을 꾸었소. 서남쪽에 앉아 시험을 보고 나오는데, 한 환관[31]이 나를 따라와 벼루를 달라고 하였소. 이에 자못 자부심이 생겼고 반드시 급제할 것으로 생각하였지만 점을 쳐 보니 점쟁이가 '그대는 48세가 되어야 관직을 얻을 것입니다. 지금은 안 됩니다'라고 합디다. 나는 몹시 마음이 불편하였지만 결국 예부[32]에서 거부하여 실패하고 말았소이다. 그때부터 근 30년 동안 불운하였소. 지금 내 나이 이미 47세이니 요행이라도 바라야지요. 다시 도전하지 않을 수 없소이다."

이해에 정말로 과거에 급제하였는데, 전시를 마치고 나오며 또 양박에게 말하길,

"시험 날 정말로 서남쪽 모퉁이에 앉았고, 환관이 와서 벼루를 달라고 했으니 모두 꿈에서 본 것과 똑같았소이다."

30년 전의 꿈과 점쟁이가 한 말이 조금도 다르지 않았다.

31 黃門: 내시를 총괄하는 부서의 명칭은 여러 차례 바뀌었는데, 그 가운데 하나가 黃門院이다. 황문원의 약칭이 黃門이기 때문에 황문은 곧 내시를 의미하기도 한다. 또 황문은 내시의 9품계 가운데 하나로서 원풍개혁 후 8위였고, 남송 때에는 7위 종9품에 해당하였다.

32 春官: 『周禮』의 天官·地官·春官·夏官·秋官·冬官은 후대 상서성의 6부, 즉 吏部·戶部·禮部·兵部·刑部·工部와 같다.

송응진宋應辰

宣和六年, 諸道進士赴省試者幾萬人. 以六侍從典貢擧, 其下參詳點檢官又六十員. 有旨令過試院外戶, 則親書姓名, 以防僞入者. 旣合籍, 凡六十一人. 主司疑之, 悉招考官會坐, 一一數之. 又審于監門曰: "每一人至, 必下馬自書, 何容有兩名理!"

及取歷閱視, 果多其一, 曰 '宋應辰'. 驗諸銓曹, 云: "中外無有此姓名", 始知神物所爲. 於是主司遍諭羣公曰: "宋者, 國號, 而名爲應辰, 必造化之中主張是者, 考校之際, 不可不謹也." 是歲, 登第者八百五人, 爲一代最盛之擧. 楊公全居前列, 聞之於知擧官王唐翁絢云.

선화 6년(1124), 예부가 주관하는 성시에 응시한 각 로의 거인[33]은 만 명 가까이 되었다. 한림학사와 전각학사 등 시종관 가운데 6명[34]이 과거를 주관하였고, 그 아래 점검관과 참상관이 또 60명이었다.[35] 과거시험장 출입문을 통과하면 직접 성명을 기입하여 다른 사람이

33 進士: 爵位를 進授할 수 있는 士人이란 뜻으로 과거의 최종 단계인 殿試를 통과한 합격자를 가리킨다. 송대 전시 응시자는 擧進士라고 하여 진사와 구분하며, 통상은 擧人이라고 칭한다. 이에 본문의 '진사'를 '거인'으로 번역하였다.

34 侍從: 본래 황제 옆에서 시중을 드는 사람이란 뜻이지만 宋代에는 翰林學士 · 給事中 · 六尙書 · 侍郎을 가리켜 시종이라고 칭하였다. 侍從 자격자에게는 諸閣學士 · 侍制를 부여하였다.

35 參詳點檢: 參詳은 상세히 살펴보다, 點檢은 점검하다란 뜻이다. 송대 회시의 채점은 3단계로 진행하였다. 먼저 點檢官이 점수를 매긴 뒤 參詳官에게 넘기면 참상관은 부여한 점수가 합당한지를 확인하고 다시 知貢擧官에게 넘겨 최종 등수를 확정한다. 이처럼 點檢官 · 參詳官 · 知貢擧官의 3단계 채점 제도는 과거의 공정성과 공평성 확립에 크게 기여하였다.

들어오는 것을 방지하라는 성지가 내려왔다. 하지만 절차를 마치고 등기부를 합계해 보니 모두 61명이었다. 지공거관[36]이 의아해서 모든 점검관과 참상관을 불러 모아 앉게 한 뒤 일일이 세어 보았다. 또 감문관[37]에게도 확인해 보니 답하길,

"한 명 한 명 들어올 때마다 반드시 말에서 내려 직접 서명하게 하였습니다. 어떻게 두 사람이 들어올 수 있겠습니까?"

이에 등기부를 갖다가 차례로 확인해 보니 과연 한 명이 더 많았고, 그 이름은 송응진이었다. 이에 이부의 각 주관 부서에 확인해 보니 답하길,

"어디에도 이런 이름은 없다."

이에 비로소 신의 소행임을 알게 되었다. 지공거관이 모든 관계자에게 이르길,

"송이란 글자는 국호이고 이름인 응진은 올해 갑진년에 응시한다는 뜻이니, 이는 분명 하늘이 이번 성시를 주관하려는 것이다. 감독과 채점에 있어 삼가지 않으면 안 될 것이다."

이해에 과거에 합격한 자가 805명으로 당시 가장 성대한 과거가 되었다. 양박은 이번 과거에서 좋은 성적을 거뒀다. 이 일화는 양박이 지공거관 왕도로부터 들은 것이다.

36 主司: 주관 관리라는 말인데, 여기서는 과거를 총괄하는 知貢擧官을 뜻한다. 통상 지공거라고 하는데, 명망 있는 조정 대신이 맡았다. 송 태종 때부터 지공거를 포함해 입시 관련 업무를 맡은 모든 관리들은 임명일부터 합격자 발표일까지 貢院 내에서 숙식하며 외부와의 모든 접촉을 차단하는 것이 제도화되었다. 이를 가리켜 鎖院制度라고 한다.

37 監門: 송대에 처음으로 監門官을 임명하여 과거시험장 출입문 관리를 맡겼다. 감문관은 응시생 본인 확인 및 부정행위 관련 소지품 검사 등의 역할을 맡았다.

07 자주의 단정학資州鶴

資中衙校何氏, 有弟好弋射, 日持弩挾彈往山中, 目之所見, 無得免者. 嘗蔭大木下, 望其顚紅鶴巢甚大, 數雛啾啾然. 已而其母歸, 方憩枝上, 銜食向巢立, 何生彍弩射之, 中其腹. 勢且墜, 猶忍死引頸吐哺飼其子, 乃墜地. 何雖無賴, 亦爲之惻然, 卽折棄弓矢, 不復射.(六事皆楊公全說.)

자주 자중현[38]의 하급무관인 하씨에게는 주살을 잘 쏘는 동생이 있었는데, 매일 궁노와 탄환을 들고 산 속으로 가서 눈에 띄는 짐승마다 놓치는 일이 없었다. 하루는 큰 나무 그늘 아래 숨어서 아주 커다란 단정학 둥지를 보고 있었는데, 새끼 몇 마리가 지저귀고 있었다. 잠시 뒤 어미 새가 돌아와 막 가지 위에 앉아서 물고 온 먹이를 주려고 둥지를 향해 서려 할 때 하씨는 시위를 당겨 쏘았다. 활은 어미 새의 배에 명중했고, 곧 떨어질 것 같았는데, 죽을힘을 다해 목을 빼고 먹이를 토해 새끼들을 먹이더니 땅에 떨어지고 말았다. 하씨가 비록 무뢰배이기는 했지만 어미 새에게 측은한 생각이 들었다. 이에 활과 화살을 꺾어 버리고 다시는 사냥을 하지 않았다.(이 여섯 가지 일화 모두 자가 공전인 양박이 한 이야기다.)

38 資中縣: 梓州路 資州 資中縣(현 사천성 內江市 資中縣).

08 승씨현 미제 사건乘氏疑獄

興仁府乘氏縣豪家傅氏子, 歲販羅綺於棣州, 因與一倡狎. 累年矣, 嫗獨不樂, 禁止之. 倡忿怨自絞死, 傅子不知也. 一旦, 遇之於乘氏曰: "我爲養母所虐, 不可活, 訟于官, 得爲良人, 脫身來相就, 君能納我乎?" 傅子喜, 慮妻妬不容, 爲蓄室于外.

明年, 復往棣州, 詢舊遊息耗, 聞其死, 甚駭. 然牽於愛, 溺於色, 迷不省, 口語籍籍. 妻始得知之, 懼其夫以鬼死也. 傅有弟頗壯勇, 與嫂謀, 刻日欲殺之. 先具酒殽, 使夜飮而伺於外. 傅坐室中東偏, 婦人居西, 坐已定, 弟挾刃徑趨西邊, 且至, 手誤觸燈滅, 暗中剸刃而出. 暨燭至, 則傅子流血洞腋死矣, 婦人無所見.

縣捕兩人下獄, 劾以殺夫及兄, 且鞫姦狀, 期年不得情. 任信孺古與諸傅往來, 親見其事, 府以爲疑獄, 上請朝, 時宣和七年矣. 會京師多故, 不暇報, 竟不知爲如何也.(任信孺說.)

홍인부 승씨현[39]의 부호인 부씨네 집 자제는 매년 체주[40]에 가서 비단을 팔다가 그만 한 기녀와 놀아났다. 체주에 갈 때마다 여러 해 동안 그러하자 기녀집의 노파가 이를 달갑지 않게 여겨 왕래를 금하였다. 기녀는 화를 이기지 못해 목을 매 자살하고 말았지만 부씨는 이를 알지 못하였다. 하루는 승씨현에서 아침에 우연히 그 기녀를 만났는데 그녀가 말하길,

39 乘氏縣: 京東西路 興仁府 乘氏縣(현 산동성 菏澤市 巨野縣).

40 棣州: 河北東路 棣州(현 산동성 濱州市).

"나는 양모의 학대 때문에 살 수 없어 관가에 고소하여 양민이 될 수 있었습니다. 기적에서 몸을 빼어 이곳에 왔으니 당신은 나를 받아 줄 수 있겠지요?"

부씨는 기뻤으나 아내가 질투하며 받아들여 주지 않을 것을 우려해 밖에 방을 구해 주었다.

이듬해 부씨가 다시 체주에 가서 전에 놀던 곳에 찾아가 그간의 소식을 물어보다가 기녀가 죽었다는 말을 듣고 몹시 놀랐다. 그러나 애정에 끌리고 여색에 빠져 혼미해져서 깨닫지 못하였고 말도 점차 조리가 없었다. 부씨의 아내도 비로소 저간의 사정을 알고 남편이 귀신에 홀려서 죽지나 않을까 두려워하였다.

부씨에게는 제법 건장하고 용감한 동생이 있었는데, 형수와 몰래 논의하고 날을 정해 귀신을 죽이기로 하였다. 먼저 술과 안주를 갖춰 밤에 술을 마시게 한 뒤 자신들은 밖에서 틈을 엿보았다.

부씨가 방안의 동쪽에 앉았고, 기녀는 서쪽에 앉았는데 자리를 잡은 것을 보고 동생은 칼을 들고 서쪽으로 서둘러 갔는데, 가까이 갔을 때 손으로 잘못해서 촛불을 건드려 끄고 말았다.

어둠 속에서 칼로 찌르고 나왔다. 촛불을 가지고 와서 보니 부씨 겨드랑이 구멍에서 피가 흘러 죽었고, 그 기녀는 어디로 갔는지 보이지 않았다.

승씨현 관아에서 두 사람을 체포하여 투옥시킨 뒤 남편과 형을 살해한 것에 대하여 캐묻고 또 간통 혐의에 대해서도 심문하였지만 1년이 다 되도록 정확한 사정을 파악할 수 없었다.

임고는 본래 부씨 집안과 왕래하였기 때문에 직접 그 일을 목도하였다. 후에 홍인부에서 미제사건으로 분류하고 조정에 보고하였다.

그때가 선화 7년(1125)이었다. 곧 금군이 도성을 공격하는 등 많은 사건이 터져서 이 사건을 살펴볼 틈이 없었다. 결국 어떻게 되었는지 알 수 없다.(자가 신유인 임고가 한 이야기다.)

09 물에 빠진 소욱의 액운邵昱水厄

邵昱, 徐州沛人, 從其婦翁任信孺居衢州. 紹興丁卯, 張巨山舍人嵲爲郡, 端午日競渡, 舟舫甚盛, 郡人爭往浮石寺前浮橋上觀. 昱先與數友入寺, 旣而獨還, 行至橋半道, 鐵纜中斷, 船皆漂流, 橋板片片分拆, 在前者數百人盡溺.

昱已墜水, 覺有物承其足, 故項以上不沉. 眼界恍惚, 見同溺人乍出乍沒, 其形已變. 或蟹首人身, 或人首魚身, 或如江豚龜鱉狀. 橋柱下數大神, 皆長可三丈, 執鉞立. 又兩大神, 從雲端下, 其一亦蟹首, 一如鬼神, 空中語曰: "三百人逐一點過." 顧昱曰: "汝是姓邵人, 不合死." 掖而擲之破船上, 僅得達岸. 旣歸, 不敢語人.

明年同任公如明州, 過餘姚之象亭待潮, 乃東登亭上觀題壁. 有從後呼者曰: "君不易過得去年水厄, 非素積陰德, 何以致此." 昱回顧, 乃一道人, 甚頎偉, 著白苧衫, 色漆黑. 昱曰: "先生豈非同脫此厄乎? 何以知我?" 其人不答, 乃曰: "歲在癸酉, 君當有重災, 宜百事謹畏, 或再相見, 可免也." 昱識其異人, 卽下拜, 纔起, 道人已在平地, 其行如飛, 長髯縹縹, 下拂腰股間, 遂不見.

昱常懼不得免, 兢兢自持. 至癸酉歲, 夢數卒荷轎至, 邀入府, 如張巨山平生時. 行約十數里, 天氣陰陰如欲雪. 至一大城, 有市井, 遂舁之入. 昱覺非衢州, 又憶巨山已謝世, 自意其死, 甚慘沮. 行至廷下, 殿上垂簾, 聞二人相對語. 追者與俱至廊下, 一吏持簿書入白, 聞主者責怒曰: "何得妄追人?" 一人曰: "韓君已得旨了." 吏復下, 捧杯水欲噀昱面, 傍人止之曰: "不可, 如是, 將出手不得." 吏無計, 遂遣追者送昱回. 轎行至深岸, 前者足跌, 驚寤, 已鷄唱矣. 道人不復再見, 昱亦無他.(後九年, 昱以任公守宣州差, 捧表賀登極補官, 改名侃. 予親扣其詳如此.)

서주 패현[41] 사람 소욱은 장인 임고를 따라 구주[42]에 살고 있었고, 소흥 17년(1147)에 중서사인 장얼[43]이 구주지사가 되었다. 단오 당일 거행되는 용선 경주에 배들이 매우 많이 모이자 구주 주민들은 용선 경주를 보기 위해 부석사 앞에 있는 부교로 앞다투어 갔다. 소욱은 먼저 몇몇 친구들과 함께 부석사에 들어갔다가 잠시 후 혼자 나와 다시 부교로 갔는데, 막 가운데에 이르렀을 때 부교의 쇠줄이 끊어졌다. 배들이 이리저리 표류하였고 부교의 판자들이 조각조각 갈라져 떨어졌으며 앞에 있는 수백 명의 인파들이 모두 강물에 빠지고 말았다.

소욱도 강물에 빠졌는데, 무엇인가가 자기 발을 받쳐 올리는 것 같은 느낌을 받았다. 덕분에 목 위쪽은 물에 잠기지 않았지만 눈은 몽롱한 가운데 함께 물에 빠진 사람들이 떠올랐다 가라앉았다 하며 모습이 이미 변한 것을 보았다. 어떤 이는 머리는 게이고 몸은 사람인데, 어떤 이는 머리는 사람이고 몸은 물고기 모양이었다. 심지어는 상괭이[44]나 거북 또는 자라 모양도 있었다.

부교의 기둥 아래에는 몇 명의 커다란 신들이 있었는데, 모두 키가 3장이나 되었고, 손에는 큰 도끼를 들고 있었다. 또 두 명의 신이 구름 끝에서 아래로 내려왔는데, 그 가운데 하나는 머리가 게 모양이었고 다른 하나는 귀신처럼 생겼는데, 공중에서 말하길,

41 沛縣: 京東西路 徐州 沛縣(현 강소성 徐州市 覇縣).

42 衢州: 兩浙路 衢州(현 절강성 衢州市).

43 張嵲(1096~1148): 字는 巨山이며 京西南路 襄州(현 호북성 襄陽市) 사람이다. 휘종 때 관리로 임용되어 紹興 10년(1140)에 中書舍人이 되었고, 이어서 實錄院同修撰·衢州지사를 지냈으며 敷文閣待制에 제수되었다.

44 江豚: 고래 가운데 가장 작은 종류로 상괭이·쇠물돼지 또는 무라치라고 칭한다. 길이가 2m를 넘지 않으며 바다에 서식하지만 민물에서도 발견된다.

"300명을 하나하나 세었다."

그리고 소욱을 돌아보며 말하길,

"너는 성이 소씨이니 이번에 죽을 차례가 아니다."

두 신은 소욱을 부축해 올린 뒤 부서진 배 위로 던지다시피 하였고, 소욱은 덕분에 강가로 나올 수 있었다. 집으로 돌아간 뒤 자신이 겪은 일을 감히 다른 사람에게 말하지 못하였다.

소욱은 이듬해 임고와 함께 명주로 가던 도중 밀물이 몰려오는 것을 구경하기 위해 월주 여요현[45]의 상정에 올라 기다리고 있었다. 그때 동쪽의 정자에 가서 벽에 쓰여 있는 제자를 보고 있는데, 뒤에서 어떤 사람이 부르며 말하길,

"그대가 작년 물에 빠지는 액운 속에서 살아난 것은 실로 쉽지 않은 일이었소이다. 평소에 음덕을 쌓지 않았더라면 어떻게 그런 일이 있었겠소!"

소욱이 뒤돌아보니 한 도인이었는데, 대단히 풍채가 좋고 기품 있어 보였다. 흰 모시 옷을 입고 있었고 안색은 칠흑처럼 검었다. 소욱이 묻길,

"선생께서도 그 액운에서 저처럼 빠져나오시지 않으셨는지요? 그렇지 않으면 어떻게 저를 아십니까?"

그 사람은 소욱의 말에는 답하지 않고 그저 말하길,

"계유년(소흥 23년, 1153)에 그대에게 커다란 재앙이 반드시 있을 것이요. 무슨 일이건 삼가고 조심하는 것이 좋을 것이외다. 혹 나를 다

45 餘姚縣: 兩浙路 越州 餘姚縣(현 절강성 寧波市 餘姚市).

시 만난다면 그 재앙을 면할 수 있을지도 모르오."

소욱은 이 도인이 평범한 사람이 아님을 알고 즉시 엎드려 절하였다. 하지만 절하고 일어서서 보니 도인은 벌써 정자에서 내려와 평지에 가 있었다. 그 움직임이 나는 듯 빨랐고, 바람에 날리는 긴 수염은 아래로 허리와 넓적다리에 닿을 듯했다. 잠시 후 어디로 갔는지 보이지 않았다.

소욱은 재앙을 면하기 힘들다고 생각해 항상 두려워했고, 매사에 조심하며 절제하였다. 드디어 계유년이 되자 꿈에 몇 명의 사졸들이 가마를 메고 와서는 관부에 가자고 요청하였는데, 마치 장얼이 살아 있을 때 관아를 출입했던 것과 같았다. 대략 10여 리를 갔을 때 날씨가 음산한 것이 곧 눈이 내리려는 것 같았다. 한 큰 성에 이르렀는데, 시장도 있었다. 곧 가마를 마주 들고 성 안으로 들어갔다.

소욱은 이곳이 구주가 아닌 것 같았고, 또 장얼이 이미 세상을 떠난 것이 생각나 자신이 죽었다고 생각하니 몹시 상심하고 의기소침해졌다. 관부 아래에 이르렀는데 전각 위에 드리워진 주렴 안에서 두 사람이 이야기하는 것이 들렸다. 자신을 잡아 온 사졸들과 함께 주랑 아래에 모이자 한 서리가 명부를 들고 들어와 보고하였는데, 보고를 들은 주관 관원이 화를 내며 질책하길,

"어쩌면 이렇게 엉뚱한 사람을 잡아 왔단 말이냐?"

한 사람이 말하길,

"한씨는 이미 지시한 바에 따라 처리하였습니다."

서리가 다시 아래로 내려와 물이 든 잔을 들고 소욱의 면전에 뿜으려고 하자 옆에 있던 사람이 제지하며 말하길,

"그렇게 하면 안 됩니다. 만약 그렇게 하면 앞으로 손쓸 방법이 없

습니다.”

서리는 달리 어떻게 할 수 없자 소욱을 잡아 왔던 사졸들에게 그를 돌려보내라고 하였다. 가마가 깎아지른 절벽에 이르렀을 때 앞쪽의 가마꾼이 발을 헛디뎌 깜짝 놀라 꿈에서 깨어났는데, 이미 닭이 울고 난 뒤였다. 그 뒤로 도인을 다시 만나지 못하였지만 소욱에게는 별다른 액운은 없었다.(그 뒤로 9년이 지나 임고가 선주[46]지사로서 황제의 즉위를 축하하는 표문을 올린 공으로 소욱에게도 관직이 부여되었다. 소욱은 이름을 간으로 바꿨다. 필자가 직접 청하였기에 이렇게 상세하게 들을 수 있었다.)

46 宣州: 江南東路 宣州(현 안휘성 宣城市).

10 이서장과 노복李舒長僕

福州寧德人李舒長, 字季長. 政和初, 偕鄕里五人補試京師, 共雇一僕曰陳四. 僕愿而朴, 多遲鈍不及事. 四人者日日訶責, 惟李不然, 且時與酒錢慰恤之. 旣至京, 四人皆中春選, 李獨遭黜. 及秋, 始入學, 而僕謝去.

又二年, 李謁告至保康門內, 聞有再呼李十一祕校者, 回顧, 則陳四也. 邀李詣食肆, 食畢, 李亟欲去, 陳問故, 李曰: "比日窘索, 謀鬻少物耳." 陳遺以銀一笏, 曰: "姑用之, 不必外求也." 越數日, 又遇於馬行市中, 邀飮于莊樓, 告李曰: "觀郎之分不應登第, 若學道, 當有所得."

李曰: "我不遠數千里游學, 須得一官, 歸爲父母榮, 何謂學道? 且汝僕隸也, 何從知之." 陳曰: "自前歲別後, 隨一道人給薪水. 道人攜我入崆峒山, 授以要法, 且使我物色求人, 我告以公平生所爲, 頗有意. 今能同一往否?" 因口授養生旨訣, 皆簡易徑妙. 然李卒不肯從. 復出銀一笏與之, 遂去, 絶不再睹.

李自是亦無意於世, 以表兄余承相深恩補官, 隱居不仕. 嘗游縣之支提山, 謁天冠千佛, 行深山中, 奏溷無水盥手, 方折草挼莎, 一人在旁, 持銅槃盛水以奉之, 又執布巾以進. 見其手靑色, 面亦然, 不覺顧之笑. 靑面者亦笑, 已而隱不見, 蓋山靈所爲也.

자가 계장인 복주 영덕현[47] 사람 이서장은 정화연간(1111~1118) 초, 도성에서 실시하는 과거의 추가 시험에 응시하기 위해 향리의 다

47 寧德縣: 福州路 福州 寧德縣(현 복건성 寧德市).

섯 친구들이 함께 진사라고 하는 노복 1명을 고용하였다. 진사는 순진하고 소박하였으나 매우 둔한 데다 일처리도 매끄럽지 못하였다. 네 친구들은 매일 진사를 나무랐으나 이서장만 그러지 않았고 오히려 가끔씩 술과 돈을 주며 달래고 감싸 주었다. 도성에 온 뒤 네 친구들은 모두 봄에 실시한 성시[48]에 합격하였으나 이서장만 혼자 낙방하였다. 가을이 되서 태학[49]에 입학하자 노복은 인사하고 떠났다.

그 뒤로 다시 2년이 지나 이서장이 휴가를 얻어 보강문[50] 안에 왔을 때 어떤 사람이 거듭해서 '과거급제자[51] 이십일'이라고 부르는 소리를 들었다. 되돌아보니 바로 진사였다. 진사는 이서장을 식당으로 초대하였고 식사를 마친 뒤 이서장이 서둘러 나가려 하자 무슨 일이 있느냐고 물었다. 이서장이 답하길,

"근래에 곤궁하여 물건을 조금 내다 팔려고 하네."

그러자 진사는 은 한 덩어리를 주며 말하길,

"우선 이것을 쓰시면 다른 사람에게 돈을 빌리지 않아도 될 것입니다."

며칠 뒤 다시 마행가의 시장[52]에서 우연히 진사를 만났는데, 장루[53]

48 春選: 봄에 실시하는 省試에 합격하였다는 말이다. 唐代 이래 春闈라고도 칭하였다. 闈는 고사장이란 뜻이다.

49 본문의 학교가 구체적으로 어떤 것을 가리키는지 명확하지는 않지만 國子監은 7품 이상의 京朝官 자제만 수용하고 이들 대부분 蔭補를 통해 관직에 진출하므로 이서장에게는 해당되지 않는 것으로 보인다. 태학은 8품 이하 관리의 자제나 서민 자제를 대상으로 하기 때문에 '태학'으로 번역하였다.

50 保康門: 개봉 남쪽 성문은 모두 3개로서 가운데 정남문을 朱雀門, 왼쪽 문을 보강문, 오른쪽 문을 新門이라고 칭하였다.

51 祕校: 원래는 祕書省의 校書郎을 뜻한다. 후에 새로 과거에 급제한 사람을 가리키는 말로 쓰였다.

로 초대하여 술을 산 뒤 이서장에게 말하길,

"제가 보건데 공께서는 과거급제할 복을 타고난 것 같지는 않습니다. 하지만 만약 도에 대해 공부하신다면 분명 이루는 바가 있을 것입니다."

이서장이 대답하길,

"내가 천리 길을 멀다하지 않고 객지에 와서 공부하는 것은 반드시 관직을 얻어 고향으로 가 부모님을 영광스럽게 하기 위해서다. 어떻게 부모님께 도를 배우겠다고 말씀드릴 수 있겠느냐! 또 너는 노복인데 어디서 이런 일을 알게 되었느냐?"

진사가 말하길,

"작년에 헤어진 뒤로 한 도인이 저를 고용하여 그분을 따라 다녔습니다. 도인이 저를 데리고 공동산[54]에 들어가서 비법을 전수해 주었습니다. 게다가 저에게 사람을 구해 보라고 하셔서 제가 공의 평소 품행을 말씀드렸더니 제법 생각이 동하셨습니다. 지금 저와 함께 가실 수 있으신지요?"

진사는 말 나온 김에 양생의 비결을 말로 설명해 주었는데, 모두 간단하면서도 아주 정묘하였다. 그러나 이서장은 끝내 따라가기를

52 馬行市: 황궁 동쪽에 위치하였으며 향료점 · 다방 · 술집이 밀집한 가장 번화한 거리 가운데 하나다. 동쪽에 마시장이 있어서 붙여진 이름이다.

53 莊樓: 마행가의 동쪽에 붙은 거리로 艮岳 앞에 위치한 유흥가에 있는 술집이다. 후에 和樂樓로 이름이 바뀌었다.

54 崆峒山: 감숙성 平凉市에 위치한 높이 2,123m의 산으로서 도교 성지 가운데 하나다. 공동이란 지명은 『爾雅』에 실린 "북쪽으로 북두칠성을 이고 있는 것을 공동이라고 한다(北戴斗極爲崆峒)"는 데에서 유래한 것이라는 설도 있고, 서주 시대 이 일대의 부족명이라는 설도 있다.

원하지 않았다. 그러자 진사는 다시 은 한 덩어리를 꺼내 준 뒤 곧 가버렸고, 그 뒤로 다시 만나지 못하였다.

그때부터 이서장은 세상 일에 뜻을 두지 않았고, 황제의 총애를 받는 문하시랑 여심[55]이 고종사촌이어서 음보가 가능하였지만 은거하면서 벼슬길에 오르지 않았다. 늘 영덕현의 지제산[56]을 오르내리며 천관천불[57]을 배알하였다. 한번은 깊은 산속을 오가다가 용변[58]을 보았는데, 물이 없어서 손을 씻을 수 없기에 풀을 꺾고 두 손으로 비비고 있는데, 한 사람이 옆에 나타났다. 그는 구리쟁반을 들고 담아 온 물을 이서장에게 주었을 뿐 아니라 베수건도 들고 있다가 주었다. 그 사람의 손을 보니 파란색이었고 얼굴 또한 그러했다. 자기도 모르게 보고 웃자 푸른 얼굴은 한 사람도 따라 웃었는데 잠시 후 사라져 보이지 않았다. 아마도 산의 정령이 한 짓일 것이다.

55 余深(1050?~1130): 자는 原仲이며 福建路 福州 羅源縣(현 복건성 福州市 羅源縣) 사람이다. 監察御史 · 御史中丞 · 吏部尙書 · 尙書左丞 · 中書侍郎 · 門下侍郎 · 資政殿學士 등 고위관료로서 화려한 경력을 자랑하였지만 채경의 심복으로 갖은 불의를 저지르며 북송의 멸망을 초래한 간신으로 꼽힌다.

56 支提山: 영덕현 서북 50㎞ 지점에 위치한 높이 800m의 산이다. 支提는 산스크리트어로서 '복과 덕이 한데 모이다(聚集福德)'라는 뜻으로서 『華嚴經』에서 유래하였다. 唐 天寶 6년(747), 전국 36개 洞天의 하나로 뽑혔다.

57 天冠千佛: 支提寺의 철불로서 높이는 30㎝, 무게 10㎏이며, 모두 1천 존인데 각기 모양이 다르다.

58 奏溷: 溷은 돼지우리에 있는 더러운 물로 변소를 뜻하며 奏溷은 '변소에게 아뢴다'는 은유로서 용변을 본다는 뜻이다. 登溷이라고도 한다.

11 휘유각 대제 여일장余待制

福州余丞相貴盛時, 家藏金多, 率以銀百鋌爲一窖, 以土堅覆之, 塼蒙其上. 余公死, 其子待制日章將買田, 發其一窖, 塼甓甃閉, 了無少動, 而白金烏有矣.

郡有巫, 居進酒嶺, 能通神, 往扣焉. 巫曰: "公銀本不失, 但以徙土地祠宇, 貽神之怒, 故藏去耳. 若能具牲酒謝過, 且設醮作水陸, 當可得. 然須吾先往講解之. 許施銀爲香爐及幣帛之屬, 後 三日宜復來詢可否也." 余氏如期往, 巫曰: "神許我矣, 可歸取之. 然勿負約也." 旣歸, 復掘地, 則所窖宛然具在. 始大歎息, 卽日賽神, 如巫言云.(李季長目睹.)

복주[59]의 승상 여심이 한창 권세를 누리고 있을 때 집안에 많은 백은을 갖고 있었다. 은을 100덩어리씩 모아 한 지하창고에 넣고 흙으로 단단히 덮은 뒤 벽돌로 그 위를 가렸다. 여심이 죽고 아들인 휘유각 대제 여일장이 밭을 사기 위해 지하창고 가운데 하나를 파냈는데, 벽돌로 쌓은 벽은 밀폐되어 조금의 움직임도 없었는데, 은은 어찌된 일인지 하나도 없었다.

복주의 진주령에 한 무당이 있는데, 신통력이 있다고 하여 가서 사정을 물어보았다. 무당이 말하길,

"공은 은을 잃어버린 것이 아닙니다. 단지 토지신 사당을 옮겨 신

59 福州: 福建路 福州(현 복건성 福州市).

에게 노여움을 사서 신이 은을 감춰둔 것뿐입니다. 만약 제물과 술을 갖춰 사죄드리고 또 제단을 쌓아 수륙재를 지낸다면 당연히 은을 도로 찾을 것입니다. 하지만 반드시 제가 먼저 가서 사정을 설명해야 합니다. 토지신께 먼저 은으로 된 향로와 비단을 바치고 사흘 후 다시 와서 은을 도로 받을 수 있는지 여부를 물어보도록 하시지요."

여씨는 사흘 후 가서 물어보니 무당이 말하길,

"토지신께서 이미 저에게 응낙하셨습니다. 집으로 돌아가셔서 은을 찾으시면 됩니다. 하지만 약속을 어겨서는 안 됩니다."

집에 돌아와 다시 땅을 팠더니 지하창고에 은괴가 온전히 있었다. 비로소 크게 안도의 한숨을 내쉬고 당일로 무당을 불러 신에게 감사드리는 제사[60]를 드렸더니 무당이 말한 것과 똑같이 되었다.(이계장이 직접 본 것이다.)

60 賽神: 신의 보우에 감사드리는 제사이며 祈賽라고도 한다.

12 천진교의 거지天津丐者

王櫰者, 邵武人. 赴調京師, 過天津橋, 遇丐者爲人毆擊甚苦. 王問之, 曰: "負錢五百, 久不償我." 王惻然, 爲以囊中錢代償而去. 他日, 復至橋上, 丐者探懷取一餅餉之, 王惡其衣服垢膩, 鼻涕垂頤, 謝不取. 他日又見, 拉王訪其家, 家乃委巷窮閻, 敗席障門, 亦具酒果爲禮, 王復不食.

旣得官南還, 行汴堤上, 大風雨作, 跬步不可前. 望道間小旗亭, 亟下車少駐. 主人出迎, 審其貌, 則向丐者也. 相見良悅, 酌杯酒以進. 王念曩日穢汚, 終不肯飮. 其人曰: "天氣苦寒, 非酒無以禦, 公強爲我釂此." 再三持勸, 訖不濡吻.

其人殊怏怏, 乃包果實數種爲贈曰: "姑以是別." 王不忍重違, 勉受之. 上車數步, 欲授其僕, 覺甚重, 啟視之, 桃·李·石榴, 皆黃金也. 方悟爲異人, 大痛恨, 以手擣雙目而哭. 丐者又至曰: "此自官人無仙骨耳. 去此二十年, 當再訪公, 勿恨也." 指顧間, 酒家與人皆不見. 後二十年, 以餌丹砂, 疽發背死.(三事皆朱漢章說. 王嘗爲會稽倅, 親以事語朱公.)

소무군[61] 사람 왕회는 전보 발령을 받기 위해 도성에 갔다. 천진교를 지나가다가 우연히 아주 심하게 맞고 있는 거지를 보았다. 왕회가 왜 이렇게 때리느냐고 묻자, 그가 말하길,

"나에게 500문을 빌려간 뒤 오랫동안 갚지 않아서 그렇소."

61 邵武軍: 福建路 邵武軍(현 복건성 南平市 邵武市, 三明市 建寧縣).

왕회는 거지가 불쌍하여 주머니의 돈을 꺼내서 대신 갚아 주고 갔다. 며칠 뒤 다시 천진교를 지나가는데 거지가 품 안에서 전병 하나를 꺼내서 왕회에게 먹으라고 주었다. 황회는 거지의 옷이 아주 더럽고 때가 자르르한데다 콧물이 턱밑까지 흐르고 있어 사양하며 받지 않았다. 다음에 또 거지를 만났는데, 자기 집에 가자며 왕회를 끌고 갔다. 거지의 집은 후미지고 꾸불꾸불한 골목길에 자리한 궁핍한 곳이었고 낡은 돗자리가 문을 대신하고 있었다. 그래도 술과 과일을 준비해 대접하고자 하였다. 그러나 왕회는 여전히 먹지 않았다.

왕회가 새 보직을 맡아 남쪽으로 돌아가려고 변하의 제방을 걷고 있는데, 갑자기 큰 바람과 비가 불어서 앞으로 반발자국도 움직이기 힘들었다. 마침 길가에 술집[62]이 있어 서둘러 수레에서 내려 잠시 머무르려고 하였다. 주인이 나와서 맞이하는데 모습을 잘 살펴보니 바로 이전의 그 거지였다. 서로 만나 몹시 기뻐하였고, 주인은 잔에 술을 따라 대접하였다. 하지만 왕회는 전날 더럽던 생각에 아무래도 술을 마시려고 하지 않았다. 주인이 권하길,

"날씨가 몹시 춥습니다. 술을 마시지 않으면 견디기 힘듭니다. 공께서는 제 체면을 봐서 억지로라도 이 술잔을 비우시죠."

거듭하여 권하였지만 끝내 술을 입에 대지도 않았다.

그 사람은 매우 불쾌해 하더니 몇 종류의 과일을 싸 주면서 말하길,

62 旗亭: 漢代 시장을 관리하는 市官의 관사인 市亭에서 유래하였다. 눈에 띄기 위해 깃발을 꽂으면서 旗亭이라고 불렸고, 시장의 규모가 커지면서 점차 고층 누각이 되어 市樓라고 부르게 되어 旗亭은 광고용 깃발을 꽂은 술집을 뜻하는 것으로 바뀌었다.

"이것으로 잠시나마 이별의 정표로 삼지요."

왕회는 차마 거듭 거절할 수 없어 억지로 과일을 받았다. 수레에 올라 몇 발짝 정도 옮겼을 때 선물 받은 것을 노복에게 주려고 생각하였는데, 과일이 아주 무겁게 느껴졌다. 열어보니 모두 황금으로 된 복숭아 · 오얏 · 석류였다. 이에 비로소 범상치 않은 사람임을 깨닫고 알아보지 못한 것을 몹시 후회하여 손으로 두 눈을 치며 울었다. 그때 거지가 다시 와서 말하길,

"이것은 관인께서 신선이 될 기질이 없기 때문이외다. 앞으로 20년이 지나서 내가 다시 찾아올 것이니 너무 한탄하지 마시오."

눈 깜짝하는 사이에 술집과 사람들이 모두 보이지 않았다. 그 뒤로 20년이 지나 왕회는 단사[63]를 잘못 먹고 등에 악창이 생겨 사망하였다.(이 세 가지 일화 모두 주한장이 한 이야기다. 이 일화는 왕회가 월주[64]에서 통판을 지내면서 주한장에게 직접 한 이야기다.)

63 丹砂: 唐代 주산지가 湖南의 辰州여서 辰砂라는 이름도 있고 붉고 광택이 난다고 하여 朱砂 · 鏡面朱砂라고도 한다. 수은과 유황의 결합물로서 순수한 것은 수은 함량이 86.2%나 된다. 鎭靜 · 鎭痙작용 등 약리적 작용이 뛰어나지만 다량 복용 시 수은 중독의 위험이 크다. 도가에서는 증발하지 않는 액체이자 다른 금속과의 결합이 뛰어나 장생불사의 약을 만드는 필수품으로 간주하였다.

64 會稽: 兩浙路 越州(현 절강성 紹興市).

조양신趙良臣

趙良臣者, 縉雲人. 紹興十五年, 與同志肄業于巾子山之僧舍, 去城十五里. 薄晚還郡中, 道間遇婦人, 青衣而紅裳, 哭甚哀. 問其故, 曰: "不容於後母, 日夕箠楚, 不能堪, 求死未忍, 故哭." 趙曰: "若是, 可與我歸乎?" 婦人收淚許諾. 卽相隨至家. 謂其妻曰: "適過田間, 見一女無所歸, 偶與偕來. 吾我家正乏使, 可以婢妾蓄也." 妻也柔順, 無妬志, 使呼以入.

趙氏素貧, 室惟一榻, 乃三人共寢. 明日, 復同盤以食. 趙妻謂之曰: "我夜捫汝體, 殊冷峭, 何也?" 婦人不答, 而竟象慚恚, 捨匕箸徑出. 趙責妻言之失, 起自呼之. 妻停食過晝, 開戶而視, 不見其夫矣. 乃告鄰里, 相與求索, 三日始得之於門外溪傍, 半體在水中, 半處沙際, 已死. 同舍生共以其尸歸, 竟不曉何怪. 或以爲魚蛟之精云.(朱熙載舜咨說.)

소흥 15년(1145), 처주 진운현[65] 사람 조양신은 동기들과 함께 현성에서 15리 떨어진 건자산[66]의 한 사찰에서 공부하였다.

해 질 무렵 현성으로 돌아오는데 길에서 우연히 한 여자를 만났다. 청색 윗도리에 붉은 치마를 입고 있었고, 아주 서럽게 울고 있었다.

조양신이 그 까닭을 물어보자 말하길,

"계모가 저를 용납하지 않아 밤낮으로 때려 대어[67] 견딜 수 없습니

65 縉雲縣: 兩浙路 處州 縉雲縣(현 절강성 麗水市 縉雲縣).

66 巾子山: 현 절강성 溫州 瑞安市와 台州 臨海市에 같은 이름의 산이 각각 있다.

67 箠楚: 본래 곤장을 치는 형구를 뜻하나 杖刑의 통칭 또는 때린다는 뜻으로도 쓴다.

다. 죽고자 했지만 차마 그러지도 못해서 울고만 있습니다."

조양신이 말하길,

"만약 그렇다면 나와 함께 우리 집으로 가도 괜찮겠소?"

여자가 눈물을 거두고 따라가겠다고 나섰다. 이에 함께 집에 간 뒤 조양신이 아내에게 설명하길,

"조금 전에 들판을 지나가다 한 여자가 돌아갈 곳이 없는 것을 보고 뜻하지 않게 함께 오게 되었소. 우리 집에 마침 일할 사람이 없으니 계집종이나 첩으로 받아들여도 되지 않겠소?"

조양신의 아내는 유순한 데다 질투도 없어 그 여자를 불러 집으로 들어오게 하였다.

조양신은 본래 가난하여 집에 침상이라고는 하나밖에 없어서 할 수 없이 세 사람이 함께 잠을 잤다.

다음 날 접시 하나에 놓인 음식으로 식사하면서, 조양신의 아내가 여자에게 묻기를,

"내가 밤에 네 몸을 만져 보니 몹시 차갑던데 어찌된 일이냐?"

그 여자는 아무 소리도 하지 않았지만 점차 화를 참지 못하더니 수저와 젓가락을 던져 버리고 밖으로 나가 버렸다.

조양신은 아내가 말실수한 것을 질책하고 자리에서 일어나 자기가 직접 여자를 찾아 소리쳤다. 조양신의 아내는 밥을 먹다 말고 나와서 종일 문을 열고 밖을 내다보았으나 남편이 보이지 않았다.

이에 이웃에 알려 함께 찾으러 나섰다. 사흘이 지나 비로소 문밖의 냇가 옆에서 찾을 수 있었는데, 몸의 반은 물속에 있었고 반은 모래 가장자리에 있었으며, 이미 죽어 있었다.

절에서 같이 공부하던 동기생들이 조양신의 시체를 들고 집으로

돌아왔지만 어떤 요괴가 저지른 일인지 끝내 알 수 없었다. 혹자는 물고기나 교룡의 정령이 한 것이 아닐까라고 하였다.

(자가 희재인 주순자가 한 이야기다.)

14 과거시험장의 아역貢院小胥

紹興二十四年正月, 沈太虛虛中以吏部郎中爲省試參詳官. 丁夜如廁, 旣還, 書吏篝火先行, 至直舍, 忽驚仆地, 燈卽滅. 沈大恐, 疾聲叫呼. 院中人皆已寢, 悉起相視, 則守舍小胥已縊于梁間, 足去地五六尺, 蓋非人力可至.

有儀鸞老兵曰: "此鬼所爲也, 幸無遽." 取數卓疊起, 徐徐解縛, 抉其口, 以湯灌之, 久而能言曰: "郎中讀程文, 夜過半, 某與書吏假寐. 有自外入青巾布袍如道人狀者, 語某曰: '何爲在此?' 以首門兩旁而去.

已而此吏從郎中出戶, 某獨坐, 其人復來曰: '外間大有好處, 無用兀坐也.' 攜手偕行, 見門外燈燭晶熒, 車馬雜沓, 與闤市不異. 試探首隙中窺之, 但覺門漸窄, 眼漸暗, 遂冥無所知耳." 明日, 黙黙如癡. 沈遣出, 經月始復常.(劉共甫親見.)

소흥 24년(1154) 1월, 자가 태허인 이부낭중 심허중이 성시의 참상관이 되었다. 밤에 변소에 갔다가 돌아왔다. 한 서리가 등롱[68]을 들고 앞서갔는데, 숙직하는 방[69] 앞에 이르렀을 때 갑자기 뭔가에 놀라 땅에 엎어져서 등롱불이 꺼지고 말았다. 심허중은 너무 무서워서 큰소리로 사람들을 불렀다. 과거시험장의 사람들은 자고 있다가 모두 일어나서 서로 바라보니 집을 지키는 아역이 이미 대들보 사이에 목을

68 篝火: 모닥불을 담은 쇠붙이로 만든 燈籠을 뜻한다.

69 直舍: 관원들이 궁궐에서 당직을 서며 사무를 보던 곳이다.

매고 있었다. 발이 땅에서 5~6척이나 떨어져 있을 정도로 높은 것을 보니 사람의 힘으로 할 수 있는 것이 아닌 것 같았다.

황실 의장대[70] 출신의 한 늙은 병졸이 말하길,

"이는 귀신이 한 일입니다. 서두르지 않아도 되니 다행입니다."

몇 개의 탁자를 가져다가 쌓은 뒤 올라가서 천천히 묶인 줄을 풀어 주고 입을 벌린 뒤 뜨거운 물을 넣어 주자 한참 지나서 비로소 말을 할 수 있게 되었다. 그가 말하길,

"이부낭중께서 과거 답안지[71]를 읽고 계셨는데, 밤늦은 시간에 저와 서리가 잠깐 잠이 들었습니다. 누군가 밖에서 들어왔는데, 푸른 건을 쓰고 베로 만든 장포를 입고 있어 마치 도인처럼 생겼더군요. 저에게, '어째서 여기에 있느냐?'라고 하더니 머리를 내밀고 문 양옆으로 나갔습니다. 잠시 후 서리가 이부낭중을 따라 문밖으로 나갔고, 저 혼자 앉아 있었습니다. 그 도인이 다시 와서 '밖에 정말 좋은 일이 있으니 꼼짝하지 않고 앉아 있을 필요가 없다'고 하면서 그가 제 손을 잡고 함께 갔는데, 문밖에는 불이 환하였고 수레와 말이 번잡하게 오가는 것이 떠들썩한 시장과 다르지 않았습니다. 저는 어떤가 보려고 머리를 문틈 사이로 내밀고 엿보았으나 문이 점차 작아지고 눈앞이 점차 어두워지는 느낌만 들더니 곧 어두워서 아무것도 알 수 없게

70 儀鸞司: 후량에서 황실 의장대인 儀鸞院을 설치하고 儀鸞院使를 두어 관장하게 하였다. 송조는 儀鸞司라고 개칭하고 衛尉寺 산하에 두었다. 제사 · 순시 · 연회 때 장막을 설치하는 일도 맡았다.

71 程文: 수험생이 제출한 답안 또는 과거 모범 답안이다. 모범 답안은 출제자 측에서 사전에 준비하거나 수험생의 답안 중에서 가장 좋은 답안을 선택하는 것이 관례였다.

되었습니다."

다음 날 아역은 아무런 말도 못하고 바보처럼 되었다. 심허중은 그를 다른 곳으로 파견하였고, 한 달이 지나니 비로소 정상 상태를 회복하였다.(자가 공보인 유공이 직접 보았다.)

15 동정관의 도사東庭道士

泉州士人陳方石, 與知東庭觀道士善. 陳嘗檢校村墅, 夢至官府, 見廷下閱囚訴. 有吏大聲曰: "追到泉州道士某." 視之, 乃東庭黃冠也. 又一吏從旁授以文牘一卷, 使讀之, 陳不曉其語, 獨聞一事云: "某年月日, 取常住穀若干斛釀酒." 頃之, 讀徹. 吏問曰: "是乎?" 道士辭服. 就取所讀文書包裹之, 自頂至踵皆遍, 推仆地, 一再展轉, 化爲大水牛. 陳驚寤, 遽訪道士, 正以是夕死.(陳字季野, □進裔孫也.)

천주[72]의 사인 진방석은 동정관을 관장하는 도사와 친하였다. 한번은 진방석이 촌락에 있는 농막을 조사[73]하러 갔다가 꿈을 꾸었다. 꿈속에서 한 관부에 갔다가 뜰에서 죄수들의 하소연을 점검하는 것을 보았다. 한 서리가 큰소리로 말하길,

"천주의 도사 모씨를 잡아 오도록 하라."

진방석이 보니 바로 동정관 도사[74]였다. 또 한 서리가 옆에서 문서 한 권을 도사에게 주고 읽어 보라고 하였다. 진방석은 그 내용을 이

72 泉州: 福建路 泉州(현 복건성 泉州市).

73 檢校: 본래 조사한다는 말인데, 관명으로 많이 쓰였지만 정식 관명은 아니었다. 통상 기존 관명에 '검교'를 더하여 업무 대행을 뜻하였으며 황제의 신임을 드러내는 효과도 있었다. 송대에는 태사·태위부터 國子祭酒·水部員外郎까지 檢校를 더했으나 원풍개혁으로 3公과 3師만 남기고 모두 폐지하였다. 政和연간(1111~1117) 이후 3公을 3少로 개칭하고, 무관은 檢校少師가 되면 비로소 太尉직을, 문관은 檢校少師가 되면 拜開府儀同三司직을 제수하였다.

74 黃冠: 누런색의 모자로서 주로 도사들이 사용했기에 도사의 대칭으로도 쓴다.

해하지 못하였으나 딱 한 가지 일에 대해서만 들을 수 있었으니,

"모년 모월 모일에 사찰의 곡식 몇 말을 가지고 술을 담갔다."

잠시 후 다 읽자 서리가 확인하길,

"내용이 맞느냐?"

도사가 죄를 인정하였다. 그러자 조금 전에 읽었던 문서로 도사의 머리끝부터 발끝까지 한 바퀴 돌려 모두 감쌌다. 그리고는 도사를 밀어 땅에 넘어트린 뒤 몇 차례 굴렸더니 큰 물소가 되고 말았다. 진방석이 놀라서 꿈에서 깬 뒤 급히 도사를 찾아갔더니 바로 그날 저녁 죽었다.(진방석의 자는 계야고 □진의 먼 후손이다.)

16 황여능의 아들黄氏少子

黃汝能, 徽州黟人. 紹興十七年爲臨安北廂官. 少子年十七矣, 生平不能詩. 忽如有物憑依, 作詩十數篇, 飄飄然有神仙之志. 多喜道巫山神女事. 汝能羣從中, 嘗有一少年子, 亦如是以死, 心以爲慮, 密諭之曰: "汝得非於居民家有染者, 致妄思若此乎? 吾官於斯, 苟有一事, 則累我矣." 子謝曰: "無之."

它日, 與父母對食, 徑往籬畔, 引首凝睇, 若望焉而未至者. 母追之還, 堅扣其故, 答曰: "適有所念耳, 無它也" 自是神觀如癡, 日甚一日. 汝能欲令其甥挈以還鄉, 而甥待試成, 均未達去. 乃閉之一室, 戒數僕晝夜環視之. 連夕稍怠, 守者微假寐, 已失其處. 則跪膝于窗下, 以衣帶自絞死矣.(程泰之說.)

휘주 이현[75] 사람 황여능은 소흥 17년(1147)에 임안부 북상관[76]이 되었다. 17세인 막내아들이 한 번도 시를 지어본 일이 없는데 어느 날 갑자기 무엇인가가 빙의하여 십수 편의 시를 지었다.

신선처럼 세속에 초연한 듯하면서도 좋아하는 내용은 도사와 무당, 산신과 애정에 관한 것이 대부분이었다. 황여능은 조카[77] 가운데

75 黟縣: 江南東路 徽州 黟縣(현 안휘성 黃山市 黟縣).

76 主管城北廂公事: 臨安府 城北廂公廳 소속의 관리로 서열은 통판 바로 아래다. 경조관으로서 지사 경력이 있는 관리 가운데 임용하였다. 주민들의 소송을 처리하고 60대 이하 곤장형에 대한 처결권을 갖고 있다. 『咸淳臨安志』에 따르면 관할 주민은 20만 명이었다. 약칭은 北廂官이다.

77 羣從: 사촌 형제나 조카 항렬을 뜻한다.

한 어린 사내애가 자기 아들과 마찬가지로 빙의로 인해 죽었기에 속으로 몹시 걱정이 되었다. 그래서 아들에게 조용히 타이르길,

"네가 민가의 누군가에 의해 잘못 물들어 이처럼 헛된 생각을 하기에 이른 것 아니냐? 아비가 이곳에서 관직에 있는데 만약 네게 무슨 일이라도 생기면 아비도 그에 연루된다."

아들이 죄송하다며 말하길,

"그럴 일은 없습니다."

하루는 자식이 황여능 부부와 함께 식사를 하다 말고 갑자기 일어나 울타리로 달려가더니 머리를 들고 아래를 내려다보았는데,[78] 그 모습이 마치 누군가 와야 하는데 오지 않아서 기다리는 것 같았다. 황여능의 아내가 쫓아가 데려온 뒤 무슨 일이냐고 꼬치꼬치 따져 묻자 대답하길,

"조금 전에는 제가 뭔가를 생각한 게 있어서 그랬지 특별한 것은 없습니다."

하지만 그때부터 정신이 멍해지기 시작했는데 상태가 나날이 심해졌다. 황여능은 조카에게 아들을 데리고 고향으로 돌아가라고 시켰지만 조카는 과거에 응시한 뒤에야 갈 수 있다고 해서 어떻게 할 수 없었다. 이에 아들을 방에 가두고 노복 몇 명에게 밤낮을 가리지 말고 둘러싸서 감시하라고 하였다.

며칠 밤이 지나 조금 긴장이 풀어져 지키던 자가 잠깐 선잠을 자는 사이에 아들이 어디론지 가 버렸다. 찾아보니 창문 아래에서 무릎을

78 睇: 본문의 '睇 '는 '睇'의 오기로 보인다.

끊고 옷 매듭으로 스스로 목을 맨 채 죽어 있었다.

(자가 태지인 정대창[79]이 한 이야기다.)

79 鄭大昌(1123~1195): 자는 泰之이며 江南東路 徽州(현 안휘성 黃山市) 사람이다. 浙東提點刑獄 · 江西轉運副使 · 泉州지사 · 明州지사 · 建寧府지사, 刑部侍郎 · 禮部侍郎 · 吏部尙書 등을 역임하였으며 龍圖閣直學士로 사임하였다. 천주지사 시절 沈師의 반란을 평정하는 데 공을 세웠다.

이견갑지 夷堅甲志 卷19

01 절의 여인 초상僧寺畫像 | 02 은치소치원恩穉所穉院

03 옥대에 관한 꿈玉帶夢 | 04 지옥에 간 모열毛烈陰獄

05 형씨 부인의 턱 수술邢氏補頤 | 06 잘못 들어간 명계의 관부誤入陰府

07 예적금강법술穢跡金剛 | 08 비천야차飛天夜叉 | 09 그믐밤의 달빛晦日月光

10 심추의 과거급제沈持要登科 | 11 도인 양씨楊道人

12 진왕유의 며느리陳王猷子婦 | 13 학씨네 집 도깨비郝氏魅

14 활로 까치를 잡은 왕권王權射鵲

01 절의 여인 초상僧寺畫像

平江士人徐賡, 習業僧寺, 見室中殯宮有婦人畫像垂其上, 悅之. 纔反室, 卽夢婦人來與合. 自是, 夜以爲常. 來幾, 遂死. 家人有嘗聞其事者, 至寺中蹤跡得之, 其像以竹爲軸, 剖之, 精滿其中.(魏志幾道說)

사찰에서 공부하고 있던 평강부[1]의 사인 서갱은 사찰 건물 안의 빈소 위에 걸려 있던 한 여인의 초상화를 보자마자 좋아하기 시작하였다. 그리고 자기 방으로 돌아와 꿈을 꾸었는데, 그 여인이 방으로 들어와 함께 사랑을 나누었다. 이때부터 매일 밤마다 그런 일이 계속되었고 얼마 지나지 않아 죽고 말았다. 가족 가운데 한 사람이 그 일을 듣고 절에 가서 그림을 찾아내었다. 대나무로 만든 초상화의 가름대를 갈라보니 그 안에 정액이 가득 차 있었다.(자가 지기인 위도가 한 이야기다.)

1 平江府: 兩浙路 平江府(현 강소성 蘇州市).

은치소치원恩穉所穉院

王師道, 字深之, 綿州人. 紹興二十八年, 挈妻子自蜀赴調行在. 明年正月晦, 夢有人類三省大程官狀來曰: "公有新命." 出黃敕示之, 乃除管某院云云. 王不暇細視, 曰: "我已通判資序, 今且作郡守, 何乃反充監當邪?" 其人曰: "此官不易得, 又上帝勅, 豈可拒也! 迎官且至, 治所不遠, 可卽往視事."

少頃, 從者皆至, 亟升車行. 纔一二里, 到大曹局, 門戶洞開, 視題額五字曰 '恩穉所穉院'. 吏曰: "所轄天下物命也." 其中皆禽鳥, 種類不可名狀, 而雀最多. 周覽未竟而寤, 以告家人, 誓不復殺生. 自恐不能永, 頗料理後事, 戒其子遍謁鄉人之在朝者. 夢後半月除知達州, 又十許日, 出謁歸, 得疾轎中, 至舟而卒, 時三月四日也.

소흥 28년(1158), 자가 심지이며 면주[2] 사람인 왕사도는 사천에서 임안부로 전보 발령이 나자 부임하기 위해 가족을 데리고 길을 나섰다. 이듬해 1월 그믐날, 꿈에 삼성[3]의 대정관[4]처럼 생긴 사람이 와서 말하길,

2 綿州: 成都府路 綿州(현 사천성 綿陽市).

3 三省: 隋·唐代에 완성된 중앙행정조직으로서 조서의 초안을 작성하는 中書省, 조서에 대한 심의 기능을 가진 門下省, 집행 기관인 尙書省을 가리킨다. 송대에는 대체로 중서문하성과 樞密院이 각각 민정과 군정을 담당하는 최고 기관으로 역할을 하였고 후에는 삼성이 통합 운영되어 본래의 기능을 잃었다.

4 大程官: 樞密院 承旨司 大程官營에 소속된 관리로서 승지사 諸房 문서의 수발을 담당한다. 정원은 100명이다.

"공에게 새로운 인사 명령이 났습니다."

그리고 누런색 칙서[5]를 보여 주었는데, 칙서에는 모모 원을 관할하는 직책에 제수되었다고 쓰여 있었다. 왕사도는 자세히 볼 틈이 없었지만 그 사람에게 묻길,

"저는 이미 통판을 맡을 경력을 쌓았고, 또 지금 주지사직을 맡았습니다. 그런데 어떻게 다시 조세를 담당하는 감당관[6]직에 보임된단 말입니까?"

그 사람이 말하길,

5 黃敕: 관직 임용이나 封爵, 신하들에 대한 훈계에 쓰던 漢代의 戒書(告誡)에서 발전하여 唐代에는 敕書를 發敕 · 敕旨 · 論事敕 · 敕牒 등 4종류로 구분하였다. 발칙은 官員의 증감, 州縣의 설치와 폐지, 兵馬의 징발, 官爵의 임면, 6품 이상 관직의 수여 등 중요 사안에 관한 것인데, 황제가 친필로 날짜를 기재하였기에 發日敕이라고도 하였다. 勅旨는 官僚의 상주에 대해 답하는 황제의 명령을, 論事敕은 황제가 백관을 훈계하는 것을, 敕牒은 尙書省에서 牒文을 이어 붙여 보내는 것을 뜻한다. 송대에는 당대의 제도를 계승하면서 관리에 대한 경계와 격려, 군민에 대한 曉諭의 성격인 敕牓이라는 것을 추가하였다. 용지는 주로 누런색을 사용하였는데, 元代에는 1~5품관에게는 흰색 종이에 쓰는 宣命, 6~9품관에게는 붉은색 종이에 쓰는 敕牒으로 구분하였다. 明代에는 칙서의 용도가 넓어져 관리에 대한 훈시나 위임은 敕諭, 6품 이하 관원이나 외국에 보내는 문서는 敕命이라고 하였다. 敕命은 족자 형식으로 蒼 · 青 · 黃 · 赤 · 黑 5종이 있었고, 비단으로 만들었으며 검은 나무로 축을 만들었다. 문관용에는 玉箸篆을 무관용에는 柳葉篆을 사용하고 升降龍을 그려 盤繞하였다. 敕命의 표지에는 '奉天敕命' 4자가 쓰여 있고, 敕文에는 먼저 皇帝의 敕辭를 쓴 뒤 관원의 가계와 이력 및 수여하는 관직의 품계를 썼다. 끝으로 연월일을 기재하고 '敕命之寶' 도장을 찍었다.

6 監當官: 鹽場 · 茶院 · 酒庫 · 竹木務 · 房租局 · 商稅監 등의 조세 징수 기관, 市舶庫 · 軍資庫 · 軍仗庫 · 糴納庫 · 支鹽倉 · 苗米倉 · 糧料院 등 창고 관리 기관, 술 · 차 · 소금 · 명반 등 전매 관리 기관, 都作院 · 作院 · 船場 · 冶鑄監場 등 여러 作坊의 업무를 담당하는 관리를 모두 監當官이라고 한다. 대부분 選人이나 小使臣을 파견하였으며 경조관 가운데 문책을 받거나 강등되어 맡기도 한다. 그 수가 대단히 방대하였다.

"이 직책은 맡기가 쉽지 않소이다. 게다가 상제께서 내리신 칙명이니 어찌 거절할 수 있겠소이까? 공을 맞이하기 위한 아병들도 곧 도착할 것이고 관아도 멀지 않으니 즉시 가서 공무를 처리하시오."

잠시 후 수행원들이 모두 와서 서둘러 수레에 태우고 출발하였다. 겨우 1~2리를 가자 큰 관아[7]에 이르렀는데, 문이 모두 열려 있었다. 편액에 쓰인 다섯 글자를 보니 '은치소치원'이었다.

서리가 말하길,

"여기에서 관할하는 것은 천하 만물의 생사에 관한 것입니다."

관아 안에 있는 것은 모두 짐승과 새였는데, 그 종류가 많아 일일이 말로 설명할 수 없었지만 참새가 가장 많았다. 주위를 채 다 둘러보지도 못한 상태에서 그만 꿈에서 깨었다. 왕사도는 꿈꾼 것을 가족들에게 말해 주고 다시는 살생하지 않겠다고 맹세하였다. 왕사도는 오래 살기 힘들 것 같다고 두려워하며 후사에 대해 각별히 신경 써서 처리하였고, 아들에게는 동향 사람 가운데 조정에 있는 관리들을 두루 찾아가 보라고 하였다. 꿈을 꾼 뒤 보름이 지나 달주[8]지사에 임명되었고, 다시 십여 일이 지난 뒤 외출하여 사람을 만나고 돌아오던 중 가마 안에서 병을 얻었는데, 배에 와서 곧 사망하고 말았다. 그때가 3월 4일이었다.

7 曹局: 관아란 뜻과 함께 각 분야에서 일을 처리하는 관리라는 뜻도 있다.

8 達州: 夔州路 達州(현 사천성 達州市).

03 옥대에 관한 꿈玉帶夢

張子韶侍郎謫居大庾, 得目疾. 後爲永嘉守, 中風, 手足不能擧, 目遂內翳. 丐祠祿, 還鹽官舊隱. 紹興二十九年三月望夜, 夢靑衣人引至大寺, 門金書牌八字, 但記其二曰: '開福'. 一僧如禪剎知客, 見張甚喜, 延入坐. 張問主僧爲誰? 曰: "沈元用給事也." 張曰: "吾與沈先生久不相見, 亟欲謁之." 命取公服, 隨語卽至. 見沈再拜, 沈答其半禮, 勞苦如平生. 且曰: "尊公在此." 命靑衣導往方丈東小堂, 其父母方對坐長嘯, 張趨拜號泣. 旁人叱曰: "此不是哭處."

復至法堂前, 問曰: "何故無佛殿?" 靑衣曰: "此以十方法界爲佛殿." 張曰: "吾病廢, 又失明, 未知他日有眼可見佛, 有口可誦經否?" 曰: "侍郎何嘗不見佛, 何嘗不誦經!" 又行及門側, 有小池淸泠, 外設欄楯. 靑衣曰: "八功德水也." 酌一杯飮之, 涼徹肌骨. 西廡一室極潔, 中掛畫像, 視之, 乃張寫眞. 大駭曰: "何以得此?" 靑衣曰: "異日當主此地, 然待公見玉帶了卽來." 遂寤. 遽召門人郎曄, 使書其事. 皆謂玉帶爲吉證, 若疾愈, 且大拜.

至六月二日, 兩疾頓除. 卽日出謁先墓, 繼往所親家燕集, 如是五日, 偶與諸生讀江少虞所集『事實類苑』, 至章聖東封丁晉公取玉帶事, 怒曰: "丁謂眞姦邪! 雖人主物, 亦以術取!" 因不懌, 廢卷而入, 疾復作, 不能言, 翌日卒. 人始悟玉帶之夢. 張壽六十八云.(竇思永說. 時爲鹽官簿.)

예부·형부시랑을 지낸 장구성이 남안군 대유현[9]으로 유배되어 기

9 大庾縣: 江南西路 南安軍 大庾縣(현 강서성 贛州市 大餘縣).

거하던 중 눈병을 얻었다. 후에 온주 영가현[10]지사가 되었는데, 그만 중풍에 걸려 수족을 마음대로 움직일 수 없었고 눈에 백태가 끼어 볼 수가 없었다. 이에 사록을 청하고 고향 수주 염관현[11]으로 돌아가고자 하였다.

소흥 29년(1159) 3월 보름날 밤에 꿈을 꾸었는데, 파란색 옷을 입은 사람이 장구성을 이끌고 큰 절로 갔다. 산문의 편액에는 금물로 여덟 글자를 썼는데, 단지 그 가운데 두 글자 '개복'만 기억이 났다. 선찰의 지객승[12]처럼 보이는 한 승려가 장구성을 보더니 아주 반가워하며 안에 들어와 앉으라고 청하였다. 지객승에게 어느 분이 주지냐고 묻자 알려 주길,

"급사중[13] 심회[14]입니다."

장구성이 말하길,

"심선생과 오랫동안 만나지 못하였으니 한시라도 빨리 뵙고 싶구려."

10 永嘉縣: 兩浙路 溫州 永嘉縣(현 절강성 溫州市 永嘉縣). 진회 사후 정계에 복귀한 장구성이 맡은 직책은 영가현지사가 아니라 온주지사였다.

11 鹽官縣: 兩浙路 秀州 鹽官縣(현 절강성 嘉興市 海寧市).

12 知客僧: 사찰에서 손님 접대를 책임진 승려로 약칭은 知客이며 典客 · 典賓이라고도 한다. 客司 · 知客寮는 지객승의 거실을 뜻한다.

13 給事中: 元豐 3년(1080) 관제개혁 후 정4품 직사관직으로 바뀌어 문하성에 상달된 문서와 문하성에서 하달하는 문서를 읽고 잘못된 점을 반박하거나 바로잡는 업무를 처리하였다. 약칭은 給事이다.

14 沈晦: 자는 元用이며 兩浙路 杭州 錢塘縣(현 절강성 杭州市 上城區) 사람이다. 『夢溪筆談』의 저자 沈括의 증손자지만 집안이 몰락하여 고생하다가 북송의 마지막 과거인 宣和 6년(1124) 과거에 장원급제하였다. 북송 멸망으로 금군의 포로가 되어 끌려갔고, 돌아와 明州 · 處州 · 宣州지사를 거쳐 鎭江府지사 겸 兩浙西路안무사, 廣南西路經略使 등을 지냈다.

장구성이 아랫사람에게 관복을 가져오라고 시키는데 심회가 왔기에 그를 보고 두 번 절하였다. 심회는 반례[15]로 답례하였는데, 피곤해 보이는 모습이 살아생전과 같았다. 심회가 말하길,

"장공 부친[16]께서도 여기에 계십니다."

그리고는 파란색 옷을 입은 사람에게 장구성을 안내하여 방장실 동쪽에 있는 작은 건물로 모시라고 시켰다. 장구성의 부모는 서로 마주 앉아서 낭랑한 소리로 이야기하고 있었고, 장구성은 서둘러 절을 올리며 울었다. 그러자 옆에 있던 사람이 나무라길,

"여기는 곡하는 곳이 아니오."

다시 장구성을 데리고 법당 앞에 가자 장구성이 묻길,

"불전이 없는 것은 무슨 까닭이요?"

파란색 옷을 입은 사람이 답하길,

"천지사방 온 세상[17]이 바로 불전이기 때문입니다."

장구성이 말하길,

"나는 병으로 폐인이 된데다 실명까지 했으니 훗날 눈을 떠서 부처님을 뵐 수 있을지, 입이 있어 경전을 외울 수 있을지 모르겠소이다."

15 半禮: 윗사람이 아랫사람에 대하여 행하는 의례를 말한다. 통상 아랫사람이 올리는 의례, 즉 全禮의 반만 하는 것이 관례다.

16 尊公: 손위 어른에 대한 경칭이자 상대방 부친에 대한 존칭이다.

17 十方法界: 法은 각기 다른 우주만물 모두 각자의 특성을 갖고 각자의 궤적에 따라 움직인다는 뜻으로서 '軌持'라고도 한다. 界는 각기 다른 사물은 각기 다른 범주·한계를 갖고 있다는 뜻이다. 화엄종에서 시방법계는 크게 10개의 法法界와 10개의 人法界로 나눈다. 法法界는 事法界·理法界·境法界·行法界·體法界·用法界·順法界·違法界·教法界·義法界로 나누며, 人法界는 人·天·男·女·在家·出家·外道·諸神·菩薩·佛로 나눈다.

그러자 푸른 옷을 입은 사람이 말하길,

"시랑께서 언제 부처를 친견하지 않은 적이 있습니까? 언제 경전을 외우지 않은 일이 있습니까?"

두 사람이 다시 앞쪽의 대문 옆으로 갔는데, 그곳에 있는 작은 못은 물이 아주 맑고 차가웠고, 못 옆에는 난간을 설치하였다. 파란색 옷을 입은 사람이 말하길,

"이 못을 팔공덕수라고 합니다."

물 한 잔을 떠서 마시자 얼마나 차가운지 뼛속까지 시원하였다. 서쪽 행랑채의 가운데 방 하나가 몹시 청결하였는데, 가운데 초상화 한 폭이 걸려 있어 살펴보니 바로 장구성 자신의 초상이었다. 장구성이 몹시 놀라며 말하길,

"내 초상화가 어떻게 해서 여기 있단 말인가?"

파란색 옷을 입은 사람이 말하길,

"훗날 이 절의 주지가 되실 것입니다. 하지만 장공께서 옥으로 만든 허리띠를 보신 뒤에야 비로소 주지로 오실 수 있습니다."

이 말을 듣자마자 곧 꿈에서 깨었다. 장구성은 서둘러 문인 낭엽을 불러서 이 일을 기록하게 하였다. 모두 꿈에 옥대를 본 것은 길상한 징조라며 만약 병에서 나으시면 큰 벼슬에 제수될 것이라고 말하였다.

6월 2일이 되자 장구성의 두 가지 질병이 갑자기 없어졌다. 장구성은 당일로 나가서 선친의 산소를 성묘하고 이어서 사돈 집에 가서 모여 잔치를 하였다. 이렇게 닷새 동안 잔치를 한 뒤 우연히 여러 학생들과 함께 강소우[18]가 편찬한 『사실유원』[19]을 읽었는데, 진종[20]이 동악 태산에서 봉선을 거행하고 정위[21]가 옥대를 받은 부분을 읽게 되

자 화를 내며 말하길,

"정위는 정말로 간사한 자다. 황제의 옥대[22]임에도 불구하고 감히

18 江少虞: 政和연간(1111~1127)에 進士가 되어 天台學官이 되었다. 금군의 공격에 용감하게 저항하였고, 建州·饒州·吉州의 지사를 역임하였으며 치적이 대단했다. 대략 남송 紹興 1년(1131)까지 활동했던 기록이 보인다.

19 『事實類苑』: 원명은 『사실유원』이지만 『宋朝事實類苑』이라고도 한다. 북송태조 때부터 신종까지 120년간의 史實을 모은 총 78권의 책으로 상주문·경전·故事 등 100여 편이 수록되어 있다.

20 章聖皇帝(968~1022, 재위 998~1022): 宋 眞宗 趙恒으로서 眞宗은 廟號이고, 謚號는 '膺符稽古神功讓德文明武定章聖元孝皇帝'이며, 통상 '章聖皇帝'로 칭한다. 진종은 부친 태종이 거란·서하와의 전쟁에서 연패한 데 따른 부담을 안고 즉위하였는데, 景德 1년(1004), 거란군이 수도 개봉으로부터 300㎞ 떨어진 澶淵까지 쳐들어오는 위기에 처하였다. 이에 한때 천도를 고려할 정도로 위축되었지만 전면 대응을 주장하는 재상 寇準의 제안을 받아들여 친정을 감행하고, 전세를 대등한 상태로 만드는 데 성공하였다. 하지만 서하의 군사적 압박이 계속되는 상태에서 거란과의 장기전이 부담스러워 매년 비단 20만 필과 은 10만 냥을 거란에 주기로 하고 정전협정을 체결하였다. 전연에서의 맹약 체결로 114년에 걸친 장기 평화가 유지되었고, 기존의 국방비 지출에 비해 부담스러운 액수도 아니었지만 세폐 공여에 따른 비판 때문에 자존심에 상처를 입었다. 결국 진종은 天書와 符瑞를 조작하고, 封禪을 감행해 위신을 회복하자는 간신 王欽若과 丁謂의 건의를 받아들여 泰山에서 封禪하고 汾陰에서 后土 제사를 지내는 사기극을 연출하였다. 이로써 국고의 탕진과 함께 조야에 허위의식이 만연하는 심각한 후유증을 낳았다.

21 丁謂(966~1037): 자는 謂之이며 兩浙路 蘇州 長洲縣(현 강소성 蘇州市) 사람이다. 진종 때 7년에 걸쳐 參知政事·樞密使·同中書門下平章事를 역임하는 등 권력을 누렸다. 천재형의 실무관료로 박학다식하고 임기응변에 능하여 이름이 높았지만 천서와 봉선에 앞장서는 등 아부에 앞장서서 국력을 탕진함으로써 당시 王欽若 등과 함께 '五鬼'로 꼽혔다. 乾興 1년(1022)에 晉國公에 봉해졌다.

22 진종은 태산에서 봉선의식을 마치고 8명의 대신에게 옥으로 만든 허리띠를 하사하고자 했지만 당시 행궁에 보관 중이던 옥대가 7개에 불과하여 尙衣局에서 보관 중이던 옥대 1개를 추가하여 나눠 주려고 하였다. 그런데 상의국에서 보관하고 있던 '比玉'이란 옥대는 수백만 銀兩에 달하는 고가품이었다. 정위는 비옥을 차지하고 싶었지만 서열이 8위여서 자기 차례가 되지 못할 것을 알고 담당 관리에게 우선 자신이 갖고 있는 작은 옥대를 이용하여 행사를 치르고 도성으로 돌아가서 그때 옥대를 받으면 좋겠다고 제안하였다. 행사 당일 진종은 정위의 옥대가 유난히 작은 것을 보고 당장 제대로 된 옥대로 교환해 주라고 지시하였고, 담당관은 상의

농간을 부려서 차지하다니!"

이 일로 불쾌해하더니 책을 덮고 안으로 들어갔다. 병이 다시 발작하여 말을 할 수 없게 되었고, 다음 날 그만 사망하고 말았다. 사람들은 그때 비로소 옥대에 관한 꿈이 어떤 뜻인지 깨닫게 되었다. 장구성의 나이는 68세였다.(두사영이 한 이야기다. 당시 두사영은 염관현 주부였다.)

국에서 보관 중인 옥대로 교체하여 주었다. '비옥'은 熙寧연간(1068~1077)에 다시 황궁으로 반환되었다.

04 지옥에 간 모열毛烈陰獄

瀘州合江縣趙市村民毛烈, 以不義起富. 他人有善田宅, 輒百計謀之, 必得乃已. 昌州人陳祈, 與烈善. 祈有弟三人, 皆少, 慮弟壯而析其產也, 則悉擧田質于烈, 累錢數千緡. 其母死, 但以見田分爲四, 於是載錢詣毛氏, 贖所質.

烈受錢, 有乾沒心, 約以他日取券. 祈曰: "得一紙書爲證, 足矣." 烈曰: "君與我待是耶?" 祈信之. 後數日往, 則烈避不出. 祈訟于縣. 縣吏受烈賄, 曰: "官用文書耳, 安得交易錢數千緡而無券者, 吾且言之令." 令決獄, 果如吏旨. 祈以誣罔受杖, 訴于州·于轉運使, 皆不得直.

乃具牲酒詛于社. 夢與神遇, 告之曰: "此非吾所能辨, 盍往禱東獄行宮, 當如汝請." 旣至殿上, 於幡帷蔽映之中, 屑然若有言曰: "夜間來." 祈急趨出, 迨夜, 復入拜謁, 置狀于几上. 又聞有語曰: "出去." 遂退. 時紹興四年四月二十日也.

如是三日, 烈在門內, 黃衣人直入, 捽其胸毆之, 奔迸得脫, 至家死. 又三日, 牙儈一僧死, 一奴爲左者亦死. 最後祈亦死. 少焉復蘇, 謂家人曰: "我往對毛張大事, 善守我七日至十日, 勿斂也."

祈入陰府, 追者引烈及僧參對, 烈猶以無償錢券爲解. 獄吏指其心曰: "所憑唯此耳, 安用券?" 取業鏡照之, 睹烈夫婦並坐受祈錢狀. 曰: "信矣." 引入大庭下, 兵衛甚盛. 其上袞冕人, 怒叱吏械烈. 烈懼, 乃首服. 主者又曰: "縣令聽決不直, 已黜官. 若干吏受賕者, 盡火其居, 仍削壽之半."

烈遂赴獄, 且行, 泣謂祈曰: "吾還無日, 爲語吾妻, 多作佛果救我. 君元券在某櫝中. 又吾平生以詐得人田, 凡十有三契, 皆在室中錢積下, 幸呼十三家人併償之, 以減罪." 主者又命引僧前, 僧曰: "但見初質田時事, 他不預知也." 與祈俱得釋.

旣出, 經聚落屋室, 大抵皆囹圄. 送者指曰: "此治殺降者·不孝者·巫祝淫祠者·逋誑佛事者, 其類甚衆. 自周秦以來, 貴賤華夷悉治, 不擇也." 又謂祈曰: "子來七日矣, 可急歸." 送抵其家而寤. 遣子視縣吏, 則其廬焚矣. 視其僧, 茶毗已三日.

往毛氏述其事, 其子如父言, 取券還之. 是夕, 僧來擊毛氏門, 罵曰: "我坐汝父之故被逮, 得還, 而身已焚, 將何以處我!" 毛氏曰: "業已至此, 唯有□爲作佛事耳." 僧曰: "我未合死, 鬼錄所不受, 又不可爲人, 雖得冥福, 無用也. 俟此世數盡, 方別受生, 今只守爾門, 不可去矣." 自是, 每夕必至. 久之, 其聲漸遠, 曰: "以爾作福, 我稍退舍, 然終無生理也." 後數年, 毛氏衰替始已.(杜起莘說, 時劉夷叔居瀘, 爲作傳.)

노주 합강현[23] 조시촌의 촌민 모열은 부당한 방법으로 돈을 모아 부자가 되었다. 마을 사람이 좋은 밭과 집을 갖고 있으면 곧장 온갖 방법을 다 동원하여 빼앗으려 했고, 어떻게 해서든 차지하고 말았다. 창주[24] 사람 진기가 모열과 친하였는데, 진기에게는 동생이 셋 있었다. 당시 동생들이 모두 어렸는데 훗날 크면 재산을 나눠 줘야 하므로 모든 전답을 모열에게 저당 잡히고 수천 관에 달하는 돈을 빌렸다. 어머니가 돌아가시자 진기는 오직 남은 전답만 4등분하였다. 그리고 돈을 싣고 모열에게 가서 저당을 풀고자 돈을 갚았다.

모열은 돈을 받은 뒤 진기의 재물을 가로채려는[25] 생각에 다음에 저당 증서를 가져가라고 하였다. 진기가 말하길,

23 合江縣: 梓州路 瀘州 合江縣(현 사천성 瀘州市 合江縣).

24 昌州: 梓州路 昌州(현 중경시 永川縣·大足縣·榮昌縣).

25 乾沒: 요행으로 이익을 얻는다는 말로서 공공의 재물이나 남의 재물을 횡령함을 뜻한다.

"지금 말한 것을 종이에 써서 증서로 준다면 상관없겠지."

그러자 모열이 답하길,

"자네와 나 사이에 증서가 필요하단 말이야?"

진기는 그 말을 믿고 그냥 돌아갔다. 하지만 며칠 뒤 모열을 찾아갔을 때 모열은 자리를 피하고 만나 주지 않았다. 이에 진기가 현에 소송을 제기하였지만 현의 서리는 모열의 뇌물을 받고 말하길,

"관에서는 문서에 따라 일을 처리할 수밖에 없다. 수천 관에 달하는 돈을 주고받으면서 증서가 없다는 게 말이 되는가? 내가 현지사께 말씀을 드려 보기는 하겠다."

현지사가 판결하였는데, 결과는 서리가 생각한 것과 같았고 오히려 진기는 무고죄로 곤장을 맞았다. 이에 노주 관아와 재주로[26] 전운사에 상소하였지만 모두 패소하였다. 그러자 진기는 술과 제물을 올리고 토지신께 빌었다. 그러자 꿈에 토지신과 만났는데, 토지신이 진기에게 알려 주길,

"이 일은 내가 처리할 수 있는 것이 아니다. 왜 동악행궁에 가서 기도드리지 않느냐? 동악행궁에 가면 네가 원하는 대로 해 줄 것이다."

동악행궁에 도착하자마자 전각에 올라가니 깃발이 나부끼고 휘장으로 가려진 어두운 곳에서 갑자기 누군가가 말하길,

26 梓州路: 乾德 3년(965), 북송은 後蜀을 멸망시키고 成都府(현 成都市)를 치소로 한 西川路를 설치하였다. 開寶 6년(973)에 서천로 동부지역을 분리하여 夔州를 치소로 하는 峽路를 신설하였고, 峽路는 至道 3년(997) 전국 15개 路 체제의 하나로 유지되었다. 그러나 咸平 4년(1001), 峽路의 서남부지역을 분리하여 梓州를 치소로 하는 梓州路를 신설하면서 峽路를 夔州路로 개칭하였다. 재주로는 11개 州 · 1개 軍 · 1개 監을 관장하였다. 川南이라고도 한다.

"밤에 오너라."

진기가 급히 달려 나와 밤이 되기를 기다렸다가 다시 전각에 들어가 참배한 뒤 고소장을 탁자 위에 올려놓았다. 그러자 다시 누군가가 말하길,

"나가거라."

진기가 곧 물러갔다. 그때가 바로 소흥 4년(1134) 4월 20일이었다. 이렇게 사흘이 지난 뒤 모열이 집 대문 안에 있는데, 갑자기 누런색 옷을 입은 사람이 곧장 들어와 모열의 가슴을 잡아끌더니 두들겨 팼다. 모열은 잽싸게 달아나서 겨우 벗어날 수 있었지만 집에 도착하자마자 죽고 말았다. 다시 사흘이 지난 뒤 중개상과 한 승려가 사망하였고, 모열을 돕던 노비도 역시 사망하였다. 마지막에는 진기도 사망하였는데, 잠시 후에 깨어나서 가족들에게 일러 말하길,

"나는 명계에 가서 모열이 속인 큰 사안에 대해서 대질할 것이니 7일에서 10일 동안 내 몸을 잘 간수해라. 염해서는 안 된다."

진기가 명계의 관부에 들어가니 포졸이 모열과 승려를 끌고 나와 대질 조사하였다. 모열은 여전히 진기가 돈을 반환받아야 하는 증서가 없다는 점을 들어 자신의 무죄를 해명하였다. 옥리가 모열의 심장을 가리키며 말하길,

"믿을 만한 증거로 이것보다 더 좋은 것이 없습니다. 무슨 증서가 필요하겠습니까?"

살아서의 업보를 비쳐 볼 수 있는 거울을 가져다 살펴보니 모열 부부가 함께 앉아 진기의 돈을 받는 모습이 보였다. 그러자 말하길,

"확실합니다!"

관련자들을 모두 큰 청사 아래로 끌고 들어가니 위병들이 대단히

많았다. 그 위에는 곤룡포를 입고 면류관을 쓴 왕이 노하여 서리들을 질책하고 모열을 형틀에 매달으라고 하였다. 모열은 두려워 곧 머리를 끄덕이며 죄를 인정하였다. 왕이 또다시 말하길,

"현지사가 사안을 살펴보고 판결하는 것이 정직하지 못하여 이미 강등시켜 쫓아내었고, 뇌물을 받은 몇몇 서리들은 그들의 집을 다 태워 버림과 동시에 그들의 수명을 반으로 줄여 버렸다."

모열이 곧 감옥으로 가면서 진기에게 울면서 호소하길,

"나는 살아 돌아갈 날이 없으니 내 아내에게 공덕[27]을 많이 쌓아 나를 구원해 달라고 말을 전해 주시게. 자네의 원래 차용증서는 어느 궤짝 안에 들어 있소. 또 내가 평생 사람을 속여서 전답을 차지했는데, 관련 문서가 모두 13개나 있다오. 다 집안에 보관 중인 돈 아래에 두었으니 열세 집 사람들을 불러 모두 돌려줘서 내 죄가 조금이라도 줄어든다면 다행이겠소이다."

왕이 다시 승려를 끌고 앞으로 나오라고 명하자, 승려가 말하길,

"저는 그저 처음 전답을 저당 잡힐 때의 일만 보았을 뿐 다른 일은 사전에 안 것이 없습니다."

승려는 진기와 함께 석방되었다. 관부에서 나와 한 마을을 지났는데 그 집들 모두 감옥 같았다. 진기와 승려를 환송하던 자는 그 집들을 가리키며 말하길,

"여기는 투항한 자를 살해한 자, 불효자, 음사를 일삼은 무당, 불사를 속이고 지체한 자 등을 처벌하는데 그 종류가 대단히 많소. 주나

27 佛果: 수행을 통해 證果를 얻는다는 말로서 成佛을 뜻한다. 또 證果를 얻기 위해 佛因을 쌓아야 하므로 善根 · 功德을 뜻하기도 한다.

라와 진나라 이래 귀한 자와 천한 자, 한인과 번인을 막론하고 모두 가리지 않고 다스리고 있소."

또 진기에게 말하길,

"그대가 온 지 7일이 되었으니 서둘러 돌아가야 합니다."

진기를 집까지 데려다주자 진기는 꿈에서 깨어났다. 진기가 아들을 보내서 합강현의 서리 집을 살펴보았더니 집이 불타 버렸고, 그 승려에게도 가 보니 이미 다비한 지 사흘이 지났다.

진기가 모열의 집에 가서 사정을 말해 주자 모열의 아들은 아버지 말처럼 저당 문서를 돌려주었다. 그날 밤 승려가 와서 모열의 집 대문을 두드리며 욕하길,

"나는 너의 아버지 일에 연루되어 체포되었다가 돌아오기는 했지만 이미 육신을 화장하여 버렸으니 앞으로 나를 어떻게 해 줄 것이냐?"

모열의 아들이 말하길,

"일이 이미 이렇게 되었으니 제가 할 수 있는 일이라고는 불사를 해 드리는 것밖에 다른 방법이 없습니다."

승려가 말하길,

"내가 죽어야 할 때가 되서 죽은 것이 아니기 때문에 명계에서는 명부에 올려 주지도 않는다. 그렇다고 해서 사람이 될 수도 없으니 아무리 명복을 빌어 준다고 해도 아무 소용이 없다. 이생에서의 인연이 다하기를 기다린 뒤에야 비로소 환생이 가능하니 지금으로서는 그저 너희 집을 지키고 있을 뿐 다른 곳으로 갈 수도 없다."

그때부터 승려의 영혼이 매일 저녁마다 빠트리지 않고 모열 아들의 집에 왔다. 하지만 오랜 시간이 흐르자 그 목소리가 조금씩 멀어

지더니 마침내 말하길,

"네가 나를 위해서 공덕을 쌓았기에 내가 조금이나마 너희로부터 멀어질 수 있게 되었다. 하지만 어떻게 해도 다시 살아날 도리가 없구나."

그 뒤 몇 년이 지나 모씨 집안은 점차 쇠퇴하기 시작하였다.(자가 기신인 두신로[28]가 한 이야기다. 당시 자가 이숙인 유망지[29]가 노주에 살고 있어서 이 일화를 전해 주었다.)

28 杜莘老(1107~1164): 자는 起莘이며 成都府路 眉州 青神縣(현 사천성 眉山市 青神縣) 사람으로 杜甫의 13대 손이다. 성시에 합격한 뒤 전시에 불참하였지만 고종이 그의 재능을 아껴 합격시켰고, 殿中侍御史로 있으면서 직간과 공평무사함으로 이름을 떨쳤다. 사천 遂州지사로 부임하고 재직하면서 고종의 말처럼 행각승처럼 지내고 선정을 베푼 것으로 유명하다. 재상 虞允文은 그의 묘비에 '剛直御史'라고 썼다.

29 劉望之(1131~1162): 자는 觀堂이며 梓州路 瀘州 合江縣(현 사천성 瀘州市 合江縣) 사람이다. 南平軍教授와 秘書省正字를 역임하였다. 본문의 '夷叔'이 또 하나의 자인지 여부는 확인할 수 없다.

05 형씨 부인의 턱 수술邢氏補頤

晏肅, 字安恭, 娶河南邢氏, 居京師. 邢生疽於頤, 久之, 頤頷連下齶及齒, 脫落如截, 自料即死, 訪諸外醫. 醫曰: "此易耳, 與我錢百千, 當可治." 問其方, 曰: "得一生人頤與此等者, 合之則可." 晏氏懼, 謝去之.

兒女婢僕輩相與密貨醫, 使試其術. 是夜, 以帛包一物至, 視之, 乃婦人頤一具, 肉色闊狹長短, 勘之不少差. 以藥綴而封之. 但令灌粥飮, 半月發封, 瘡已愈. 後避亂寓會稽, 唐信道與之姻家, 嘗往拜之. 邢氏口角間有赤縷如線, 隱隱連頤. 凡二十幾年乃亡.

자가 안공인 안숙은 하남 사람 형씨를 아내로 맞아 개봉부에 살고 있었다. 형씨의 턱에 악성 종기가 나더니 오래되자 턱에서부터 아래 잇몸 및 이빨까지 마치 자른 것처럼 떨어져 나갔다. 형씨는 죽을 날이 머지않았다고 생각하고 이에 여러 외과의사를 찾아가 보았는데, 한 의사가 말하길,

"이것은 간단한 일입니다. 제게 10만 전을 주시면 치료해 드릴 수 있습니다."

그 방법을 물어보자 대답하길,

"환자의 것과 크기가 같은 살아 있는 사람의 턱 하나를 구해서 결합시키면 됩니다."

안숙은 겁이 나서 사양하고 말았다.

하지만 안숙의 자식들과 여자 노비들은 서로 은밀하게 논의한 뒤

의사를 매수하여 그 방법을 시험 삼아 해보게 하였다. 그날 밤, 의사는 비단에 한 물건을 싸 가지고 왔는데, 그것을 보니 바로 여자의 턱 한 개였다. 살의 색깔이며 폭, 길이까지 재어 보니 조금도 차이가 없었다. 약으로 꿰매고 봉합한 뒤 묽은 죽만 먹어야 한다고 하였다. 보름이 지나서 봉합한 것을 열어 보니 상처가 이미 나아 있었다. 후에 월주[30]로 피난하여 살았는데, 당신도와 안숙은 사돈이여서 일찍이 찾아간 일이 있었다. 형씨의 입아귀에는 붉은 실 자국 같은 것이 있었고, 턱을 따라 살짝 움직이는 것이 보였다. 형씨는 그 뒤로 20여 년을 더 살고 사망하였다.

30 會稽: 兩浙路 越州(현 절강성 紹興市).

06 잘못 들어간 명계의 관부 誤入陰府

李成季昭玘, 少時得熱疾, 數日不汗, 煩躁不可耐, 自念若脫枕席, 庶入清涼之境, 便覺騰上帳頂. 又念此未爲快, 若出門, 當更軒暢, 卽隨想躍出. 信步游行, 歷曠野, 意殊自適.

俄抵一大城郭, 廛市邑屋, 如人間州郡. 李容與街中, 有舊識販繒媼, 死已久矣, 遇李驚曰: "何爲至此? 此陰府也." 李懼, 求救. 媼曰: "我無能爲也. 幸常販繒, 出入右判官家, 試爲扣之." 乃相隨至其門, 止李于外, 曰: "勿妄動, 捨此一步, 則眞死矣."

媼入, 移時喜而出曰: "事濟矣, 但當更與左判官議乃可." 俄聞索馬之聲, 暨出, 乃綠衣少年. 媼呼李尾其後, 至所謂左判官之舍, 緋衣人出迎, 綠衣曰: "適有陽間人游魂至此, 須遣人送還." 緋衣曰: "誰令渠自來? 旣至矣, 又非此間追呼, 何必遣." 李側耳傾聽, 益恐.

綠衣曰: "試爲檢籍, 恐或有官祿." 再三言之. 緋衣始持不可, 不得已, 命吏取籍至. 吏讀曰: "李昭玘, 位至起居舍人." 綠衣咤曰: "如何! 如何! 渠合有許大官職, 擅留之得否?" 排衣頗慙, 乃相與作符, 共押之. 用印畢, 授一小鬼, 使送李.

李重謝媼, 始行. 有問者, 卽示以符. 小鬼瘡瘍滿頭, 膿血腥穢, 歌呼不絶聲. 每數十步, 輒稱足痛而坐, 哀祈之, 乃行. 前至曠野, 曰: "我只當至此, 還汝符." 擲之於地. 李俯欲拾, 蹶而寤. 蓋昏然瞑臥經日矣. 自是李氏春秋設媼位祠之, 果終於右史.

자가 성계인 이소기[31]는 젊었을 때 열병을 앓았는데, 며칠 동안 땀

31 李昭玘(?~1126): 자는 成季이며 京東東路 齊州(현 산동성 濟南市) 사람이다. 蘇

이 나지 않고 가슴이 답답하고 불안해서[32] 참기 힘들었다. 혼자 생각하길 만약 잠자리를 옮긴다면 혹 시원하게 잠을 잘 수 있지 않을까 여겼는데, 그런 생각을 하자마자 몸이 붕 떠서 침상 휘장 꼭대기로 올라갔다. 하지만 이것만으로는 충분하지 않다고 다시 생각하고 만약 문밖으로 나가면 더욱 시원하게 높이 올라가겠지라고 여기자 즉시 생각처럼 몸이 문밖으로 튕겨져 나갔다. 마음 내키는 대로 돌아다니며 넓은 들판을 차례로 보니 마음이 아주 유유자적하였다.

잠시 후에 큰 성곽에 이르렀는데 시장의 점포와 마을의 집이 마치 사람 사는 곳의 고을과 같았다. 이소기는 한가롭고 여유 있게 거리를 돌아다녔는데, 전부터 알고 지내던 비단 장수 노파가 거리에 있었다. 그 노파는 죽은 지 이미 오래되었는데 갑자기 이소기를 만나게 되자 놀라서 묻길,

"어떻게 여기에 왔습니까? 여기는 명계의 관부입니다."

이소기가 두려워 떨며 살려 달라고 부탁하였다. 노파는 말하길,

"나는 도와 드릴 힘이 없습니다. 다행히 늘 비단을 하느라 우판관 댁을 드나드니 방법을 한번 알아보겠습니다."

곧 노파는 이소기와 함께 우판관 집 대문에 이르렀는데, 노파는 이소기에게 밖에서 기다리라고 한 뒤 말하길,

軾에 의해 진사에 발탁되었으며, 永興·京西·京東路提點刑獄使를 역임했으나 채경에 의해 구법당으로 몰려 물러났다. 휘종 즉위 후 太常少卿·滄州지사가 되었고 起居舍人으로 추천받았으나 曾布의 반대로 무산되었고, 다시 구법당이란 이유로 15년 동안 은거하였다. 후에 기거사인으로 임명되었으나 사양하였다.

32 煩躁: 마음이 답답하고 불안하며 조급해져 쉽게 화를 내고 심할 경우 행동거지가 불안해 보이는 증상을 말한다.

"경거망동하시면 안 됩니다. 이번에는 한 발자국만 잘못해도 진짜 죽게 됩니다."

노파가 판관 집으로 들어가더니 잠시 후 밝은 얼굴로 나와서 말하길,

"일이 잘 되었습니다. 다만 다시 좌판관과 상의해야만 비로소 가능합니다."

잠시 후 말을 준비하라는 소리가 들렸고, 누군가 문밖으로 나오기에 보니 녹색 옷을 입은 소년이었다. 노파는 이소기를 부르더니 그 뒤를 따라가라고 하였다. 그렇게 해서 간 곳이 이른바 좌판관 집이었는데, 붉게 누인 비단 옷을 입은 사람이 나와 맞이하였다. 녹색 옷을 입은 소년이 말하길,

"방금 이승 사람의 떠도는 영혼이 이곳에 왔으니 반드시 사람을 시켜서 돌려보내야 합니다."

붉게 누인 비단 옷을 입은 사람이 말하길,

"누가 그 사람보고 자기 스스로 오라고 했나? 기왕에 왔다면 우리가 좇아가 부를 것도 아니니 꼭 보낼 필요가 있소?

이소기가 옆에서 귀 기울여 듣고는 더욱 두려웠다. 녹색 옷을 입은 소년이 말하길,

"시험 삼아 그의 명적을 살펴보지요. 혹 그에게 어떤 관운이 있을지도 모르지 않습니까?"

녹색 옷을 입은 소년이 거듭하여 말하자 붉게 누인 비단 옷을 입은 사람이 처음에는 안 된다고 고집하였다가 할 수 없이 서리에게 명적을 갖고 오라고 지시하였다. 서리가 명적을 읽길,

"이소기는 관위가 기거사인에 이른다."

녹색 옷을 입은 소년이 혀를 차며 말하길,

"그것 보세요! 그것 보세요! 그 사람에게 이렇게 큰 관운이 있잖습니까? 마음대로 붙잡아 둬서 되겠습니까?"

붉게 누인 비단 옷을 입은 사람이 자못 부끄러워하더니 곧 둘이 함께 공문서를 만들어 공동으로 서명하고 인장을 찍은 뒤 도깨비에게 주어 이소기를 송환하게 하였다.

이소기는 거듭 노파에게 사의를 표한 뒤 비로소 길을 떠났다. 조사하는 사람을 만나면 공문서를 제시하였다. 도깨비는 머리가 온통 종기투성이여서 고름과 피로 냄새나고 더럽기 짝이 없었지만 끊이지 않고 노래를 불렀다. 매번 수십 보를 걷고 나면 번번이 발이 아프다며 주저앉았다. 이소기가 도깨비에게 간절하게 애원하면 다시 출발하였다. 한 넓은 들판에 이르렀을 때 도깨비가 말하길,

"나는 여기까지만 맡았소. 당신의 공문서를 돌려주겠소."

그러더니 공문을 땅에 던져 버렸다. 이소기가 몸을 구부려 주우려다 그만 발을 헛디뎌 넘어졌는데 꿈에서 깨었다. 정신없이 잠을 잔 것이 대략 하루가 지났다. 이때부터 이소기는 봄가을로 노파의 위패를 모셔 놓고 제사를 지냈다. 과연 그는 기거사인이 되었다.

07 예적금강법술穢跡金剛

漳泉間人, 好持穢跡金剛法治病禳禬, 神降則憑童子以言. 紹興二十二年, 僧若沖住泉之西山廣福院, 中夜有僧求見, 沖訝其非時. 僧曰: "某貧甚, 衣鉢纔有銀數兩, 爲人盜去. 適請一道者行法, 神曰: '須長老來乃言.' 幸和尙暫往."

沖與偕造其室, 乃一村童按劍立椅上, 見沖卽揖曰: "和尙且坐, 深夜不合相屈." 沖曰: "不知尊神降臨, 失於焚香, 所問欲見若沖何也?" 曰: "吾天之貴神, 以寺中失物, 須主人證明, 此甚易知, 但恐興爭訟, 違吾本心. 若果不告官, 當爲尋索."

沖再三謝曰: "謹奉戒." 神曰: "吾作法矣." 卽仗劍出, 或躍或行, 忽投身入大井, 良久躍出, 徑趨寺門外牛糞積邊, 周匝跳擲, 以劍三築之, 嗜然仆地. 踰時, 童醒. 問之, 莫知. 乃發糞下, 見一塼臬兀不平, 擧之, 銀在其下. 蓋竊者所匿云.

복건성 장주[33]와 천주[34] 일대 사람들은 예적금강의 법술로 병을 치유하기 위한 굿을 아주 선호하였다. 신이 강림하면 동자에게 빙의하여 말하곤 하였다. 소흥 22년(1152), 승려 약충이 천주의 서산 광복원에서 머물고 있었는데, 하루는 밤중에 만나기를 청하는 승려가 있었다. 약충은 늦은 밤에 만나자고 한 것에 의아해 했는데, 그 승려가 말하길,

33 漳州: 福建路 漳州(현 복건성 漳州市).

34 泉州: 福建路 泉州(현 복건성 泉州市).

"소승은 몹시 가난하여 의발에 넣어 둔 은 몇 냥밖에 없는데, 그나마 사람들이 도둑질해 갔습니다. 그래서 한 도인에게 가서 술법을 행해 달라고 청하자, 신께서 말씀하시길, '반드시 장로가 와야 말해 주겠다'라고 하니 스님께서 잠시 가 주셨으면 좋겠습니다."

약충은 승려와 함께 그 방에 가보니 마을의 한 동자가 검의 손잡이를 잡은 채 의자 위에 서 있었다. 동자는 약충을 보자 즉시 읍하며 말하길,

"스님께서는 잠시 앉으시지요. 깊은 밤이라 서로 만나기에 적합하지 않습니다."

약충이 말하길,

"신께서 강림하신 줄 모르고 향을 태우지 않은 실례를 범하였습니다. 저를 보시고자 하는 까닭이 무엇인지 여쭙고자 합니다."

동자가 말하길,

"저는 하늘의 존귀한 신인데, 절에서 물건을 하나 잃어버렸습니다. 주인이 꼭 증명해 준다면 이는 아주 쉽게 알 수 있는 일이지요. 다만 내 본심과 달리 소송이 붙을까 걱정스럽습니다. 만약 관에 고발하지 않는다면 분명 찾을 수 있을 겁니다."

약충이 거듭 사의를 표하고 말하길,

"삼가 가르침을 받들겠습니다."

신이 말하길,

"제가 술법을 행하겠습니다."

그리고는 곧장 손에 지닌 칼을 빼어 들고 뛰기도 하고 걷기도 하다가 홀연 몸을 던져 우물에 들어가더니 한참 지나 뛰어나왔다. 잽싸게 절 문밖에 소똥을 쌓아 둔 곳으로 가더니 주변을 돌면서 뛰고 던졌

다. 그리고 칼로 세 차례 찌르고 갑자기 땅에 엎드렸다. 잠시 후 동자가 깨어나기에 조금 전에 있었던 일을 물어보았더니 아는 것이 없었다. 이에 소똥을 헤쳐서 아래를 살펴보니 벽돌 하나가 있었는데, 울퉁불퉁하여 흔들렸다. 벽돌을 들어내자 그 아래에 은이 있었다. 아마 도둑이 숨겨 놓은 것이 아닐까 싶었다.

08 비천야차飛天夜叉

趙淸憲丞相挺之夫人郭氏之姪郭大, 以盛夏往靑社外邑, 乘月以行. 中路馬驚, 鞭策不肯進. 左顧瓜田中, 一物高丈餘, 形如蝙蝠, 頭如驢, 兩翅如席, 一爪踞地, 一爪握瓜食之, 目光爛然. 郭喪膽, 回馬疾馳, 數十步間反顧, 猶未去. 他日, 入神祠, 見壁畫飛天夜叉, 蓋其物也.

승상 청헌공 조정지[35]의 부인 곽씨의 조카 곽대는 한 여름에 청주[36]성 밖의 어느 마을에 갔다. 밤에 달빛을 이용해 길을 가던 도중 말이 갑자기 놀라서 채찍으로 때려도 가려고 하지 않았다. 왼쪽을 돌아보니 오이 밭 사이에 무엇인가 높이가 한 길이 넘는 것이 있었다. 모양은 박쥐처럼 생겼고, 머리는 나귀처럼 생겼으며, 양쪽 날개는 돗자리처럼 컸다. 한쪽 발톱으로는 땅에 웅크리고 한쪽 발톱으로는 오이를 먹고 있었다. 눈빛이 환하여 곽대는 간이 콩알만해졌다. 말을 돌려 마구 달리다가 수십 보를 지난 뒤 되돌아보니 여전히 가지 않고 있었다. 다른 날 어느 사묘에 들어갔다가 벽에 그려진 비천야차를 보았는데, 바로 그때 보았던 그 동물이었다.

35 趙挺之(1040~1107): 자는 正夫이며 京東東路 密州 諸城縣(현 산동성 濰坊市 諸城市) 사람이다. 熙寧 3년(1070)에 진사급제한 뒤 각종 관직을 역임하였으며, 신법당으로 구법당 배척에 적극 나섰다. 崇寧연간(1102~1106)에 재상이 되어 채경과 권력투쟁을 하였으나 밀려나고 말았다. 시호는 淸憲이다. 아들 趙明誠의 아내가 유명한 여류시인 李淸照이다.

36 靑社: 京東東路 靑州(현 산동성 濰坊市 靑州市). 본래 토지신을 제사 지내는 동쪽의 땅을 뜻하나 靑州의 별칭이기도 하다.

09 그믐밤의 달빛晦日月光

趙淸憲賜第在京師府司巷. 長女適史氏, 以暑月不寐, 啓戶納凉, 見月滿中庭如晝, 方歎曰: "大好月色." 俄廷下漸暗, 月痕稍稍縮小, 斯須光滅. 仰視, 星斗粲然. 而是夕乃晦日, 竟不曉爲 何物光也.(四事皆王秬嘉叟說.)

청헌공 조정지가 황제로부터 하사받은 집이 개봉부의 부사항에 있었다. 장녀가 사씨에게 시집갔는데, 여름에 너무 더워 잠을 이루지 못하자 문을 열고 통풍을 시켰다. 한참 달이 동그래서 정원이 낮처럼 환하자 감탄하며 말하길,

"정말 달빛이 아름답구나!"

잠시 후 정원이 점차 어두워지더니 달그림자가 점차 작아져 짧은 순간 빛이 없어졌다. 머리를 들어 하늘을 쳐다보니 별들이 찬란히 빛나고 있었다. 그날 밤이 그믐이었으니 도대체 무엇이 그렇게 빛을 발하였는지 끝내 알 수 없었다.(이 네 가지 일화 모두 왕가수가 한 이야기다.)

10 심추의 과거급제沈持要登科

沈持要樞, 湖州安吉人. 紹興十四年, 婦兄范彥煇監登聞鼓院, 邀赴國子監秋試. 旣至, 則有旨: "唯同族親乃得試, 異姓無預也." 范氏親戚有欲借助於沈者, 欲令冒臨安戶籍爲流寓, 當召保官, 其費二萬五千.

沈不可, 范氏挽留之, 爲共出錢以集事. 約已定, 沈殊不樂. 而湖州當於八月十五日引試, 時相去纔二日耳, 雖欲還, 亦無及. 是日晚, 忽見室中長人數十, 皆如神祇, 叱之曰: "此非爾所居, 宜速去, 不然, 將殺汝." 沈驚怖得疾, 急遣僕者買舟歸.

行至河濱, 見小舟, 呼舟人平章之, 曰: "我安吉人, 販米至此, 官方需船, 不敢歸. 若得一官人, 當不取其僦直, 然所欲載何人也?" 曰: "沈秀才." 復詢其居, 曰: "吾鄰也. 雖病, 不可不載." 卽率舟中人共舁以登. 薄暮出門, 疾已脫然如失.

十六日早, 抵吳興城下, 見白袍紛紛往來, 問之, 云: "昨日已入擧場, 而試卷遇暴雨多沾漬, 須易之, 移十七日矣." 沈遂得趁試. 所親者來賀曰: "徙日之事, 特爲君設耳." 試罷, 且揭榜, 夢大雷震而覺, 出庭中視之, 月星粲然, 心以爲惑, 欲決之著龜.

遲明, 有占軌革者過門, 筮之, 得震卦. 畫一婦人, 病臥床上, 一人趨而前, 旁書'奔'字, 其詞有龍化之語. 占者曰: "公占文書甚吉, 但家內當有陰人病, 然無傷也." 卜者出, 報榜人已至, 姓名曰貢勝, 沈中魁選. 及還家, 妻果臥疾.

明年赴省, 以范爲考官, 避入別院. 一之日, 試經義, 且出, 有廂部邏者, 守之不去. 時挾書假手之禁甚嚴, 沈頗訝其相物色, 曰: "何爲者?" 曰: "見君篋中一·二燭甚佳, 非湖州者邪? 若無用, 幸見與." 沈悉以與之. 次日, 試詩賦, 其人又來, 曰: "適詣謄錄所, 見主司抄一試卷, 至于五·六, 絶類君所書, 必高捷. 今夕勿遽畢, 吾已設一次于戶外矣." 沈意其欲得燭, 又以贈之. 受而還其一, 曰: "請君留此以自照, 三年一來, 不可不致詳也."

晩出中門, 引手招就坐, 設一几, 四顧無人, 沈欲納卷出, 挽使再讀, 至家藏孝經詩, 乃覺誤押兩方字, 亟更焉. 明日, 入訪之, 了不復見. 始驗神以其誤, 委曲爲地也. 是年, 遂擢第. 蓋旅中所見鄰人挐舟, 雨污試卷, 軌革之卜, 邏者之言, 皆有默相之者, 異哉!

소흥 14년(1144), 자가 지요인 호주 안길현[37] 사람 심추[38]는 감등문고원[39]으로 재직하고 있는 손위 처남 범언휘의 초청에 의해 국자감 가을 시험에 응시하러 갔다. 항주에 도착한 뒤 이번 시험에 대한 성지가 내려왔는데,

"반드시 경조관의 동족만 응시할 수 있으며, 성이 다를 경우 참여할 수 없다."

범언휘의 친척 가운데 심추의 도움을 얻고자 하는 자가 있었는데, 임안부[40]에 상시 거주하는 외지인 호적[41]에 위장전입하고자 했다. 위장전입에는 신원을 보증해 주는 관원이 있어야 하고 그 대가는 2만 5

37 安吉縣: 兩浙路 湖州 安吉縣(현 절강성 湖州市 安吉縣).

38 沈樞: 자는 持要이며 효종 때 待制를 역임하였다. 筠州에 유배된 일이 있으며, 치사 후에 쓴 것으로 보이는 『通鑑總類』는 정사와 야사가 섞여 있는 책이다.

39 監登聞鼓院: 억울한 일이 있는 사람들이 정부에 직접 청원하는 기관인 등문고원의 책임자로 정원은 2명이다. 본래 判登聞鼓院事라고 칭하였다가 남송 초 監登聞鼓院으로 개칭하였다. 겸직이기 때문에 직급과 보수는 본래 관직에 따라 결정되며 朝官 또는 卿監官에서 임용하였다. 登聞鼓院은 景德 4년(1007)에 鼓司를 등문고원으로 개칭한 것이며 司諫 소속 기관이다. 고종이 태학생 陳東을 주살한 뒤로 기능이 크게 위축되었다.

40 臨安府: 남송 兩浙路 臨安府(현 절강성 杭州市).

41 流寓: 본적지가 아닌 곳에서 장기 거주하는 사람을 뜻한다.

천 전이었다.

심추는 안 된다고 했지만 범언휘는 가지 말라고 만류하면서 친척과 함께 돈을 내어서 위장전입 문제를 잘 처리하고자 하였다. 약정이 이루어지자 심추는 아주 불쾌하였다. 게다가 호주의 시험[42]은 8월 15일로 정해져서 시간이 불과 이틀 밖에 남지 않았다. 그래서 호주로 돌아가려고 해도 이미 늦은 상태였다. 이날 밤, 갑자기 방안에 수십 명의 거인들이 나타났는데 모두 신처럼 생겼다. 신들이 심추를 질책하길,

"이곳은 네가 머물 곳이 아니니 속히 떠나야 한다. 그렇지 않으면 너를 죽일 것이다."

심추는 너무 무서워 병이 났고, 서둘러 노복을 보내 배편을 구해 집으로 돌아가고자 하였다.

강가에 도착하자 작은 배가 보였는데, 뱃사람을 불러 확인하자, 뱃사람이 말하길,

"저는 안길현 사람입니다. 쌀을 팔기 위해 여기까지 왔는데, 관아에서 배가 필요하다고 해서 감히 돌아가지 못하고 있습니다. 만약 관원 한 분만 탄다면 당연히 뱃삯을 면해 드리겠습니다. 그런데 배에 타시려는 분이 어떤 분이신지요?"

노복이 답하길,

"수재 심추요."

42 引試: 사인들이 과거에 응시하려면 반드시 신분에 관한 연대보증이 필요하다. 친척 가운데 대역죄 · 불효 · 승려나 도사 환속자 등이 없어야 함을 보증하는 것이다. 과거 직전에 知擧官이 이를 확인하여 이상이 없어야 응시 자격을 부여하는데, 이를 가리켜 引試라고 한다.

다시 사는 곳을 묻고는 말하길,

"제 이웃이군요. 비록 병이 드셨지만 꼭 태워 드려야겠지요."

즉시 배에 타고 있던 사람들을 이끌고 와서 함께 심추를 들어서 배에 태웠다. 해 질 무렵 수문을 지나 성 밖으로 나왔는데, 갑자기 병이 다 나은 것처럼 몸이 가벼워졌다.

16일 아침, 호주 오흥현성[43] 아래에 이르자 흰 도포를 입은 사람들이 분분이 오가는 모습이 보였다. 무슨 일이냐고 물어보자 대답하길,

"어제 이미 과거시험장 입장을 마쳤는데, 시험지가 폭우로 다 젖어서 교체해야만 한답니다. 그래서 시험을 17일로 연기하였습니다."

심추는 곧 시험에 응시할 수 있었다. 친구들이 와서 축하하며 말하길,

"어제 일은 특별히 자네를 위해 생긴 것이 분명해!"

시험을 마치고 합격자 명단을 붙이려고 할 때, 심추는 큰 우레와 벼락이 치는 꿈을 꾸고 깨어났다. 정원에 나와 밤하늘을 보니 달과 별이 찬란하게 빛나서 마음으로 이상하게 여겼다. 심추는 해몽을 위한 점을 치고 싶었다.

막 동이 텄을 때, 궤혁점을 보는 사람이 문 앞을 지나기에 점을 쳐봤더니 진괘가 나왔다. 진괘에 해당하는 그림을 보니 한 부인이 병이 나서 침상에 누워 있었고, 한 사람이 그 앞을 서둘러 가고 있었으며, 옆에는 '달릴 분奔'이라는 글자가 쓰여 있었다. 풀이해 놓은 글은 '용처럼 홍한다'고 되어 있었다. 점쟁이가 풀이하길,

43 吳興縣: 兩浙路 湖州 吳興縣(현 절강성 湖州市 吳興區).

"공께서 점괘로 뽑은 글은 아주 길합니다. 다만 집안의 여자 가운데 환자가 있다는 것이 걸리기는 하지만 크게 문제가 될 것은 없습니다."

점쟁이가 나가자마자 과거 합격자 명단을 보고 온 사람이 도착했는데 그 이름이 분승이었다. 분승은 심추가 1등으로 합격하였다고 알려주었다. 심추가 집에 돌아가니 정말로 아내가 아파서 누워 있었다.

이듬해 성시에 응시하였는데 범언휘가 감독관이어서 회피규정에 따라 별도의 장소에서 시험을 보았다. 첫 번째 날은 경전의 뜻에 관한 시험을 보았다. 시험을 마치고 나가려 하자 결채에서 순찰하는 자가 문을 지키면서 나가지 못하게 하였다. 당시 책을 몰래 휴대하거나 대리시험을 보는 부정행위에 대한 관리가 매우 엄격하였는데, 그의 모습이 무엇인가를 찾는 것 같아 자못 의아했다. 심추가 묻길,

"무엇하는 것인가?"

순찰이 답하길,

"당신의 상자 안에 있는 한두 개의 초가 매우 좋아 보이는데, 호주에서 만든 것 아닙니까? 만약 쓸 일이 없으면 내게 주실 수 있습니까?"

심추는 순찰에게 초 두 개를 다 주었다.

다음 날 시와 부에 관해 시험을 보았는데, 그 순찰이 다시 와서 말하길,

"답안지를 옮겨 적는 등록소에 갔다가 주관 부서 서리가 한 답안지를 옮겨 적고 있는 것을 보았는데, 대여섯 장까지 보니 분명히 당신이 쓴 글이었소. 반드시 급제[44]할 것입니다. 오늘 저녁에 절대로 서둘러 끝내지 마시기 바랍니다. 내가 문밖에 한 번 자리를 마련하

겠습니다."

심추는 순찰이 초를 얻고 싶어서 그러나보다 여기고 초를 다시 주었다. 순찰은 초를 받더니 그 가운데 하나를 돌려주며 말하길,

"이 초 하나를 보관하였다가 필요할 때 쓰시기 바랍니다. 과거가 3년에 한 번 있으니 세심하게 준비하지 않으면 안 됩니다."

밤에 중문을 나오자 순찰이 심추의 손을 잡고 자리에 앉게 한 뒤 탁자를 하나 준비하였다. 사방에 아무도 없었다. 심추는 답안지를 제출하려고 했지만 만류하며 다시 한번 읽어 보라고 하였다. '집에 효경과 시경을 둔 곳'이라는 부분에서 비로소 두 곳의 글자 압운이 잘못되었음을 알고 급히 수정하였다. 다음 날 과거장에 들어가 순찰을 찾아보았지만 다시는 볼 수 없었다. 그때 비로소 신이 그 잘못을 알고 완곡하게 알려 준 것임을 깨달았다. 심추는 그해에 과거에 급제하였다. 아마 여행 중 만난 고향 사람이 배를 끌고 온 일, 시험지가 비에 젖은 일, 궤혁점을 본 일, 순찰의 말 등 모든 것이 말 없는 가운데 서로 연계된 것이리라. 참으로 기이한 일이다.

44 高捷: 과거에 급제한다는 말이다.

11 도인 양씨楊道人

溫叔皮革之女, 嫁秀州陳氏子, 旣而仳離, 居家學道. 有楊道人者, 亦士大夫家女子, 與之同處. 紹興二十四年, 溫赴漳州守, 過泉南, 館于漕使行宇. 女與楊及二婢在西房, 夜半, 忽大呼捕賊. 溫杖劍往, 見楊之婢高擧手向梁間, 初無絆縛, 而牢不可脫, 其旁靑衣童, 年可十四五, 腰下佩一物, 類藥笈.

溫叱之曰: "汝何人, 敢中夜至此?" 曰: "我京師人也, 楊道人欠我藥錢百萬, 今來取之, 關君何事!" 又連呼數聲. 正爭辯間, 倏已滅. 溫遣招天慶觀道士鄭法詢治之. 及至, 婢縛旣釋, 無所施其術. 時楊氏年未三十, 江南所生. 所謂京師藥錢之語, 或以爲宿世事云.

자가 숙피인 온혁[45]의 딸은 수주[46]의 진씨 집 아들에게 시집갔다. 오래지 않아 부부가 따로 떨어져 지내게 되자 친정에 머물면서 도에 대하여 공부하였다. 양도인이라는 사대부 집안의 여자가 있었는데 온혁의 딸과 함께 살았다. 소흥 24년(1154)에 온혁이 장주지사로 부임하면서 천주의 남쪽을 지나다가 전운사 관저에 투숙하였다. 온혁의 딸과 양도인, 그리고 두 시비가 서쪽 방에 머물렀는데, 한밤중에 갑자기 '도둑놈 잡아라'라는 큰소리가 들렸다. 온혁이 칼을 들고 갔는데, 양도인의 시비가 대들보 사이로 손을 높이 들고 있었다. 본래 묶

45 溫革: 자는 叔皮이며 福建路 泉州(현 복건성 泉州市) 사람이다.
46 秀州: 兩浙路 秀州(현 절강성 嘉興市).

은 것이 없었는데도 꼼짝할 수 없게 무엇인가에 단단히 에워싸인 것 같았다. 그 옆에 파란색 옷을 입은 동자가 있었는데, 나이가 대략 14~15세쯤 되어 보였고 허리에 물건 하나를 차고 있었는데, 약상자처럼 보였다.

온혁이 동자를 꾸짖길,

"너는 누구냐? 어찌 감히 이 밤중에 여기에 들어왔단 말이냐?"

동자가 말하길,

"나는 도성 사람입니다. 양도인이 내 약값 100만 전을 갚지 않아서 지금 받으러 왔습니다. 댁이 무슨 상관입니까?"

그리고 몇 차례 계속해서 소리를 질렀다. 두 사람이 막 논쟁을 벌이는데, 갑자기 그 동자가 사라지고 말았다. 온혁이 사람을 보내 천경관 도사 정법을 초대하여 상의하고 이 일을 처리하게 하였다. 도사가 오자 묶어 맨 것이 이미 풀려서 특별히 할 일이 없었다. 그때 양도인의 나이는 서른이 안 되었고 강남에서 태어났으니 동자가 말한 도성에서의 약값이라는 말은 아마도 전생의 일이 아닌가 싶다.

12 진왕유의 며느리陳王猷子婦

潮州人陳王猷爲梅州守. 子婦死焉, 葬之于郡北山之上, 其魂每夕歸, 與夫共寢. 夫懼, 宿于母榻. 婦復來卽之, 不可卻, 雖家人相見無所避. 一子數歲矣, 韶秀可愛, 每欲取以去, 擧家爭而奪之. 婦出入自若. 陳氏甚懼, 乃召道士醮設及禱于神, 皆不能遣. 時紹興庚午三月也. 又三月, 陳守卒于郡.

매주[47]지사인 조주[48] 사람 진옥유는 며느리가 세상을 떠서 매주 북쪽의 산 위에 매장하였다. 그런데 며느리의 혼령이 매일 저녁마다 집으로 돌아와 남편과 동침하였다. 아들은 두려워서 어머니 침상에서 잠을 잤다. 하지만 며느리의 혼령은 계속 다시 와서 침상에 올라왔는데, 말릴 수가 없었으며 집안사람들이 쳐다보는데도 거리끼는 바가 없었다. 아들 부부 사이에 몇 살 된 아들이 하나 있었는데, 잘생기고 귀여웠다. 며느리가 매번 아들을 데리고 가려고 해서 온 집안 식구들과 아이를 놓고 싸웠다. 며느리가 마음대로 드나들자 진옥유는 몹시 무서워하여 도사들을 불러 제단을 쌓고 신에게 기도하였지만 누구도 며느리의 혼령을 내쫓지 못하였다. 이는 소흥 20년(1150) 3월에 있었던 일이다. 3개월 뒤 진옥유는 조주에서 사망하였다.

47 梅州: 廣南東路 梅州(현 광동성 梅州市).
48 潮州: 廣南東路 潮州(현 광동성 潮州市 · 汕頭市 · 揭陽市).

13 학씨네 집 도깨비 郝氏魅

郝光嗣爲廣州錄事參軍, 有魅撓其家, 房闥庖湢, 無不至也. 嘗火作于衣笥, 郝往救焚, 手皆焦灼. 告身一通, 但存字及印, 餘皆爇焉. 朝服衣裘, 悉穿穴不可著. 一日, 發印欲用, 封鐍宛然, 而中無有矣.

始猶命巫考治, 久而不效, 則掃一室, 嚴香火事之. 凡失印二十許日, 廣之官吏待稟俸者, 需糧料, 印未得, 咸以爲苦. 忽聞如大石墜于所事室中, 三擊几而止, 視之, 印也. 初, 郝氏以几不佳, 蒙以白紙, 蓋施三印於几上而去. 自是七日, 郝生死, 其家徙出. 魅隨之不置, 迨北歸乃已. 時紹興二十年.(三事皆謝芷茂公說.)

학광사가 광주[49] 녹사참군이 되었을 때 집안을 어지럽히는 도깨비가 있어 방과 방문, 부엌과 목욕탕에 이르기까지 해를 입지 않은 곳이 없었다. 한 번은 옷상자에 불이 나서 학광사가 달려가 불을 끄느라 손에 온통 화상을 입기도 했다. 사령장 한 통도 글자와 인장만 겨우 남고 나머지는 모두 타버리고 말았다. 관복과 가죽 옷도 모두 구멍이 뚫려 입을 수 없게 되었다. 하루는 관인을 꺼내서 사용하려고 했는데, 관인 상자는 여전히 밀봉되어 있는데 그 안에 아무것도 없었다.

처음에는 무당에게 도깨비를 다스리라고 명하였으나 오랫동안 효험이 없자 방 하나를 깨끗이 청소하고 향을 태우며 삼가 받들었다.

49 廣州: 廣南東路 廣州(현 광동성 廣州市).

관인을 잃어버린 뒤 20여 일이 되자 광주의 관리 가운데 녹미와 부가 물품을 받아야 하는 자[50]는 관인을 획득하지 못하여 모두 어려움을 겪었다. 그런데 갑자기 치성을 드리는 방 안으로 큰 돌이 떨어지는 소리가 들렸고, 제사상을 세 차례나 치더니 멈췄다. 가 보니 바로 관인이었다. 본래 학광사는 제사상이 깨끗하지 않아 흰 종이로 덮었는데, 이 종이 위에 세 차례 관인을 찍은 뒤 없어졌다. 이로부터 7일이 지나 학광사가 죽었고, 가족들이 이사하여 나갔다. 도깨비가 가족들을 따라다니며 놓아주지 않다가 북쪽으로 돌아간 뒤 비로소 사라졌다. 그때가 소흥 20년(1150)이었다.(위의 세 가지 일화 모두 사지무공이 한 이야기다.)

50 糧料: 唐·宋代 官員에 대한 급여로서 糧은 봉록, 料는 봉록 이외의 부가 품목을 뜻한다.

14 활로 까치를 잡은 왕권王權射鵲

建康都統制王權, 微時好射弩, 矢不虛發. 紹興初, 從韓咸安世忠往建州征范汝爲, 嘗挾弩往山間, 望樹上有鵲巢, 卽射之, 不知其中與否也. 聞有人在其後言曰: "使汝眼爲箭所中, 當如何?" 反顧, 無所見. 權悟其異, 亟登木視之. 一鵲中目, 宛轉巢內, 卽死, 權驚悔, 拔佩刀碎其弩. 未幾, 與賊戰, 流矢集于鼻眥之間, 去眼不能以寸, 病金創久之乃愈.(韓王子彦直子溫說.)

건강부[51] 도통제를 지낸 왕권[52]은 출세하기 전에 활쏘기를 좋아하였고, 쏘았다 하면 맞추지 못하는 것이 없었다. 소흥연간(1131~1162) 초, 함안군왕 한세충을 쫓아 범여위[53]를 정벌하러 건주에 갔을 때 활을 들고 산 속에 들어갔다가 나무 위에 까치둥지를 발견하곤 즉시 활

51 建康府: 남송 江南東路 建康府(현 강소성 南京市).

52 王權: 1161년 金의 海陵王이 전군을 이끌고 남하했을 때 建康府駐扎御前諸軍都統制로서 방어의 중책을 맡고 있었다. 하지만 盱眙에서 대패하여 揚州를 상실했고 和州로 후퇴한 뒤 군을 포기하고 도망침으로써 和州를 상실함은 물론 방어전략 전반에 일대 혼란을 초래하였다. 이에 고종은 李顯忠에게 王權을 대신하여 군을 지휘하라고 하였지만 미처 부대에 도착하기 전에 금의 공세가 시작되었고, 임시로 지휘하던 虞允文이 采石磯에서 대승을 거둠으로써 위기 상황을 종식시켰다.

53 范汝爲: 福建路 建州 蒲城縣(현 복건성 南平市 蒲城縣) 사람으로 사염 밀매업자 집안에서 자랐다. 당시 복건 내륙 4개 주에서는 식염을 관에서 판매하였는데 질이 좋지 않은 데 비해 값이 비싸서 사염 매매가 성행하였다. 당시 범여위는 관과 거듭 충돌하다가 결국 建炎 4년(1130) 7월에 建州에서 반란을 일으켰다. 이후 조정과 타협하여 항복하였으나 紹興 1년(1131) 연말에 다시 建州에서 반란을 일으켰다. 한때 세력을 크게 확장했으나 곧 한세충에 의해 진압되면서 자살하였다.

을 쏘았는데 활이 명중하였는지는 모르지만 어떤 사람이 왕권 뒤에서 말하길,

"만약 네 눈이 화살에 맞았다면 너 같으면 어떻게 하겠느냐?"

왕권이 뒤를 돌아보았지만 보이는 것은 아무것도 없었다. 왕권은 이상하다고 생각해 서둘러 나무 위로 올라가 살펴보니 까치 한 마리의 눈에 화살이 꽂혀 있었다. 까치는 둥지 안에서 뱅뱅 돌면서 괴로워하더니 곧 죽고 말았다. 왕권은 놀랍기도 하고 후회스럽기도 해서 패도를 꺼내 활을 부수고 말았다. 얼마 뒤 그는 범여위의 반군과 전투하면서 화살이 코와 눈꼬리 사이에 꽂혔는데, 눈에서 한 마디도 떨어지지 않은 곳이었다. 그는 화살의 상처로 앓다가 한참 지난 뒤 비로소 완치되었다.(한세충의 아들로 자가 자온인 한언직[54]이 한 이야기다.)

54 韓彦直: 자는 子溫이며 永興軍路 綏德軍(현 섬서성 楡林市 綏德縣) 사람이다. 한세충의 큰아들로서 강직한 성품이었다. 戶部郎官으로 淮東軍馬의 錢糧 공급에 힘썼고, 鄂州駐札御前諸軍都統制로 군대를 강하게 만들었다. 금조에 사신으로 다녀왔으며, 溫州지사로 있으면서 중국에서 가장 이른 감귤 전문서인 『永嘉橘錄』을 썼다.

이견갑지 夷堅甲志 卷20

01 목 선생木先生

汪致道叔詹, 徽州歙人. 紹興十八年, 以司農少卿總領湖北財賦. 嘗赴大將田師中宴集, 最後至. 漕使鄂守先在, 與田弈棋, 道人木先生者亦坐于旁. 見汪揖曰: "久別, 健否?" 汪愕曰: "相與昧平生, 何言久別?" 道人曰: "公已爲貴人, 忘之也! 獨不記宣州道店談牛奇章事乎?" 汪矍然起謝.

道人去, 汪謂諸客曰: "崇寧五年初登第, 得宣州教授, 以冬月單車之官, 投宿小村邸. 唯有一室, 一秀才已先居之. 日甚暮, 大雨, 不可前. 不得已推戶徑入, 曰: '値暮至此, 與公同此室, 可乎?' 秀才方踞火坐, 顧曰: '唯唯.' 良久, 忽言曰: '公曾讀『唐書』否?' 某慍曰: '某雖寡學, 寧鄙陋至是!' 又笑曰: '記得「牛僧孺傳」否?' 某不答. 秀才曰: '吾言無他, 公乃僧儒後身. 前生爲武昌節度使, 緣未盡, 今生當再往. 異時官祿多在彼土矣.' 某異其語, 疑爲相師, 問其姓字, 徐對曰: '公知有雍孝聞者乎? 吾是也. 自崇寧之初, 殿廷駮放, 浪迹山林, 偶有所遇爾.' 扣之, 不肯言, 終夕相對論文而已. 至曉而去, 不復再見. 適睹道人之貌, 蓋雍君也. 風采與四十年前不少異. 眞得道者也." 坐客莫不驚歎.

汪再漕湖北, 又守鄂州, 爲總領累年, 皆在武昌. 木生名廣莫, 往來漢沔間. 見人唯談文墨, 殊不及他事, 無有知其爲異人者. 沈道原濬亦識之, 云政和中以道士入說法, 徽宗謂其得林靈素之半, 故以木爲姓. (汪說.)

소흥 18년(1148), 휘주 흡현[1] 사람 왕숙첨[2]은 사농소경[3]으로서 호북

1 歙縣: 江南東路 徽州 歙縣(현 안휘성 黃山市 歙縣).

지방의 재정을 총괄[4]하였다. 한 번은 대장 전사중[5]이 초대한 연회에 참석하였는데, 그만 가장 늦게 도착하고 말았다. 전운사와 악주[6]지사가 먼저 도착하여 전사중과 바둑을 두고 있었고, 목 선생이라는 도인도 옆에 앉아 있었다. 목 선생은 왕숙첨을 보더니 읍을 하며 인사하길,

"오랫동안 뵙지 못하였습니다. 건강하시지요?"

왕숙첨은 깜짝 놀라서 말하길,

"그동안 서로 알고 지내는 사이가 아닌데 어떻게 오랫동안 보지 못했다고 하십니까?"

목 도인이 말하길,

"공께서는 이미 귀한 분이 되셔서 저를 잊으셨나 봅니다. 어찌 선주[7]의 주막[8]에서 당대 재상 우승유[9]의 일에 대하여 이야기 나눈 것을

2 汪叔詹(1080～1160): 자는 致道이며, 송금동맹 체결에 반대하여 재상 王黼에 의해 좌천되어 當塗 · 無爲 현지사로 나가 공평무사하게 일하였다. 翰林院編修 · 太常博士로 고종 즉위 조서를 기초하였고, 池州 · 鄂州 · 永州지사, 홍주 안무사를 거쳐 司農少卿으로 湖廣 · 荊襄 · 江西 6路의 재정을 총괄하였다. 후에 진회와 불화하여 사직하였다.

3 司農寺少卿: 籍田 · 靑苗 · 水利 · 保甲 · 각로 관원의 승진과 퇴출을 담당한 사농사의 부책임자이다. 元豐 3년(1080) 관제개혁 후 정6품이었다. 약칭은 司農少卿 · 大農少卿이었다.

4 總領: 북송 멸망과 남송 건국기의 혼란 속에서 군수 문제를 신속하게 처리하기 위해 대원수부 · 도독부 · 선무사 · 御前司都統制 등에 설치한 관직이다.
紹興 11년(1141)에 전국 군대를 10개 駐札御前諸軍都統制 체제로 개편하고 淮東 · 淮西 · 湖廣 · 四川總領所를 설치하여 군수 문제를 해결하고 군 통제에 나서게 하였다.

5 田師中: 紹興 6년(1136) 統制로서 大齊의 공격을 藕塘에서 격파하는 공을 세우기도 하였지만 상당히 부패한 장수였다. 후에 진회와 결탁하여 鄂州의 악비군단을 반으로 줄이고, 紹興 17년(1147)에는 강경파 牛皋을 독살시키는 등 악행을 저질렀다. 紹興 28년(1158) 開府儀同三司에 제수되었다.

6 鄂州: 荊湖北路 鄂州(현 호북성 武漢市).

잊으셨습니까?"

왕숙첨이 깜짝 놀라 일어나 사과하였다.

목 도인이 간 뒤 왕숙첨이 여러 손님들에게 말하길,

"숭령 5년(1106), 제가 과거에 막 급제하여 선주 교수직에 제수되었습니다. 겨울에 혼자 수레를 타고 부임하던 중 한 시골의 주막에 투숙하였죠. 방이라고는 하나밖에 없었는데, 한 수재가 먼저 투숙하고 있었습니다. 날이 곧 어두워지려고 하는데다 큰비까지 내려서 더 이상 갈 수가 없었습니다. 이에 부득이 문을 열고 그냥 들어가서 그에게 말하길,

'날이 이렇게 어두워져서 공과 함께 이 방을 썼으면 합니다. 괜찮으신지요?'

수재는 막 화로 옆에 발을 뻗고 앉았다가 저를 쳐다보고 말하길,

'네, 네.'

한참 지난 뒤 그가 갑자기 묻길,

'공께서는 『당서』를 읽어 보셨습니까?'

제가 화를 내며 말하길,

'제가 비록 공부한 것이 부족하지만 『당서』도 안 읽었을 정도로 어리석고 천박해 보입니까?'

7 宣州: 江南東路 宣州(현 안휘성 宣城市).

8 道店: 과객에게 식사와 숙박을 제공하는 길가에 연 작은 여관이다.

9 牛僧孺(779~847): 자는 思黯이고 京兆부 杜陵縣(현 섬서성 西安市 雁塔區 · 長安區) 사람이다. 唐 穆宗 · 文宗 때의 재상으로서 문벌귀족과 과거귀족 사이에 벌어진 '牛李黨爭' 가운데 牛黨의 수령으로서 李德裕와 오랜 정치 투쟁을 전개하였다. 奇章郡公에 봉해졌다.

그러자 수재가 웃으며 말하길,

'「우승유열전」을 기억하십니까?'

제가 대답하지 않자 수재가 말하길,

'제가 말씀드린 것은 다른 뜻은 없습니다. 공께서 바로 우승유의 후신[10]이기 때문입니다. 전생에 무창 절도사[11]였는데 인연을 다하지 못해 금생에 다시 부임하시는 것입니다. 훗날 많은 관록이 그곳에서 있을 것입니다.'

저는 그 말이 기이하게 여겨져 관상의 대가라고 생각하고 이름을 묻자 천천히 말하길,

'공께서는 옹효문이라는 사람을 아십니까? 바로 접니다. 숭령연간(1102~1106) 초부터 궁정에서 거리낌 없이 따지며 대들었고, 그 후 산림을 유랑하다가 우연히 이렇게 그대와 만나게 되었습니다.'

제가 이런저런 일에 대하여 물었지만 그는 말을 아꼈고, 밤새 서로 논한 것은 학문에 관한 것뿐이었습니다. 새벽이 되어 떠났는데 그 뒤로 다시 보지 못하였습니다. 조금 전에 도인의 얼굴을 보니 옹효문 같았습니다. 풍채가 40년 전과 조금도 다름이 없으니 정말로 도인이라고 할 만합니다."

좌중의 손님들 가운데 경탄하지 않는 사람이 없었다. 왕숙첨은 다시 호북 전운사로 승진하고 악주지사가 되었으며 호광 총령으로 여러 해 동안 재직하면서 모두 무창에서 근무하였다. 목 도인의 이름은

10 後身: 불교에서 말하는 과거 · 현재 · 미래의 인과에 따른 몸이란 뜻이다.

11 武昌節度使: 鄂州(현 호북성 武漢市)절도사로서 鄂州 · 嶽州 · 蘄州 · 黃州 · 安州 · 申州 · 光州 7개를 관장하였다.

광막이며, 호북의 한강과 한강의 상류인 면수 사이를 오갔다. 사람을 만나면 학문에 대해서만 이야기하였을 뿐 다른 일에 대해서는 언급하지 않아서 그가 기인임을 아는 사람은 없었다. 심준[12]도 목 도인에 대해 알고 있었다. 심준이 말하길 정화연간(1111~1117)에 도사 신분으로 궁정에 들어가 설법을 하였는데, 휘종이 말하길 그의 공력이 임林령소 반은 따라간다고 하여 목木씨를 성으로 하였다고 한다.

(왕숙첨이 한 이야기다.)

12 沈濬: 자는 道原이며 호주 출신으로 建炎연간(1127~1130)에 진사급제하였다.

紹興十二年, 唐信道廷對畢, 館于西湖靈芝寺. 時已五月, 二僕納涼湖邊, 呼聲甚急. 唐往視之. 二僕共挽一僧, 云: "僧走欲赴水, 一足已溺, 呼之不肯回, 力挽其衣, 猶不能制." 遂與歸室中. 寺之人云: "頃寇犯臨安, 兩僧死於湖, 今其鬼耳."

問溺者所見, 曰: "兩僧來告, 孤山設浴甚盛, 邀同舟以行, 一足□登, 而爲人掣其後, 故不得去, 心殊恨恨也!" 坐少定, 復發笥取新衣著之, 幷易履襪, 若有導之者, 徑趨水濱, 數僧急尾救之. 既還, 詆救者曰: "我適游處甚佳, 爾輩何見疾, 必強我歸? 我終一去耳." 主僧遣三人護之于室而扃其外.

唐所寓舍與之鄰, 惟以葦席爲限, 聞爲鬼所憑, 作詩云云. 唐唯記其一句曰: "日日移牀趁下風." 蓋竊東坡語也. 唐誚之曰: "汝生爲出家子, 視形骸如土木, 雖不幸死, 當超然脫去, 乃甘留戀爲游魂滯魄, 眞可羞也!" 答曰: "吾非爲厲者, 欲度此僧, 故與之俱. 且何預爾事!" 唐曰: "吾視人垂死而不救, 可乎? 且汝既不能自脫, 又枉以非命害一人, 何益於汝? 空令湖中增一鬼耳."

相往復至夜半, 鬼益怒, 叱曰: "只爾亦非了生死者." 唐嘻笑應之曰: "我當死卽死, 必無幽滯, 終不效汝, 加非理於生人." 鬼似悟唐說, 不復有語. 久之, 僧始昏睡. 迨曉, 問之, 乃會稽人, 主僧令送歸其家. 唐後見之於鑑湖鷲臺寺, 云: "只憶初赴水時事, 餘皆不知也."

소흥 12년(1142), 당신도는 전시를 마친 뒤 서호[13] 영지사에 머물렀

13 西湖: 항주시 서쪽에 위치한 6.4㎢의 호수다. 항주의 상징일 정도로 아름다운 풍

다. 그때가 5월이어서 당신도의 두 노복은 더위를 피해 서호 주변으로 쉬러 갔는데, 갑자기 아주 다급한 소리가 들려 왔다. 당신도가 달려가 보니 두 노복이 함께 승려를 끌어당기며 말하길,

"스님이 물에 들어가 발 하나가 이미 빠졌는데, 아무리 불러도 되돌아 나오지 않기에 힘껏 옷을 잡아당기고 있지만 제압하기 힘듭니다."

당신도는 그들과 함께 승려를 끌어내어 집으로 데리고 돌아왔다. 영지사 사람들이 말하길,

"예전에 금군이 임안부를 침범하였을 때 두 명의 승려가 서호에서 죽었는데, 오늘 일은 그 귀신들의 소행입니다."

물에 빠지려 한 승려에게 무엇이 보였냐고 물어보자 답하길,

"두 명의 승려가 제게 와서 말하길, 고산[14]에서 매우 큰 법회[15]를 준비하고 있다며 함께 배를 타고 가자고 청하였습니다. 그래서 한 발을 배에 걸쳤는데, 사람들이 뒤에서 잡아당겨서 가지 못하게 된 것입니다. 몹시 한스럽습니다."

앉아서 잠시 안정을 취하자 다시 옷상자를 열어 새 옷을 갈아입고 신과 양말도 바꿔 신더니 마치 누군가 이끌기라도 하는 것처럼 곧장 물가로 달려갔다. 몇몇 승려가 급히 뒤따라가서 그를 구하였다. 다시 돌아오자 구해 준 사람들을 꾸짖길,

광과 많은 문화유적이 집중되어 있다.

14 孤山: 서호 안에 있는 높이 35m, 면적 0.22㎢의 섬이다. 면적은 넓지 않지만 절강성박물관 · 文瀾閣 · 西泠印社 · 放鶴亭 · 秋瑾墓 · 樓外樓 등이 한데 어우러져 있는 명소다.

15 浴: 본래 초파일에 향료를 넣은 물로 석가모니 불상을 씻는 일을 말하며 법회를 뜻하기도 한다.

"내가 가서 노닐려고 하는 곳은 대단히 좋은 곳인데, 너희들이 무슨 나쁜 것을 보았다고 나를 억지로 끌고 온단 말이냐! 어떻게 하더라도 나는 꼭 가고 말 것이다."

주지는 그를 방에 들여보낸 뒤 세 사람을 보내 밖에서 빗장을 걸게 하였다. 당신도가 머물던 방이 그 옆이었고, 중간에 갈대로 짠 벽만 있어서 귀신이 빙의해서 시를 짓는 것을 들을 수 있었다. 당신도는 그 가운데 한 구절만 기억하였는데, 그 내용은 "날마다 평상을 옮겨 바람 부는 대로 따라가네"[16]로서 소동파의 글을 베껴 쓴 것이었다. 당신도가 귀신을 꾸짖길,

"너는 출가한 승려로 몸을 흙이나 나무처럼 여겨야 한다. 비록 불행히 죽었다고는 하나 마땅히 초연하게 세상을 떠나야 하는데, 미련을 버리지 못하고 떠도는 혼백이 되었으니 실로 부끄럽지 않으냐!"

귀신이 벽 너머에서 대답하길,

"저는 악귀가 아닙니다. 이 스님을 해탈하게 해 주려고 그와 함께 가려는 것입니다. 게다가 이 일이 댁과 무슨 관계가 있습니까?"

당신도가 말하길,

"사람이 다 죽게 생겼는데도 내가 보고 구하지 않는다면 말이 되는가? 게다가 너는 이미 스스로도 해탈하지 못하였는데, 또 제명에 죽지도 못하게 사람을 해치는 잘못을 저지르다니, 그것이 네게 무슨 도움이 된단 말이냐! 쓸데없이 호수에 귀신 하나만 늘리는 것 아니냐!"

16 蘇軾의 「和文與可洋川園池三十首」 30수 가운데 "날마다 평상을 옮겨 바람 부는 대로 따라가네, 맑은 향기 다하지 않는데 생각 어찌 다하리(日日移牀趁下風, 清香不盡思何窮)?"라는 구절이다.

이렇게 서로 말이 오가다 한밤이 되자 귀신이 더욱 노하여 당신도를 질책하길,

"그래 봤자 당신은 죽고 사는 것이 무엇인지 모른다."

당신도가 크게 웃으며[17] 상대하길,

"나는 죽어야 한다면 즉시 죽겠다. 쓸데없이 지체[18]하지 않을 것이며 절대로 너처럼 하지는 않겠다. 더구나 산 사람에게 이치에 어긋난 일을 하지 않을 것이다."

귀신도 당신도의 말에 무엇인가 깨달았는지 다시는 아무 말도 하지 않았다. 한참 뒤 승려는 비로소 깊이 잠들었다. 새벽이 되어 승려에게 물어보니 월주 사람이었다. 주지는 그 승려를 집으로 돌려보냈다. 당신도는 그 뒤로 감호[19]의 취대사에서 그 승려를 만났는데, 그는 말하길,

"기억하는 것이라고는 그저 처음에 물에 들어갔을 때뿐 다른 것은 전혀 모릅니다."

17 嘻笑: 입을 벌리고 크게 웃는 모습이지만 아첨을 위해 억지로 웃거나 비웃는다는 뜻도 있다.

18 幽滯: 본래 은거하여 발탁되지 않는다는 뜻이나 본문에서는 전후 맥락을 고려하여 '지체하다'로 번역하였다.

19 鑑湖: 현 절강성 紹興市 서남쪽에 위치한 호수이다.

03 옥벽에 쓰인 장원급제자王壁魁薦

王炳文壁, 明州人. 靖康元年, 赴淮南試于楚州, 寓龍興寺. 寺大門內有人題曰: "東壁之光, 下照斗牛, 今年王壁當魁薦." 問諸僧及閽者, 皆不知何人所書. 是歲王果爲解頭.(二事皆唐信道說.)

자가 병문인 명주[20] 사람 왕벽은 정강 1년(1126) 과거를 보러 회남동로의 초주[21]에 갔다가 용흥사에 머물렀다. 용흥사의 대문 안에 어떤 사람이 글을 써 놓길,

"동쪽 벽에 비친 빛이 아래로 북두금우성을 비추니 올해는 왕벽이 장원급제[22]할 것이다."

왕벽이 여러 승려와 문지기에게 물어보았지만 어떤 사람이 쓴 글인지 아는 사람이 없었다. 그해에 왕벽은 정말로 향시에서 1등으로 합격하였다.(이 두 가지 일화 모두 당신도가 한 이야기다.)

20 明州: 兩浙路 明州(현 절강성 寧波市).

21 楚州: 淮南東路 楚州(현 강소성 淮安市).

22 魁薦: 향시나 성시에서 1등으로 합격하는 것이다.

孫點, 字與之, 鄭州人, 溫靖公固諸孫也. 建炎四年, 知泉州晉江縣, 居官以廉介自持. 是歲七月, 叛將楊勍自江西軼犯郡境, 點出禦寇, 歸而疽發于背. 主簿入臥內省之, 胥吏數人在旁. 點顧戶外曰: "何人持書來?" 皆莫見. 少焉, 點擧手左右, 口中囁囁, 爲發書疾讀之狀.

主簿問: "何書?" 曰: "檄召點爲太山府君." 顧吏曰: "此有石倪及徐楷二人乎?" 吏曰: "有石教授者, 居別村. 無徐楷, 但有涂楷解元耳." 點曰: "何用措大爲?" 諸吏怪其語不倫, 無敢問. 後三日卒.

石倪者, 字德初, 方待次鄕里, 紹興三年, 以官期未至, 詣臨安欲有所易, 得疾于抱劍邸中, 以七月中死. 涂楷字正甫, 時爲州學諭. 同舍生每戲之曰: "君往太山, 他日朋友游岱, 藉君爲地也." 楷聞倪死, 頗不樂. 從天寧寺長老慧勝學禪. 紹興六年七月, 休日還家, 沐髮罷, 端坐而逝.

三人之死, 相去各三載, 皆以七月, 疑亦三年一受代云. 點當官時, 杖一里胥死, 聞其貧, 卽召其子, 俾代父. 胥家不致憾于死者, 而感點之錄其子. 點旣亡, 無以爲殮, 皂吏爲合錢買棺, 葬之城外. 里胥家至今歲時享祀之.

자가 여지인 정주[23] 사람 손점은 온정공 손고[24]의 손자다. 건염 4년

23 鄭州: 京西北路 鄭州(현 하남성 鄭州市).

24 孫固(1016~1090): 자는 和父이며 京西北路 鄭州 管城縣(현 하남성 鄭州市 管城회족자치구) 사람이다. 神宗의 藩邸에서 근무하여 신종 즉위 후 工部郎中 · 天章閣待制가 되었고, 서하와의 전쟁을 반대하여 전후 각별한 신임을 얻었다. 개봉부

(1130)에 천주 진강현[25]지사가 되었는데, 청렴하고 곧으며 자신에게 엄격하였다. 그해 7월에 반란을 일으킨 어영장군 양경[26]이 강남서로에서 천주 경내로 침범해 오자 병력을 모아 이끌고 가서 반군을 막고 돌아왔는데 등에 악성 종기가 생겼다. 진강현 주부가 침실에 들어와 상처를 살펴보았는데 서리 몇 명이 옆에 있었다. 손점은 문밖을 돌아보며 말하길,

"거기 문서를 가지고 온 사람이 누구요?"

모두 내다보았지만 아무도 보이지 않았다. 잠시 뒤 손점은 손을 들어 올리고 좌우로 움직이면서 입으로는 우물우물 말했는데 문서를 펴고[27] 빠르게 읽는 모양이었다.

주부가 묻길,

"무슨 문서입니까?"

답하길,

"나를 불러 태산부군으로 임명한다는 공문이요."

그리고는 서리들을 둘러보며 말하길,

"여기 석예와 서해 두 사람이 있는가?"

서리가 답하길,

지사 · 樞密院지사 · 門下侍郎 · 觀文殿學士 등의 요직을 두루 거쳤으며, 사후 開府儀同三司에 추증되었다.

25 晉江縣: 福建路 泉州 晉江縣(현 복건성 泉州市).

26 楊勍: 『八閩通志』 卷85의 기록에 따르면 建炎 4년(1130) 3월, 御營장군 楊勍이 반란을 일으켜 절강에서 복건으로 쳐들어와서 6월에 建州를 불태웠다. 『이견갑지』, 권19-14 「활로 까치를 잡은 왕권」에 나오는 范汝爲는 양경의 뒤를 이어 7월에 건주에서 반란을 일으켰다.

27 發書: 봉해진 편지나 조서를 열어 본다는 뜻이다.

"교수 석씨는 다른 마을에 살고 있고, 서해라는 관리는 없지만 향시에 1등 합격한 서해라는 사람이 있습니다."

손점이 말하길,

"이런 가난한 서생을 어디에 쓰겠나?"

여러 서리들은 손점의 말이 두서가 없어 괴이하게 여겼지만 감히 묻지 못하였다. 손점은 그 뒤 사흘이 지나서 사망하였다.

자가 덕초인 석예는 당시 향리에서 조정의 인사 명령을 기다리고 있었다. 소흥 3년(1133)에 관직 대기 기간 중 임안부에 가서 뭔가 변화를 꾀하고자 하였지만 그만 포검의 저점에서 병을 얻어 7월에 사망하였다. 자가 정보인 서해는 당시 주학의 교수였다. 같이 공부하던 동기생들이 매번 놀리며 말하길,

"자네가 태산[28]에 가면 훗날 친구들이 태산에 가서 놀 때 네 땅을 빌리면 되겠다."[29]

서해는 석예가 사망하였다는 소식을 듣고 자못 우울해 하더니 천녕사의 장로 혜승을 좇아 선학에 전념하였다. 소흥 6년(1136) 7월, 휴일에 집으로 돌아가 목욕하고 머리를 다듬더니 단정히 앉아서 세상을 떠났다.

28 泰山: 중국의 명산 五岳 가운데서도 으뜸으로 손꼽히는 태산에는 岱山 · 垈岳 · 岱宗 · 東岳 · 泰岳 등 다양한 별칭이 있다.

29 태산은 일찍부터 신성한 산으로 숭배의 대상이 돼서 封禪의 장소가 되었다. 하늘에 대한 제사인 封은 태산의 정상에서, 땅에 대한 제사인 禪은 태산 아래 高里에서 거행하였다. 그런데 東漢 말에 도교가 출현하면서 태산신은 모든 귀신들을 다스리며 사람들의 생사와 혼백, 귀천과 관운을 장악하는 존재로 간주되었고, 태산 자락의 蒿里山이 혼백이 명계로 들어가는 입구로 알려졌다. 따라서 본문의 '태산에 가다', '태산에서 놀다'는 모두 죽은 뒤를 뜻한다.

세 사람의 죽음은 서로 각기 3년 차이가 나지만 모두 7월이어서 3년에 한 번씩 임무를 대행한 것이 아니냐는 말이 있었다. 손점이 관직에 있을 때 한 향리의 아역을 장형으로 죽인 적이 있었다. 그런데 그가 몹시 가난하다는 말을 듣고 곧 그 아들을 불러서 아버지를 대신하여 일하도록 하였다. 그 집안에서는 장형으로 죽은 것에 한을 품지 않고 오히려 손점이 그 아들을 거둬 보살핀 것에 대하여 고맙게 생각하였다. 손점이 사망하자 돈이 없어 염도 하지 못하였는데, 아역[30]들이 돈을 추렴하여 관을 사서 성 밖에 매장해 주었다. 향리의 서리 집에서는 지금까지도 매년 손점에게 제사를 올리고 있다.

30 皂吏: 관아에서 서리의 지시를 받아 잡역을 담당한 衙役이며 皂隷라고도 한다.

등안민에 대한 재판鄧安民獄

邵博, 字公濟, 康節先生之孫, 紹興二十年爲眉州守. 郡有貴客, 素以持郡縣長短通賕謝爲業, 二千石來者多委曲結奉. 邵雖外盡禮, 而凡以事來請, 輒不答, 客銜之. 會轉運副使吳君從襄陽來, 多以襄人自隨, 分屬州取俸給, 邵獨不與. 客知吳已怒, 乃誣邵過惡數十條以啗. 吳大喜, 立劾奏之. 未得報, 卽逮邵繫成都獄. 司理參軍韓抃懦不能事, 吳擇深刻吏僉判楊均主鞫之.

時二十二年, 眉州都監鄧安民以謹力得邵意, 主倉庾之出入. 首錄置獄中, 數日掠死, 其家乞收葬, 不許, 裸其尸驗之. 邵懼, 每問卽承. 如是十月許, 凡眉之吏民, 連繫者數百, 而死者且十餘輩. 提點刑獄縉雲周彥約綰知其寃, 亟自嘉州親詣獄疏決, 邵乃得出. 閱實其罪無有也, 但得其以酒餽游客, 使用官紙札過數等事. 方具獄, 楊生卽死, 獄吏數人繼亡. 明年, 命下, 邵坐貶三官, 歸犍爲之西山.

其秋, 眉山士人史君, 正燕處, 人邀迎出門, 從者百餘, 皆繡衫花帽, 馭卒鞚大馬甚神駿. 上馬絶馳, 目不容啓. 到一甲第, 朱門三重洞開, 馬從中以入. 史欲趨至客次, 馭者不可, 徑造廳事. 坐上緋綠人數十, 皆揖史居東向, 辭曰: "身是布衣, 安得對尊客如此!" 其一人曰: "今日之事公爲政, 何必辭之?" 前白曰: "帝召公治鄧安民獄, 今未也. 俟公登科畢, 卽奉迎矣." 史不獲已, 就坐欠伸而寤. 不爲家人言, 密書之. 又明年, 史赴廷試, 過荊南, 時吳君適帥荊, 得疾, 親見鬼物往來其前, 避正堂不敢居, 無幾而死.

史調官還至夔峽, 小疾, 語同舟者曰: "吾當死. 君今報吾家, 令取去秋所書者觀之, 可知也." 是夕, 果卒. 又二年, 所謂貴客者, 暴亡于成都驛舍. 又明年十一月, 邵見安民露首持文書來白曰: "安民寃已得伸, 陰獄已具, 須公來證之, 公無罪也." 指牘尾請書名. 已而復進曰: "有名無押字不可用." 邵又花書之, 始去. 邵知不免, 盛具延親賓樂飮, 踰六日, 正食間, 覺腸中微痛, 卻去醫藥, 具衣冠待盡, 中夜卒. 成都人周時字行可說. 邵守眉日行可爲靑神令.

자가 공제이며 소옹[31] 선생의 손자인 소박은 소흥 20년(1150)에 미주[32]지사가 되었다. 미주에는 전직 고관이 한 명 있었는데, 본래부터 주현의 장단점을 잘 알고 그것을 이용해 뇌물을 받고 청탁하는 것을 업으로 삼았다.

부임하는 미주지사[33] 대부분 몸을 숙이고 그를 받들었다. 소박 역시 겉으로는 깍듯이 예를 다했지만 청탁하는 일들에 대해서는 번번이 답을 주지 않자 그는 원한을 품게 되었다.

마침 전운부사 오 모가 양주[34]에서 왔는데, 수행한 부하 대부분이 양양 사람이었다. 오 모는 이들을 전운사 관할 주에 분산하여 소속시키고 봉급을 타게 하였는데 소박만 급료를 주지 않았다. 고관은 오 모가 화난 것을 알고 소박의 과오 수십 가지를 날조하여 무고하였다. 오 모는 아주 기뻐하며 즉시 소박을 탄핵하는 상주문을 조정에 올렸다. 그리고 조정의 답을 받기도 전에 즉시 소박을 체포하여 성도 감옥에 가두었다. 사리참군 한변이 유약하여 일을 마음대로 처리하지

31 邵雍(1011~1077): 자는 堯夫이며 康節은 철종이 내려 준 시호다. 부모를 伊水에 장례 치뤄 하남 洛陽 사람이 되었다. 인종과 신종의 부름을 거부하고 학생을 가르치고 학문 연구에 전념하였다. 李挺之로부터 '圖書先天象數'의 학을 배워 역의 상수학을 설파하여 성리학에 큰 영향을 끼쳤다.

32 眉州: 成都府路 眉州(현 사천성 眉山市).

33 二千石: 漢代 관리들의 봉록 기준으로 주지사에 해당한다.

34 襄陽: 京西南路 襄州(현 호북성 襄陽市).

못하자 전운부사 오 모는 아주 각박한 관리인 첨서판관청공사 양균에게 옥사를 주관하게 하였다.

소흥 22년(1152), 미주 병마도감 등안민이 신중하고 열심히 일하여 소박으로부터 좋게 평가받고 곡식 창고의 출납을 관리하였는데, 가장 먼저 체포하여 투옥한 뒤 며칠 동안 때려서 결국 죽이고 말았다. 등안민의 가족들이 장례를 치르게 해 달라고 간청하였지만 허락하지 않고 시신을 거리에 두어 사람들에게 보게 하였다. 소박은 두려움에 빠져 매번 심문할 때마다 즉시 죄를 인정하였다.

이렇게 10월여가 되자 미주의 관리와 백성 가운데 연루된 사람이 무려 수백 명이나 되었고, 사망자만도 10여 명에 이르렀다.

당시 성도부로 제점형옥사인 처주 진운현[35] 사람 주관[36]이 그 무고함을 알고 걱정스러워서 서둘러 가주[37]에서 직접 미주의 감옥에 와서 사안을 정리하고 판결[38]하여 소박은 겨우 출옥할 수 있었다.

주관이 사실 여부를 찾아보니 죄상 자체가 없었다. 단지 찾아온 손님에게 선물로 술을 보내면서 사용한 관용 종이 수량이 규정을 초과하는 등 몇 가지 위반 사례만 찾아냈을 뿐이다.

막 판결에 필요한 문건들이 구비되자 양균이 즉사하였고, 옥리 몇

35 縉雲縣: 兩浙路 處州 縉雲縣(현 절강성 麗水市 縉雲縣).

36 周綰: 자는 彥約 · 次揚이며 兩浙路 處州(현 절강성 麗水市) 사람이다. 총명하여 17세에 태학에 입학하였고, 國子監祭酒, 吏部侍郎, 敷文閣待制 등을 지냈다. 60년 동안 관직에 있으면서 청렴관으로 유명하였다. 江東전운사로 있으면서 생긴 수입은 임기 종료 후 부하들에게 다 나눠 주고 남은 돈으로는 책을 사서 학자들에게 주었다는 일화가 있을 정도다.

37 嘉州: 成都府路 嘉州(현 사천성 樂山市).

38 疏決: 사안을 말끔하게 정리하고 판결내리는 것을 말한다.

명이 줄지어 사망하였다. 이듬해 조정의 명령이 하달되었는데, 소박은 관직이 3단계 강등되어 가주 건위현[39]으로 폄적되어 서산에 머물게 되었다.

그해 가을 미주 미산현[40]의 사인 사씨가 연회를 하고 있던 중 어떤 사람이 불러서 문밖으로 나갔다. 그 사람의 시종은 100여 명이나 되었고, 모두 수를 놓은 옷을 입고 꽃으로 장식한 모자를 쓰고 있었으며, 마부는 크고 신기한 준마를 몰고 있었다. 말에 올라타 나는 듯 달리자 주변을 쳐다볼 틈도 없었다.

큰 저택에 이르자 삼중으로 된 붉은 대문이 열리고 말이 가운데로 들어갔다. 사씨가 서둘러 달려서 객사에 가려고 했지만 마부가 허락하지 않아 말에서 내려 직접[41] 관청으로 들어갔다. 관청에는 붉은색과 녹색 관복을 입은 관리 수십 명이 앉아 있었고 모두 사씨에게 읍을 하며 동쪽 방향으로 앉게 하였다. 사씨가 사양하길,

"저는 평민입니다. 고관에게 대하는 이 같은 예법을 어찌 받을 수 있겠습니까?"

관리 가운데 한 사람이 말하길,

"오늘 일은 공께서 주재하셔야 합니다. 어찌 사양하십니까?"

그 관리가 앞으로 와서 보고하길,

"상제께서 공을 불러 등안민의 재판에 관해 처리하라고 하셨습니다만 오늘은 아닙니다. 공께서 과거에 급제하기를 기다렸다가 모시

39 犍爲縣: 成都府路 嘉州 犍爲縣(현 사천성 樂山市 犍爲縣).

40 眉山縣: 成都府路 眉州 眉山縣(현 사천성 眉山市 東坡區).

41 徑造: 타인의 소개를 거치지 않고 직접 방문하는 것이다.

러 갈 것입니다."

사씨는 부득이 자리에 앉아서 하품을 하고 허리를 쭉 펴다가 그만 꿈에서 깨었다. 하지만 가족들에게 말하지 않고 몰래 그 내용을 글로 써 두었다. 그 이듬해에 사씨가 전시를 보러가면서 형호남로를 지나갔는데, 마침 오 모가 당시 형주 안무사였는데 병을 앓고 있었다. 오 모는 괴물이 자기 앞으로 왔다 갔다 하는 것을 보고는 놀라서 안무사 집무실에 감히 머물지 못하더니 얼마 지나지 않아 사망하였다.

사씨가 사천으로 보임되어 구당협에 이르렀을 때 몸이 불편하여 뱃사공에게 말하길,

"나는 죽음을 면하기 어렵다. 자네가 우리 집에 사실을 알리고 작년 가을에 내가 쓴 글을 찾아서 살펴보면 무슨 일인지 알 수 있을 것이다."

그날 밤 그는 결국 사망하였다. 그 뒤로 다시 2년이 지나 전직 고관이라는 자도 성도의 역사에서 갑자기 사망하였다.

이듬해 11월, 소박에게 등안민이 얼굴을 드러내고 문서를 가지고 와서 아뢰길,

"저 등안민의 원통함은 이미 다 씻었습니다. 명계의 재판이 이미 준비되었으니 소공께서 꼭 오셔서 증인이 되어 주십시오. 공께서는 죄가 없으십니다."

그리고 문서의 아래쪽을 가리키며 서명해 줄 것을 요청하면서 다시 진언하길,

"이름만 있고 서명이 없으면 아무 소용이 없습니다."

소박이 다시 서명해 주자 등안민은 비로소 돌아갔다. 소박은 죽음을 피할 수 없음을 알고 성대하게 음식을 차려 친척과 손님들을 초대

하여 즐겁게 먹고 마시기를 엿새 동안이나 계속하였다.

엿새째 막 식사를 하던 중 장에 조금 통증이 있는 것을 느꼈지만 약을 거절하고 의관을 갖춘 뒤 죽음을 기다렸다. 밤중에 사망하였다. 성도 사람으로 자가 행가인 주시가 한 이야기다. 소박이 미주지사로 있을 때 주시는 관할 청신현[42]지사였다.

42 靑神縣: 成都府路 眉州 靑神縣(현 사천성 眉山市 靑神區).

06 염관현의 효부鹽官孝婦

紹興二十九年閏六月, 鹽官縣雷震. 先雷數日, 上管場亭戶顧得謙妻張氏夢神人以宿生事責之曰: "明當死雷斧下." 覺而大恐, 流淚悲噎. 姑問之, 不以實對. 姑怒曰: "以我嘗貸汝某物未償故耶? 何至是!" 張始言之, 姑殊不信.

明日, 暴風起, 天斗暗. 張知必死, 易服出屋外桑下立. 黙自念: "震死旣不可免, 姑老矣, 奈驚怖何!" 俄雷電晦冥, 空中有人呼張氏曰: "汝實當死, 以適一念起孝, 天赦汝." 又曰: "汝歸益爲善, 以此語世人也."

소흥 29년(1159) 윤 6월, 수주 염관현[43]에 큰 천둥과 벼락이 쳤다. 그에 앞서 며칠 동안 천둥만 쳤는데, 상관장의 염호[44]인 고득겸의 아내 장씨의 꿈에 신이 나타나 전생의 일을 책망하며 말하길,

"내일 천둥이 도끼처럼 내리쳐서 죽을 것이다."

장씨는 잠에서 깨어난 뒤 두려워서 벌벌 떨며 눈물을 흘리고 비탄함에 목이 멨다. 시어머니가 우는 까닭을 물어보니 사실대로 말할 수가 없었다. 시어머니가 화를 내며 말하길,

43 鹽官縣: 兩浙路 秀州 鹽官縣(현 절강성 嘉興市 海寧市).

44 亭戶: 唐 乾元 1년(758)에 소금을 생산하는 사람들을 별도의 호적에 편입시켜 잡역을 면제해 주는 대신 官鹽 생산에 전념하게 하였다. 그리고 소금을 생산하는 곳을 亭場이라고 했기 때문에 이들을 가리켜 亭戶라고 칭하였다. 송대에는 京東路·河北路·兩浙路·淮南路·福建路·廣南路 등 海鹽 생산지에서 정부로부터 자금을 지원받고 전매용 소금을 생산하는 鹽戶를 가리켜 灶戶, 정해진 생산량 이외의 소금, 즉 浮鹽을 상인에게 판매하는 염호를 가리켜 鍋戶로 구분하였다.

"내가 전에 네 물건을 가져간 뒤 돌려주지 않아서 그러냐? 어쩌면 이렇게까지 한단 말이냐!"

장씨가 비로소 꿈에 대해서 말했지만 시어머니는 오히려 더 의심하였다.

다음 날 폭풍이 일어나 하늘이 깜깜해졌다. 장씨는 죽음을 면하기 어렵다는 것을 알고 옷을 갈아입고 나가서 집밖에 있는 뽕나무 아래 서서 속으로 기원하길,

"벼락을 맞아 죽는 것이야 이미 피할 수 없지만 시어머니께서는 연로하신데 어쩌면 이렇게 무서워 놀라게 만드십니까?"

잠시 후 천둥과 번개가 그치고 어두컴컴해지더니 공중에서 어떤 사람이 장씨를 부르며 말하길,

"네가 실로 마땅히 죽어야 하나 마침 효성이 지극하니 하늘이 너를 용서하노라."

또 말하길,

"너는 돌아가서 더욱 선행을 행하라. 이 일을 세상 사람에게 말해 주어라."

07 명계에 다녀온 조씨曹氏入冥

靳師益, 濟州人. 父守中, 官至尙書郎. 紹興二十九年, 靳爲餘杭主簿, 妻曹氏以六月病卒, 已殮經夕, 一足忽屈伸. 靳驚視之, 面衣沾濕, 有泣涕處. 靳號慟曰: "得無以後事未辦乎? 他何所欲言?" 拊其體, 漸溫. 已而歎曰: "我欲錢用." 靳命焚紙鏹數束. 曰: "未也." 又焚之如初.

久而稍甦, 掖之起坐, 流淚滂沱, 言曰: "先姑喚耳. 憶病昏之際, 二婦人來, 云: '恭人請.' 卽俱出門, 肩輿去甚速. 至官府, 戶內列四曹, 只記其一曰'南步軍司', 方裴回無所之, 遇阿舅生時所使老兵遮拜曰: '何得至此?' 以姑命對. 卽引入兩廡間, 皆繫囚, 呻吟之聲相屬. 乘自東階, 舅金冠絳袍若今王者. 與紫衣白衣人鼎足議事, 且置酒. 聞舅語云: '三官更代, 有無未了事件?'

頃之, 送二客還. 吾自屛間趨出拜. 舅駭曰: '誰呼汝來?' 亦以姑對. 舅與俱入. 姑冠帔坐堂上, 若神祠夫人. 侍兒持雉扇, 環立甚衆. 舅責曰: '渠家兒女多, 何得招致?' 姑曰: '以乏錢故也.' 吾又趨拜, 且問: '需錢何用?' 姑曰: '吾長女以妬殺婢媵, 久縶幽獄, 獄吏邀賄, 無所從得, 不獲已, 從汝求之.' 又曰: '汝爲吾轉輪藏已盡用了, 更爲誦梁武懺救吾女.' 少時, 舅促歸, 命詢肩輿者食. 曰: '已食.' 遂遣吾出, 相戒曰: '勿泄此事, 恐不利於汝.' 送至車上. 從者十餘人, 皆黃衣金甲, 其行如飛. 卽到家, 黃衣求金, 凡兩焚錢始去.'" 自此疾愈, 然纔旬日復死. 人謂其漏言不免云.

제주[45] 사람 근사익의 부친 근수중은 관직이 상서낭중에 이르렀다.

45 濟州: 京東西路 濟州(현 산동성 濟寧市).

소흥 29년(1159)에 근사익이 항주 여항현[46]주부가 되었는데, 아내 조씨는 6월에 병으로 사망하였다. 염을 하고 하룻밤이 지났는데, 한쪽 발을 갑자기 구부렸다 다시 폈다. 근사익이 놀라서 살펴보니 아내의 얼굴과 옷이 다 젖어 있었는데, 울면서 눈물을 흘린 흔적이었다. 근사익이 통곡하며 말하길,

"미처 마무리하지 못한 일들이 있어서 그러오? 아니면 다른 어떤 일을 말하고 싶어서 그러오?"

근사익이 아내의 몸을 어루만지자 몸에 조금씩 온기가 돌더니 잠시 뒤 크게 한숨을 쉰 뒤 말하길,

"나는 쓸 돈이 좀 필요해요."

근사익이 명전을 몇 묶음을 가져와서 태워 주자 다시 말하길,

"여전히 모자라요."

다시 명전을 처음 분량만큼 태워 주었다. 한참 뒤 조금씩 깨어나자 부축하여 일어서 앉게 하였는데, 눈물을 줄줄 흘리며 다음과 같이 말하였다.

돌아가신 시어머니께서 저를 불렀답니다. 기억나는 것은 아파서 정신없는 와중에 두 명의 부인이 와서 말하길,

"공인[47]께서 오라고 하십니다."

즉시 함께 문밖으로 나가 견여[48]를 타고 갔는데 속도가 아주 빨랐

46 餘杭縣: 兩浙路 杭州 餘杭縣(현 절강성 杭州市 餘杭區).

47 恭人: 政和 2년(1112)에 관료 부인을 위해 만든 봉호로서 中散大夫 이상 中大夫 이하의 부인에게 부여한 봉호다. 당시 정한 봉호 규정은 1~2품관의 夫人부터 淑人·碩人·令人·公認·宜人·安人·孺人순이었다. 孺人은 7품관의 부인에게 해당한다.

습니다. 관부에 도착해 보니 문 안에는 네 개의 관서가 줄지어 있었는데, 그 가운데 기억나는 것은 '남방 담당 보병 군사령부' 하나뿐입니다. 막 천천히 거닐다가 되돌아왔지만 갈 곳이 없었습니다만 우연히 시아버지께서 생전에 부리던 늙은 병졸이 저를 막고 절하며 묻길,

"어쩐 일로 여기에 오셨습니까?"

시어머니 말씀 때문이라고 대답하자 즉시 저를 데리고 양쪽의 행랑채 사이를 지났는데, 모두 죄수들이 잡혀 있었고 신음소리가 계속 이어졌습니다. 시아버지께서 동쪽 계단으로 올라오셨는데, 금색 관을 쓰시고 붉은색 도포를 입으신 모습이 마치 현세의 왕 같았습니다. 보라색 옷과 흰옷 입은 사람들과 함께 삼각형으로 앉아 일을 논의하셨으며, 옆에는 술도 놓여 있었습니다. 시아버지께서 하시는 말씀을 들으니,

"천관 · 지관 · 수관이 교대해야 하는데 미처 처리하지 못한 일은 없지요?"

곧 보라색과 흰색 옷을 입은 두 사람을 전송하고 돌아오셨습니다. 나는 병풍 뒤에 있다가 서둘러 나가서 절을 하였습니다. 시아버지께서 몹시 놀라며 물어보시길,

"누가 너를 불렀기에 이곳에 왔느냐?"

다시 시어머니 말씀 때문이라고 대답하였습니다. 시아버지와 함께 안으로 들어가 보니 시어머니께서 관을 쓰시고 배자[49]를 두른 채 당

48 肩輿: 초기의 견여는 긴 두 개의 나무와 의자로 이루어진 간단한 형태였으나 점차 덮개와 장식이 추가되었는데 이를 轎輿라고 하여 따로 구분한다. 송대에는 轎輿가 유행하였다.

49 帔: 저고리 위에 덧입는 덧옷으로서 배자라고 한다. 소매가 없고, 양옆의 귀가 겨

상에 앉아 계셨는데, 마치 사당에 모신 부인 같았습니다. 시녀들이 꿩 털로 만든 부채를 들고 빙 둘러섰는데 그 수가 대단히 많았습니다. 시아버지께서 책망하시길,

"집에 아들 딸이 그렇게 많은데, 왜 며느리를 불러왔소?"

시어머니께서 말씀하시길,

"돈이 모자라서 그랬습니다."

내가 다시 서둘러 가서 절하며 여쭙길,

"필요하다고 하신 돈은 어디에 쓰시려고요?"

시어머니께서 말씀하시길,

"큰딸애가 질투 때문에 비첩을 살해한 죄로 오랫동안 명계의 감옥에 붙잡혀 있단다. 간수가 뇌물을 요구하는데 재물을 구할 곳이 없어 부득이 너에게 달라고 한 것이다."

또 말하길,

"네가 나를 위해 전륜장[50]은 돌릴 만큼 다 돌렸으니 이제는 양무참[51]을 암송하여 큰 딸애를 구해 주기 바란다."

잠시 후 시아버지가 집으로 돌아가라고 재촉하시고 가마꾼에게 식

드랑이까지 틔었으며 길이가 짧다. 흔히 비단 등의 겉감에 털이나 융을 안을 대고 縇을 두른다.

50 轉輪藏: 가운데 기둥을 세우고 거기에 8각형 책장을 달아 경전을 넣고 손으로 돌릴 수 있게 한 것이다. 경전을 넣은 책장을 돌리면 경전을 읽는 것과 같은 공덕을 쌓을 수 있다고 한다. 후대로 내려오면서 경전 대신 작은 불상을 새긴 장식적 형태로 변하기도 하였다. 輪藏 · 輪藏臺 · 轉輪經藏이라고도 한다.

51 梁武懺: 南朝 梁武帝(464~549, 재위 502~549)가 만든 『慈悲道場懺法』 10卷을 말한다. 양무제가 雍州刺史 시절 그의 아내 郗씨가 투기가 대단히 심해 죽은 뒤 꿈에 양무제에게 나타나 울면서 도와 달라고 하였다고 한다. 이에 양무제는 여러 불보살의 공덕을 빌려 지옥에 있는 아내를 구원해 주기 위해 만들었다고 한다.

사를 하라고 명하시자 그들이 말하길,

"이미 식사를 마쳤습니다."

그리고 곧장 저를 데리고 나왔는데, 저를 보고 훈계하길,

"이 일을 누설하면 안 되오. 만약 누설한다면 당신에게 이롭지 못할 것이오."

그들은 수레 위로 저를 태웠는데 시종이 10여 명이나 되었고, 모두 누런 옷에 쇠붙이로 만든 갑옷을 입고 있었어요. 가마가 나는 듯 빠르게 움직여 금방 집에 도착했고, 누런색 옷을 입은 이가 돈을 달라고 하기에 모두 두 번이나 명전을 태워 줬어요. 그러자 비로소 떠나더군요.

이때부터 그녀의 병세가 좋아졌지만 불과 열흘 만에 다시 사망하고 말았다. 사람들은 천기를 누설하였기 때문에 죽음을 면치 못한 것 같다고 말하였다.

08 용왕 부인의 질투에 대한 재판 斷妬龍獄

郭三雅妻陸氏, 秀州海鹽人, 平時端靖有志操. 紹興二十八年六月十五日, 呼其子昭, 戒之曰: "吾數日後當死, 切勿卽殮." 丁寧數四. 昭憂之, 亦未敢盡信. 及期, 無疾而逝, 心猶微溫, 奄奄有出入息, 十日復生, 曰: "姑蘇某龍王嬖一妾, 遭夫人妬忌, 以箠死, 鞫訊天獄, 累年不能決. 上帝命我詰其情, 一問而得之. 奏牘已上, 信宿當就刑, 是時必暴風雨." 至七月五日, 平江大風驚潮, 漂溺數百里, 田廬皆被其害.(三事竇思永說.)

수주 해염현[52] 사람인 곽삼아의 아내 육씨는 평소 단정하고 얌전하였으며 지조가 있었다. 소흥 28년(1158) 6월 15일에 아들 곽소를 부르더니 유념하라며 말하길,

"나는 며칠 뒤에 세상을 뜰 것이나 절대로 서둘러 염해서는 안 된다."

육씨는 간절하게 네 차례나 당부하였다. 곽소는 이 일로 걱정하였지만 감히 어머니의 말을 다 믿을 수도 없었다. 때가 되자 육씨는 앓지도 않고 세상을 떴다. 하지만 가슴에는 여전히 온기가 남아 있었고, 가늘게 숨을 쉬며 호흡을 겨우 이어갔다.

열흘 후 다시 살아나서 말하길,

52 海鹽縣: 兩浙路 秀州 海鹽縣(현 절강성 嘉興市 海鹽縣).

"소주[53]의 어떤 용왕이 한 첩을 총애하였는데, 부인이 질투하여 채찍질하여 죽이고 말았다. 하늘의 법정에서 심문이 열렸는데, 여러 해가 지나도록 판결을 하지 못하였다. 상제께서 나에게 그 사정을 조사하라고 명하셨다. 이에 한 번 물어보고 어찌된 일인지 파악하였다. 상주문을 이미 올렸으니 이틀이 지나면 형을 집행해야만 한다. 그때 반드시 폭풍우가 칠 것이다."

7월 5일이 되자 평강부[54]에 큰 바람이 일어 파도가 일어나 수백 리를 침수시켰으니 집과 밭 모두 피해를 입었다.(이 세 가지 일화는 두사영이 한 이야기다.)

53 姑蘇: 兩浙路 蘇州(현 강소성 蘇州市).
54 平江府: 兩浙路 平江府(현 강소성 蘇州市).

09 의로운 남편, 절개 있는 부인義夫節婦

建炎四年五月, 叛卒楊勍寇南劍州道, 出小當村, 掠一民婦, 欲與亂. 婦人毅然, 誓死不受污, 遂遇害, 棄尸道旁. 賊退, 人爲收瘞之. 尸所枕藉處, 跡宛然不滅, 每雨則乾, 晴則濕. 往來者感歎異焉. 或削去之, 隨卽復見. 覆以他土, 則跡愈明, 至今猶存.

又有順昌縣軍校范旺者, 當范汝爲亂時, 邑中羣盜余勝等亦竊發. 土軍陳望素喜禍, 欲擧寨應之. 旺叱衆曰: "吾等父母妻子皆取活於國, 今力不能討賊, 更助爲虐, 豈不慚負天地!" 凶黨忿其語切, 亟殺之. 一子曰佛勝, 年二十, 以勇聞, 賊詐以父命召之, 至則俱死. 妻馬氏聞夫子皆死, 哭于道, 賊脇污之, 不從, 磔於木, 節解之. 後數月, 賊平. 旺死處甎上隱隱留尸跡, 不少翳. 邑人相與揭其甎, 聚而祠之, 已又圖象於城隍廟中.

紹興六年, 建安人吳逵通判州事, 以其事聞, 詔贈承信郎, 許立廟. 順昌丞蘇灝領役, 夢旺具簪笏進謁, 具謝董督之意, 且曰: "初被害時, 爲凶徒剔去左目." 引蘇視之, 又別有一旺僵尸在地, 著短布白衫. 復指廟之東南偶曰: "遺跡猶在是, 已寓意於邑令矣, 幸公念之."

蘇明日入廟中, 問旺死時狀, 皆曰然, 而莫有知其剜目者. 東南隅則甎祠故處也. 於是訪得五甎, 納諸廟. 其妻子尸並葬之. 縣令黃亮聞之, 以語妻蔡氏, 蔡驚曰: "昨夕亦夢紫衣人謁君於廷, 君揖之升廳, 及階, 遜謝而去, 其姓名則范旺也. 豈丞所謂寓意者乎?" 旺一卒以忠死, 婦人以節死, 沒而不朽, 豈不信云.

건염 4년(1130) 5월, 반란군 양경이 남검주[55]의 여러 현을 쳐들어왔을 때 소당촌에 와서 한 농민의 부인을 강탈하고 성폭행하려고 하였다. 부인은 의연히 죽기를 맹서하고 저항하였다가 살해되었고, 시신은 길가에 버려졌다. 반란군이 퇴각하자 사람들이 시신을 거두어 묻어 주었다. 하지만 시신이 누워 있던 곳은 그 흔적이 완연하고 없어지지 않았다. 매번 비가 오면 땅이 오히려 바짝 말랐고, 비가 개면 오히려 축축해졌다. 오가는 사람마다 기이하다며 감탄해 마지않았다. 누군가가 그것을 파서 없애면 즉시 다시 생기고, 다른 곳의 흙을 가져다가 덮으면 흔적이 더욱 뚜렷해져 지금까지도 보존되어 왔다.

또 관할 순창현[56]에 범왕이라는 장교가 있었다. 범여위가 반란을 일으켰을 때 순창현 성 안에서 여승 등 여러 도적들도 몰래 반란을 일으켰다. 향병 진망소는 반란이 일어난 것을 기뻐하며 성채를 들어 호응하고자 하였다. 이에 범왕이 반도들에게 질책하길,

"우리들은 부모와 처자식 모두 나라로부터 녹을 받아 살고 있다. 지금 도적을 토벌할 힘이 없다고 해서 오히려 그들을 도와 상황을 더욱 어렵게 만드니, 어찌 천지신명을 배신하는 부끄러운 일이 아니겠느냐?"

흉악한 반도들은 그 말의 엄중함에 분노하여 즉시 그를 살해하고 말았다. 범왕의 아들 하나가 이름이 불승인데 나이는 스무 살이고 용감하다고 소문났었다. 반도들은 아버지의 명이라고 속여서 불러들인 뒤 도착하자마자 함께 온 일행까지 모두 살해하였다. 범왕의 아내 마씨는 남편과 아들이 모두 죽었다는 소식을 듣고 길에서 통곡하였고 반도들이 협박하며 성폭행하려 하자 저항하였다. 반도들은 나무를

55 南劍州: 福建路 南劍州(현 복건성 南平市・三明市).
56 順昌縣: 福建路 南劍州 順昌縣(현 복건성 南平市 順昌縣).

이용해 마씨를 찢어 죽인 뒤[57] 사지를 관절마다 절단하였다.[58]

그 뒤 몇 달이 지나 반란이 평정되었다. 범왕이 죽은 곳의 벽돌 위에도 시신의 흔적이 은근히 남아 있었으며 조금도 흐려진 곳이 없었다. 현성 사람들이 서로 그 벽돌을 들어다가 사당을 만들었고, 범왕의 초상화를 성황묘 안에 모셨다.

소홍 6년(1136), 건주[59] 사람 오규가 건주 통판으로 근무하면서 범왕에 관한 일을 조정에 아뢰자 조정에서는 범왕을 승신랑으로 추증하고 사당 건립을 허락하였다. 순창현 현승 소호가 공사 책임을 맡았는데, 꿈에 범왕이 머리에 장식[60]한 관을 쓰고 손에 홀을 들고 와서 인사하면서 감독을 맡은 것에 대하여 사의를 표하였다. 또 말하길,

"처음 살해되었을 때 흉악한 무리들이 내 왼쪽 눈을 후벼 파냈습니다."

그러더니 소호를 잡아당겨 자기 눈을 보게 하였다. 또 나머지 범왕 시신이 땅에 있는데 짧은 베로 만든 흰옷을 입고 있었다. 다시 사묘의 동남쪽을 가리키며 말하길,

"제 자취가 아직도 있어 이미 현승께 제 생각을 드러내 보였으니 바라건대 공께서 이 일을 기억해 주십시오."

소호가 다음 날 사당에 들어가서 범왕이 죽었을 때의 상황에 대해

57 磔: 본래 수레를 이용해 신체를 찢어 죽인다고 하여 車裂이라고도 한다. 하지만 五代 後唐 明宗이 실시한 磔刑도 淩遲刑이어서 '剮刑'이라는 속칭이 있을 정도로 후대에는 능지형과 구분이 없어졌다.

58 節解: 사지의 관절을 해체하는 것을 뜻한다.

59 建安: 福建路 建州(현 복건성 南平市 建甌市).

60 簪: 簪은 문관의 장식이고, 纓은 무관의 장식으로 구분되나 모두 고관의 冠飾을 뜻하며, 나아가 대대로 관직에 오른 집안을 뜻하기도 한다.

서 물어보니 말하는 것이 모두 같았으나 그 눈을 후벼 파낸 일에 대해서는 아는 사람이 없었다. 사당의 동남쪽은 벽돌로 만든 사당이 있던 자리다. 이에 여기저기 살펴보고 벽돌 다섯 개를 구하여 사묘 안에 두었고, 그 아내와 자식의 시신도 함께 묻어 주었다. 현지사 황량이 그 소식을 듣고 아내인 채씨에게 말해 주었더니 채씨가 깜짝 놀라며 말하길,

"어젯밤 꿈에 자주색 관복을 입은 사람이 청사에서 당신께 인사하더군요. 당신이 그 사람에게 읍을 하고 청사로 올라오라고 하자 계단까지 오더니 겸손하게 사양을 하고 갔어요. 그 사람 이름이 범왕이라고 했어요. 이것이 현승이 말한 자신의 뜻을 내보인다는 것이 아니겠어요?"

범왕은 일개 장교로서 충성을 다하여 죽었고, 부인은 절개를 위해 죽었다. 비록 죽었더라도 불후의 공적을 세웠으니 어찌 믿지 않을 수 있단 말인가!

10 규산의 큰 뱀葵山大蛇

王履道左丞葬于泉州之葵山, 去城四十餘里. 山多蛇, 墓人張元者, 養羊十餘頭, 往往爲所呑噬. 元操刈鐮出迹捕, 正見大蛇擒一羊, 蟠束數匝, 先齧膚吮血, 已乃噴毒其中, 羊漸縮小, 軟若無骨, 始呑之.

元旁立伺隙, 奮刃而前. 蛇昂其首, 高五尺許, 搖舌鼓怒爲搏人之勢. 元投以刃, 刃墜, 元奔歸, 呼其子, 別攜刀往. 蛇猶在故處未去, 迎刺之, 斷首而死. 尾有兩歧, 利如鉤, 秤其肉, 重六十斤. 背皮至闊一尺五寸. 守冢僧曰: "此特其小者耳. 一窟于山者, 身粗若瓮, 每出時, 大木皆振動云"

상서좌승 왕안중[61]은 천주[62]의 규산[63]에 묻혔는데, 천주성에서 40여 리 떨어져 있는 곳이다. 규산에는 뱀이 많아서 묘지기인 장원이 양 10여 마리를 길렀는데 가끔씩 양이 뱀에게 잡아먹혔다. 이에 장원이 낫을 들고 가서 뱀을 잡기 위해 흔적을 따라가던 중 큰 뱀이 양 한 마리를 막 사로잡고 있는 것을 보았다. 양의 몸을 여러 번이나 감아 두르고 먼저 껍데기를 깨물어 피를 빨고 이어서 그 안으로 독을 뿜어

61 王安中(1075~1134): 자는 履道이며 河東路 太原府(현 산서성 太原市) 사람이다. 蘇軾과 晁說之에게 사사하였으며, 휘종 때 翰林學士 · 尙書右丞 · 尙書左丞을 역임하였는데 환관 梁師成과 童貫, 재상 蔡攸와 王黼 등 희대의 간신과 결탁하여 연운 공략을 위한 거병에 찬성하여 북송 멸망에 일조한 인물이다.

62 泉州: 福建路 泉州(현 복건성 泉州市).

63 葵山: 천주시 서북쪽에 있는 雙陽山의 일부로서 朋山이라고도 한다. 동북쪽의 清源山, 서남쪽의 紫帽山, 남쪽의 羅裳山과 함께 泉州의 4대 명산에 속한다.

넣었다. 양은 점차 몸이 오그라들었고 뼈가 없는 것처럼 연약해지면 비로소 삼키기 시작하였다.

장원은 옆에 서서 기회를 보다가 낫을 휘두르며 앞으로 나아갔다. 뱀이 대가리를 높이 들자 높이가 5척 정도 되었고, 혀를 날름거리며 기세등등하게[64] 사람을 공격하려는 자세를 취하였다. 장원은 낫을 던졌지만 낫이 땅에 떨어지자 달려서 집으로 돌아왔다.

장원은 아들을 불러 따로 칼을 들고 다시 갔다. 뱀은 여전히 그 자리에서 가지 않고 있었다. 장원은 물려고 하는 뱀을 칼로 찌르고 대가리를 잘라 죽였다. 꼬리가 두 갈래로 나누어졌는데 날카롭기가 마치 갈고리 같았다. 그 무게를 재어보니 60근이나 되었고, 등가죽 넓이가 1척 5촌이었다. 묘지를 지키는 승려[65]가 말하길,

"이것은 아주 작은 것에 불과하다. 산에 있는 한 동굴에는 몸이 항아리처럼 굵은 놈이 있는데, 매번 밖으로 나올 때면 큰 나무들도 다 진동할 정도다."

64 鼓怒: 대단히 고무되고 격동한 상태, 기세등등한 모습을 뜻한다.
65 守冢僧: 묘지를 관리 보호하기 위해 지은 사찰의 승려를 뜻한다.

11 융주의 기이한 뱀融州異蛇

馬擴子充謫融州, 居天寧寺, 營廁於竹間. 嘗持矛奏溷, 聞若有叱之者, 周視之, 則無人焉. 復間再叱聲, 乃一蛇在屋角, 開口吐舌, 頭如斗大, 馬揰之以矛, 刃入於楝. 亟出喚僕共視, 蛇已死, 但不見其體. 注目尋索, 僅如細繩, 纏榱桷數十匝. 取以視邦人, 雖戴白之老, 亦無有識其爲何等蛇者.

융주[66]로 폄적되어 천녕사에 머무르고 있던 마확자는 대나무 숲에 변소를 만들었다. 한번은 창을 들고 용변을 보는데 누군가가 꾸짖는 것 같은 소리가 들려 주위를 둘러보았지만 아무도 없었다. 다시 용변을 보는 사이 거듭 꾸짖는 소리가 들려서 보니 뱀 한 마리가 집 모퉁이에서 입을 벌리고 혀를 날름거리고 있는데, 대가리가 한 말들이 용기처럼 컸다. 말을 찌를 때 쓰는 창을 던지자 창날이 기둥에 박혔다. 급히 나와 노복을 불러서 함께 가보니 뱀은 이미 죽어 있었다. 그러나 뱀의 몸통이 보이지 않아서 주의해서 찾아보니 겨우 가는 노끈 크기에 불과하였으나 서까래를 수십 번이나 감고 있었다. 뱀을 가져와 동네 사람에게 보여주니, 비록 백발노인이라도 그것이 어떤 뱀인지는 아는 사람이 없었다.

66 融州: 廣南西路 融州(현 광서자치구 柳州市 融安縣).

12 발이 하나인 부인一足婦人

紹興十七年, 泉州有婦人貨藥于市, 二女童隨之. 凡數日, 好事者竊迹其所止, 乃入封崇寺之僧堂. 堂空無人, 獨三女者共處. 旁人夜夜聞搗藥聲, 旦則復出, 初未嘗見其寢食處也. 他日, 寺僧密窺之, 乃皆一足, 失聲歎咤. 婦人如已聞之, 明日不復見.(三事王嘉叟說.)

소흥 17년(1147), 천주 시장에서 한 부인이 약을 팔았는데, 두 여자 아이들이 따라다녔다. 며칠이 지나자 호사가들이 몰래 그들이 사는 곳을 따라가 보니 바로 봉숭사의 요사채로 들어가는 것을 확인하였다. 요사채는 텅 비어서 아무도 없고 세 여자들만 함께 지내고 있었다. 옆에 있던 사람들은 밤새 약을 찧는 소리를 들을 수 있었고, 아침이 되면 그들이 다시 나오곤 했다. 하지만 그들이 잠을 자고 밥을 먹는 곳이 어딘지 알 수는 없었다. 하루는 봉숭사의 승려가 몰래 살펴보니 세 사람 모두 발이 하나였다. 놀라 아무 말도 하지 못하고 크게 숨만 내쉬었다. 그 부인이 그 소리를 들었는지 이튿날부터 다시 보이지 않았다.(이 세 가지 일화는 왕가수가 한 이야기다.)

색 인

ㄷ

ㅁ

ㅂ

ㅅ

ㅇ

ㅈ

ㅊ

ㅌ~ㅍ

ㅎ

저 자_ **홍 매**(洪邁)

홍매洪邁(1123~1202)는 남송南宋 시기 사람으로 자가 경로景盧이고 호는 용재容齋·야처野處이며, 강남동로江南東路 요주饒州 파양현鄱陽縣(지금의 강서성 上饒市 鄱陽縣) 사람이다. 아버지는 예부상서禮部尙書를 지낸 홍호洪皓(1088~1155)로, 금조에 사신으로 갔다가 15년간 억류 생활을 마치고 돌아와 『송막기문松漠紀聞』을 편찬한 바 있으며, 형 홍괄洪适(1117~1184)과 홍준洪遵(1120~1174) 역시 모두 송조의 재상과 부재상의 자리에 올랐다. 후대 사람들은 이렇듯 활약이 뛰어난 홍씨 네 부자父子를 두고 '사홍四洪'이라 일컬었다.

홍매는 소흥紹興 15년(1145) 진사가 되어 관직에 올랐고, 금조에 사신으로 다녀온 바 있다. 일찍이 길주吉州지사, 감주贛州지사, 무주婺州지사 등을 역임하였고, 순희淳熙 13년(1186)에는 한림학사翰林學士가 되었다. 이후 영종寧宗 시기 단명전학사端明殿學士에 오른 후 관직에서 물러났다. 만년에는 향리에 머물면서 저술에 전념했으며, 남긴 저술로는 『이견지』 외에 『용재수필容齋隨筆』과 『야처유고野處類稿』 및 『사기법어史記法語』 등이 있다.

역주자_ **유원준**(俞垣濬, Yoo WonJoon)

경희대학교 사학과를 졸업하고, 대만 중국문화대학 사학과에서 석사 및 박사 학위를 받았다. 현재 경희대학교 사학과 교수로 재직 중이다.

저서로는 『북송 전기 태호 유역 부세 연구北宋前期太湖流域賦稅之硏究』(중국문화대학출판부, 1988), 역서로는 『중국문화의 시스템론적 해석』(천지, 1994) 등이 있으며, 이 외에 송대 경제사·사회사·군사사 방면 다수의 논문이 있다.

역주자_ **최해별**(崔해별, Choi HaeByoul)

이화여자대학교 사학과를 졸업하고, 중국 북경대학 역사학과에서 석사 및 박사 학위를 받았다. 현 이화여자대학교 사학과 조교수로 재직 중이다.

저서로는 『송대 사법 속의 검시 문화』(세창출판사, 2019), 역서로는 『공주의 죽음 — 우리가 모르는 3-7세기 중국 법률 이야기』(프라하, 2013)가 있으며, 이 외에 송대 법제사·사회사·의학사 방면 다수의 논문이 있다.